主　　编　傅修延
执行主编　唐伟胜
书名题字　宁一中

Narrative Studies 5

第 **5** 辑

上海外语教育出版社
SHANGHAI FOREIGN LANGUAGE EDUCATION PRESS

图书在版编目（CIP）数据

叙事研究. 第5辑 / 傅修延主编；唐伟胜执行主编. --
上海：上海外语教育出版社, 2024. -- ISBN 978-7
-5446-8273-2

Ⅰ. I045-53

中国国家版本馆CIP数据核字第2024R6F659号

出版发行：**上海外语教育出版社**
（上海外国语大学内） 邮编：200083
电　　话：021-65425300（总机）
电子邮箱：bookinfo@sflep.com.cn
网　　址：http://www.sflep.com
责任编辑：田慧肖

印　　刷：苏州工业园区美柯乐制版印务有限责任公司
开　　本：787×965　1/16　印张 15　字数 277 千字
版　　次：2024年6月第1版　2024年6月第1次印刷

书　　号：ISBN 978-7-5446-8273-2
定　　价：55.00 元

本版图书如有印装质量问题，可向本社调换
质量服务热线：4008-213-263

中国中外文艺理论学会叙事学分会会刊

编委会

Brian McHale(俄亥俄州立大学)
J. Hillis Miller(加州大学欧文分校)
James Phelan(俄亥俄州立大学)
Michal Toolan(伯明翰大学)
Lisa Zunshine(肯塔基大学)
王　宁(清华大学)
申　丹(北京大学)
宁一中(北京语言大学)
龙迪勇(东南大学)
冯光武(广东外语外贸大学)
庄智象(上海外国语大学)
乔国强(上海外国语大学)
吴子林(中国社会科学院)
杨金才(南京大学)
尚必武(上海交通大学)
胡亚敏(华中师范大学)
赵毅衡(四川大学)
傅修延(江西师范大学)
谭君强(云南大学)

荣誉主编　申　丹
主　　编　傅修延
执行主编　唐伟胜
编　　辑　刘亚律　卢普玲　倪爱珍　肖惠荣　曾　斌
　　　　　　钟泽芳

目 录

海外译稿

非自然叙事与理论建构的任务 …………… 詹姆斯·费伦/文　聂宝玉/译(1)

辫子叙事 ……………………… 科琳·班克罗夫特/文　孙莹/译　唐伟胜/审校(6)

特　稿

叙事学、文体学与 Point of View：片面性、互补性以及叙事学的跨学科借鉴
……………………………………………………………………… 申　丹(20)

叙事理论关键词

新物质主义叙事 …………………………………………………… 程　心(30)

不可靠叙述 ………………………………………………………… 陈志华(45)

中国叙事传统研究

论《古诗十九首》的诗歌叙述者 …………………………………… 王文勇(55)

史传叙事与通俗小说叙事比较论
　　——以"但见"为例 …………………………………………… 陶明玉(66)

汉魏辞赋研究的新视角
　　——以《洛神赋》的叙事分析为例 …………………………… 吕辛福(76)

叙事学新论

叙事张力的机制是如何形成的？
　　——以拉斐尔·巴罗尼为中心的考察 ………………………… 余凝冰(90)

1

迹象、互文与传统：论叙述声音的呼应与回响 …………………… 刘碧珍（100）
耳听可以为虚：监听装置在影像叙事中的重构作用 …… 胡一伟　唐　敏（108）
"物性"和"拟客体"：物叙事的后现代主义特性辨析 ………………… 陈　达（117）
论静默的叙事交流功能 …………………………………… 邱宗珍　符　鹏（129）

叙事文本新解

美国伊战小说中的创伤、记忆与历史
　　——修辞叙事批评视域下《黄鸟》的重新解读 ……… 柳　晓　陈　倩（143）
异化与反讽：论《查理和巧克力工厂》中的双重叙事 ……………… 刘惠敏（154）
从布科维纳到耶路撒冷：阿佩费尔德空间书写研究 ………………… 殷　磊（168）
《金阁寺》物叙事刍议 …………………………………………………… 王运涛（177）
"物"的力量：《外婆的日用家当》中的"物"本体叙事 …… 张志傲　方　英（189）
可能世界模型中的跨界：《花园余影》的后现代叙事解读 …………… 邱　蓓（200）

书　评

建构中国听觉叙事研究理论
　　——评傅修延《听觉叙事研究》 ………………………………… 茹祖鹏（207）
叙事政治学的营构
　　——评张开焱《叙事中的政治：当代叙事学论著研究》
　　　　　　　　　　　　　　　　　　　………………… 李凝宁　王洪岳（211）
多姿多变的米勒
　　——评张旭《多维视野下的希利斯·米勒文论研究》 ………… 林晓霞（219）

征稿启事 ……………………………………………………………………（228）

海外译稿

（本栏目与美国《叙事》杂志合作）

非自然叙事与理论建构的任务

詹姆斯·费伦/文　聂宝玉/译

作者简介：
詹姆斯·费伦（James Phelan），美国俄亥俄州立大学杰出教授。

译者简介：
聂宝玉，河南农业大学外国语学院副教授。

基金项目：
本文系河南省哲学社科规划项目"当代英美文学中的医学叙事与人文关怀研究"（2020BWX009）的阶段性研究成果。

内容提要： 在对布莱恩·理查森非自然叙事学的一些具体观点表示赞赏的同时，笔者对将其作为一种叙事理论的充分性提出质疑。理查森声称其理论基于这样一个原则：叙事理论本应可以解释所有叙事，而先前理论不足以解释他认为是反模仿的叙事。他认为理论建构可以扩展到任何具有明显特性的叙事群体，包括"非模仿"叙事，因此在他看来，理论建构的任务是无限的。笔者认为，理论建构作为一项任务，应包含更广泛的叙事概念，这一概念足够灵活，能够解释或尽可能解释所有叙事，包括作为 X 的叙事（X 可以是修辞，或者世界建构，或者其他很多东西），但并不是具有特定内容的叙事。因此，笔者希望理查森能对其非自然叙事概念做出更明确的阐释和更充分的论证。

关键词： 非自然叙事；非自然叙事学；理论建构；叙事概念

引言

布莱恩·理查森（Brian Richardson）对先前叙事理论的强烈反对表明，他所努力推广的"非自然叙事理论"基于理论建构的一个重要原则，即研究对象的选择会不可避免地影响到理论概述。在实践中，理查森提出了一个非常典型的特殊版本，在此笔者借用计算机科学中以 XIXO 为标准来论证 XYIXYO 方法优越性的模式来比拟理查森的版本，他的版本可以被称为 MIMO（mimetic in, mimetic out, 拟进、拟出）和 AMMIAMMO（anti-mimetic, mimetic in, anti-mimetic, mimetic out, 反模仿的拟进、拟出）。理查森认为现有的叙事理论的不足之处在于以模仿为基础，从而忽视了包含大量的"超越传统体裁，背离非虚构叙事传统、现实主义实践或其他以非虚构叙事为标准的诗学传统"（Richardson 2016：389）的作品的数据库。基于这样一个数据库，理查森从事自己的 AMIAMO（anti-mimetic in, anti-mimetic out,反拟进、反拟出)实践操作,提出许多关于如何修改、扩展或补充先前(模仿)理论的建议。目前来看,这些做法是非常有益的,因为理查森提出了许多与这个数据库术语相符的有价值的方法和概念(比如:"消解叙述"[denarration]、对第二人称和第一人称复数叙事的阐释等),并进行了许多有见地的个案分析,成功地使大家注意到非自然性在叙事历史中的重要地位。①然而同时,笔者对非自然叙事理论及其在当代叙事理论界的地位仍心存疑虑。非自然叙事理论是一个优于现存的女性主义叙事理论、认知叙事理论、修辞叙事理论等的全新理论吗?或者,它在本质上是其他理论需要进一步整合的一种叙事要素和工具吗?还是其他什么?在此有限的篇幅里,笔者将对理查森非自然理论建构的基本方法提出一些质疑,并试图对这些问题做出一些可能的回应。

一、理查森的非自然叙事理论

首先,笔者从理查森对叙事理论介入的概括性陈述谈起。理查森声称:

> 我并非要提供另一种作为替代的、补充的范式。在大部分领域,我们不需要抛弃当前模型,只需对其加以补充,使其更全面、能够同时涵盖模仿和反模仿叙事实践。依据定义,模仿模式无法解读那些违背模仿规则的反模仿作品。一个完整的叙事理论需要具备双重视角和辩证诗学……非自然叙事学正是这样一个能够补充缺失部分、缺失理论和缺失视角的兼容并包的范式。(2016:394)

理查森上述理论的细节令人难以充分理解,因为他使用许多不完全同义的术语来描述看似相同的现象:范式、模型、理论、诗学,笔者将其称为高度概括的叙事性的描述。但他的总体观点是清楚的:非自然叙事理论犹如"阴",补充了当前叙事理论的"阳",非自然叙事为建构他所期望的一种"完整"的叙事理论提供可能性。换言之,理查森认为我们能够通过把MIMO和AMIAMO实践操作结合起来建构一个完整的叙事理论。在此过程中,他秉持这样一个原则:理论是其所选研究对象的必然反映,并将其置于理论建构的核心位置。

尽管这一原则本身听起来合情合理,但笔者认为,将这样一种理论置于理论建构的核心位置等同于叙事学中的"彼得原理":本身在某个位置发挥着很好作用的人或事,被提升至高一级位置之后表现就远不如从前。我们无法在大量可能的基本原理中区分出研究对象并把其组合成重要的子集,因此在这一新的位置上,原本合情合理的原则就变得不那么充分可靠了。为何要将模仿与反模仿叙事子集置于启蒙运动(或任何一个历史分界点)之前和之后产生的叙事子集之上？换言之，若没有任何选择原则或等级制度支配着对研究对象的分类，所产生的理论就与理查森所持观点一致：它无法处理研究对象的某一重要子集。很显然，理查森通过首先区分模仿、反模仿和非模仿，而后再忽略反模仿来为自己的理论批评创造空间。

但是，本文所举的前启蒙/后启蒙分界点的例子表明没必要将这些批评限制在理论内部，并且我们也很快意识到批评理论内部无边无界，可以无限扩展。正如威廉·内勒斯(William Nelles)发表于2012年春季《叙事》(Narrative)第20卷第1期特刊的文章《微型小说：什么使一篇短篇小说非常短小？》("Microfiction: What Makes a Very Short Story Very Short?")所指出的那样：短篇小说理论家认为任何无视简洁所造成的差异的叙事理论都是有缺陷的。而其他叙事变量的主要成分，无论是媒介、场景，还是情节类型、片段性都会带来类似问题。笔者并不认为这些变量不重要或者此类批评没有价值，而是认为，当理论建构的主要原则为大家所公认并接受时，就很难对其进行批判。当然，有人可能会认为评判这些批评理论没有必要，还可能适得其反，因为叙事范畴多元化繁殖对叙事理论这一领域的发展无疑是件好事。但这样的观点对理查森的非自然叙事理论毫无裨益，因为如此一来所有的竞争者几乎都是平等的，而理查森却认为他的理论具有优越性、可以弥补叙事领域的"缺失"。

二、对非自然叙事理论建构的见解

那么接下来我们应该怎样做？笔者建议在理论建构时将所选研究对象的重要性这一原则置于次要地位，将另一个原则置于首位：一套可行的叙事理论需要一个既合理又可靠的概念，此概念应该全部或者基本涵盖研究对象的共同点。这样一个原则为回应基于公认的推理批评提供了一种方法。问题的核心不在于这一理论能否(或者说能在多大程度上)清楚地解读普通文本，而在于它是否有能力解读普通文本，如果没有的话，需要如何修正。就实际而言，运用这一原则可以形成一个关于研究对象共性的定义——例如：叙事是一个或多个事件的表征；叙事是一种建构世界的方式；叙事是探讨身份交叉性的讲故事的方法；或者叙事是某人在某个场合出于某种目的告诉另一个人发生了某事。而这些定义所依据的是一个非常基本的概念：叙事是一个故事或话语的综合体；叙事是动作发生涉及的人物、事件、地点、方式、原因等的心理机制；叙事是一种意识形态的工具；叙事是一种修辞行为。

阐明这样一个概念不需要人们去争辩其优越性，但这确实会引发有关理论建构的几个重要步骤的讨论：1) 阐释如何从概念转移到具体操作模式：叙事概念是如何影响叙事元素的,各叙事元素的作用及相互关系是什么? 2) 检验这一理论的阐释力:这一基本概念和操作模式如何很好地解读具体叙事文本,其应用范围有多宽广? 3) 在操作模式和研究对象之间建立一种互惠关系:单个具体文本阐释效果与叙事元素运用如何反馈到对操作模式的完善中?

理查森对 MIMO 和 AMIAMO 双重理论的关注似乎使他偏离了理论建构的这一部分。在《叙事理论:核心概念与批评性辨析》(*Narrative Theory: Core Concepts and Critical Debates*, 2012) 一书中,彼得·J. 拉比诺维茨(Peter J. Rabinowitz)和笔者曾指出理查森使用了一个松散的、折中的叙事概念,这一概念基于叙事是由情节、人物、叙述等要素组成,而不是"作为……的叙事"的观点,理查森通过简单增加而不是仔细地将这些部分整合为一个有机整体来建构自己的理论模型。他的步骤大致如下:这些是叙事诸要素;这是所谓模仿理论对这些要素所做出的解读;② 这是我的非自然叙事数据库;这是这一数据库如何针对这些要素引发了新观点。笔者再次重申,虽然这一步骤产生了许多积极成果,但这些成果没有合并成为一个稳健而全面的叙事视角。从这个角度来说,非自然叙事理论最大的价值在于为其他理论做了贡献。例如,作为修辞叙事学理论工作者,笔者非常感谢理查森对笔者所提出的叙事建构和读者兴趣的"综合"部分提出的深刻见解。

结语

作为非自然叙事理论建构的反对者,笔者完全能够想象到理查森可能会回应说他有一个基本的、等同于强调修辞或其他理论的叙事概念,如果是这样的话,笔者非常欢迎他提出自己的概念并阐述相应的操作模式。或者,理查森可能会回应道他不愿把其认为有优势的松散、折中的观点安置在任何一个固定的"作为……的叙事"概念之上。无论出于何种原因,笔者都非常期待理查森能做出积极回应,因为笔者相信这对阐明他的研究课题的重要性及其在当代叙事理论中的地位非常有益。

注解【Notes】

① 作为《叙事》期刊主编及叙事理论丛书的编辑之一,笔者曾与理查森多次合作,包括合著出版《叙事理论:核心概念与批评性辨析》一书,以及对理查森最新出版的《非自然叙事:理论、历史与实践》(*Unnatural Narrative: Theory, History, and Practice*, 2015) 一书手稿进行详尽评论。

② 理查森声称当前叙事理论具有模仿偏见而将其归为模仿理论。还没有哪位知名叙事理论家明确地认为自己从事的是基于模仿的叙事理论研究。因此,全面分析理查森的理论建

构时需要考虑其他理论家对他们的研究的理解与理查森将其研究归为模仿理论之间差异的影响。这里的主要问题是为他的反模仿之"阳"提供模仿之"阴"的当前理论是否像他揭示的那样是一个整体。换言之,他的非自然理论到底是对哪一理论进行了补充?

引用文献【Works Cited】

Herman, David, James Phelan, Peter J. Rabinowitz, Brian Richardson, and Robyn Warhol. *Narrative Theory: Core Concepts and Critical Debates*. Columbus: Ohio State UP, 2012.

Nelles, William. "Microfiction: What Makes a Very Short Story Very Short?" *Narrative* 20.1 (2012): 87–104.

Richardson, Brian. "Unnatural Narrative Theory." *Style* 50.4 (2016): 385–405.

---. *Unnatural Narrative: Theory, History, and Practice*. Columbus: Ohio State UP, 2015.

(原载 *Style*,2016 年第 4 期)

辫子叙事①

科琳·班克罗夫特/文　孙莹/译　唐伟胜/审校

作者简介：
科琳·班克罗夫特（Corinne Bancroft），维多利亚大学英语系助理教授。

译者简介：
孙莹，讲师，江西师范大学外国语学院，江西师范大学叙事学研究院。

内容提要： 许多当代小说中有多个叙述者，他们讲述不同甚至互相抵牾的故事。这种叙事策略通常被认为是受短篇循环体小说（short story cycle）传统的影响，但我认为它实际上构成了一种新的小说子类型，我称之为辫子叙事（braided narrative）。在辫子叙事中，小说家将拥有不同叙述者和故事的叙事线索编织在一起，来讲述个体之间最亲密关系的痛苦裂痕，以及历史暴力在社会群体之间挖掘的深沟。本文以妮可·克劳斯（Nicole Krauss）的《爱的历史》（*The History of Love*, 2005）和路易丝·厄德里克（Louise Erdrich）的《鸽灾》（*The Plague of Doves*, 2008）两部小说为例，详细论述辫子叙事的形式特征如何有利于开展一项要求认知不同（通常是对立的）经历的伦理工作。我将结合叙事理论与文学的认知方法，特别是精神分析的主体间性概念，来凸显这一新文类的伦理可能性。通过体察辫子叙事的细微之处，作为批评家，我们可以看到通常不会放在一起阅读的小说之间存在相似之处，比如克劳斯和厄德里克的小说；同时作为读者，我们会注意到这种叙事技巧如何以一种特殊的伦理形式来训练读者，要求读者在心里同时拥有不同甚至是互相冲突的视角。

关键词： 辫子叙事；主体间性；小说；伦理；路易丝·厄德里克；妮可·克劳斯

　　《爱的历史》与《鸽灾》②中，相邻两页的故事或者叙述视角并没有明显关联。前者转换了至少17次叙述视角，后者转换了8次。当代读者早已习惯小说不断变更叙述者，并不为怪，批评家则通常将这种叙事风格归因于短篇循环体小说传统。但我认为这两部小说实际上属于一种新文类，需要给予其理论关注。这里的"文类"是狭义的，指的是具有特定形式特征、可以产生特定效果的小说类型。辫子叙事中，不同的叙述者讲述不同的故事，这些故事交织在一起构成一部小说。这类小说有助于讨论一些重要的伦理问题，它们帮助作者训练读者在头脑中同时拥有多个且经常相互抵牾的主体性，促使读者有义务接纳、承认多个不同主体。两部小说都以历史上发生的暴力事件（分别为大屠杀和私刑）为中心线索，但都没有试图去理解这些暴力事件。相反，它们关注的是我们在分崩离析的世界里该如何生活以及如何在痛苦的经历中找到快乐。通过将层层叠叠的历史与相互关联的故事编织在一起，两位作家提出，发生毁灭性事件之后要相信虚构、相信故事讲述对人类的联结至关重要。

在辫子叙事中，叙事线索之间的空间形成缝隙，从中我们得以理解那些通常看不到的东西，就如同一个主体间性地域，通过日常联结网络将人们联系在一起。[③]通过分层码放和交织多条叙事线索，作者既能激发读者与个体人物产生联结，又能鼓励他们更多关注某个团体内的相互联系。阅读这类小说、理解他人的故事以及回应他人的说法，使我们被包裹在一个复杂的编织辫中，在这里，我们必须识别多个迥异的叙述者，承认他们互相依赖又有矛盾冲突，做出各种回应，并将这些回应升华为一种观察整部小说的敏感性。如此看来，辫子叙事并不持特定的伦理立场，而是邀请读者在阅读与联结时，努力以开放的态度对待不同的经历，能意识到它们之间的张力关系，并对有时相互冲突的说法做出解释。

我们可以看到这两部很少被放在一起讨论的小说之间存在重要关联。尽管它们讲述的历史完全不同，但都使用了类似的叙事结构讲述人类有能力毁灭他人以及毁灭之后继续向前发展的故事。两部小说都没有试图去理解作为故事主线的历史暴力，相反，作家使用了类似的叙事策略共同发问：当我们承认这种痛苦时，该如何共同生活？存在于两部小说叙事线索之间的空间以及不同故事的相互交织，推动读者认识到历史仍影响着现实，人们应当关注不同的，甚至可能不相容的人类经历。

这两部小说是辫子叙事的样板之作，它们强调故事之间的空间和经历之间的距离，形式上通常表现为留白的空间或页面。这一形式特征使得作者既可以认识到历史创伤造成的无可弥补的伤害与裂痕，又能为意义建构的伪装和人际联结创造一个"潜在空间"。20世纪中叶，精神分析学家唐纳德·温尼克特（Donald Winnicott）在观察婴儿从完全依赖母亲到相对独立的转变过程时，提出了"潜在空间"的概念（55）。许多精神分析学家认为这种转变与婴儿发现自己并不能完全控制母亲有关。温尼克特注意到，许多婴儿会对"过渡性客体"，如毯子、洋娃娃或泰迪熊产生依恋，这帮助他们在与母亲分离时感觉好受些（2）。父母和婴儿赋予了物品超越日常价值的重要意义，这是一种共同的虚构，它让孩子能够独处更久的时间。温尼克特将发生"过渡现象"的"潜在空间"，与婴儿心灵表征的"内在世界"以及我们共享的"实际或外部现实"区分开来（54—55）。潜在空间既不存在于幻想（心灵表征），也不存在于现实（现实世界），而是介于两者之间。我认为,重要的不是过渡物品本身,而是父母和孩子都愿意假装并努力接受分离的现实。他们共同创造了一个虚构幻象,让生活在世界上变得既可忍受又有乐趣。温尼克特推断,这种"过渡现象"会发展为"文化经历",人类社会热衷于创造和分享各种形式的、富有想象力的艺术,便是一个证明(133)。我们可以想象人类在生活中可能面临的许多伤痕,比如个体失去爱人或历史创伤后的文化破坏,它们都类似于婴儿意识到要与母亲分离,只是形态各不相同。泰迪熊和毯子可以帮助家庭在个别成员缺席时保持联结,而分享艺术可以帮助团体在承认过去发生的暴力事件时想象彼此的联结。两部小说便是如此:克劳斯小说中的人物因为小说中的同名小说互相发生关联,厄德里克小说中的人物则通过故事意识到曾经发生在历史上的伤害。此外,两位作家利用小说创造了一个潜在空间,读者在此可以认识和承认历史上发生的暴力带来的影响。

两部小说都有四五个不同的叙述者随着小说的发展以不同的方式轮流讲述不同的故事。我希望下面的图1能够说明两部小说中叙事线索的复杂交织。在这两幅图中,辫子代表话语时间的进展;辫子的顶端是小说的开端,底部则是小说的结尾。每个叙述者都有名字或符号,每股辫子的粗细与叙述者各自所占的文本篇幅大致成比例。如术语本身和图1所示,辫子叙事由多股叙事交织在一起形成一部小说。我所说的"叙事"既是经典意义上的话语展现的故事,也是詹姆斯·费伦(James Phelan)所解释的修辞意义上的故事,即"某人在某场合下为某种目的为某人讲述发生过的事情"(18)。虽然小说文本本身是由隐含作者设计的单一话语,但其中的叙事线索却拥有不同的声音。《爱》与《鸽》的人物叙述者因各自原因以不同的声音讲述不同的故事。两部小说都属于辫子叙事,因为每个叙述者都讲述了一个特定的、独立的故事。通过这种方式,辫子叙事将社会变迁与个人经历结合起来。人的本性让我们惯于从自己的角度去看待世界,就像传统叙事中的主角一样,面对的是自己的冲突和挑战。而辫子叙事的众多叙事部分邀请读者进入人物的个体生活,这种更广阔的小说突出强调了不同故事和经历之间有时令人担忧的关系。

辫子叙事除了讲述多个独特的故事之外,还有不止一个叙述者。不符合这两种形式标准的小说就不能完全算是辫子叙事,也就不能提供我将要讨论的伦理可能性。例如威廉·福克纳(William Faulkner)的几部作品,确实有多个叙述者,但他们合作讲述同一个而不是不同的故事。④这些作品中,人物确实是从自己的角度讲述故事,但他们的讲述主要是为了使一条共同经历的情节线更加丰满,而不是专注于不同的、似乎不相关的故事。拥有多条故事线但只有一个叙述者的小说也不是辫子叙事。

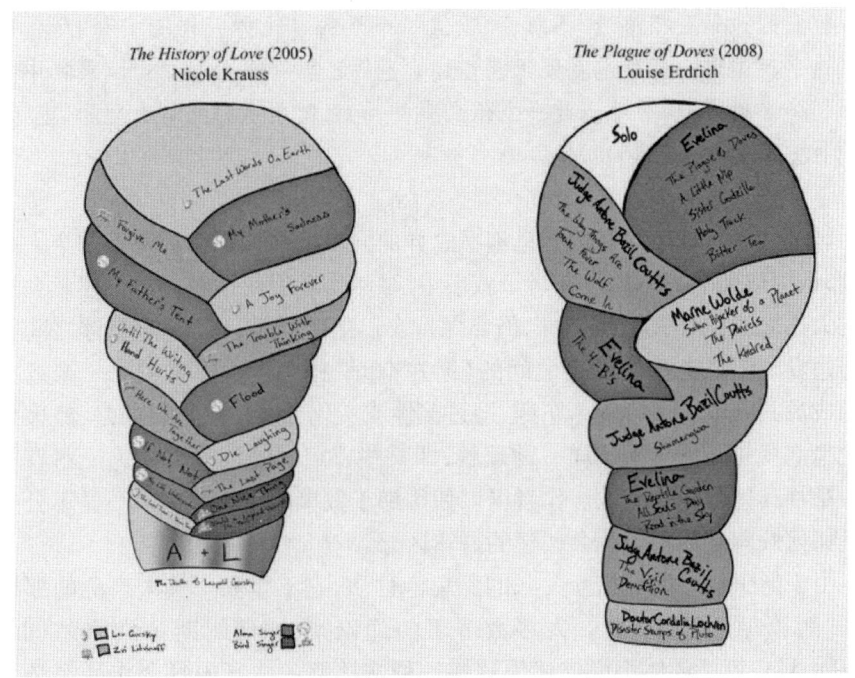

图1 《爱的历史》与《鸽灾》的辫形结构图

辫子叙事强调不同的视角和情节,因此作者主要用它来改变人们想象集体伤害的方式。只有一个叙述者和主人公的小说与西方自由主义传统中民族-国家强调的个性有一致的文化逻辑。正如法律学者马克·凯尔曼(Mark Kelman)所指出的,"自由法制表现并重新创造了合成的个人主义传统,这个传统帮助欺骗我们相信人们应当总是能够想象具体的个体二分体,特定的成双成对的人;一个承重的群体应当对其他权利持有人负有责任;一桩诉讼中,有一个假想的原告和被告"(279;斜体为原文所有)。通过突出多个叙述者不同故事之间的相互关系,辫子叙事给这个简单的二分体带来了麻烦。然而,辫子叙事并不仅仅是将法律关系从二元扩展到多元,相反,它试图改变我们想象人类联结的方式。为了阐释批判种族理论,帕特里夏·威廉姆斯(Patricia Williams)提供了一个例子描述这种必要的改变:

想象有一杯半满(或半空)的蓝色弹珠。它们边缘坚硬,互不相干,但本质相同,这使得蓝色弹珠群体能够完美一致地对彼此说:"我们都是一样的",如果有几颗弹珠滚走了,消失在人行道栅栏里,它们会说,"那只是他们的经历、命运、选择和坏运气"。换一种想象,如果是一杯满满的肥皂泡,彼此的边界互相渗透,不断变化,像一个活的有机体一样膨胀和收缩,那么这个集体内的肥皂泡就不可能描述自己"完全一样"。此外,如果其中一个肥皂泡破裂,那不可能是一个孤立事件,它将使所有的肥皂泡震颤、重组,并且重新聚合。(546)

辫子叙事与威廉姆斯的肥皂泡概念异曲同工。弹珠们缘于刻板的个人权利规则,认为彼此平等一致。在辫子叙事中,虽然作者促使读者理解叙述者和被聚焦的人物之间互有关联,但他们仍要保持自己的独特性。肥皂泡个体之间的可渗透边界与温尼克特的母婴之间的"潜在空间"概念产生了共鸣——亲近关系中的成员共同创造了第三个东西,即过渡性或文化的客体。重要的是,威廉姆斯的肥皂泡概念并不排除这样一种理解,即某些特定的肥皂泡群体为了享有特权而去牺牲其他群体的利益。作者可以使用辫子叙事的形式结构来凸显不公平现象是如何倾向于归因为社会构建的群体区分。

由于辫子叙事内部相互关联的肥皂泡性质,它不能如一些人声称的那样被称作"短篇循环体小说"。大多数著名的理论家,如詹姆斯·纳格尔(James Nagel),将短篇循环体小说描述为这样一种文学形式,"其中每个作品都必须能够独立存在(有开头、中间和结尾),但同时又被故事集中相互关联的故事不断补充"(15)。詹姆斯·乔伊斯(James Joyce)的《都柏林人》(*Dubliners*, 1914)是典型的短篇循环体小说。因为尽管故事集的其他故事确实帮助丰富了主题情节,但每个故事都可以单独阅读、研究和欣赏。短篇循环体小说中的每个故事就像英语句子中的单词一样,能够独立存在,有自己的意义,它们像蓝色弹珠一样离散、可以互换。而辫子叙事中的每股叙事更像是多词素综合语言的单个部分,几个可变的词素组成了一个微妙的词,这个词可以被当作一个句子。虽然《鸽》的部分篇章最初已经以短篇故事的形式刊登在诸如《纽约客》和《大西洋月刊》等出版物上,但厄德里克并不是简单地将这些故事囊括进来。相反,她通过修正、嵌入和改变,使它们与小说的情节纠缠在一起。事实上,我将在文末讨论的发生在人物叙述者巴兹尔和妻子之间的重要场景,在之前出版的短篇故事中并不存在。辫子叙事中包含多个不同的叙事故事,通常不能像纳格尔所言"独立存在"。相反,辫子叙事作家倾向于将多股叙事分成小片段,并将它们与其他叙述者的片段交织在一起。如果只阅读一位叙述者的单独部分,我们会遗漏很多情节,而读者要靠其他叙述者讲述的信息来补充情节。例如,在《爱》中,如果删去聚焦茨威的章节,我们就无法明白利欧手稿的遭遇。在《鸽》中,正因为埃维莉娜在她的部分解释了过去发生的私刑罪行,我们才能理解巴兹尔的暗示。此外,辫子叙事需要多个叙述者,而短篇循环体小说并没有这样的要求。[⑤]最后,短篇循环体小说里的各个故事并不一定属于同一个故事世界。在《都柏林人》中，如纳格尔所言，故事相互"充实"，丰富主题，但我们并不会期待故事集前面出现的人物在后面再现。正因为所有叙事线索都发生在同一个故事世界中，辫子叙事才能成为小说的一个子类型。而短篇循环体小说，如福里斯特·英格拉姆（Forrest Ingram）所言，通常被理解为介于故事集和小说之间的一种文学形式。

辫子叙事属于小说，不仅是因为如巴赫金（Bakhtin）所言，小说"将其他（文类）融入自身独特的结构中"（5），还因为它发挥了小说通常发挥的作用，比如本尼迪克特·安德森（Benedict Anderson）所说的想象共同体和苏珊·朗格（Suzanne Langer）指出的叙述人格。安德森认为小说和报纸是"两种最初兴起于 18 世纪欧洲的想象形式……因为这两种形式为'重现'民族*这*种想象的共同体，提供了技术上的手段"（Anderson 25；斜体为原文所有）。安德森宣称小说可以帮助人们想象同一时期生活在一个定义为国家的物理空间中的多个无名个体之间互有联系。更具体点说，林·亨特（Lynn Hunt）认为 18 世纪的书信体小说是一种特殊形式的小说，它们帮助欧洲人想象"一种新的移情"，这种移情促进了现代民族-国家权利修辞的出现（38）。辫子叙事也可以帮助读者想象共同体，但这种共同体不属于安德森所说的有地理或时间界线的共同体。厄德里克和克劳斯的小说都跨越了几代人和多个民族，展现了历史对现实的深刻影响，展示了超越民族-国家的视野。许多辫子叙事中的人物就像这两部小说一样，在时间和国界上既相连又分离。因此，正如书信体小说可能帮助 18 世纪的读者想象民族-国家一样，辫子叙事可能是帮助当代读者想象全球互联的一种重要文类。在这两个时期，小说逐渐扩大范畴，通过邀请读者进入人物的虚构经历推动我们想象共同体，这些人物似乎就可能居住在我们自己的社会里。《帕梅拉》（*Pamela*）、《克莱丽莎》（*Clarissa*）这些小说中的同名主人公帮助欧洲人扩大认知，认知谁属于自身的共同体及与谁拥有如亨特所说的类似权利。与此类似的是，辫子叙事的不同叙述者帮助当代读者重新考虑自身想象共同体的概念和地理意义上的边界。

安德森和亨特讨论"形式"的两个世纪之后，小说仍然是一种想象联结的重要美学力量，这也许是因为虚构故事世界的沉浸性特征，它也是辫子叙事属于小说的一个关键特征。1953 年，朗格认为，"小说特别适合表达我们的现代生活，因为它抓住了我们时代普遍感兴趣的主题——对人格的评价和对人格的损害"（Langer 302）。辫子叙事通过突出多个不同叙述者同样表达了对人格的关注，这些叙述者商议了一种社会秩序，其间的联系和挑战超越了国界。朗格认为小说是"我们的诗性常备菜"，许多出版商在小说封面上将其归类为"小说"，无言地支持和延续了她的观点（同上）。克劳斯的全部四部作品都被归类为"小说"。同样的，自 2006 年以来，哈珀·柯林斯出版社将厄德里克几乎所有的作品都归类为小说。⑥许多出版社都是如此归类他们旗下许多当代作家的作品。读者像阅读小说一样阅读辫子叙事(按时间顺序从头到尾),部分原因是尽管他们读的是不同的故事,但这些故事都属于同一个故事世界。读者会期待某部分的叙述者可能会是其他叙述部分的背景人物,这是辫子叙事的一个常见特征。在辫子叙事中,这些在故事世界中看似偶然的相遇对我们解释和评估事件至关重要。通过这种方式,作者用辫子叙事创造了一个"潜在空间",读者在其中可以反思人类相互依存的状态。读者阅读时,期望在其他人物叙述者的部分看到看似不相关的人物,这种期望加速建构了安德森和亨特在18世纪小说中所看到的想象共同体。辫子叙事不是帮助读者将自己的共同体范围从教区扩展到一个民族,而是促使我们期待不相同、不相关的人物之间发生联系。

人们忍不住去关心一位啼哭的孩子(如《鸽》开篇所写),辫子叙事强调多个主体的形式有助于将这种行为解读为一种关注他人、承认他人苦难的伦理责任感。在《爱》中,利欧的呼声正是渴求被关注:"我只是不希望自己某天在无人注意的情况下死去"(Krauss 4)。《爱》的叙述者仿若生活在屏蔽了大屠杀的感知真空中,作者这样做是为了凸显拒绝关注带来的风险。回避种族灭绝不仅意味着允许它发生,还会因为不能正视痛苦而让幸存者再度受到创伤。叙事情境本身就具有伦理性,因为它们邀请目击者有所回应并做出对事件的潜在判断,而辫子叙事加速了这项特别具有挑战性的伦理工作。转换叙述者的策略利用了读者乐于认识不同主人公的习惯,但它不断制造距离,让我们一次又一次地成为新的、不同的呼声的听众和回应者。辫子叙事每次更换叙述者时,就会有一个新的人物带着新的渴望拉着读者的袖子,像利欧一样渴望被看到。重复叙事情境的再现和形式结构强调了亚当·扎克瑞·纽顿(Adam Zachary Newton)描述的叙事伦理:一种"将叙述者和听者、作者和人物或者读者和文本联系在一起的刺激、召唤和回应"(13)。

叙事和小说的伦理工作超越了特定人物的诉求。作者创造了一系列情节环境、紧张的话语和不稳定的故事;他们在人物与人物、读者与人物以及读者与关注特定伦理挑战的故事世界之间发展出各种关系。我们可以用费伦的分类来了解特定的文本如何提出和处理特定的伦理问题。他提出了叙事中的四种伦理取位:第一,"故事世界中人物之间的伦理取位",第二,"叙述者与人物、受述者、读者的伦理取位",第三,"隐含作者与叙述者、人物、作者的读者这三者之间的伦理取位",第四,"真实的读者与上述三个位置的伦理取位"(Phelan 23)。费伦的分类帮助我们将故事世界中人物提出的伦理主张、各种叙事情境中出现的伦理模糊与那些相互关联的挑战对特定小说的伦理工作做出贡献的方式区分开来。

在辫子叙事中,读者会发现自己被多个叙述者抢夺,这导致我们仅仅为了理解小说就必须协商处理复杂多层次的召唤和疑问。每出现一个新的叙述者,我们不仅可以从另一个特定角度去看故事,而且又会有新的、不同的召唤要求我们去倾听、回应、见证,甚至是反抗。在第一层伦理层面,众多叙述者争夺读者;他们促使我们感受不同的请求或认识不同的主体。叙事之间的交叉和重叠强调第二层伦理层面的应当或责任。当我们尝试去理解两股叙事之间的关系时,必须制定一些对不同事件和人物的评估方法。通常某些人物叙述者会帮助我们制定标准。在《爱》中,当我们转向提出不同问题和表达不同关注的后续叙述者时,脑子里还是会记着最初利欧的呼声。不同的召唤有时会相互冲突,我们要努力解决这些矛盾,这不仅有助于在小说中找到连贯性,也推动培养一种能在所有叙述者中产生共鸣的反应敏感性。在克劳斯的小说中,主要人物都被"小说中的小说"召唤和逼迫,这部小说也叫《爱的历史》,是80岁的利欧最初为他的童年恋人创作的。因为第二个叙述者——艾尔玛让我们注意到这部"小说中的小说"的重要性,某些细节在其他人物叙述的部分逐渐浮现。艾尔玛对"小说中的小说"产生的疑问,既有助于读者理解各部分情节之间的联系,也有助于理解不同叙述者的行动和叙事选择。就像艾尔玛在《爱》中提出的问题一样,埃维莉娜在《鸽》中提出的问题也提醒读者在其他人物的部分注意相关细节。更复杂的是,许多叙述者又是口头故事的听众、其他文本的读者,甚至是其他人物证词的讲述者。那些讲述自己经历的人物又是他人故事中的受述者,这帮助我们学习如何回应多个叙述者。在《鸽》中,正因为埃维莉娜恳求祖父讲故事,我们才知道了私刑的故事,当读者继续阅读其他叙述者的讲述时,埃维莉娜的疑问始终引导着我们。

    辫子叙事的形式结构使叙事情境千变万化,也使费伦的分类更加复杂。它不仅通过增加叙述者人数增加了"伦理取位"的数量,而且还在情境和叙述者之间创造了更多的冲突。以费伦的第二种取位——"叙述者的伦理取位"为例,在辫子叙事中我们不仅要考虑她说了什么,还要考虑其他叙述者说了什么。在《爱》中,因为我们知道人物叙述者利欧强烈渴望被关注,所以对茨威剽窃行为的评价可能会更苛刻。同样,巴兹尔承认了前任情人科迪莉亚存在种族歧视行为。当她成为最后一部分的叙述者时,由于巴兹尔早先令人信服的评价,我们可能会以不同的道德标准来评估她的叙述。由于文体本身的功能,鉴别辫子叙事中的伦理力量,不仅是预测新增叙述者的奇事,还要关注他们的伦理关系。如果要使用费伦的第三个伦理取位,即"隐含作者与叙述者、人物、作者的读者这三者之间的伦理取位",我们必须首先弄明白不同叙述部分中叙述者与人物复杂交错的关系。处理错综复杂的关系网络和相互关联却各不相同的召唤需求时,读者被交叠在文本的主体间性世界中。当我们根据小说中不断演变的伦理准则来评价人物时,也会开始质疑自身的关联和复杂。当作者邀请读者进入想象的世界时,小说的各股叙事为读者自身的负责和认知创造了可能性。

多条叙事线索之间的冲突如何给读者创造一个空间？我认为主体间性将其中复杂的方法说得最明白，尤其是当代精神分析学家在温尼克特"潜在空间"概念的基础上将其理论化后。⑦女性主义精神分析学家杰西卡·本杰明（Jessica Benjamin）在论文《认知与毁灭》（"Recognition and Destruction"）中解释说，主体间性是一种逐渐获得的能力，当婴儿认识到母亲是独立个体时它随之产生，它是发生在"潜在空间"的认知。重要的是，主体间性依赖于主体性的差异，就像辫子叙事需要多种不同的叙事声音一样。认知差异才可能认知自我。本杰明认为"主体间性理论假定，自体为了充分体验其在他人存在中的主体性，他人必然会被识别为另一个主体"（Benjamin 30）。要有主体性，就必须有主体间性——任何意义上的自我都必须有两个主体。婴儿心理学家丹尼尔·斯特恩（Daniel Stern）在观察母亲和婴儿玩耍时发现了一个相关现象。他发现母亲与婴儿玩耍时，她们并不完全模仿孩子的活动，而是加以改造，类似于一唱一和。斯特恩称之为"情感调谐"，他将其定义为"一种行为表现，不需要准确模仿别人对内在状态的表达行为，但是表达自身分享情感状态的感觉性质"（Stern 142）。为了交流共同的感觉，母亲和婴儿会发出不同但相协调的声音和表情。辫子叙事中，每个人物叙述者都作为主体占有空间，并邀请读者暂时采取他们的视角。当读者从一个故事转移到另一个时，我们就体验了多重主体性并通过了他们之间的空间。当每股叙事都留存在脑海时，我们就可以听到它们组成的和谐或不和谐的乐章。

大多数小说要求的主体间性是要求读者接受叙述者或主角的主体性，⑧但辫子叙事在多个方向上更进一步。我们不仅要在每一个新的叙述者身上获取新的主体性，还要解释作者在叙述声音之间创造的第三空间。辫子叙事的作者让不同甚至互相抵牾的故事共存，并将读者定位为第三者，要求我们将不同的叙述同置于脑海中。我们必须顺利通过复杂的"第三领域"才能理解整部小说。辫子叙事在形式上将叙述视角从一个人物的思想转移到另一个人物之上。读者必须通过众多虚构思想之间的主体间域来理解，而不是单纯采用某个人物的视角。辫子叙事中，我们不仅要关注作者的思想，而且还要专注于人物与其他人物以及故事世界之间多样的联系。

辫子叙事的形式以及可感的主体间性在《爱》最后一部分表现得最为清晰。在这个部分，最初的两位叙述者——利欧和艾尔玛第一次见面。在此之前，他们一直拥有截然不同的叙事视角。两人在中央公园见面之前甚至都不知道对方的存在。作者在小说的其他章节都只安排了一个单独的叙述者，但最后一章由两人共同叙述。从图2中可以看出，克劳斯将利欧的叙述放在左边的奇数页，艾尔玛的叙述放在右边的偶数页，每一页有大量空白。通过阅读两人的思绪，读者会发现他们理解世界的方式全然不同。利欧一生中大部分时间都生活在幻想中，这个习惯不仅让他能够看到大象和想象中的朋友布鲁诺,还帮助他在经历大屠杀的巨大损失之后幸存下来。艾尔玛则笃信现实,她在纽约的档案室里寻找"小说中的小说"里女主人公的真实资料,她认为女主人公并非虚构。艾尔玛的"笃信现实"与利欧的"坚信幻想"正好相反,两种不同的思维方式阻碍了他们相互认识。艾尔玛最终发现利欧还是因为看到了他胸口别着的名字卡片。即使他们开始交谈,利欧仍然坚信艾尔玛是他儿时情人化作的天使,正来带领他走向死亡,而艾尔玛则继续收集事实和坚持真相。

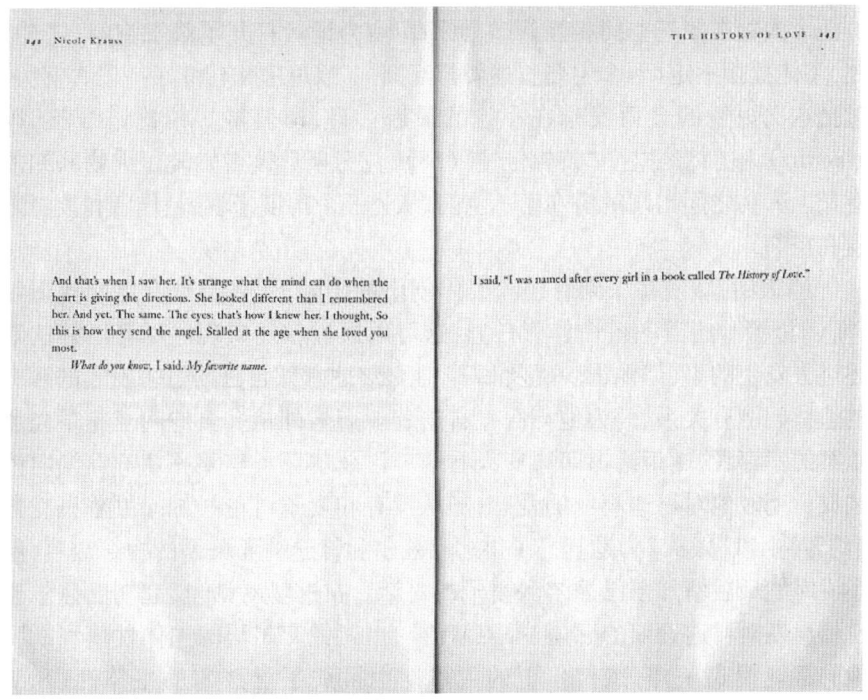

图 2 《爱的历史》英文版的第 242—243 页

只有通过以共同叙述的模式呈现的对话,利欧和艾尔玛才能跳出固定的脚本,共同创造主体间性,最后一章的结构反映了这种主体间性。克劳斯让他们交替的叙述页面越来越趋近于叙述同一时刻,她用这个方法表达两人的主体间性的相遇。尽管如斯特恩的情感调谐模型一样,他们从未完美同步。辫子叙事通常在章节层面交换叙述者,小说中的这三十页则是在页码层面上交换叙述者:表现多个主体摇摇晃晃试图建立联系时的内心想法和感受。克劳斯大量的页面留白既代表分隔艾尔玛和利欧物理与修辞意义上的距离,又代表他们联结的可能性。看到艾尔玛回答问题时的面部表情,利欧想,"这个坐在我旁边的女孩会不会是真的?"(Krauss 248)利欧提出的这个问题本身就中止了他的幻想模式,同时他开始开放自我,尝试做出其他解释。这种开放,反过来又让艾尔玛不再拘泥于她的研究预设。她写道:"然后我意识到我一直找错了人。我试着在这个世界上最老的人眼里寻找一个十岁男孩陷入爱情的样子"(251)。随着他们对话的辩证推进,艾尔玛不知不觉地回应了利欧早先的伦理诉求,即"被看到"(3)。虽然交替的页面看上去是采用了二元结构,但艾尔玛和利欧的关系不是可互换的蓝色弹珠,而是更像肥皂泡——他们的存在感随着彼此变化。"小说中的小说"的力量将利欧和艾尔玛引向了如其他主体一样真实但是短暂的联结。两个人物在第三空间相互认知,页面留白为读者打开了第三空间。《爱》的结尾,主体摇摆不定,两个主要叙述者相互拥抱,通过虚构建立了一段真实关系。通过把这次短暂的会面安排在小说的最后一幕,即彼得·拉比诺维茨(Peter Rabinowitz)说的结尾这个"特权位置"(58),克劳斯让读者知晓了人物联结的重要意义。人物之间出现的潜在第三空间,从另一个角度来看,是作者和读者之间的潜在空间。

《爱》表明,即使在深刻悲伤和集体创伤的阴影下,人类也有可能认识和联结,而《鸽》警示还需考量个体责任感,这可以通过叙述实现。尽管巴兹尔常常讲述过去发生的事,但他很少提及私刑,他最终才承认自己与过去发生的暴力事件的遗留问题有关系,因为他与医生科迪莉亚有婚外情。科迪莉亚是早先那起凶杀案的幸存者,她拒绝为印第安人看病。巴兹尔花了整整一章的篇幅向读者讲述成长期时他对科迪莉亚的爱恋,却从没有和妻子讨论过她。厄德里克曾在《纽约客》上以"毁灭"为题刊登了讲述巴兹尔和科迪莉亚关系的短篇故事,但写入小说时她最后增加了巴兹尔和妻子的对话。在这场对话里,起初巴兹尔想要为自己早期对科迪莉亚的感情"捍卫清白",但就像艾尔玛的主体性使利欧脱离了他的常规模式一样,杰拉尔丁的主体性也挑战了巴兹尔的主体性(Erdrich 291)。巴兹尔感觉到"我们之间突然坐得分开了些",这种距离变成了一个潜在空间,他看到她眼中的"失望",但是最重要的是,他听到了妻子不得不分享的有关谴责科迪莉亚的传闻(同上)。杰拉尔丁帮助巴兹尔认识到他与科迪莉亚之前的关系让科迪莉亚获得赎罪感。杰拉尔丁的故事对巴兹尔的作用就像关于凶杀和私刑的多重叙述对读者的作用一样——他们将事件与历史背景相结合,使读者认识到自己受益于或共谋忘记共同历史的暴力事件,促使读者对这种共谋承担更多责任。当巴兹尔最终意识到科迪莉亚的种族歧视时,他写道:"我对她是一个特例,让她良心上好过些。每次我抚摸她,她都得到了宽恕。我搞清楚了整件事情——杰拉尔丁一边说,我一边理清了其中的历史原委"(292)。科迪莉亚利用巴兹尔开脱自己过去的罪行,而杰拉尔丁则为他讲述过去发生的事情,这既有助于加深对他们之间关系的认识,也要求巴兹尔对现在和未来的感情负起责任。虽然巴兹尔和杰拉尔丁的互动似乎只是表现人物间主体间性的一个场景,但当我们翻到另一页,发现作者让科迪莉亚来叙述小说的最后一章时,它的意义就更大了。

　　巴兹尔和科迪莉亚的叙述视角有巨大的主体间性差距,作者因此提出了伦理疑问:我们该如何评估科迪莉亚的叙述?当我们了解了巴兹尔和杰拉尔丁知道的事情后还能相信她的故事吗?虽然巴兹尔对科迪莉亚的性格做出了恰当而包含谴责的评价,但作者同时给了科迪莉亚最后说话的特权,并阻止她承认或者改变自己的种族歧视观。小说最后一章"普鲁托的灾难邮票"也在《纽约客》上刊登过,但是写入小说时,作者添加了科迪莉亚对前情人的描述、对自己偏见的暗示和对复仇私刑的描述。增加的部分篇幅虽小但意义重大,作者搅乱了科迪莉亚的良心,"我能活下来实在是出乎意料,也许正因为如此我充满感恩。也许是我的家人揽下了所有本该降临到我身上的不幸。我轰轰烈烈地爱过,过着平凡却幸福的生活,而且我有幸可以帮到人们,帮助大多数人。我并不会为谁哀悼到发疯的程度,也没有后悔的事希望从头再来一遍"(308;斜体部分是写入小说时添加的部分)。科迪莉亚的坦白——"大多数人",不仅印证了巴兹尔的批评,同时也警示我们她只是局部意识到自己的错误。阅读《爱》时,我们使用想象力来填补人物之间的空白,但阅读《鸽》时,我们要借助巴兹尔最后的话语来帮助解读科迪莉亚。科迪莉亚拒绝诊治印第安人,对此巴兹尔和她有不同的叙述和观点,这之间的差异给读者提出了伦理问题。埃维莉娜说过,"我们中的一些人身上既流淌着罪人的血液,也流淌着受害者的血液。其中的关系变得剪不断,理还乱"(243)。这句话让我们理解到:最后的叙述者科迪莉亚,不仅是小说里第一个受害者,同时也是一个要对她的群体承担责任的成年人。从巴兹尔和杰拉尔丁被描写的主体间性过渡到巴兹尔和科迪莉亚叙事视角形式上的主体间性,这要求读者同时持有多重主体性。我们不仅从巴兹尔的顿悟中解读科迪莉亚,同时也相信她,如厄德里克将小说最终话语特权留给她那样。如果科迪莉亚是唯一的叙述者,我们会完全采取她的视角,而在辫子叙事营造的主体间性空间中,我们可以远远地观望她。就像巴兹尔和杰拉尔丁"突然坐得分开了些"形成的距离一样(291),主体之间的距离形成了一个潜在的认知空间。《爱》提出虚构空间中可以建立真实联系,而《鸽》则将讲故事当作人物"(如杰拉尔丁所说)厘清历史原委"的重要场域(292)。厄德里克让笔下的人物解释他们如何潜在同谋了过去的罪行,同样地,她的小说邀请读者思考我们自己的伦理行为如何也应该对共同的历史负责。

　　两部小说表明,辫子叙事既可以连接历史暴力在人们之间挖下的鸿沟,也可以弥合将我们与最爱的人分开的小裂痕。作者将拥有不同叙述者和受述者的众多叙事辫股编织在一起,促使读者同时关注多个主体性。一些叙事策略通过同化和消除特殊性来重新调整社会建构的差异,而辫子叙事则不一样,它就像一场管弦乐表演,其作品本身依赖于不同的声音、旋律和乐器的组合。辫子叙事通过组合,用一种不同的伦理观念训练读者,强调认知各种个体诉求,要求读者具有历史和政治意识上的责任感。当我们接受挑战去识别辫子叙事中通常相互冲突的故事情节时,我们的思想就成了使主体间性成为可能的"潜在空间"。我们阅读《爱》时可以看到认知的喜悦需要两个不同主体,而在《鸽》中了解到这种认知有时要求我们在面对未来的同时,对历史负责。

注解【Notes】

① 译文有删节。——译者注
② 文中涉及的两部小说的译文分别取自杨蔚昀译《爱的历史》,北京:人民文学出版社,2009年;张廷佺、邹欢译《鸽灾》,上海:上海译文出版社,2017年。为行文方便,后简称《爱》《鸽》。文中其他没有特别说明的引文均为译者自译。——译者注
③ 精神分析学家杰西卡·本杰明将"主体间性"定义为"两个主体之间的交叉领域,两个不同的主体世界之间的相互影响"(Benjamin 29)。
④ 我认为福克纳的小说往往专注于同一系列的事件或表达对神秘黑暗空间的焦虑,福克纳将这种空间与女性联系在一起:《我弥留之际》(*As I Lay Dying*, 1930)的所有叙述者一起讲述了艾迪·本德伦的葬礼。《喧哗与骚动》(*The Sound and the Fury*, 1929)表现了福克纳对女性生殖系统的痴迷,因为所有叙述者都表现出对康普生家女人的性活动和子宫的着迷与控制欲望。
⑤ 一些最著名的短篇循环体小说只有一个叙述者。如舍伍德·安德森(Sherwood Anderson)的《小城畸人》(*Winesberg, Ohio*, 1919)只有一个始终如一的第三人称叙述者,或者是一个常规的框架叙述者,像查尔斯·切斯纳特(Charles Chesnutt)的《会念咒语的女人》(*The Conjure Woman*, 1899)一样,一个北方叙述者讲述了主人公朱利安叔叔的系列故事。
⑥ 2006年之前厄德里克的小说没有被归类为小说。2006年以后,她以前出版的和新出版的小说都被归类为小说。
⑦ 乔治·巴特(George Butte)已经在《缝合与叙事:小说与电影中的深层主体间性》(*Suture and Narrative: Deep Intersubjectivity in Fiction and Film*, 2017)中发现了主体间性与叙事之间的一些重要联系。巴特借助梅洛-庞蒂的学说来描述多重意识在小说中的复杂嵌入,而我则利用精神分析理论来强调情感分享。
⑧ 任何小说都可以引发作者和读者之间的主体间性关系,因为读者会把作者的想象带到他们的脑海中。以人物为叙述者的小说为这种潜在的主体间性增加了一个层次,因为读者通过文本探索叙述者的思想。偶尔,狡猾而强势的人物叙述者会要求我们完全采取他们的世界观和伦理立场,在这种情况下,我们想象作者的创作时,主体间性主要存在于我们

和作者的思想之间。这种叙述者要求我们抛开自己的视角,完全通过他们的眼睛看世界,即使作者希望我们抵制这种诱惑。正是这种魅力,使得《洛丽塔》(*Lolita*, 1955)成为叙事理论学者颇为迷恋的一个文本。

引用文献【Works Cited】

Anderson, Benedict. *Imagined Communities*. Brooklyn: Verso, 1983.

Bakhtin, M.M. *The Dialogic Imagination: Four Essays*. Ed. Michael Holquist. Trans. Caryl Emerson and Michael Holquist. Austin: U of Texas P, 1981.

Benjamin, Jessica. "Beyond Doer and Done to: An Intersubjective View of Thirdness." *Psychoanalytic Quarterly* 73 (2004): 5-46.

Butte, George. *Suture and Narrative: Deep Intersubjectivity in Fiction and Film*. Columbus: Ohio State UP, 2017.

Erdrich, Louise. *The Plague of Doves*. New York: Harper Collins Publishers, 2008.

Faulkner, William. *As I Lay Dying*. New York: Vintage Books, 1990.

---. *The Sound and the Fury*. New York: Vintage Books, 1946.

Hunt, Lynn. *Inventing Human Rights: A History*. New York: W. W. Norton and Company, 2007.

Ingram, Forrest L. *Representative Short Story Cycles of the Twentieth Century: Studies in a Literary Genre*. The Hague: Mouton, 1971.

Joyce, James. *Dubliners*. New York: Dover Publications, 1991.

Langer, Suzanne. *Feeling and Form: A Theory of Art*. New York: Charles Scribner's Sons, 1953.

Kelman, Mark. *A Guide to Critical Legal Studies*. Cambridge, MA: Harvard UP, 1987.

Krauss, Nicole. *The History of Love*. New York: W. W. Norton and Company, 2005.

Nagel, James. *The Contemporary American Short-Story Cycle: The Ethnic Resonance of Genre*. Baton Rouge: Louisiana State UP, 2001.

Newton, Adam Z. *Narrative Ethics*. Cambridge, MA: Harvard UP, 1995.

Noori, Margaret. "The Shiver of Possibility." *Women's Review of Books* 25.5 (2008): 12-13.

Phelan, James. *Living to Tell about It: A Rhetoric and Ethics of Character Narration*. Ithaca: Cornell UP, 2005.

Rabinowitz, Peter J. *Before Reading: Narrative Conventions and the Politics of Interpretation*. Columbus: Ohio State UP, 1987.

Stern, Daniel N. *The Interpersonal World of the Infant: A View from Psychoanalysis and Developmental Psychology*. New York: Basic Books, 1985.

Williams, Patricia J. "Metro Broadcasting, Inc. v. FCC: Regrouping in Singular Times." *Harvard Law Review* 104.2 (1990): 525-546.

Winnicott, D. H. *Playing and Reality*. London and New York: Routledge, 1971.

(原载 *Narrative*, 2018 年第 3 期)

特 稿

叙事学、文体学与 Point of View：片面性、互补性以及叙事学的跨学科借鉴

申 丹

作者简介：
申丹，北京大学讲席教授，研究方向为叙事学、文体学。

基金项目：
本文系国家社科基金中华学术外译重点项目"《叙述学与小说文体学研究》(第四版)"(21WWWA001)的阶段性研究成果，是在改写原著(申丹：《叙述学与小说文体学研究》第四版)过程中的新的研究发现和拓展。

内容提要： 叙事学十分注重对"point of view"(focalization, narrative perspective)的探讨，这也是文体学十分关注的一个领域。但这两个学派在研究路径和研究对象上各行其道且相互排斥。这种学科分野带来了一些不容忽略的问题，需要采取相应的对策加以解决。本文将从以下三个方面展开探讨：一、揭示叙事学和文体学研究各自的片面性以及两者之间的互补性；二、因为叙事学和文体学对 point of view 分别做出了片面的界定，因此需要从跨学科角度对 point of view 加以重新界定，以求更加全面地进行研究；三、探讨叙事学应该如何借鉴文体学对 point of view 的研究，并指出借鉴的几种具体路径。

关键词： point of view；叙事学；文体学；片面性；互补性；跨学科借鉴

20世纪初以来，随着人们对叙述技巧的日渐重视，point of view 成了西方学界的一个热门话题。西方叙事学和文体学自20世纪六七十年代兴盛以来，一直都十分注重对 point of view 的研究。但这两个学派在研究路径和研究对象上各行其道且相互排斥。这种学科分野带来了一些不容忽略的问题，需要采取相应对策加以解决。本文将从以下三个方面展开探讨：一、揭示叙事学和文体学研究各自的片面性以及两者之间的互补性。笔者将指出叙事学界对"谁感知"和"谁说"的区分是把双刃剑：一方面，它使结构上观察位置的区分得以清晰化，但与此同时，又将叙述者通过声音所表达的立场态度明确驱逐出 point of view 的范畴，造成探讨的片面性。而被叙事学所驱逐的叙述声音恰恰是文体学在探讨 point of view 时所聚焦的对象，因此两者之间呈现出较强的互补性。二、因为叙

事学和文体学对 point of view 分别做出了片面的界定,因此需要从跨学科角度对 point of view 加以重新界定,以求更加全面地进行研究。三、探讨叙事学应该如何借鉴文体学对 point of view 的研究,并指出借鉴的几种具体路径,包括:1) 关注叙述者或明或暗的评论,分析其所体现的叙述者的立场态度;2) 借鉴文体学对 point of view 类型的区分;3) 借鉴文体学对视角语言标识交互作用的仔细考察,以便帮助发现作品的深层意义,甚至帮助发现与情节发展并列运行的隐性进程。

一、叙事学和文体学各自研究的片面性和相互之间的互补性

在叙事学界,众多学者在探讨 point of view 时,往往追随法国著名学者热拉尔·热奈特(Gérard Genette),仅关注结构上的观察角度,而不关注叙述声音所体现的立场态度。热奈特认为对 point of view 的理论探讨经常"令人遗憾地混淆了"两个问题:一、叙述的观察角度是由哪个人物的 point of view 决定的?二、谁是叙述者?为了消除这一混乱,热奈特区分了"谁看"和"谁说",后来又把"谁看"改为"谁感知"(Genette 1980;1988)。为了更好地将观察者与叙述者相区分,热奈特提出了"focalization"(视角、聚焦)这一术语(Genette 1980)。而后众多叙事学家紧跟其后,仅关注"谁看/谁感知",并用 focalization 取代 point of view。

文体学领域则是另外一番景象。在探讨 point of view 时,文体学家聚焦于作者和叙述者如何通过语言选择或明或暗地表达自己的立场态度。著名英国文体学家杰弗里·利奇(Geoffrey Leech)和米克·肖特(Mick Short)指出,文体学特别关注表达态度和判断的"价值语言",包括在描述人物时判断其道德倾向的词语、表达其社会接受程度的词语等,以及语言中的情态和反讽等体现的叙述距离(Leech and Short 218—221)。在英语文体学界,保罗·辛普森(Paul Simpson)的《语言、观念与 Point of View》(*Language, Ideology and Point of View*, 1993)是第一部专门探讨 point of view 的专著,产生了广泛而深远的影响。该书将 point of view 界定为"文本中'讲述的角度'(angle of telling)"(Simpson 2),这与叙事学界对讲述者("谁说")的排斥形成了截然对照。

叙事学和文体学的这种学科分野不难理解。从结构主义发展而来的叙事学聚焦于结构上的观察角度,而应用语言学分析文学作品的文体学则特别关注叙述者的语言选择所体现的立场态度。那么,这种学科分野是否有道理呢?我们不妨考察一下著名女性主义叙事学家苏珊·兰瑟(Susan Lanser)在 1981 年出版的《叙事行为:小说中的 Point of View》(*The Narrative Act: Point of View in Fiction*)一书。在这部公认的女性主义叙事学的开拓性著作的绪论中,兰瑟指出:

如果"看"(seeing)是一种与 point of view 密不可分的行为,那么"说"(saying)就是双重的。人类话语不仅基于看到的主体与所见客体之间的关系,而且还基于主体与一个或多个听者(listeners)、感知客体以及语言本身之间的多方面动态互动……因此,语言互动必然反映人类活动的两个层面,即语言和感知,两者都受 point of view 的支配。(Lanser 4)

从这一立场出发,在探讨小说中的 point of view 时,兰瑟聚焦于"叙述声音(narrative voice)与写作行为的物质、社会和心理背景之间的联系,意识形态与技术之间的联系"(5)。兰瑟对叙述者的声音进行的富有成效的女性主义语言分析证明了研究叙述者观点态度的必要性和重要性。遗憾的是,因为叙事学聚焦于结构关系而排斥对语言选择的考虑,因此兰瑟在研究 point of view 时对叙述者声音的关注未能在叙事学界产生较大影响。

热奈特不仅将 point of view 与叙述者的声音区分开来,而且明确断言:"在探讨 point of view 时,同时考虑叙述者的声音和 focalization 是不合法的(not legitimate)"(Genette 1980:212)。其实,热奈特在排斥叙述声音时,也仅仅考虑了叙述类型,而没有真正关注叙述者的立场态度,而叙述者的立场态度才是 point of view 应该涵盖的一个层面。

值得注意的是,著名叙事学家什洛米斯·里蒙-凯南(Shlomith Rimmon-Kenan)在《叙事虚构作品:当代诗学》(*Narrative Fiction: Contemporary Poetics*, 1983)一书中,单辟了一节,题为"Focalization 的语言标识"(84—86)。身为叙事学家,里蒙-凯南不得不为自己考虑语言选择加以这样的说明:"我提出 focalization 是由各种语言选择标示出来的,并不是要取消它和叙述之间的区分"(84)。她指出虽然 focalization 本身是"非语言的",但它"通过语言表达"。

里蒙-凯南进一步指出,标示 focalization 的"文体可能性的整个范围尚未得以建立"(84—85),这间接表达了她对叙事学不考虑语言特征的遗憾。那么,里蒙-凯南为何会考虑语言特征呢? 这与她借鉴俄罗斯学者鲍里斯·乌斯宾斯基(Boris Uspensky)的理论模式密切相关。乌斯宾斯基既是结构主义学者,也是语言学家。受其影响,里蒙-凯南一方面将视野拓展到了 focalization 的心理、情感和观念层面,另一方面也将语言选择纳入 focalization 研究的范畴。但里蒙-凯南依然明确排斥叙述声音,虽然在实际分析中,她也无意中会偶尔涉及叙述声音(详见下文)。

在《劳特利奇叙事理论百科全书》(*Routledge Encyclopedia of Narrative Theory*, 2005)中,杰拉德·普林斯(Gerald Prince)认为 point of view 的持有者是作为观察者的聚焦者(focalizer),因此他在综述学界对 point of view 的不同分类时,集中

关注聚焦者所处的结构上的观察位置,并在简要概述乌斯宾斯基的模式时,把其模式仅仅展示为一种结构性的模式(442—443)。实际上,乌斯宾斯基也十分关注叙述者的话语所体现的立场态度,尤其是在观念/评价层面。而叙事学界仅仅关注结构上的观察位置,根本没有考虑由叙述声音体现出来的观念/评价层面的 point of view,导致了对乌斯宾斯基理论的误解和误用。

可以说,叙事学界对"谁感知"和"谁说"的区分是把双刃剑。一方面,它使结构上观察位置的区分得以清晰化——不仅可以将全知叙述与采用人物视角的第三人称叙述区分开来,显示出两者之间的本质不同:虽然同为第三人称叙述,但前者的聚焦者是叙述者,而后者的聚焦者则是作为过滤器的人物(在后者中,读者不是通过叙述者的感知而是通过人物的感知来观察故事世界),而且可以区分第一人称叙述中"我"现在的回顾视角与"我"当年的体验视角(50 岁的"我"在叙述自己 10 岁时发生的事时,可以放弃自己的回顾性眼光[叙述自我的聚焦],而采用自己当年体验事件时的眼光[体验自我的聚焦])。

但另一方面,对"谁感知"和"谁说"的区分又将叙述者的声音明确驱逐出 point of view 的范畴,造成对 point of view 探讨的片面性。而被叙事学所驱逐的叙述声音恰恰是文体学在探讨 point of view 时所聚焦的对象,因此两者之间有很强的互补性。我们需要打破学科分野的束缚,对 point of view 加以综合考虑。

二、跨学科视野下对 point of view 的重新界定

为了纠正学科分野所造成的片面性,我们需要从跨学科的角度,重新界定 point of view:

Point of View

point of view 有两方面的意思:一方面指涉观察者的感知,另一方面则指涉叙述者的立场态度。前者主要涉及观察位置——究竟是在故事之内还是在故事之外,但也涉及感知的特点——究竟是客观中性的摄影式观察,还是带有情感、观念等方面的色彩。后者则主要涉及叙述者的声音所体现的立场态度或观念评价。

如果叙述者叙述的是自己所观察之事,探讨 point of view 时,就需要既考察其声音(立场态度)又考察其感知(观察角度)。如果叙述者采用人物的感知来观察,那么就需要同时考察叙述者的声音所体现的立场态度和人物的观察位置以及其感知是否带有情感和观念等方面的色彩。

受西方叙事学的影响,中国学者在探讨 point of view 时,通常都采用"视角"

"聚焦"等术语,而这些术语均难以涵盖叙述者的声音。此外,国内学界普遍接受了西方叙事学对"谁看"和"谁说"的区分,认为 point of view 仅仅涉及前者,因此,即便采用"叙述眼光"这一原本既能指涉观察角度又能涵盖叙述者的立场态度的词语,也将之与"叙述声音"加以区分,将"叙述声音"排除在外。

在汉语中,若要找到一个像 point of view 这样涵盖面足够宽的术语,就需要把"叙述眼光"从以往的人为束缚中解放出来。根据《现代汉语词典(汉英双语)》(中国社会科学院语言研究所词典编辑室 2210)的界定,"眼光"的一种含义涉及叙事学意义上的 point of view(即观察角度),词典的定义为"视线 eye";另一种则与文体学意义上的 point of view(即立场态度)相吻合,词典的定义为"观点 point of view"。

只要打破以往研究带来的禁锢,我们就能看到中文的"叙述眼光"具有与英语的"point of view"同样宽广的涵盖面。诚然,在探讨观察角度时,我们依然可以采用"视角""聚焦"等术语,但我们需要清醒地认识到,这仅仅是"point of view"或者"叙述眼光"的一个方面。

三、叙事学应如何借鉴文体学对 point of view 的研究?

(一)关注叙述者或明或暗的评论,分析其体现的叙述者的立场态度

笔者想从里蒙-凯南的分析入手,来说明叙事学在探讨叙述眼光时,应如何借鉴文体学。在《叙事虚构作品:当代诗学》这部叙事学的经典著作中,里蒙-凯南分析了取自詹姆斯·乔伊斯(James Joyce)《阿拉比》("Araby",1914)的一句话:

> 除了随便打两句招呼,我从未跟她讲过话,但一听到她的名字,我浑身上下愚蠢的血液就会沸腾起来。(转引自 Rimmon-Kenan 85)

里蒙-凯南指出,从"愚蠢的"这一评价性的形容词可以看出这里的叙述视角是叙述自我的而不是经验自我的(Rimmon-Kenan 85)。"愚蠢的"是叙述者的评论,也就是说,里蒙-凯南是根据叙述者的声音在判断视角。

请比较:

> 除了随便打两句招呼,我从未跟她讲过话,但一听到她的名字,我浑身上下血液就会沸腾起来。

不难看出,尽管没有出现"愚蠢的"这样的叙述评价,这里的聚焦眼光依然是叙述自我的,因为此处是对当年反复出现的类似情况的总结概述("从未……

但一听到"），而只有叙述自我才能对当年发生的事进行总结概述。我们知道，体验自我处于事件之内，正在经历当时的某一事件，因此无法进行总结概述。在英文里，体验自我聚焦的语言标识往往是过去进行时+副词 now，譬如，"I was enjoying myself now."（Fitzgerald 47）。

也就是说，我们无须根据叙述评论来判断聚焦者究竟是"叙述自我"还是"体验自我"，而可以根据叙述评论来判断叙述声音中的 point of view（立场态度）。从"愚蠢的"这一评论我们可以清晰地看到叙述者对自己当年情窦初开时那种过于冲动的爱情的批评和反讽。

让我们再看看里蒙-凯南取自乔伊斯《阿拉比》中的另一句话：

> （每周六的晚上……）这些喧闹声在我心里汇集成了一种独特的生活感受：觉得自己就像是捧着圣餐杯在一群仇敌中间安然穿过。（转引自 Rimmon-Kenan 86）

里蒙-凯南评论道：

> 这里的语言是叙述者的，但聚焦者可能是叙述者也可能是小孩［即体验自我］。如果采用的是小孩的视角，所强调的就是小孩想象自己以英雄的身份出现在其中的宗教仪式。但如果叙述者为聚焦者，强调的则是小孩想象的陈腐过时，语气也就不乏反讽的意味（the tone is ironic）。（Rimmon-Kenan 86）

从"每周六的晚上"就可看出，"这些喧闹声在我心里汇集成了一种独特的生活感受：觉得自己就像是捧着圣餐杯在一群仇敌中间安然穿过"是叙述者的总结概述，描述的是"我"当年每个周六的晚上去集市时的情形，因此并不存在聚焦的两种可能性——聚焦者就是回顾往事的叙述自我。

里蒙-凯南在评论此处的 focalization 时，依然仅想谈"聚焦者"，但她却关注了叙述者的语气——"语气也就不乏反讽的意味"。这句话里没有出现"愚蠢的"这样的直白的叙述评论，而是通过叙述语气来暗暗传递叙述者的立场态度，这种叙述语气也是一种暗暗的叙述评论。正如里蒙-凯南的分析所"无意中"体现的，叙事学在分析 point of view 时，**应该关注叙述者或明或暗的评论所体现的立场态度**。值得注意的是，《阿拉比》是第一人称叙述，而叙述者或明或暗的评论在第三人称全知叙述中往往会起更大的作用，不容忽视。

此外，我们不仅需要关注叙述者对人物的评论，也需要关注叙述者对景物或明或暗的评论。下文是乔伊斯《阿拉比》开头的景物描写：

里士满北街有一端是不通的(blind),除了基督教兄弟学校的男孩子放学那段时间,平时寂静无声。一栋无人居住的两层高的房子坐落于街的尽头(the blind end),跟一块方地上相邻的房子(neighbors)分离。街上的其他房子带着不动声色的棕色面孔,意识到自己体内有体面的生物(conscious of decent lives within them),彼此凝视着。(Joyce 27)

第一人称回顾性叙述者对这条街的描写和评论以两种修辞手法为特征:一为拟人化,另一为非人化。房子被比喻为有意识的人,作者还特意选用了"neighbors"这个通常用来指涉"邻居"的词来加强对房子的拟人化。在这段文字里,我们仅能看到对房屋的意识、凝视和表情的描写,而住户则被描写成房屋体内的东西,被非人化。把无生命的物体加以人格化,而把有生命的人加以物体化,这产生了较强的反讽性张力。除了孩子们放学的时间,整条街本来就了无生气,再加上采用拟人化和非人化的修辞手法暗暗进行反讽性的评论,叙述者将这条街(作为都柏林街道的代表)展示为一个缺乏活力的鬼城,呼应了精神瘫痪的主题意义。

不难看出,在研究 point of view 时,我们也不应忽略在景物描写中叙述声音所体现的立场态度。

(二) 借鉴文体学对 point of view 类型的区分

我们都很熟悉戏剧性的"外视角"——即像观看戏剧一样观察人物的外在言行。文体学家依据叙述者的声音,区分了两种不同的戏剧性外视角:一种是海明威的《杀手》("The Killers",1927)那样的纯客观观察,不含叙述者或明或暗的评论。叙事学家仅关注这一种戏剧性外视角。

与此相对照,在文体学区分的另一种戏剧性外视角中(Fowler 141—143),叙述者会发表自己的评论。例如,在阿诺德·贝内特(Arnold Benette)的《赖斯曼阶梯》(Riceyman Steps,1923)中,叙述者—聚焦者虽然仅仅充当戏剧观众那样的旁观者,但依然会对人物加以评论:"1919 年秋天的一个午后,人们可能会看到一个略微跛行的没戴帽子的男人登上赖斯曼阶梯那平缓、宽阔的斜坡[……]他给人一种安静、聪明、文雅、和善的成功男人的感觉;在他的小眼睛里,闪烁着情感敏感的不同光芒"(转引自 Fowler 142—143)。这里的叙述评论体现出叙述者对人物的特定态度。

我们在探讨戏剧性的 point of view 时,可以像文体学家那样区分两种亚类:一种是纯客观观察的外视角(仅关注旁观聚焦,无须关注叙述声音),另一种则带有叙述者的主观评论(不仅需要关注旁观聚焦,也需要关注叙述声音所体现的立场态度)。

（三）借鉴文体学对视角语言标识交互作用的仔细考察

文体学家十分注重视角的语言标识，而叙事学家则往往将之搁置一旁，即便像里蒙-凯南那样开始关注，也仅仅涉及较为明显的语言标识。如果要通过视角分析挖掘作品的深层意义，就需要进行细致的文体分析，考察视角语言标识暗暗的交互作用。

对视角的语言标识进行细致的文体分析有时还能帮助我们发现与情节发展并列运行的隐性进程。且以凯瑟琳·曼斯菲尔德（Katherine Mansfield）的《心理》（"Psychology"，1920）为例。该作品采用的是第三人称内视角。在**情节发展**中，男女主人公相互激情暗恋，内视角也在男女主人公之间来回转换。但倘若我们像文体学家那样仔细考察视角的语言标识，就会发现作品实际上持续采用了女主人公的内视角，在作品的情节发展背后还存在一个隐性进程，在这股叙事暗流里，女主人公暗恋男主人公，并不断把自己暗恋的想象向男主人公投射，而作者则在情节发展中有意把女主人公的这种投射伪装成男主人公的内心想法，造成情节发展中两人相互暗恋的假象。让我们看看作品中的一个片段：

> 1. 时钟欢快地轻敲了6下，火光柔和地跳跃起来。他们多傻啊——迟钝、古板、老化——把心灵完全套封起来。
>
> 2. 现在沉默像庄重的音乐一样笼罩在他们头上。太痛苦了——这种沉默她难以忍受，而他会死——如果打破沉默，他就会死……可他还是渴望打破沉默。不是靠谈话。无论如何，不是靠他们通常那种令人恼怒的唠叨。他们相互交流有另一种方式，**他想用这种新的方式轻轻说（murmur）**："你也感觉到这点了吗？你能明白吗？"
>
> 3. 然而，令他觉得恐怖的是，他听见自己说："我得走了。6点钟我要见布兰德。"
>
> 4. **是什么魔鬼让他这样说而不那样说？**她跳了起来——简直是从椅子上蹦了出来，他听到她喊："那你得赶快走。他总是准时到。**你干吗不早说？**"
>
> "你伤害我了；你伤害我了！我们失败了。"她给他递帽子和拐杖时**她的秘密自我在心里说，而表面上她却在开心地微笑着**。（Mansfield 152—153；段落序号和黑体为引者所加）

男女双方都是作家。男方跟另一位朋友约了下午六点见面，此前顺便过来看看女方，现在告辞去赴约。第4段中女方的内心想法"是什么魔鬼让他这样说而不那样说？"（What devil made him say that instead of the other?）对于揭示隐性进程十分重要。这句话里的"那样说"指涉上引第二段中的男方的内心想法——"他想用这种新的方式轻轻说：'你也感觉到这点了吗？你能明白吗？'"

然而，女方显然无法知道男方的内心想法。既然"那样说"是女方的愿望，"他想用这种新的方式轻轻说：'你也感觉到这点了吗？你能明白吗？'"就只能是女方投射到男方身上的。我们在这里通过细致的文体分析发现这一点后，再仔细考察作品其他地方视角的语言标识，就会发现这一作品在男女双方互相暗恋的表层情节发展背后，还有一个女方单相思、单方面暗恋男方的隐性进程。若对整个作品视角的语言标识进行追踪性的考察，我们会发现在隐性进程里，叙述者实际上暗暗持续采用了女主人公一人的视角，情节发展里视角在男女双方之间的频繁转换实际上是一种假象——女主人公不断把自己的意识投射到男方身上，造成男方暗恋她的表象。

隐性进程从情节发展里得到多层次的反衬，在对照中微妙而戏剧性地揭示出女主人公复杂的心理活动。隐性进程与情节发展构成一实一虚、一真一假、暗明相映的双重叙事运动。两者呈现出微妙而复杂的关系：既互为补充，又互为颠覆。如果看不到隐性进程，就会片面理解甚或严重误解作品的主题意义、人物形象和结构技巧。而若要发现隐性进程，就需要对作品中视角的语言标识展开细致的文体分析。

结语

自 20 世纪初以来，point of view（focalization）一直是西方学界的一个热门话题；改革开放以来，它在国内叙事学界也很受重视。西方叙事学和文体学的学科分野导致了学界对 point of view 的片面界定和片面探讨，同时也出现了不少混乱，对此笔者已另文详述（申丹 2023）。西方学界的片面性也影响了国内的研究。国内叙事学界也普遍认为"视角"或"聚焦"就是 point of view 的代名词，将"叙述眼光"囿于这一方面，对 point of view 的另一方面——叙述者的声音所体现的立场态度——未加关注。然而，在不少叙事作品中，叙述者的声音和视角交互作用，联手表达作品的主题意义和塑造人物形象，在作品分析时不可偏废。

本文力求清理混乱，对 point of view（叙述眼光）提出符合实际的新的界定，并指出叙事学借鉴文体学的具体路径。希望这一方面能帮助推进相关理论研究的发展，另一方面也能促进跨学科的实际分析，以便对叙事作品进行更好、更为全面的研究。

引用文献【Works Cited】

Fitzgerald, F. Scott. *The Great Gatsby*. New York: Charles Scribner's Sons, 1925.

Fowler, Roger. *Linguistic Criticism*. Oxford: Oxford UP, 1986.

Genette, Gérard. *Narrative Discourse*. Trans. J. E. Lewin. Ithaca: Cornell UP, 1980.

---. *Narrative Discourse Revisited*. Trans. J. E. Lewin. Ithaca: Cornell UP, 1988.

Joyce, James. "Araby." In *Dubliners*. Harmonsworth: Penguin, 1970. 27–33.

Lanser, Susan Sniader. *The Narrative Act: Point of View in Fiction*. Princeton: Princeton UP, 1981.

Leech, Geoffrey, and Mick Short. *Style in Fiction: A Linguistic Introduction to English Fictional Prose* (2nd edition). London: Pearson Education, 2007[1981].

Mansfield, Katherine. "Psychology." In *Bliss, and Other Stories*. New York: Alfred A. Knopf, 1920. 145–156.

Prince, Gerald. "Point of View (Literary)." In *Routledge Encyclopedia of Narrative Theory*. Ed. David Herman, Manfred Jahn, and Marie-Laure Ryan. London and New York: Routledge, 2005. 442–443.

Rimmon-Kenan, Shlomith. *Narrative Fiction: Contemporary Poetics* (2nd edition). London and New York: Routledge, 2002.

Simpson, Paul. *Language, Ideology and Point of View*. London and New York: Routledge, 1993.

申丹:《跨学科视野下对 Point of View 的重新界定》,《上海交通大学学报(哲学社会科学版)》,2023 年第 1 期,第 1—13 页。

中国社会科学院语言研究所词典编辑室编:《现代汉语词典(汉英双语)》,北京:外语教学与研究出版社,2002 年。

叙事理论关键词

新物质主义叙事

程　心

作者简介：
程心，上海外国语大学英语学院教授。

基金项目：
本文系国家社科基金重大项目"西方物叙事研究"（23&ZD302）的阶段性研究成果。

内容提要： 本文探讨新物质主义理论如何推动文学与叙事研究的新发展。新物质主义反对各种语言中心主义思潮与主流西方哲学中对物质的定式理解，也反对文化唯物主义忽视人与物关系的复杂性，尝试重新定义物质、重构人与物的关系。新物质主义叙事可分为两大类型："文内之物"与"文本之物"。"文内之物"关注处于文本中心或边缘的物，如18世纪的"它叙事"。"文本之物"聚焦文本的物质特征和形式，代表概念为书籍史研究中的"物质文本"。新物质主义启发我们将文本的物质性视为叙事意义的联构因素，以一种跨学科的、与文本互动和应用批评的实践方式进行阅读，更新了对文本、读者与阅读的理解。

关键词： 新物质主义；物质；叙事

　　新物质主义的核心人物凯伦·巴拉德（Karen Barad）这样描述当代学术研究中物质倒置的困境："语言被赋予了太多的权力……近来，似乎每个'物'——甚至物质本身——都变成了语言的问题或其他形式的文化表征。……语言至关重要，话语至关重要，文化至关重要。一个值得注意的现象是，唯一看起来不再重要的就是物质本身"（2003：801）。一方面，巴拉德揭示了新物质主义的基本立场：重新认识物质，因为理解"物质何为"至关重要（2003：803）。另一方面，这段话还涉及物质研究的许多关键性问题：物质究竟是由语言决定的被动存在还是同语言相互关联、彼此作用？物质如何在社会和文化实践中起作用？如果我们把物质从语言、话语、文化的禁锢中解放出来，物不再是人类行动或意识的延伸、投射或背景，又应该如何看待人类及其所在世界的关系？

　　自21世纪初以来，新物质主义以蓬勃发展之势出现，已成为一个丰富的批评领域。这一趋势为重新审视物质的作用、人与物质之间的关系提供了创新的方法和理论。那么，物质转向对文学和叙事研究意味着什么？新物质主义是否为文学研究提供了重新想象阅读和批评的机会?为了回答这些问题,这篇文章首先尝试对新物质主义理论的基本特征和主题进行概述,并在此基础上介绍两种代表性的新物质主义叙事范式和案例。最后,理论的新物质主义走向不仅意味着对文学、叙事的全新理解,还带来了阅读实践与批判方法的变革。新物质主义极大地拓展了我们对世界与文本的认识,为未来的学术研究提供了广阔的探索空间。

一、新物质主义要略

虽然"新唯物主义"一词最早出现于 20 世纪 90 年代,[①]但在批评领域,2010 年常被认为是新物质主义的关键起始点(韩启群 113)。作为一种新兴的理论思潮,新物质主义目前正处于不断发展的阶段,并且其谱系也相当复杂丰富,包括以简·贝内特(Jane Bennet)的理论为代表的"活力新物质主义"、以甘丹·梅亚苏(Quentin Meillassoux)和格拉汉姆·哈曼(Graham Harman)的理论为代表的"否定新物质主义"和以巴拉德和薇琪·科比(Vicki Kirby)的理论为代表的"述行新物质主义"(Gamble et al. 119—124)。

为了更加准确地界定新物质主义的内涵,我们有必要思考它所排斥的概念或对象,即它不是什么或者说它所反对的是什么。首先,如巴拉德所言,作为一种强调符号、文本、话语等语言要素的思潮,后结构主义及与其渊源颇深的后现代主义是新物质主义的共同敌人。后结构主义和后现代主义认为,语言并非仅仅代表或反映现实,还塑造和引导着我们的现实感。如果说真实完全由语言、话语构成,表征、意识形态、话语就成为文学批评的全部。女性主义批评家将这一困境描述为"当代语言学转向所造成的僵局",因为将身体定义为话语的产物,其代价是忽略了"生活经历、具身实践和生物物质"等重要的议题(Alaimo et al. 1,4)。而由语言符号构成的文化和社会导向另一个更加令人不安的后果,那就是我们所经历的世界其实并不真实,是由我们所创造的"第二自然"。换而言之,自然界的文化符号遮蔽了我们目前无法接近和不可知的自然本真,"假如文化其实一直是自然呢?"(Kirby 2—3)这一点对于我们理解当前面临的生态问题至关重要,因为将人类与自然界割裂开来是当今环境危机的主要根源。像所有试图开创新思想潮流的理论一样,新物质主义正是在与后结构主义、后现代主义的决裂中确立了新的理念。

当代科学理论对主流西方哲学的修正,是推动"物转向"的另一个重要动机。这一修正促使我们重新审视物质的本质,并重新评估其在世界中的作用。在新物质主义理论看来,物不再是笛卡尔和牛顿所描述的那种被动、惰性、简单、可预测且被主体支配的存在。物被理解为主动、复杂、自组织且难以预料的存在,具有各自的生命周期与历史。这种新的物质理解与自然科学的发展密切相关。比如，现代物理学的发展揭示了许多超出我们固有认知的现象，如量子纠缠和黑洞信息悖论等。根据量子场理论，真空状态下"存在着各种可能性，物质被不断地创造和摧毁"，而亚原子粒子的种类繁多，"包括电子、夸克、正电子、反夸克、中微子、π介子、胶子和质子"，这些亚原子粒子并不是简单的、占据着特定位置的物（Barad 2007：354）。而随着信息科学和技术的发展，图书、报纸、通讯和音乐录音被数字化，互联网甚至被视为一个有着自己欲望的生命体，人和物之间的界限越来越模糊。科技进步揭示物质世界的奥秘与复杂性，超越人类感知与理性的限制。这使我们不得不放弃笛卡尔主义的二元论，承认人与世界并非彼此隔绝。我们属于世界的一部分，就如同世界也属于我们的一部分。而新物质主义正是尝试提供另外一种想象物质的方式："也许是一种充满生命力的物质性，它具有自我转化的能力，并已经具备了常常属于独特、理想和主观领域中的活力和存在意义"（Coole and Frost 92）。这一方面表明新物质主义通过反驳传统机械论观点中关于物质固定和惰性的认知，构建了一种更为动态的物质认知，并描绘了一个更加不稳定和具有活力的物质世界。另一方面凸显了新物质主义思潮和科学的联系，或其所谓"科学嫉妒症"（Gamble et al. 112）。随着当代学科的边界融合，新物质主义将科学作为哲学资源，更加关注物质本身，标志着人文学科正式迈向跨学科后人文学科的突破。

一些新物质主义理论家还反对"物体"（object）一词，转而使用"物"（thing）。其中一个原因是反对将物等同于"消费对象"（object of consumption），因为"我们与物的关系的性质不能用资本主义的文化逻辑来解释"（Brown 2010：5）。显然，这一批评直接针对文化唯物主义（cultural materialism）对商品文化、消费实践的关注，认为其忽视了人与物关系的复杂性。新物质主义将研究对象从物的交换价值中偏移，指向具有独立存在和内在价值的实体，鼓励我们探索文学作品中各种形式的主客体关系，倡导"与物质世界一起，或通过物质世界思考"，从而更好地认识构成人类行动的物（2010：3）。由此可见，新唯物主义之所以拒绝"物体"还有第二层原因。那就是因为英文中的"object"一词具有双重含义，指涉一种二元论的主客体关系。正如彼得·施文格（Peter Schwenger）所说："根据逻辑和语法，客体应该是主体的对应物，通过对立来平衡和在某种程度上定义主体。然而，这种对立，归根结底是一种关系，总是难以把握，变得无足轻重：从正确的角度看，客体并非与主体相对，而是完全不同的。这样，客体就摆脱了控制性凝视的动力，重新成为物"（47）。我们通常习惯性地为物赋予我们的意义，将物视为人类的奴仆，但实际上物体是具有神秘性和不可知性的，"与任何人类的价值体系无关"（Lamb 11）。这种不可知性也为物体本身的独立存在提供了可能性和潜力。艺术史学家巫鸿的《物尽其用：老百姓的当代艺术》用一场别出生面的展览演绎了物的这一特质。展览的展品是一万余件属于一名普通北京妇女的日常物件。但当这些实用之物脱离服务于人的属性，变得更加陌生，就超越了物品的物质形态和视觉呈现，展示了共有的"物质性"（巫鸿 11）。②当物品不再由人类社会的功能而定义时，才能成为物，成为艺术项目的一部分。这种超越主客体二元论的倾向推动新物质主义拥抱本体论立场，同时也对人类中心主义构成挑战。这也解释了为何《新物质主义》的导言雄心勃勃地宣称，新物质主义的核心在于"对支撑现代世界的一些最基本的假设提出挑战"，其中包括"对规范意义上的人类本质和人类能动性的认识"，也包括"人类的物质实践"（Coole and Frost 4）。人类主体不再被视为操纵和掌握被动的客体物的唯一生物，而是"世界的物质、系统和生成的一部分"（Alaimo 2014：14）。新物质主义想象的世界是由"行动者"组成的多元世界，物质和主体性相互缠结、非人类物质相互融合。这种方案重新定位了人与世界、人与人以及人与自身之间的关系，也让新物质主义和后人类主义素来结合，为后者提供重要的理论来源。

可见，尽管新物质主义的批判目标各不相同，但其共同之处在于对物质的重新想象、定义和概念化。戴安娜·库尔（Diana Coole）和萨曼莎·弗罗斯特（Samantha Frost）将物质性概括为"一种过度、力量、活力、关系性或差异"，这种特质"使物质变得活跃、自我创造、多产、不可预测"（Coole and Frost 9）。巴拉德强调物质的弹性和生成性质，她认为"物质不是固定或给定的，也不仅仅是某个过程的最终结果。物质是生产的，是一种生产力"（Barad 2007：137）。物质不是事物固有的实质或属性，而是在持续生成与变化之中展现出的主动性。而简·贝内特则特别关注物质的"活力"："物的能力……不仅阻碍或阻止人类的意志和设计，而且也可以充当具有自己的轨迹、倾向或趋势的准代理人或力量"（Bennett viii）。贝内特将这种活力命名为"物力"（thing power），描述的是非人类实体的能动性（agency）。③物力并非生物生命形式的认知或感知能力，而是"让事情发生、产生影响"的能力（5），如磁铁与钢铁间的相互吸引，咖啡因、糖和脂肪对人体心理和心智的作用。这种物力往往存在于集合体中，通过与其他物质实体共同运作而产生影响。比如 2003 年 8 月，几乎同时发生的几起故障导致美加电网失效与崩溃，最终造成约 5 000 万人口大面积停电约两天。在此事件中，电网由发电站、变电站、输电线路以及各类用电设备构成，是一个代理集合体。人类对如此庞大复杂的技术系统的控制并不像想象中那么精确与全面："与其说行为（停电）背后有一个行动者（代理人），不如说是人与人之间的集合体的行动和效果"（28）。

与贝内特关注物力不同，毛里齐娅·博斯卡利（Maurizia Boscagli）和蒂莫西·莫顿（Timothy Morton）分别提出了"东西"（stuff）和"超物体"（hyperobject）两个概念，来描述新物质主义下的物质观。如果说物力关注的是物质世界自身的内在效能机制,东西和超体就鼓励我们重新认识物质世界的本质及存在形式。博斯卡利认为,东西往往表现出异常活跃的变化,它们"处在一种价值变得无效的边界状态",但"又从未停止被商品化利用"(Boscagli 2)。东西蕴含丰富的意义,也总是随时变异成其他形式。东西在日常世界中的流动和不稳定性,使得主体和客体之间的传统界限变得难以维持。东西这种"无定型"(amorphousness)的性质体现在本雅明的收藏作品、装饰艺术时期的设计、电影《美国丽人》中的塑料袋以及家居杂物中。比如,装饰艺术运动促使许多日常物品通过精致的装饰手法获得美学上的功能。"立体派的几何装饰,古埃及和中美洲艺术的清晰线条以及新古典主义的装饰语言"使家具、花瓶、玻璃器皿和漆屏的外形展现出种种变化(150)。这些变化体现了物品形式的可塑性,以及人类如何通过创造性思维不断建构和扩展其意义。又如,家中往往堆满各类杂物,它们的来历和用途难以考证,但却构成家居生活日常维度重要的组成部分。纵观其在家中环境之外,每件物品"如同短暂脆弱的一次性物品,其存在、持续性与意义似乎变得不确定"(227)。然而正是这些看似琐碎的物件,通过其在特定环境中的存续和其所有者的想象,展示出东西意义的多变与不定性。

和关注日常生活中物质如何互动和运作的博斯卡利相比,莫顿所指涉的超物体具有更为宏大的尺度。作为"相对于人类尺度在时空上广泛分布的庞大物",超物体包括广阔的自然实体(如黑洞、生物圈、太阳系等)、长期残留的人造物品(如马达、发电机、泡沫塑料等)和地球上所有的核素材料与矿产(Morton 1)。无论是自然形成还是人工制造,超物体的"超"都着重强调其深远影响和漫长存在。超物体具有五种特征:黏性(viscosity)、非本地性(nonlocality)、时间起伏性(temporal undulation)、超展现性(phasing)和客体间性(interobjectivity)。莫顿引用全球气候变暖作为例证,说明其作为超物体的无处不在:"当我转动汽车点火器的钥匙时,我与全球变暖有关。当一个小说家写到向火星移民时,他就与全球变暖有关"(20)。超物体不存在于某一特定的时间地点,气候变暖是全球性的,没有明确边界。超物体变幻莫测,气候变暖极为复杂,远超出人类理解和掌控的能力,某些影响现今难以察觉,但未来可能骤然显现。全球气候变暖与其他超物体(如生态系统)存在复杂的相互依存,它们之间的微小变化可能对整个地球环境产生深远影响。超物体概念代表了一种宏观的新物质主义物质观,意在唤醒更广阔的生态责任,为人类环境危机提供了一个警醒与思考的视角。

二、新物质主义叙事举隅:它叙事

美国现代主义诗人威廉·卡洛斯·威廉斯(William Carlos Williams)写道:"思在物中"(No ideas but in things.)(6)。这句诗不仅彰显了威廉斯的意象派诗学立场,也为探讨新物质主义叙事提供了一个入口。新物质主义致力于探索物质内在的生命力与无限可能。正如"思在物中"所示,思想来源于观察与感知物质,一切理念形成于人与物质的互动。新物质主义叙事邀请我们探索物质的可能与变化,启发我们打开思维,敏锐地洞察物质世界。

不过,新物质主义叙事本身似有悖论之处。如前所述,新物质主义采取后人类主义的立场,为人类主体之外的存在赋予能动性与生命力,而这些存在物的本质特征却不是人类的象征符号体系可以穷尽描述的。当物作为自身实体存在出现时,"不可能被完全归结为(人类)主体为其设定的背景。永不为其符号体系所耗尽"(Bennett 5)。这似乎意味着,我们无法达到对物质世界的叙事的终极理解和全面阐释。贝内特举例达尔文对蚯蚓的观察来解释这一悖论。达尔文在蚯蚓身上看到了一种类似人类的"智慧和意志力",这固然体现了人类的"自恋",但也促使达尔文更加关注蚯蚓复杂、特异的"物质性"(99)。而中国学者唐伟胜在《谨慎的拟人化、兽人与瑞克·巴斯的动物叙事》("Cautious Anthropomorphism, Animal Man, and Rick Bass's Deep Ecology Narratives")一文中则用当代美国小说家巴斯的小说很好地阐释了"用人类语言讲述'去人类中心'故事"的悖论和"谨慎的拟人化"的叙事策略(Tang 1619)。新物质主义叙事的这种拟人化倾向引导我们超越简单的等级制度观,认识非人实体的活动性和充满活力的本质,同时在相似性中揭示不同物质实体的同构性。在这个意义上,新物质主义叙事的目的并非对物质世界真实特征的还原与描绘,而是挑战人类对世界的习得看法与固有认识。

新物质主义叙事之所以具有合理性,还在于它展现了人与物质世界之间的互动关系,生动地揭示了人类文化和社会意义的生成和演化过程。小说通过"在日常生活的具体环境中描写人类主体",成为读者"接触生机勃勃的物质世界"的特殊媒介(Tischleder 17)。因此,新物质主义批评的目的在于通过对叙事中物质实在性的探讨,促进人们更深刻地理解和认识现实生活中的物质文化和社会实践,开拓一条通向更全面、多元和复杂的世界认知之路。在这方面,文学为新物质主义提供了丰富的蓝本。事实上,许多活跃的新物质主义批评家都来自英文系,如创造"物论"(thing theory)的比尔·布朗(Bill Brown)和"跨身体性"(transcoperality)的斯泰西·阿莱莫(Stacy Alaimo)。他们的著作讨论了各种各样的新物质主义叙事:如马克·吐温(Mark Twain)的《王子与贫儿》(*The Prince and the Pauper*, 1881)中的君主大印,亨利·詹姆斯(Henry James)的《博因顿战利品》(*The Spoils of Poynton*, 1897)和《金碗》(*The Golden Bowl*, 1904)中的古董家具和金碗,弗吉尼亚·伍尔夫(Virginia Woolf)短篇《坚固的物》("Solid Objects")中的玻璃、陶瓷和铁器,美国当代作家苏珊娜·安东尼塔(Susanne Antonetta)《有毒的身体:一部环境回忆录》(*Body Toxic: An Environmental*

Memoir, 2001)中患病的身体以及美国女性作家马瑞戴尔·勒苏尔(Meridel LeSueur)和诗人穆里尔·鲁凯泽(Muriel Rukeyser)有关环境和生态的小说和诗歌。

  文学叙事以丰富多彩的形式探讨人与物之间的关系,揭示意义形成的过程,从而深入理解物的意义。物质现象与叙事之间的关系并非被动的。事实上,物质之于故事无所不在。正如赛仁娜拉·伊奥维诺(Serenella Iovino)和瑟普尔·奥普曼(Serpil Oppermann)所指出的:"世界的物质现象是一个巨大的机构网络中的结,可以被阅读和解释为形成叙事、故事"(Iovino and Oppermann 1)。在这一"由意义、属性和过程编织的物质网"中,人类与非人类交错依存,产生了强大的符号效应(2)。新物质主义叙事超越了人与物的简单二分法,揭示意义如何在人与物中形成,解释人与物如何相互建构,相互依存。物质的故事虽然由人类叙事者讲述,但是人类自己也经由"物质机构"出现,并在"生活和故事中留下了印记"(Oppermann 411)。通过新物质主义叙事,我们能够深入理解物与人之间的关系,以及它们如何共同塑造社会、文化和经济生活。

  本文认为,新物质主义叙事可以划分为两大类。第一类是"文内之物"。这一类叙事关注处于文本中心或边缘的物,但这些物往往揭示了叙事的关键方面。④18世纪的"它叙事"(it-narrative)就是其中的典型代表。第二类可称为"文本之物"。这一类叙事指向文本的物质形式本身,其代表为书籍史研究(book history)对物质文本(material text)的关注。相比而言,文内之物与文本密切相关,是作品内容与主题的载体与辅助,其意义主要由文本内容决定。文本之物关注的是文本自身的物质存在,其意义源自文本形式与特征本身。两类虽均关注叙事与物的关系,但其角度与研究对象不同。如果说文内之物体现了新物质主义的内容方面,那么文本之物则彰显了其形式方面的研究维度。

  在18世纪英国小说中,"无生命的物体"如硬币、马甲、针垫、开瓶器、鹅毛笔、马车,以及"被赋予生命意识的动物"如狗、跳蚤、猫、小马,常常成为叙事的中心人物(Blackwell 1)。⑤这一叙事策略最早出现于18世纪初,代表作品包括查尔斯·吉尔顿(Charles Gildon)的《黄金间谍》(*The Golden Spy*, 1709)和约瑟夫·艾迪生(Joseph Addison)的《一个先令的历险记》("The Adventures of a Shilling", 1710)。然而,这一叙事模式的全盛时期实际上是18世纪50年代至60年代。其中最成功的代表作品应属弗朗西斯·考文垂(Francis Coventry)的《小庞培的历史:或一只宠物狗的生活和冒险》(*The History of Pompey the Little: Or, the Life and Adventures of a Lap-Dog*, 1751)和查尔斯·约翰斯通(Charles Johnstone)的《克莱萨尔:或一枚金币的历险记》(*Chrysal: Or, the Adventures of a Guinea*, 1760—65)。它叙事由其叙述者"它"而得名,整个叙事可被视为人类学家伊戈尔·科比托夫(Igor Kopytoff)所推崇的"物的传记"(the biography of things)。物的传记综合考量物的社会属性、历史文化脉络、生产流程、使用演变等方面,通过描写物与人之间的互动关系、物在不同时期的演变以及其最终的命运揭示物的社会文化意义(Kopytoff 66—67)。以《克莱萨尔:或一枚金币的历险记》为例。金币在小说中曾落入商人、贵族、仆人、妓女等不同身份人物之手,并因此经历多次转移,见证并促进了商业交易、赌博、舞会、行贿等各种社交活动。作为货币和物质符号,这枚金币推动商业活动,影响人的判断与行为,同时也象征着政治和道德。通过描绘物的"生命"全过程,小说使读者得以从金币的视角理解18世纪英国社会的纷繁复杂,一睹不同社会阶层的生活场景。它映照出人与货币之间、欲望与理性之间的互动,以及物背后所映射的广阔的社会面貌。

同时,它叙事也称"流通小说"(novels of circulation)。这一提法源自叙述者兼主人公"它"的"传播机制",该机制使其能够在不同的人手中流通,接触各个社会阶层(Bellamy 118)。在《小庞培的历史:或一只宠物狗的生活和冒险》中,小庞培在诞生后不久就离开了养育它的人,开始在不同的人那里流浪,如动物贩子、马戏班主人、乡绅老爷、女仆。小庞培见识了人们的生活场景,也遭遇了命运的高低起伏。作为一种流通的生物符号,小狗不断被赋予同时也传递着不同的情感与价值。它影响并观察着每一个主人与其他人的社交互动,也经历主人的兴衰成败,见证爱与背叛,在其中来回流转。这一方面使它叙事具有了鲜明的流通特征:它描述的不仅是小庞培自身的命运,更是人与物、精神与物质在当时社会中的互动关系。而另一方面,与人相比,作为物的主人公可以无声无息地在不同领域中无限穿行,跨越时间、空间和社会的界限。比如小庞培的身世与经历几乎触及了18世纪英国社会的每个角落,成为理解不同生活细节与人物性格的重要窗口。这种"任意的流动性"也让这些作品拥有一种松散的结构,似乎是全景式、记录式的堆砌(Flint 167)。虽说它叙事非连贯性的结构背离了塞缪尔·理查逊(Samuel Richardson)和亨利·菲尔丁(Henry Fielding)所确立的小说传统,但这并非作家的失败,而是体现了其对社会现实的深刻洞察。它捕捉了18世纪社会转型期"原子化"的特质,以及个体在其中越发割裂和难以捉摸的处境(Bellamy 124)。

以物为叙述者和情节中心的叙事选择,当然是一种刻意为之,原因之一是"作者寻求公开发声,但又担心后果"(Flint 163)。作者借由物的声音抒发某些焦虑或隐忧,如《黄金间谍》讽刺货币对人心与伦理的腐蚀,《小庞培的历史:或一只宠物狗的生活和冒险》揭示人性与社会阴暗面,托比亚斯·斯摩莱特(Tobias Smollett)的《原子奇遇记》(*The History and Adventures of an Atom*, 1769)抨击七年战争时期英法两国的政治态度。金钱、宠物、原子等在小说中寓意深刻,成为一种委婉而有力的批判手段,体现了作者对社会变迁与人性转变的忧虑。物的另一叙述优势在于它激发人与物之间的情感联结。正如林恩·菲斯塔

(Lynn Festa)所说,"如果说商品宣告了物脱离于人的自主性,那么物所讲述的故事则提醒我们两者之间的密切联系"(114)。通过物的叙事,作者塑造了一种通过这些物品想象与他人关系的能力,物成为人类情感和经验的客观媒介。因此,当《一枚卢比的冒险》(The Adventures of a Rupee, 1782)中的铜板在不同的社会阶层之间传递时,它不仅仅代表货币的流通,也传达着各个角色的情感与经历。铜板上的刻痕和损坏记录着它所经历的滥用、舍弃和再利用,表达了每个角色无法言说的内心世界,同时也标志着人与物、人与人之间情感的纽带和联结。

而物成为叙述者还有一层更加深刻和普遍的原因,那就是对"在市场经济中,人类本身变得越来越像商品,物品似乎也变得越来越人性化"的焦虑(Kibbie 114)。当人与物之间的界限越发模糊,物本身似乎具有了某种人的属性,这使人质疑自身的本质与位置。这种焦虑通过赋予物以叙述的权力得以抒发,同时也警示着人性物化的危险。这种对人格的审视不仅对市场经济、消费文化、大西洋奴隶贸易肇兴的18世纪具有重大意义,也预示了21世纪科技发展中人类社会所面临的人与物关系边界的困境(Blackwell 3)。在它叙事中,物通过其非人的身份,以一种超然的姿态审视人的世界,从而发出强烈的警示。在人与物界限越发模糊的时代,人性正面临巨大危机。这使得它叙事的主题既深刻又广泛,它探究人与物、欲望与理性之间的互动关系,进而对人的命运表达出深切的关切。新物质主义叙事所关注的不仅是个别时代的社会问题,更是人的根本处境:在物质文明高速发展的时代,我们如何确定自我与维护人性?

三、物质文本和阅读范式

在新物质主义叙事中,"意义、故事、符号和话语都嵌入物质形式之中",与人类和非人类的生活与景观相互作用(Iovino and Oppermann 13)。"物质的故事"的特征在于其"叙事表演性",在于"身体、事物和现象"等物质表现形式的生动过程(7)。这意味着新物质主义叙事突破了将语言视为意义与故事的唯一载体的传统观念,关注物质形式在建构意义和故事方面所发挥的作用。这种对叙事物质性的关注体现了新物质主义的另一个核心理念,那就是物质与主体性是相互纠缠、相互构成的。巴拉德利用"内在互动"(intra-action)的概念来强调这一点:"内在互动指的是纠缠在一起的能动性的相互构成",不同能动者或实体的形成和差异都源自它们之间的互动,而非先验的或各自本质的属性(Barad 2007: 33)。由此可知,物质"并不是指抽象的、独立存在的物体固有的、固定的属性",物质性的本质是一种纠缠,物质本身总是已经对其他物质开放的,或者更准确地说,与其他物质共同构成(2007: 151)。因而在意义的生成中,"话语实践和物质现象并不处于彼此的外在关系中;相反,物质和话语在内部活动的动态中是相互牵连的"(2007：119)。新物质主义提示我们,物质与想象共生共存,不应将文本的物质性视为其语言叙事的附属品,而应当视其为叙事意义的联构因素。

所谓"文本之物",可以从广义和狭义两个方面来思考。狭义上说,它指的是对文本产生决定性影响的物质结构,如文本的物理形式、物质元素(装订、印刷、排版、重量等)及流通历程等。这些正是书籍史的研究领域。自20世纪80年代以来,书籍史作为一个独立的研究领域开始兴起,专注研究书籍作为物质对象的历史,研究内容涉及书籍的生产、传播、使用和保存等方面。以书籍史的代表作品《启蒙运动的生意:〈百科全书〉出版史(1775—1800)》(*The Business of Enlightenment: A Publishing History of the* Encyclopedie, *1775—1800*, 1979)为例,作者罗伯特·达恩顿(Robert Darnton)围绕启蒙运动领袖人物德尼·狄德罗(Denis Diderot)编辑的《百科全书》的再版与修订,探讨了18世纪法国出版业的发展,分析了作家、书商、政府审查官、书籍生产者、读者等不同主体之间的互动关系。这种运用社会历史的方法来研究文本的做法突破了传统文学研究的边界,堪称书籍史研究的开创之作。不过,达恩顿的结论仍然局限于意识形态方面:"作为18世纪晚期知识发展的一个阶段,[百科全书主义]表达了一种倾向,即知识集中于专家,专家被吸引到国家的服务中来"(Darnton 519)。或者说,书籍史表面上研究纸张、印刷、设计等物,但实际上这些研究往往"是为印在上面的文字作品服务"(Senchyne 68)。鉴于此,书籍史研究领域出现了一种寻求"看见[文本]",而不是简单"看穿"它的物质转向(De Grazia and Stallybrass 257)。这使研究者不再将书籍简单视为表达某种意识形态或作者意图的工具,而是作为社会实践中的一种互动方式来理解。

"物质文本"不仅关注文本"在物理上被创造和传播的多种形式",也坚持文本的物理特征"具有语义意涵"(Bornstein 1)。书籍的物质属性不仅是意义的载体,其本身也是意义的构成要素。历史和叙事已经渗入各种物质记录,如果我们忽视物质的主体作用,隐藏在其中的意义元素就可能被我们遗漏。例如,不同版本的《李尔王》(*King Lear*)中的物质文本,包括"旧的字体和拼写""不规则的分行和场景的划分""标题页"和其他"副文本的内容"等,揭示了"莎士比亚的文本,和任何文艺复兴时期的书籍一样,是物质流通中的一种临时状态"(De Grazia and Stallybrass 256, 280)。此外,作为一种物理对象和社会实践的媒介,书籍传递叙事,其物质属性和在不同主体之间的流通也影响书籍的意义。我们如何理解和使用书籍,以及书籍在空间中的移动正是《在维多利亚英国如何用书来做事》(*How to Do Things with Books in Victorian Britain*, 2013)的主题。书籍作为物质对象具有特殊的社会能动性:在人与人之间制造隔阂,成长中反抗的"武器",介绍其他书籍的媒介。在流通中也可能脱离阅读的功能,转而成为被捐献或者馈赠物、社交关系的"中间人"或脱离文本功能的纸张。利娅·普雷斯(Leah Price)指出,"与其说人在评判书,不如说书在评判人……书的证据胜过其主人的证词:空洞的信仰抗议是可以伪造的,但书页上的磨损和撕裂却不会说谎"(122)。不光书籍和人的互动,还有书籍的物质属性、在空间中的放置以及不同主体之间的传播,都参与建构其意义与叙事。因此,叙事不再是文本所固有的,而是在社会实践中不断重新定义的。这使我们能够将叙事的意义生成理解为一种社会互动过程,开启一种拓展理解文本与叙事关系的新视角。

与此同时,新物质主义叙事关于物质性构成的理论使我们重新审视文本的本质,并产生了阅读理论与方法论的转变。广义上的"文外之物"不仅涵盖所有存在于文本之外但对其意义生成起作用的因素,还包括文本本身。文学理论家瑞塔·菲尔斯基(Rita Felski)通过对布鲁诺·拉图尔(Bruno Latour)的行动者网络理论的借鉴,更新了关于文本、读者与阅读的理解。和巴拉德一样,拉图尔强调不同要素(行动者)在实践中的互动和联结,重视物质性在意义生成中的作用。他这样阐述艺术品的能动性:"艺术品吸引我们……如果作品需要一个主观的解释,那是在一个非常特殊的形容词意义上:我们受制于它,或者说我们通过它赢得我们的主观性"(Latour 241)。艺术品之所以产生意义并影响观众和读者,并非因为其包含某种内在的精神或理念,而是由于其与观众、制作者、观看环境之间建立了一种联结。菲尔斯基指出,这一理论为我们提供了重新思考艺术的机制与方式,并重新评价文学阐释的机会。艺术作品处在一个广阔的联结网络之中,与各种要素一一连接,构成一个动态的"共时体"。因此,在阅读伍尔夫的《达洛维夫人》(*Mrs. Dalloway*, 1925)时,"与学生讨论《达洛维夫人》、阅读相关文章、观看《时时刻刻》的电影、买一个印有弗吉尼亚·伍尔夫名言的杯子",所有这些实践均使这个艺术作品更加"真实"(Felski 2016:750)。读者的身份和主观性也同样如此,它们在阅读的实践中与文本及其他要素产生互动,由此,联结和依赖关系的网构成。菲尔斯基指出,这改变了我们对阅读的理解,打破了阅读者之间的壁垒:"专业批评家、不了解的文本或天真的读者之间的区别消失了。阅读变成了一个构成和共同创造的问题,变成了在以前没有联系的事物之间建立联系的问题"(2015:741)。阅读不再被视为在文本与读者之间建立某种精神上的对应,而是一种联结与构成的实践活动。文本、读者、语境等要素通过翻译与联结的方式共同构成意义。不同类型的读者都参与到阅读实践中,并在这个实践中不断重构自己与文本的关系。

唐娜·珍妮·哈拉维(Donna Jeanne Haraway)和巴拉德进一步提出了对文本进行新物质主义式阅读的方法论。所谓"衍射阅读"借鉴了经典物理学中的光学现象"衍射":"与反射不同,衍射并不以或多或少扭曲的形式将相同的东西置换到其他地方,从而产生形而上学的产业。相反,衍射可以成为另一种批判意识的隐喻"(Haraway 273)。如果说"反射"所投射的镜像是远处物体的反光,衍射图案所标记的则是"来自内部和作为纠缠状态的一部分的差异"(Barad 2007:89)。反射或者表征的方法忽视了如性别、种族、阶级等的一些社会因素,以及作为表征对象的客体本身。而衍射阅读关注文本的意义如何在阅读过程中产生,"关注不同学科方法的细微细节",提倡文本和批评传统"'通过彼此'对话性地阅读,以产生创造性和意想不到的结果"(2007:93)。它意味着以一种跨学科的、与文本互动和应用批评的实践方式进行阅读。在文学批评领域,衍射的概念不仅重新定义了文本和读者、文本和世界的关系,还消解了单一文本的概念,关注文本和其他文本的衍射(Merten 19)。这些复杂的互相纠缠关系使我们无法将文本理解为封闭或完整的实体。这使得衍射阅读超越了以文本为中心的传统文学批评方法,采用一种开放的、跨文本的方式探讨意义的生成与流动。

以威廉斯的代表作《帕特森》(*Patterson*,1946—1958)为例。从社会历史学的批评来看,《帕特森》反映了城市生活的复杂性或个人主义历史的想象。但从衍射阅读的角度,这首诗不仅书写了城市、个人和自然—文化生态的共生共建,还体现了开放式的衍射关系:整合了诗歌和散文的体裁、历史和当代的例子、科学与诗学的发现(Johnston 126)。诗歌中的帕萨伊克瀑布既是隐喻,也是物质灵感,体现了威廉斯的衍射诗学:"对我来说,瀑布的噪声似乎是我们一直在寻找的一种语言,而我的寻找,当我四处寻找时,变成了努力解释和使用这种语言。这就是这首诗的实质"(Williams xiv)。可见,威廉斯并不寻求一对一的表征,而是试图在创作中捕捉自然与诗意之间的实质性关联。他不局限于文本自身或任一要素,而是在自然物、历史事件、日常细节等之间建立起开放的、流动的关系网。这些要素在创作过程中相互作用,共同参与意义的生成,彼此依存又相互改变。作为一部开放形式和实验性语言的代表作,《帕特森》不仅展现了威廉姆斯的现代主义风格,也体现了他的衍射诗学。

结语

新物质主义叙事的兴起表明当代理论界对物质与非人类世界的重新审视。新物质主义叙事理论家将跨文理的学科视野与推动社会变革的使命结合在一起,超越人类中心主义,探索物质世界的生机与潜力。这一理论转向为重新构想人与世界的关系提供了新的思维模式。而新物质主义叙事则开拓了我们对文本与叙事的理解。它启迪我们观察"文内之物"如何揭示文本的关键指向,关注"文本之物"在意义生成与叙事建构中的作用;它揭示文本意义不限于语言或意识形态所表达的内容,而是一种物质形式参与的社会互动行为。"衍射阅读"等新物质主义阅读方法超越了以文本为中心的传统阅读方式,采取一种开放的方式考察文本意义的生成与流动。尽管新物质主义叙事研究仍处在起步阶段,其理论内涵和影响尚待深入探讨,但它无疑为我们理解"物质何为"提供了一种创新性的批判路径。

注解【Notes】

① 关于新物质主义的起始时间点学界存在争议。曼纽尔·德兰达(Manuel DeLanda)和罗西·布拉伊多蒂(Rosi Braidotti)分别在20世纪90年代后期创造性地使用了"新唯物主义"一词;同时,拉图尔对现代性的再思考也是新物质主义的思想来源之一(Dolphijn and van der Tuin 93)。如布朗所述,物转向开始于20世纪90年代,当时数字化技术对物质性的影响成为一种显而易见的威胁。从那时起,物转向在人类学、艺术史、历史、电影研究、科学史、文学和文化研究等多个学科中迅速发展。尽管对于物转向的起始时间存在不同看法,但可以看出,新物质主义在20世纪90年代已经显露端倪。进入21世纪后,特别是在2010年,一系列重要的学术专著的出版进一步加速了新物质主义的发展(Brown 2010: 50)。

② 布朗也有类似表述:"可以把物想象成物体中过度的东西,想象成超越它们作为物体的单纯物化或单纯使用的东西——作为感官存在或形而上学存在的力量,物成为价值观、拜物教、偶像和图腾的魔法"(Brown 2003: 5)。

③ 贝内特继承了拉图尔关于行动元的理论,但在此基础上做了扩充和发展。她认为不仅是人类主体,非人类的物自身也具有某种能动性。这种能动性来源于事物自身的活性物质性,指的是"那些有影响力的、能产生效果的、有足够的连贯性以致能产生差异、改变事件进程的物"(Bennet viii)。

④ 依尹晓霞和唐伟胜的分类,物在小说中的叙事功能可分为三种:可以作为"文化符号",映射或影响某种人类文化,物可以作为"具有主体性的行动者",直接参与并影响故事情节的发生。最后,物可以作为"本体存在",显示物自身的本质(尹晓霞、唐伟胜 76)。

⑤ 在19世纪的维多利亚小说中,这种叙事模式也仍然存在,但其地位较边缘。伊莱恩·弗瑞德古德(Elaine Freedgood)指出,这种边缘化地位可能源于这种叙事模式所讨论的话题处于当时"文化的边缘",甚至是"丑闻"之列(84)。

引用文献【Works Cited】

Alaimo, Stacy. "Thinking as the Stuff of the World." *O-Zone: A Journal of Object-Oriented Studies* 1 (2014): 13 – 21.

Alaimo, Stacy, Susan Hekman, and Susan J. Hekman, eds. *Material Feminisms.* Bloomington: Indiana UP, 2008.

Barad, Karen. "Posthumanist Performativity: Toward an Understanding of How Matter Comes to Matter." *Signs: Journal of Women in Culture and Society* 28.3 (2003): 801 – 831.

———. *Meeting the Universe Halfway: Quantum Physics and the Entanglement of Matter and Meaning.* Durham: Duke UP, 2007.

Bellamy, Liz. "It-Narrators and Circulation: Defining a Subgenre." In *The Secret Life of Things: Animals, Objects, and It-Narratives in Eighteenth-Century England*. Ed. Mark Blackwell. Lewisburg: Bucknell UP, 2007. 117–146.

Bennett, Jane. *Vibrant Matter: A Political Ecology of Things*. Durham: Duke UP, 2010.

Blackwell, Mark. "The It-Narrative in Eighteenth-Century England: Animals and Objects in Circulation." *Literature Compass* 1 (2004): 1–5.

Bornstein, George. *Material Modernism: The Politics of the Page*. Cambridge: Cambridge UP, 2001.

Boscagli, Maurizia. *Stuff Theory: Everyday Objects, Radical Materialism*. New York: Bloomsbury, 2014.

Brown, Bill. *A Sense of Things: The Object Matter of American Literature*. Chicago: U of Chicago P, 2003.

---. "Materiality." In *Critical Terms for Media Studies*. Ed. W. J. T. Mitchell and Mark B. N. Hansen. Chicago: U of Chicago P, 2010. 49–63.

Coole, Diana, and Samantha Frost, eds. *New Materialisms: Ontology, Agency, and Politics*. Durham: Duke UP, 2010.

Darnton, Robert. *The Business of Enlightenment: A Publishing History of the* Encyclopédie, *1775–1800*. Cambridge, MA: Belknap Press of Harvard UP.

De Grazia, Margreta, and Peter Stallybrass. "The Materiality of the Shakespearean Text." *Shakespeare Quarterly* 44.3 (1993): 255–283.

Dolphijn, Rick, and Iris van der Tuin. *New Materialism: Interviews and Cartographies*. Ann Arbor: Open Humanities Press, 2012.

Festa, Lynn. *Sentimental Figures of Empire in Eighteenth-Century Britain and France*. Baltimore: Johns Hopkins UP, 2006.

Felski, Rita. "Latour and Literary Studies." *PMLA* 130.3 (2015): 737–742.

---. "Comparison and Translation: A Perspective from Actor-Network Theory." *Comparative Literature Studies* 53.4 (2016): 747–765.

Flint, Christopher. "Speaking Objects: The Circulation of Stories in Eighteenth-Century Prose Fiction." In *The Secret Life of Things: Animals, Objects, and It-Narratives in Eighteenth-Century England*. Ed. Mark Blackwell. Lewisburg: Bucknell UP, 2007. 162–186.

Freedgood, Elaine. "What Objects Know: Circulation, Omniscience and the Comedy of Dispossession in Victorian It-Narratives." *Journal of Victorian Culture* 15.1 (2010): 83–100.

Gamble, Christopher N., Joshua S. Hanan, and Thomas Nail. "What Is New Materialism?" *Angelaki* 24.6 (2019): 111–134.

Haraway, Donna Jeanne. *Modest_Witness@Second_Millennium.FemaleMan$^©$_Meets_OncoMouse^{TM}: Feminism and Technoscience*. London and New York: Routledge, 1997.

Iovino, Serenella, and Serpil Oppermann. "Introduction: Stories Come to Matter." In *Material

Ecocriticism. Ed. Serenella Iovino and Serpil Oppermann. Bloomington: Indiana UP, 2014. 1 – 17.

Johnston, Brendan. "Diffractive Poetics in William Carlos Williams's *Paterson*." In *Diffractive Reading New Materialism, Theory, Critique*. Ed. Kai Merten. Lanham: Rowman & Littlefield, 2021. 117 – 134.

Kibbie, Ann Louise. "Object Narratives." In *The Oxford Encyclopedia of British Literature*. Ed. David Scott Kastan. Oxford: Oxford UP, 2006. 113 – 116.

Kirby, Vicki. "Matter out of Place: 'New Materialism' in Review." In *What if Culture Was Nature all Along?* Ed. Vicki Kirby. Edinburgh: Edinburgh UP, 2017. 1 – 25.

Kopytoff, Igor. "The Cultural Biography of Things: Commoditization as Process." In *The Social Life of Things: Commodities in Cultural Perspective*. Ed. Arjun Appadurai. Cambridge: Cambridge UP, 1986. 64 – 91.

Lamb, Jonathan. *The Things Things Say*. Princeton: Princeton UP, 2011.

Latour, Bruno. *An Inquiry into Modes of Existence*. Cambridge, MA: Harvard UP, 2014.

Merten, Kai. "Introduction: Diffraction, Reading, and (New) Materialism." In *Diffractive Reading New Materialism, Theory, Critique*. Ed. Kai Merten. Lanham: Rowman & Littlefield, 2021. 1 – 27.

Morton, Timothy. *Hyperobjects: Philosophy and Ecology after the End of the World*. Minneapolis: U of Minnesota P, 2013.

Oppermann, Serpil. "Storied Matter." In *Posthuman Glossary*. Ed. Rosi Braidotti and Maria Hlavajova. New York: Bloomsbury, 2018. 411 – 414.

Price, Leah. *How to Do Things with Books in Victorian Britain*. Princeton: Princeton UP, 2012.

Schwenger, Peter. *The Tears of Things: Melancholy and Physical Objects*. Minneapolis: U of Minneapolis P, 2006.

Senchyne, Jonathan. "Vibrant Material Textuality: New Materialism, Book History, and the Archive in Paper." *Studies in Romanticism* 57.1 (2018): 67 – 85.

Tang, Weisheng. "Cautious Anthropomorphism, Animal Man, and Rick Bass's Deep Ecology Narratives." *ISLE: Interdisciplinary Studies in Literature and Environment* 28.4 (2021): 1599 – 1613.

Tischleder, Babette Bärbel. *The Literary Life of Things: Case Studies in American Fiction*. Frankfurt: Campus Verlag, 2014.

Williams, William Carlos. *Patterson*. Ed. Christopher MacGowan. New York: New Directions, 1992.

韩启群:《新物质主义》,《外国文学》,2023 年第 1 期,第 111—124 页。

巫鸿:《物尽其用:老百姓的当代艺术》,上海:上海人民出版社,2011 年。

尹晓霞、唐伟胜:《文化符号、主体性、实在性:论"物"的三种叙事功能》,《山东外语教学》,2019 年第 2 期,第 76—84 页。

不可靠叙述

陈志华

作者简介：
陈志华，江西师范大学副教授，文学院副院长。

基金项目：
本文系江西省社会科学"十四五"基金重点项目"中华多民族叙事文学的叙述可靠性与身份认同研究"（22WX02）和江西省高校人文社会科学重点研究基地项目"当代藏族小说叙事研究"（JD20062）的阶段性研究成果。

内容提要： 不可靠叙述首先由布斯在《小说修辞学》中提出，是当前叙事理论研究中的重要学术命题。当叙述者对于虚构世界的讲述、感知和价值判断，与隐含作者所可能提供的讲述及其价值规范之间形成冲突，从而引发读者对于叙述话语可靠性的怀疑，这种叙述被称为不可靠叙述。当前形成了修辞派、认知派、历史文化意识派三种不可靠叙述观。本文以帕蒂古丽《百年血脉》为例，展示同故事叙述形成的不可靠叙述，以及作者如何在民族文化的反思中寻求文化身份认同。
关键词： 不可靠叙述；不可靠叙述观；文化身份

"不可靠叙述"是一个看似简单实际上颇为复杂的概念。20世纪以来的中外文学作品中，以天真叙述、傻子叙述为代表的叙事文学作品数不胜数，不可靠叙述已成为一种非常重要的文学现象。近年来，对于不可靠叙述的理论探究，成为叙事学研究中的重要问题。

不可靠叙述是否指小说的虚构性呢？虚构性是文学叙事的基本属性之一，而不可靠叙述主要是对20世纪以来大量偏离规约的局部文学现象的理论概括。"不可靠"并非指向文本内容的真实性与否，而是特指文本叙述话语所体现的事实陈述、主体感知、价值判断等方面的不一致，从而引发读者对于叙述者，甚至整个文本叙述可靠性的怀疑，进而在阅读中重组事件、重建判断。像纪实性文本即便是内容不可靠，甚至隐含作者有意撒谎、虚构内容而导致信息不可信，但它与隐含作者的判断、意图还是一致的。也就是说，虚构性是文本的本质特性，而不可靠叙述则是文本叙述的一种表现形式与叙述策略。

一、"不可靠叙述"的提出

韦恩·C.布斯（Wayne C.Booth）在《小说修辞学》（*The Rhetoric of Fiction*,

1961)中首倡不可靠叙述研究。"If an author wants to earn the reader's confusion, then unreliable narration may help him."(Booth 1983:378),这是布斯在全书中唯一提及"unreliable narration"之处。布斯实际上并未就"不可靠叙述"进行明确阐述,而只是对"不可靠叙述者"做了界定:"当叙述者的讲述或行动与作品的思想规范(也即隐含作者的思想规范)相一致时,我将这类叙述者称为可靠的叙述者,反之则称为不可靠的叙述者"(1983:158)。布斯这一界定对不可靠叙述理论产生了深远影响。"布斯的区分已经被广为接受,从而形成两个重要的阐释惯例:第一,人们往往把这种区别与同故事叙述(homodiegetic)相关联……第二,布斯的区分假定存在一种等同,或确切地说,是叙述者与人物之间的一种连续,因此,批评家希望以人物的功能来解释叙述者的功能,反之亦然"(Phelan 110)。布斯的理论阐发和文本分析实践让人们意识到:文学作品中同故事叙述的运用,与该作品不可靠叙述效果的生成之间有着密切关系。由于叙述者过多地介入故事中,同故事叙述往往容易由此产生叙述的不可靠性。以色列叙事理论家什洛米斯·里蒙-凯南(Shlomith Rimmon-Kenan)也将叙述者亲身卷入事件视为不可靠叙述产生的重要根源(103)。

不可靠叙述往往通过不可靠叙述者来呈现,然而,文本中的隐含作者、叙述者、人物都可能成为主体,其他主体也会造成叙述可靠与否的问题。同时,并非只有同故事叙述才会产生不可靠叙述。许多文本中的超故事或异故事叙述者的叙述依然极不可靠。

布斯在《反讽的修辞》(*A Rhetoric of Irony*, 1974)中列出了五种反讽的具体形式:1)作者的直接提醒,比如具有反讽意味的标题;2)文本中呈现出的众所周知的错误,如叙述者明显的语法、文体或历史知识方面的错误,以及文本直接提醒不要混淆叙述者与作者;3)文本中事实自身的内部冲突;4)文本所呈现的文体特征与读者期待不一致;5)该作品与作者其他作品中所宣称的价值规范不一致(Booth 1974:47—86)。布斯一直将不可靠叙述视为反讽功能,反讽的五种形式其实也可视为不可靠叙述的五种生产策略。布斯已不再限于对叙述者可靠性的探讨,而是将研究范围拓展到整个动态的文本运行系统,他还从文学传统的角度关注到读者阅读期待与文本相龃龉时产生的不可靠叙述读解。

二、三种不可靠叙述观

自从不可靠叙述进入批评视野以来,学界出现了修辞派、认知派、历史文化意识派三种不可靠叙述观。修辞派认为不可靠叙述来源于叙述者与隐含作者价值规范的差异。认知派把叙述可靠与否的判断权交给了读者。以隐含作者的观念还是以读者的规范为标准是修辞派与认知派的主要分歧。历史文化意识派强调社会历史文化因素对于叙述可靠性的影响。

(一) 修辞派不可靠叙述观

布斯开创了对不可靠叙述的修辞性研究路径。文学作品中同故事叙述的运用会影响文本叙述的可靠性。一方面,由于叙述者处于故事之中,能较好地营造亲历氛围,增强故事的真实性,形成可靠叙述的效果。另一方面,当同故事叙述深度介入故事之中,形成强烈的人格化特征,往往容易产生叙述的不可靠性。

修辞性研究方法将不可靠叙述看成文本的修辞策略,因而隐含作者的思想规范成为衡量叙述可靠与否的标准。隐含作者思想规范的树立也使得不可靠叙述往往与反讽联系起来,即:作者成为效果的发出者,在读者对于作者心领神会的接受中,叙述者成了被共同嘲讽的对象。

威廉·瑞甘(William Riggan)与莫妮卡·弗雷德尼克(Monika Fludernik)对不可靠叙述的类型做出了较为细致的划分。瑞甘的划分包括四种不可靠叙述者:流浪汉、小丑、疯子和儿童。这种基于身份的分类把不可靠叙述看作一种紧密联结着价值系统和读者的现象。弗雷德尼克提出了不可靠性的三重模式。根据她的分析,叙述者的不可靠性可以由以下三种情况导致:叙述者报道的事实不准确、第一人称叙述者缺乏客观性以及叙述者价值规范的不可靠(转引自 Olson 100)。

格里高利·库瑞(Gregory Currie)坚守隐含作者的价值规范的权威性,将不可靠叙述看作隐含作者复杂意图的呈现。"根据归因于隐含作者的复杂意图来界定不可靠叙述,这允许我们将叙事看作是不可靠的,即使我们将其视为不可靠性来源的叙述者并不存在"(Currie 20)。

詹姆斯·费伦(James Phelan)深化了修辞派不可靠叙述研究:他拓展了布斯对不可靠叙述类型的划分,"依据不可靠性轴的提法,可以进一步对不可靠性的类型进行区分:在事实/事件轴上产生的不可靠报道,在价值/判断轴上产生的不可靠评价和在知识/感知轴上产生的不可靠读解"(Herman 92)。费伦注重对叙事动态进程的研究,认为叙事在时间维度上的运动对于读者的阐释经验有至关重要的影响,因此他比布斯更为关注叙述者的不可靠程度在叙事进程中的变化。费伦加强了对现实读者阅读活动的观照,提出"伦理取位"的研究方法。

赵毅衡在《苦恼的叙述者》《当说者被说的时候》和《广义叙述学》中对不可靠叙述设置了专章进行讨论。赵毅衡总体上认同布斯的不可靠叙述观,指出布斯将不可靠叙述归咎于不可靠叙述者的局限性,"叙述者表明的意义导向完全不能作为释义依据,叙述文本字面义与确切义(隐指作者体现的意义)明显相反。这样就出现了为文本诱导而生的不可靠叙述,即反讽叙述。此类叙述以炫耀不可靠来取得某些意义效果。此种指明的不可靠性并不依赖于读者对叙述文本价值判断的总结,不随释读而转移,这是一种'内在的'不可靠叙述"(赵毅衡 69—70)。

修辞派理论家认为不可靠叙述来源于叙述者与隐含作者价值规范的差异,即隐含作者是判断叙述可靠与否的标尺。文本中隐含作者的价值规范是相对稳定的。修辞派所说的读者实际上就是指隐含的读者,是能领会隐含作者意旨的理想读者。

(二)认知派不可靠叙述观

认知叙事学是不可靠叙述理论研究路径由修辞型向认知型转向的重要理论背景和方法论依据。

塔马·雅可比(Tamar Yacobi)首创的认知研究方法成为当前不可靠叙述理论研究的另一主要研究路径,认知转向也就成为不可靠叙述理论研究一次重要的范式转换。1981 年,雅可比的《论交流中的虚构叙事可靠性问题》("Fictional Reliability as a Communicative Problem")从读者阅读的角度质疑,对修辞派不可靠叙述理论进行诘难:"面对文本中难以解释的细节或种种不一致之处,读者有权拥有广泛的调解和综合解决策略"(Yacobi 114)。雅可比将不可靠性视为读者理解的产物。里蒙-凯南注重读者对于文本叙述中不可靠性标志的识别,她提出不可靠叙述的主要根源在于:叙述者的知识有限、叙述者自身卷入事件中以及叙述者的价值体系存在问题(Rimmon-Kenan 100)。

安塞加尔·纽宁(Ansgar Nünning)认为"不可靠性与其说是叙述者的性格特征,不如说是读者的阐释策略"(Nünning 1997:95)。薇拉·纽宁(Vera Nünning)认为"对于读者来说,给定文本的意义不能完全由文本自身决定,那么在一个既定的阅读过程中所建构的价值规范体系就得依靠读者及其自身的知识、态度和规范……因而,将叙述者区分为可靠的或不可靠的依靠的是读者对于价值和规范系统的双重感受"(236)。安塞加尔·纽宁从认知角度界定不可靠叙述:"对于不可靠叙述的认识可以通过戏剧反讽或意识差异来加以解释。当出现不可靠叙述时,叙述者的意图及价值规范与读者规范之间的差异会产生戏剧反讽。就读者而言,叙述者的不可靠性就表现为叙述者话语的内部矛盾或叙述者与读者的看法之间的冲突"(Nünning 1999:58)。

以隐含作者的观念还是以读者的规范为参照是修辞派与认知派的分歧所在。安塞加尔·纽宁采用"总体结构"来替代"隐含作者","通过这种从文本到读者认知过程的转向,安塞加尔·纽宁质疑了几乎所有以前的不可靠叙述概念,这些概念都是建立在布斯的经典定义之上的"(Hansen 228)。既然隐含作者是读者建构的,那么不同的读者自然可以推导出不同的隐含作者。安塞加尔·纽宁明确将不可靠性界定为一种读者的"阅读假设"(转引自费伦、拉比诺维茨 109)。

雅可比和安塞加尔·纽宁都认为自己的模式优于布斯创立的修辞模式。认知方法的确可以清晰地展示出不同读者的不同阐释框架,说明同一文本为何会出现多种不同甚至截然相反的阐释,这恰好是修辞派没有予以关注的,然而认知方法也存在不少值得商榷之处。认知派理论将文本的不可靠叙述归结于文本接受而非文本现象,而又试图通过列举出能标示出不可靠性的文本符号来证明叙述者的不可靠。如果将对不可靠性功能的探测视为个体读者回应的特征,那么,稳定的文本符号又如何能存在,从而标示不可靠现象?

徐岱对不可靠叙述的认识更接近认知派研究模式。"在所有各种划分中,区别'可靠叙述者'与'不可靠叙述者'显得比其他的划分更为重要","能否有效地介入文本之中去对作品做出完整的把握与理解,在很大程度上取决于接受主体能否准确地判别故事中的这位叙述者同其背后的叙事主体的关系。换言之,也即确定他究竟是否是'可靠叙述者'"(徐岱 109)。

(三) 历史文化意识派不可靠叙述观

2001 年,布鲁诺·泽维克(Bruno Zerweck)在《不可靠叙述的历史演变:虚构叙事中的不可靠性和文化话语》("Historicizing Unreliable Narration: Unreliability and Cultural Discourse in Narrative Fiction")一文中提出了不可靠叙述研究的第二次转向——历史文化转向。"叙述不可靠性的文化依存感,对于理解不可靠叙述的不同方式和功能非常重要","叙述不可靠性的阐述很大程度上有赖于诸如价值、规范、真实世界的模式、文学能力和惯例等情境性历史因素的混合,甚至有赖于何为文学的文化阐释"(Zerweck 151)。

历史文化意识派突出强调了社会历史文化因素对于叙述可靠与否的影响。引入社会历史文化这一维度去观照不可靠叙述无疑有着十分重要的意义。一方面,考察文本产生以及阅读语境的社会历史文化因素,有助于读者尽可能准确地建立文本中隐含作者的价值规范。作者的价值规范显然会有意无意地渗透进文本。社会历史文化语境重视现实读者感受,又避免了现实读者文本理解的个体性偏差。读者对于文本的理解共识往往大于差异,而这种共识的形成也只有进入具体的社会历史文化语境中才能得到解答。修辞派和认知派都过于执着对单个文本可靠与否的解读,却不能从宏观的角度看待不可靠叙述研究中存在的一系列问题,比如不可靠叙述与文学传统的关系、不可靠叙述现象的历史流变等等。历史文化意识派试图构建一种充满动态感、历史感的不可靠叙述观,但也只是一些理论设想,并未呈现出清晰的可操作的理论架构。

陈俊松在《再论"不可靠叙述"》一文中认为,摒除强调作者的修辞学派和强调读者的认知学派的片面性,对这两种研究路径进行综合是不可靠叙述理论发展的方向(58)。关于这两种研究方法是否能综合,申丹的观点代表了另一种声音。2006 年,申丹在《外国文学评论》第四期发表的《何为"不可靠叙述"?》一文系统阐述了不可靠叙述的内涵,以及西方在这一问题上的"修辞方法"和"认知(建构)方法"之争。她认为两者"涉及两种难以调和的阅读位置,对'不可靠叙述'的界定互为冲突","由于两者相互之间的排他性,不仅认知(建构)方法难以取代修辞方法,而且任何综合两者的努力也注定徒劳无功"(申丹 133)。申丹肯定了两种研究方法在某一具体的文学文本分析中共存所具有的批评价值。尚必武的《对修辞方法的挑战与整合——"不可靠叙述"研究的认知方法述评》提出两种方法之间具有互补性,"可以进一步从文本内外两个方面更好地把握和理解不可靠叙述"(2010:18)。

修辞派与认知派的共同趋向是对历史文化动态发展的关注。价值规范的历史变化成为影响不可靠叙述评判的重要因素。时代的变迁影响着人们看待文学、读解文本的方式,也必然会产生对于叙述可靠性判断的差异。随着历史文化语境的变更,人们对于文本价值规范的判断也在变化,对于叙述者所秉持的价值规范的判断也会发生相应的改变,从而形成对于叙述可靠与否认识的偏差。只有将作品创作时期的意义和价值构成中的历史变化考虑进来,不可靠叙述研究才更有意义和更为有效。

三、个案分析:帕蒂古丽《百年血脉》的不可靠叙述与文化身份认同

具有多民族血缘和文化背景的帕蒂古丽·乌拉伊穆·麦麦提是我国著名的新生代维吾尔族双语作家,她创作了半自传体长篇小说《百年血脉》。新时期以来,"更多的作家民族意识被唤醒,自觉地追求小说的民族风格和地方特色,他们除借鉴他民族的文学技巧外,主要潜心于从本民族传统文化和民间文学中汲取艺术养分,在博采众长中加以融会贯通,以丰富小说的艺术表现力"(李云忠 12—13)。不可靠叙述成为少数民族作家经常采用的叙事策略。"在文学创作上,不可靠叙述是一个重要的技巧和手法;在叙事理论上,不可靠叙述是一个重要的研究话题;在批评实践上,不可靠叙述是一个有益的分析工具"(尚必武 2011:111)。每一位作家都是以一定的文化身份进行创作,文本的叙事方式也常常自觉或不自觉地受到其文化身份的影响。

> 当叙述者对于虚构世界的讲述、感知和价值判断,与隐含作者所可能提供的讲述及其价值规范之间形成冲突,从而引发读者对于叙述话语可靠性的怀疑,我们称之为不可靠叙述。值得注意的是,这里的"读者"并不完全

等同于认知派的真实的个体读者,而是"类读者",即不可靠叙述不是某一读者的偶然判断,而是在某种特定的历史文化情境中众多读者做出的共同判断。(陈志华 63)

不可靠叙述需要读者调动自身的经验来丰富完善文本的虚构世界。同故事叙述与异故事叙述(heterodiegetic)是由热拉尔·热奈特(Gérard Genette)提出的一对概念。同故事叙述未必都是不可靠叙述,谭君强就以川端康成的《伊豆的歌女》为例,表明同故事叙述者"我"的叙述"令人感觉真实可信"(61)。但同故事叙述往往成为形成不可靠叙述的一种重要的文本机制。

不同于传统的可靠叙述通过可靠叙述者叙写风俗民情、俚语服饰和民族故事的认知型叙事套路,不可靠叙述运用让有缺陷的人物充当叙述者、异常的叙述声音、同故事叙述、省叙和赘叙、二度叙事等叙事机制,形成隐含作者与叙述者之间的叙述主体分离,通过不可靠叙述者对于故事在报道、感知和评价等方面的不可靠性,呼唤读者积极参与文本意义的理解与建构,以反思型叙事方式展现出作家对于文化身份的追寻与认同。北疆和余姚各二十余年的特殊生活经历赋予了帕蒂古丽多民族文化视野。小说采用第一人称叙述方式,由维吾尔族知识女性的法蒂玛叙述自太外公逃荒到新疆至儿子麦尔丹融入姚城生活,家族五代人在民族、地域和文化等冲突下艰难传承的故事,为读者勾勒出一位在维吾尔族、汉族和回族等多民族文化夹缝中顽强生存和艰难发展,具有民族自觉和反思意识的知识女性法蒂玛形象。

《百年血脉》由六部分组成,分别是"逃离(1993—2003)""融合(2003—2013)""定居(1965—1985)""血缘(1960—1985)""迁徙(1910—1960)"和"追忆(2014)"。小说中的叙述时间被刻意打乱,通过重新编排,可以看出,小说讲述了自 20 世纪初太外公带着一家人逃荒迁徙到新疆,到 21 世纪初"我"回到喀什寻找父亲的亲人这一百多年家族五代人的迁徙发展史。然而,与《红楼梦》《百年孤独》《白鹿原》等家族小说将家族、个体命运与社会历史变迁有机结合的宏观呈现不同,《百年血脉》聚焦于家族百年叙事格局中叙述者"我"的生活遭遇与心路历程,开篇与结尾所体现出的"逃离"与"回归"的叙述架构,凸显出"我"在文化身份上的迷茫、追寻和认同的艰难历程。同故事叙述者法蒂玛"亲身卷入事件",因不同文化碰撞带来的文化和习俗的割裂与迷失,使其叙述体现出鲜明的主观性特征,形成不可靠叙述,体现出多种文化夹缝中的文化居间者帕蒂古丽对于自我文化身份的追问与认同。

《百年血脉》中的叙述者法蒂玛成长于戈壁深处古尔班通古特沙漠边缘的大南坡村,在汉族、哈萨克族、维吾尔族和回族等多民族共同生活的村庄里,父亲赋予的维吾尔族文化基因,母亲家族回族和汉族血脉的融合,使她在或隐或显的文化差异、分歧甚至冲突中感受到了因身份的不确定性而产生的文化上的无所归依。作为一名知识女性,叙述者法蒂玛体现出了一定的自省意识,然后由于固守自我的认知,通过自身的回忆或印象报道可能的事实,实际上却体现出对事件的错误认识和判断。"爹老得干不了活了,哥不知去哪了,妈有疯病,咱们家条件太差,我找男人没法挑挑拣拣的,如果你觉得这个人还看得过眼,我就嫁给他,到时候把咱爹妈也带过去一起享福"(帕蒂古丽 2014:81),为了代替父亲挣钱供"我"和弟弟读书,姐姐找了"有点呆呆傻傻"的男人。作为经历者的"我"当时因为担心姐姐亏待了自己,和弟弟一起不管不顾、坚决反对,导致"姐姐和那个呆头呆脑的男人不了了之",体现出了希望姐姐获得美好婚姻生活的愿望;而作为叙述者的"我"已然意识到"早知道这样,当初还不如不阻拦姐姐……姐姐也可以安稳地操持一个家"(2014:82),她认识到自己的坚决反对是造成姐姐悲惨情感生活的主要原因,却用宿命论的表达消解了自己对姐姐悲剧命运所应负的责任:"小时候听老人说,一个家庭里,儿女中总有一个会挑选父母亲的路……小时候听了老人的话,也不往心里去,将来嫁人、生孩子,是多么遥远的事情,没想到这些话像预言一样都应验了"(同上)。法蒂玛叙述的不可靠性体现了多元文化的博弈与融合,显示出多民族文化夹缝中成长起来的帕蒂古丽在文学书写时所具有的双重视角。"多一种语言、文化、思维方式,就多了一种观察世界的视角"(帕蒂古丽 2015)。一方面,"停留在他的维语里"的父亲坚持送孩子们上汉语小学,"钻进汉族语言和文化中去",从而使大学毕业的"我"可以从边城的编辑、西安的文员变成任职于姚城杂志社的职员,以汉语写作为依凭在多元文化碰撞之中突围,并指出姐姐身上体现的传统维吾尔族女性的家庭责任意识的无意义,"这是多么巧妙,又多么病态。没有人能揭穿她,她自己也无意揭穿,她就这样活在这个谎言里"(2014:83)。另一方面,"模样跟父亲神似"的叙述者法蒂玛自身又体现出强烈的传统维吾尔族女性所具有的家庭责任意识,无论是疯癫的麻脸母亲,"以行恶为生"的哥哥,还是"消极地放任自我赌博、喝酒、打游戏"的弟弟,"我活着似乎就是东奔西走,去搭救无助的亲人"(同上)。

在多民族聚居地,族际通婚是一种常见现象。维吾尔族的父亲与回族的母亲造就了法蒂玛的"二转子"身份。法蒂玛先后与回族人米夫、汉族人苏风的两段婚姻也使得家庭内部因异质文化的接触而产生文化碰撞。从北疆边城到江南姚城的跨区域流动,法蒂玛和女儿苏菲娅都陷入文化身份的焦虑,形成了不可靠叙述。法蒂玛是一位具有反思意识的维吾尔族知识女性,叙述者情感思想上的局限性让她看不到女儿苏菲娅叛逆表现背后的原因。她引述了小儿子麦尔丹的话,"她(苏菲娅)有问题,也是你造成的,你干吗老把问题都推给她。姐姐只是缺少母爱,其实没有你想象的那样复杂"(2014:165),而作为继父的苏风也清楚地看到了继女苏菲娅因为母爱缺失而形成叛逆性格,"你从小没有母爱,所以不知道怎么做母亲"(同上),这些都构成对隐含作者的积极回应,或者说,隐含作者通过文本中麦尔丹、苏风等人物的声音,传递出关于苏菲娅叛逆的不同认识,凸显出叙述者"我"对苏菲娅评价的不可靠,曲折地传达出对叙述者的否定。

《百年血脉》以百年的家族史为参照系,有意识地超越自己、超越地域、超越种族,自觉寻求生命的意义和价值。不可靠叙述者对于故事的不可靠报道、感知和评价,呼唤读者以积极的姿态参与对文本意义的解读乃至建构。相较于可靠叙述对于民族文化的展现与思考,由于隐含作者与叙述者之间的叙述主体分离,不可靠叙述更多展现出作者对于民族文化的反思,以及对于民族文化建构的探索,从而让读者得以窥见20世纪90年代具有多重文化身份的少数民族作家如何遭受和克服地域差异、民族差异、生活差异和文化差异,并以积极主动、开放包容的态度建构民族文化身份,确立文化身份认同。

结语

不可靠叙述开创了一个新的批评空间,提供了一种新的观照文学的角度和方式,从而为反思和重构已有的文学理论、更新批评话语提供了一种契机。可以说,不可靠叙述研究是理论家基于20世纪以来的文学创作的基本状况而采取的一种有针对性和策略性的批评实践。在探讨不可靠叙述时,仍然还有许多值得挖掘的问题,比如不可靠叙述与文学经典的关系,具体而言,不可靠叙述这一文学观念在反观20世纪以前的经典文本时,能让人们获得何种新的认识?这种认识反过来又能在何种意义上促进读者对不可靠叙述的理解?不可靠叙述所呈现的丰富的交流场域,不断向叙事理论提出挑战,从而实现理论的创新。

引用文献【Works Cited】

Booth, Wayne C. *The Rhetoric of Fiction*. Chicago: U of Chicago P, 1983.

---. *A Rhetoric of Irony*. Chicago: U of Chicago P, 1974.

Currie, Gregory. "Unreliability Refigured: Narrative in Literature and Film." *The Journal of Aesthetics and Art Criticism* 53.1 (Winter 1995): 19-29.

Hansen, Per Krogh. "Reconsidering the Unreliable Narrator." *Semiotica* 165 (2007): 227-246.

Herman, David. *Narratologies: New Perspectives on Narrative Analysis*. Columbus: Ohio State UP, 1999.

Nünning, Ansgar. "Deconstructing and Reconceptualizing the Implied Author." *Organ des Verbandes Deutscher Anglisten* 8 (1997): 95-116.

- - -. "Unreliable Compared to What: Towards a Cognitive Theory of Unreliable Narration Prolegomena and Hypotheses." In *Transcending Boundaries Narratology in Context*. Ed. Walter Vrunzweig and Andreas Solbach. Tubingen: Gunter Narr Verlag, 1999. 58.

Nünning, Vera. "Unreliable Narration and the Historical Variability of Values and Norm: *The Vicar of Wakefield* as a Test Case of a Culutural-Historical Narratology." *Style* 38.2 (Summer 2004): 236–252.

Olson, Greta. "Reconsidering Unreliability: Fallible and Untrustworthy Narrators." *Narrative* 11.1 (2003, January): 93–109.

Phelan, James. *Narrative as Rhetoric*. Columbus: Ohio State UP, 1996.

Rimmon-Kenan, Shlomith. *Narrative Fiction: Contemporary Poetics*. London and New York: Routledge, 2005.

Yacobi, Tamar. "Fictional Reliability as a Communicative Problem." *Poetics Today* 2.2 (Winter 1981): 113–126.

Zerweck, Bruno. "Historicizing Unreliable Narration: Unreliability and Cultural Discourse in Narrative Fiction." *Style* 35.1 (Spring 2001): 151–178.

陈俊松:《再论"不可靠叙述"》,《天津外国语学院学报》,2010年第1期,第55—60页。

陈志华:《不可靠叙述研究》,北京:中国社会科学出版社,2018年。

李云忠:《中国少数民族文学史》,北京:人民文学出版社,2016年。

帕蒂古丽:《百年血脉》,北京:北京时代华文书局,2014年。

——:《言说生命里那些或激烈或细微的碰撞》,《文艺报》,2015年6月3日。

尚必武:《对修辞方法的挑战与整合——"不可靠叙述"研究的认知方法述评》,《国外文学》,2010年第1期,第11—20页。

——:《不可靠叙述》,《外国文学》,2011第6期,第103—112页。

申丹:《何为"不可靠叙述"?》,《外国文学评论》,2006年第4期,第133—143页。

谭君强:《叙事理论与审美文化》,北京:中国社会科学出版社,2002年。

徐岱:《小说叙事学》,北京:中国社会科学出版社,1992年。

赵毅衡:《苦恼的叙述者》,北京:北京十月文艺出版社,1994年。

詹姆斯·费伦、J.拉比诺维茨主编:《当代叙事理论指南》,申丹、马海良、宁一中等译,北京:北京大学出版社,2007年。

中国叙事传统研究

论《古诗十九首》的诗歌叙述者

王文勇

作者简介：
王文勇，南昌师范学院教授。

基金项目：
本文系江西省哲学社会科学重点研究基地一般项目"红色电影叙述人的交流机制研究"（22SKJD31）的阶段性研究成果。

内容提要：《古诗十九首》的诗歌叙述者存在于作者与文本之间的鸿沟之中，但更像是避实就虚的灵性存在。《古诗十九首》的作者可能在诗歌叙述者身上投射了自己的部分人格。但是叙述者不能等同于作者，两者存在于不同的世界。叙述者隐藏在文本的虚拟世界之中，似乎与文本中的人物更具亲缘关系。《古诗十九首》中多数诗篇是人物型叙述者叙事；《青青河畔草》《迢迢牵牛星》等诗篇的叙述者是"他者"型的。而《涉江采芙蓉》《庭中有奇树》等个别诗篇，似乎均可从这两类叙述者方面进行解读。

关键词：《古诗十九首》；叙述者；作者；人物

《古诗十九首》历来被认为是抒情性五言诗的"冠冕"之作。围绕《古诗十九首》的争议与考证不断，多集中在作品产生的大致年代、作者是谁等外围问题；而文本方面的研究多以抒情诗对待，主要集中于"思妇""思夫""离别""伤感"等苦闷的情感，考辨其在中国诗史中的"血脉宗亲"等问题。后者的研究似乎绕不开陈世骧所谓的"抒情的道统"：

　　做一个通盘的概观，我大致的要点是，就整体而论，我们说中国文学的传统是一种抒情的道统并不算过分。我这个看法，简言之，我想会有助于我们研究世界文学。……把抒情体当作中国或其他远东文学道统精髓的看法，很可能会有助于解释东西方相抵触的、迥异的传统形式和价值判断的现象。……我强调我并不是说古希腊没有抒情诗。(3—4)

显然，陈世骧是站在东西传统诗歌比较的宏观角度，分析中国文学传统的突出脉络。他自己也明白话不能说得太绝对，所以不忘补充"我并不是说古希腊没有抒情诗"。陈世骧所谓的"抒情的道统"在宏观意义上是有一定道理的,但在文本研究的微观层面上其意义则有待商榷。不可否认,强大的抒情传统似乎一定程度上遮蔽了《古诗十九首》的叙事性研究。《汉书·艺文志》有云:"自孝武立乐府而采歌谣,于是有代、赵之讴,秦、楚之风,皆感于哀乐,缘事而发"(班固 1756)。即使汉人乐府所采之风,亦是"缘事而发"。

董乃斌长期致力于中国文学叙事传统的研究,他认为我们不仅仅有抒情传统还有叙事传统,"事实上从文学的源头说起,抒情和叙事乃是同时发生,同根而生的"(59)。马茂元说得更为具体,"汉代乐府从最初的叙事和抒情互相糅杂,逐渐趋向分流。《古诗十九首》出现的东汉末年,正标志着这种分流的明朗化"(54)。董乃斌可能借鉴了朱自清所谓"浑括的抒叙"(6)之观点,似乎并不认可陈世骧所谓"中国文学的传统是一种抒情的道统"。广义上的"叙事"与"叙述"等同,赵毅衡对叙述文本的定义是,"某个叙述主体把人物和事件放进一个符号组成的文本,让接受主体能够把这些有人物参与的事件理解成有内在时间和意义向度的文本"(2013a:8)。文本所叙之事并不拘泥于故事,而重在人物和事件等在时间向度上的意义生成。

如此视之,抒情与叙事的矛盾性骤然下降,叙述"抒情之事"亦可以纳入叙事学的视域中进行考察。按照董乃斌的观点,"叙事和抒情的根本界限在于叙述的客观性和主观性,所述内容属于作者主观感受、主观想法、主观情绪或意识者,是抒情(从这个意义说,诗中议论虽系说理,其本质却与抒情无异);所述内容为作者身心之外的客观事物、事态、事情、事象、事件或故事者,则为叙事"(54)。事实上,叙述的客观性和主观性难以截然分开:叙述所谓"客观之事",情感的抒发自在其中,更遑论借人物视角的抒情与议论;叙述所谓"主观之情",又何尝能摆脱客观之事的诱导?钟嵘的"事感"之说,把抒情之水追溯到"事件"或"事情"的源头,似乎深得抒情的精髓。

董乃斌对《古诗十九首》叙事性的专门分析,似乎更符合汉人采风"缘事而发"的认知传统,具有重要的方法论意义。他认为:

> 古诗十九首各篇中确实具有多少和程度不等的叙事成分……古诗十九首不但有叙事,而且叙事方式相当多样。既有"迢迢牵牛星""凛凛岁云暮""孟冬寒气至""客从远方来"那样一诗一事……也有"青青河畔草""庭中有奇树"那样诗中含事而在吟咏时将事实推远却以抒情为主的形式,还有"行行重行行""今日良宴会"及"西北有高楼"几首里"上有弦歌声"那样一二句简叙以引起下文的方式,此外还有典故叙事、赋体叙事等层次不同的叙事。(57)

然而，既然是叙事，我们首要任务是找到叙述者。董乃斌主要分析中国诗歌的叙事传统，较少探讨《古诗十九首》的叙述者问题。在叙事学的概念里，任何叙述均存在操控或企图操控叙述行为的主体——叙述者。叙述者或明或暗地存在于叙事性文本之中，相较于作者的存在，他具有更加明显的直接性、控制性和抒情性等主体性特征。诚如杰拉德·普林斯（Gerald Prince）所言："任何叙事中都至少有一个叙述者，这个叙述者可以明确用'我'直呼，也可以不那么称呼，在很多不直呼为'我'的叙事中，'我'可能被不留任何痕迹地抹掉了，只剩下叙事本身"（8）。如此看来，寻找诗歌叙事中的叙述者至少可以从两方面入手：一是明显的人称代词，但注意不是所有的"我"均可以充当叙述者；二是"被抹掉"的人物。显然，第二种方法是较为困难的。既然"被抹掉"，如果要再次填充，就难免会过于依赖接受者的阐释行为。

一、叙述者的幽灵

朱自清在释评《行行重行行》时，认为这首诗引用了《诗经》《楚辞》等，应该是文人创作。这首诗的作者具有"高度的文艺修养"，很可能是男性诗人。马茂元认为，"《十九首》的语言，篇篇都表现出文人诗的特色，其中思妇词不可能是本人所作，也还是出于游子的虚拟"（61）。木斋甚至断言："十九首中《涉江采芙蓉》《庭中有奇树》《行行重行行》《青青河畔草》，这些诗作都应是曹植于建安十七年至黄初二年之间写作的，其中的主题，大多与甄氏有关"（2009：166）。然而，《古诗十九首》中许多诗歌的主人公显然是一位女性。由此可见，在作者与人物之间，似乎存在一条很大的鸿沟。朱自清在释评《行行重行行》时，似乎意识到了这个问题："本诗主人大概是个'思妇'，如张玉谷《古诗赏析》所说；'游子'与次首'荡子行不归'的'荡子'同意。所谓诗中主人，可并不一定是作诗人；作诗人是尽可以虚拟各种人的口气，代他们立言的"（9）。与其说是作诗人在虚拟各种人的口气，毋宁说是作诗人借助某个虚拟的人格无所不能地施展叙述行为。这种人格无形却又存在，是作者在虚拟叙事中的代言人，知道虚拟世界里所有的事态情形。

诗歌建构的是虚拟情感世界，某种意义上说，叙述者是幽灵般的存在。这种叙述者的幽灵类似沃尔夫冈·凯瑟（Wolfgang Kayser）所谓的"小说叙事人"：

> 无论是戴上一个有个性的叙事人的面具，还是始终只是一个影子，究竟谁是小说的叙事人呢？至此，我们已决意要摧毁小说叙事人和日常生活中讲故事的人的类比。一个新的类比随之产生：小说叙事人与无所不至、无所不在的神（一个或诸神）的类比。小说叙事人既不是作者，也不是那个虚

构的,常常一上来就亲切感人的人物。在这个面具后面,是小说自己在叙述,是无所不至、无所不在的精神在创造世界。……小说的叙事人,从明显的类比角度看,就是这个世界的神秘的创造者。(120)

诗歌的叙述者不仅仅创造了文本,而且赋予诗歌文本理解上的多义性,甚至如传统诗论所言"镜中花""水中月""晶莹剔透""羚羊挂角"等等。诗歌不仅仅"缘事"而成,而且可以"生出"无限的"事"来。一方面,诗歌意思的训诂令人颇为痛苦;另一方面,个别词汇的费解几乎可以"生出"新的"事故"来。诗歌中的个别词汇常常具有"含事"的特征,尤其是比喻性词汇的使用,给予接受者无限的阐释空间。《行行重行行》中"浮云蔽白日"一句,就具有很大的阐释空间:

"浮云蔽白日"这个比喻,李善注引了三证,都只是"谗邪害公正"一个意思。本诗与所引三证时代相去不远,该还用这个意思。不过也有两种可能:一是那游子也许在乡里被"谗邪"所"害",远走高飞,不想回家;二也许是乡里中"谗邪害公正",是非黑白不分明,所以游子不想回家。前者是专指,后者是泛指。(朱自清10)

当然,马茂元并不认可朱自清的这种阐释,将其定性为主观臆测。事实上,历来诗论家注疏经典,何尝没有主观臆测的嫌疑?诗歌叙述者所创造的文本就是一个多义性的存在。

《古诗十九首》的叙述者,在个别篇章里极为复杂。"思夫"或"思妇"是这些诗的核心主题之一,那么,究竟是在外游子思妇?还是在家女子思夫?就诗歌文本而言,并不明朗,似乎两方面均可以阐释得通。《涉江采芙蓉》《庭中有奇树》等就是这方面的典型例子。以下仅以《涉江采芙蓉》为例,探讨诗歌的叙述者。

要理解《涉江采芙蓉》的叙事,首先要定位叙述者的性别。有人认为"芙蓉"谐音"夫容",乃为女子"思夫";有说"还顾望旧乡",是在外男子"思妇"之作。前者的叙述者是女性或借用了女性人物的视角,可统称为女性叙述者视角;后者的叙述者是男性或者借用了男性人物的视角,可统称为男性叙述者视角。姜任修和张玉谷依据"还顾望旧乡"是在家女揣测在外游子的语气,认为该诗是思妇之诗,这显然是女性叙述者视角。"采芳遗远,以彼在远者,亦正还顾旧乡,与我有同心耳"(隋树森101)。"'还顾'二句,则从对面曲揣彼意,言亦必望乡而叹长途"(126)。如果按照这样阐释,这个故事就是"我""涉江采芙蓉,兰泽多芳草";"我""采之欲遗谁,所思在远道";"我"想"他正在""还顾望旧乡,长路漫浩浩";"你"和"我""同心而离居,忧伤以终老"。

《涉江采芙蓉》也可以阐释为男性叙述者视角,朱自清认为"这首诗的意旨只是游子思家"(27)。所谓"游子"应主要就叙述者而言,而非作者。如果是这样,显然叙述者要采取第三人称叙事的策略。这个故事就应该如此解读:"她""涉江采芙蓉,兰泽多芳草";"她""采之欲遗谁,所思在远道";"她"想象"自己所思之人正在""还顾望旧乡,长路漫浩浩";"她不明白为何两人""同心而离居,忧伤以终老"。这种男性叙述者视角的第三人称叙述,似乎又与《青青河畔草》类似。

《行行重行行》之所以没有男性叙述者视角的疑问,主要是文本中"与君""思君"等字眼,限定了叙述者定位的空间。与此相似,《青青河畔草》不存在女性叙述者视角的困惑,因为"楼上女""倡家女""荡子妇"等词汇,规定了叙述者的叙述方位。《涉江采芙蓉》之所以会出现叙述者视角方面的困惑,与中国古典诗歌的特点密切关联。朱自清注意到诗歌文本理解的多样性,将此归结为我们的语言特色。"我们的语言,句子没有主语是常态,有时候很容易弄错;诗里更其如此"(11)。以文本中主语的缺位解释《涉江采芙蓉》中叙述者的上述困扰,也是说得通的。

《涉江采芙蓉》类似《行行重行行》《青青河畔草》等诗,但正是其主语的"缺位"导致了叙述视角的多义与切换,呈现了更为高超的叙述技巧,完全可用白话从游子和思妇两种叙述者视角各改写成一段凄婉的故事。当然,叙述者为女性,而作者为男性诗人,更有叙事之"隔",更有艺术韵味。《涉江采芙蓉》最终仍是游子思乡之作,只是在表现游子的苦闷、忧伤时,采用了"思妇词"的"虚拟"方式:"在穷愁潦倒的客愁中,通过自身的感受,设想到家室的离思,因而把同一性质的苦闷,从两种不同角度表现出来"(马茂元61),"结构本身的回环曲折,正反映了在发展中的苦闷而复杂的作者内心深处的矛盾"(110)。如是,则其叙述的技巧令人叹为观止。

朱自清、马茂元注意到《涉江采芙蓉》与《楚辞》的亲缘关系,而且均否定了传统"思君"的阐释方法,但他们没有从叙述者的角度分析两者的关联性。就叙述者而言,《楚辞》中《山鬼》的"主人公"问题就是一个例子。这首诗是山鬼思妇抑或是妇思山鬼,历来众说纷纭。《山鬼》引出的阐释困惑就像《涉江采芙蓉》一样,均为抒叙思愁,而且思愁的方向颇多歧义。"在《十九首》里,表现这种羁旅怀愁的不是游子之歌,就是思妇之词,综括起来,有这两种不同题材的分别,但实质上是一个问题的两面"(60)。然而,这两面涉及的叙述者角度及其美学效果却存在着巨大的差异:《去者日以疏》乃游子之歌,抒叙主体重合,直接而自然;《涉江采芙蓉》为思妇之诗,抒叙主体分隔,间接呼应。

叙述者在小说叙述文本中的存在,相对于诗歌而言,似乎更为自由,存在空间更大,独立性也就更强。他可以成为叙事中的一个人物,讲述自己亲身经历的故事;也可以作为旁观者,"偷听偷看"别人的故事,再把它讲述出来。叙述者的幽灵分布在叙事文本的每个角落,甚至有时成为作者难以操控的对象。而在诗歌文本中叙述者则更为隐蔽,由于其所述之事往往与情感相关,故而叙述者的幻觉与想象行为更为突出。也就是说,在诗歌文本及其周围,诗歌的叙述者更像是避实就虚的灵性存在。

二、叙述者与作者

沃尔夫冈·凯瑟在《谁是小说叙事人?》一文中,举了一个大人给小孩讲故事的例子,来让读者"感受"叙述者的存在。他说:"所有做父母的都知道,在给孩子们讲故事时必须改变自己的身份。他们必须放弃成年人的理智,使得他们眼里诗的世界和奇迹都是真的。叙事人必须相信这一点,哪怕他讲的故事通篇都是谎话"(凯瑟 111)。与此类似,当我们朗诵诗歌的时候,我们也要转变自己的身份,变成诗歌叙述中的叙述者。《诗经·大雅·桑柔》云"诵言如醉",虽然主要是就"听"感而言,但是却蕴含了诗歌言说中的叙述者不同于作者的存在样态。

叙述者与作者的关系十分紧密,以至于很多情况下我们会误认为叙述者就是作者。在某种意义上说,叙述者是作者人格的投影或部分人格。赵毅衡(2013a:93)认为,所有叙述者均存在于极端人格化和极端框架化"二象"之间。就诗歌叙述者而言,似乎更多的还是作者的人格化。当然,叙述者的人格化与作者的人格还是存在巨大的差异性:叙述者的品格是文品,存在于文本之中;作者的人格是人品,存在于文本之外。钱锺书论述阮园海模仿陶渊明创作诗歌,颇得叙述者与作者区别之精髓:

> 《咏怀堂诗》卷二《园居诗》刻意摹陶,第二首云:"悠然江上峰,无心入恬目",显仿陶《饮酒》第五首之"采菊东篱下,悠然见南山"。"悠然"不足,申之以"无心"犹不足,复益之以"恬目",三累以明己之澄怀息虑而峰来献状。强聒不舍,自炫此中如镜映水照,有应无情。"无心"何太饶舌,著痕迹而落言论,为者败之耳。(2011a:427—428)

"悠然江上峰,无心入恬目",相较于"采菊东篱下,悠然见南山",表面上的不足似乎是模仿陶渊明的"减字换字"。但是,深层次上的区别应该还有叙述者的不同。"悠然江上峰"的叙述者必然参与到了事件之中,否则不能做出"悠然"

的感知判断,可解读为"我认为""江上峰""悠然"。"无心"确实多余,叙述者已经参与其中,何来无心?而叙述者"恬目"之态需要他人叙述,方为可行,此处亦是多余。其中的叙述者仿他人而似己,更显叙述者与作者密切关联。而陶渊明的"采菊东篱下,悠然见南山"的叙述者却置身事外,其中的叙述者是陶渊明人格的投影。

  汉代"拟骚"之作已有代言的叙述意义,魏晋诗歌代言盛行,更显叙述者与作者之分。《古诗十九首》中的文人作者代言妇人之诗,明显让人感受到叙述者与作者的分离之状。但是,诗歌叙述者在我们的传统诗论里,不是独立的存在,常常依附在作者的"外衣"之下。甚至,以叙述的口吻来判断作者的性别,甚为不妥,充其量只能说"口吻为女性的诗篇"。以下所言似乎存在混淆叙述者与作者之差别的嫌疑:

> 从作者性别进行分析,口吻为女性的诗篇有以下作品:第一首《行行重行行》,第二首《青青河边草》,第五首《西北有高楼》,第六首《涉江采芙蓉》,第八首《冉冉孤生竹》,第九首《庭中有奇树》,第十首《迢迢牵牛星》,第十三首《燕赵多佳人》,第十六首《生年不满百》,第十八首《孟冬寒气至》,第十九首《客从远方来》,第二十首《明月何皎皎》。口吻为男性的诗篇有:第三首《青青陵上柏》,第四首《今日良宴会》,第七首《明月皎夜光》,第十一首《回车驾言迈》,第十二首《东城高且长》,第十四首《驱车上东门》,第十五首《去者日以疏》,第十七首《凛凛岁云暮》。(赵东栓、孙少华 101—102)

  该处所谓"口吻"当是针对作品的叙述而言,分为男女之声,似乎未尝不可。然而,以此甄别作者的性别,则十分牵强。钱锺书就作者与作者代言之诗的关联性问题言道:"夫自作与否,诚不可知,而亦不必辩。设身处地,借口代言,诗歌常例。貌若现身说法(Ichlyrik),实是化身宾白(Rollenlyrik),篇中之'我',非必诗人自道。假曰不然,则《鸱鸮》出于口吐人言之妖鸟,而《卷耳》作于女变男形之人痾也"(2011b:150)。代言叙事就是以某人的口吻叙述抒情,所代之人在文本之中,可能成为诗歌的叙述者,如《行行重行行》即是如此。所代之人也有可能仅仅是文本中的人物而已,当然不排除叙述者借助人物视角的叙述,如《青青河畔草》中叙述"空床难独守",就是"思妇"人物视角的叙述。《涉江采芙蓉》的代言叙述,如前文所讲,既可以理解为叙述者以"思妇"人物视角进行"第一人称"叙述,也可以理解为叙述者以"游子"视角进行"第三人称"叙述。

  学界普遍认为,《古诗十九首》作者应该是有一定文化修养的文人。就《古诗十九首》的作者而言,"刘勰对于枚乘之说,已是不甚相信……至于傅毅、张衡、蔡邕、曹植、王粲之说,也都不过是'想当然耳',决不足信的"(隋树森 15)。朱自清认为,"《十九首》没有作者;但并不是民间的作品,而是文人仿乐府作的诗"(6)。马茂元也认为《古诗十九首》是文人所作。而且,木斋认为,"十九首并非东汉中后期下层文人所作,而是建安十六年之后上层贵族的作品"(2005:32)。

木斋在《古诗十九首与建安诗歌研究》一书中,详细考辨了诗歌的作者,并认为曹植是《古诗十九首》的主要作者。其主要论据有:一是曹植与甄后存在隐情,《古诗十九首》中的思妇诗反映的正是这种隐情,这也导致这种诗不能署名。"曹植作品的遗失,首先与曹、甄之间的隐情有关"(2009:158)。二是钟嵘的"旧疑是建安中曹、王所制"。三是曹植后期诗风与《古诗十九首》趋近。四是《今日良宴会》乃建安游宴诗,其中"令德唱高音"中"令德"指曹操,此诗极有可能为曹植所作。木斋的论断颇有新意,论据也遍及文本内外。然而叙述者所叙之事毕竟与作者所处之世有别。企图以诗歌文本去追溯现实生活中的作者,无异于缘木求鱼。

三、叙述者与人物

就时空的距离来说,叙述者与人物之间显然更具有亲缘关系。在某种程度上,叙述者就是叙述文本中的人物。"叙述者是任何小说、任何叙述作品中必不可少的一个执行特殊使命的人物"(赵毅衡 2013b:1)。《古诗十九首》中的大多数叙述者可以作为人物对待,但是这个操控叙述行为的人物又不能完全等同于诗歌文本中的人物。因为诗歌中的叙述者往往"躲"在"幕后",并不是显性的存在,"他"可以"躲"在人物的"背后",或者说以人物的视角叙述;也可以"藏"在文本的深层,似乎在让人物自然说话。钱锺书在评论《诗经》中的《卷耳》时,引用了清人胡承珙所谓的其人自"我"与代人言"我",注意到了诗歌叙述者在人物与人物构成的虚拟世界之间穿梭。这似乎意指我们诗歌叙事传统中的叙述者与文本人物特征之间存在较为复杂的关联及差异性特征:

> 胡承珙《毛诗后笺》卷一斡旋曰:"凡诗中'我'字,有其人自'我'者,有代人言'我'者,一篇之中,不妨并见。"然何以断知首章之"我"出妇自道而二、三、四章之"我"为妇代夫言哉?实则涵泳本文,意义豁然,正无须平地轩澜、直干添枝。作诗之人不必即诗中所咏之人,妇与夫皆诗中人,诗人代言其情事,故名曰"我"。首章托为思妇之词,"嗟我"之"我",思妇自称也……二、三、四章托为劳人之词,"我马""我仆""我酌"之"我",劳人自称也;"维以不永怀、永伤",谓以酒自遣离忧。思妇一章而劳人三章者,重言以明征夫况瘁,非女手拮据可比,夫为一篇之主而妇为宾也。男女两人处两

地而情事一时,批尾家谓之"双管齐下",章回小说谓之"话分两头"……男、女均出以第一人称"我",如见肺肝而聆欬唾。(钱锺书 2011b:116—119)

所谓其人自"我"者,可理解为人物型叙述者,该叙述者依赖又局限于人物的视角进行叙事;所谓代人言"我"者,可以"他者"型叙述者视之,该叙述者是隐藏在文本中无所不知的"他者",随时可以代文本中任何人发声。按照钱锺书的观点,《卷耳》的叙述者当属后者。概而言之,诗歌叙述者似乎可以分为人物型叙述者和"他者"型叙述者两大类型。就《古诗十九首》而言,我们需要详细地逐一检视其中叙述者的类型及其人物关联性。

一方面,人物型叙述者,即以人物视角代言的叙述者,在《古诗十九首》中占有很大篇幅。《古诗十九首》的主题大概有两大类:一是生别离的两地思念;二是个人体验的"感慨沉思"。前类篇章绝大部分是通过人物型叙述者展开的;后类文本由于所叙之事局限在个人的单独体验与沉思,故而几乎都是人物型叙述者。

在"两地思念"的篇章中,叙述者多以思妇的人物视角展开叙述。《行行重行行》的叙述者是人物型叙述者,其中"与君生别离""思君令人老"等含有思念对象的诗句,似乎映衬了叙述者是以思妇的口吻在叙述。《冉冉孤生竹》与《行行重行行》的叙述者和所叙之事均相似,"千里远结婚""思君""贱妾"等句词明确了叙述的方位。《凛凛岁云暮》中"梦想见容辉""良人惟古欢"蕴含了人物型叙述者的叙述方位。《孟冬寒气至》的"惧君不识察",《客从远方来》的"遗我一端绮",均呈现出了人物型叙述者的自我定位。

在个人体验感慨沉思的篇章中,叙述者多以游子的人物视角展开叙述。《青青陵上柏》的叙述者似乎就是一位颇为失意之人,第一人称"我"的叙事语法明显。《今日良宴会》叙述筵席中听乐的感慨,是人物型叙述者所为。《西北有高楼》也是人物型叙述者叙述听乐感怀之事,这两篇似乎均可以视为诗歌听觉叙事的代表作品,即为听觉,自然非常依赖人物的感官。《明月何皎皎》叙述"久客思归"的愁闷之事,其中"照我罗床帏"明确了叙述者的人物方位。《回车驾言迈》中人物型叙述者的人生感怀有"焉得不速老""荣名以为宝"等,与《今日良宴会》中"何不策高足,先据要路津"类似。《东城高且长》与《西北有高楼》类似,叙述个人苦闷的人生思考,人物型叙述者较为突出。《驱车上东门》与《去者日以疏》叙事写景极为相似,叙写个人的沉思正是人物型叙述者的强项所在。《生年不满百》亦是个人的沉思感慨,表现为人物型叙述者自言自语。《明月皎夜光》所叙同窗好友之事与《古诗十九首》中其他诗歌似乎存在不同,但是生活失意的苦闷情感却又类似,"昔我同门友""弃我如遗迹"显示了人物型叙述者的自我呈现。

另一方面,《古诗十九首》也存在部分诗篇以"他者"型叙述者叙事,这个"他者"就是深藏在文本深处的隐含叙述者。前已论及《青青河畔草》的第三人称叙述视角,其叙述者是个隐含的"他者","这首思妇词,用第三人称写的。在古诗词里这样写法是唯一的一篇"(马茂元 151)。这种说法令人颇为费解。事实上,《迢迢牵牛星》的第三人称叙事更为明显。这首诗的叙述者首先以牛郎、织女二星隐喻了故事的两个人物,然后专门叙述织女的织布流泪等事态与情状。这首诗的人物视角并不是很明显,叙述者似乎在仔细观察织女的一举一动。"迢迢牵牛星,皎皎河汉女"的夜空之下,"织女"的"纤纤擢素手,札札弄机杼";然而"她"却"终日不成章,泣涕零如雨"。最后四句可以理解为叙述者的评论:"河汉清且浅,相去复几许";"盈盈一水间,脉脉不得语"。因为其中的"泣涕零如雨"与"脉脉不得语"虽同为忧愁之情状,却为两种差异较大的声音体系;人物泣涕和河水不语,构成了当事人与旁观者的听觉世界,这里的旁观者或许就是"他者"型叙述者,从而形成了类似"复调"的差异化存在。

《古诗十九首》还存在一部分既可以是人物型叙述者,也可以视为"他者"型的叙述者。这主要是源于诗歌叙事中主语的缺位。《庭中有奇树》与《涉江采芙蓉》的事态与情状极为相似,可以两种叙述者叙事进行分别解读。历来研读者多以第一人称"我"的人物叙述视之,主要是基于"将以遗所思""路远莫致之""此物何足贵"等诗句的人物"引语"特征。然而,全诗却找不到为叙述者人物视角定位的依据。《庭中有奇树》也可以第三人称叙事的语法进行解读:"她家的""庭中有奇树,绿叶发华滋";"她""攀条折其荣,将以遗所思";馨香盈怀"她的"袖,路远"她"莫致之;"此物何足贵",但"她"感别经时。其中,"此物何足贵"可以理解为叙述者的人物视角,"他想""此物何足贵";也可以阐释为叙述者的评论。

《古诗十九首》被认为体现了抒叙并举的诗歌传统。《古诗十九首》的诗歌叙述者存在于文本的虚拟世界之中,却又像一个难觅的无形幽灵。这种隐秘的叙述者,再加上个别词汇的"含事"特征,导致了诗歌文本解读的多义性。当然,叙述者与作者既有区别又有联系:区别在于两者存在于不同的时空中,叙述者存在于文本的虚拟世界,作者存在于自身的现实世界;两者的联系在于叙述者某种程度上是作者人格或部分人格在文本中的投影。所以,《古诗十九首》的叙述者不能等同于作者。诗歌叙述者大概有两种:一是人物型叙述者;二是"他者"型叙述者。《古诗十九首》中大部分诗篇的叙述者属于前者;《青青河畔草》《迢迢牵牛星》等部分篇章是"他者"型叙述者叙事。当然,《涉江采芙蓉》《庭中有奇树》等个别篇章的叙述者似乎既可以是人物型的,也可以是"他者"型的。

引用文献【Works Cited】

班固:《汉书》,北京:中华书局,1962年。

陈世骧:《中国的抒情传统》,杨铭涂译,载《陈世骧文存》,沈阳:辽宁教育出版社,1998年,第1—6页。

董乃斌:《古诗十九首与中国文学的抒叙传统》,《北京大学学报(哲学社会科学版)》,2014年第5期,第53—60页。

杰拉德·普林斯:《叙事学:叙事的形式与功能》,徐强译,北京:中国人民大学出版社,2013年。

马茂元:《古诗十九首探索》,载朱自清、马茂元撰《朱自清、马茂元说古诗十九首》,上海:上海古籍出版社,1999年,第43—180页。

木斋:《古诗十九首与建安诗歌研究》,北京:人民出版社,2009年。

——:《略论古诗十九首的产生时间和作者阶层》,《山西大学学报(哲学社会科学版)》,2005年第4期,第28—32页。

钱锺书:《谈艺录》,北京:生活·读书·新知三联书店,2011a年。

——:《管锥编(一)》,北京:生活·读书·新知三联书店,2011b年。

隋树森集释:《古诗十九首集释》,北京:中华书局,2018年。

沃尔夫冈·凯瑟:《谁是小说叙事人?》,白钢、林青译,王泰来校,载王泰来等编译《叙事美学》,重庆:重庆出版社,1987年,第99—123页。

赵毅衡:《广义叙述学》,成都:四川大学出版社,2013a年。

——:《苦恼的叙述者》,成都:四川文艺出版社,2013b年。

朱自清:《古诗十九首释》,载朱自清、马茂元撰《朱自清、马茂元说古诗十九首》,上海:上海古籍出版社,1999年,第1—42页。

赵东栓、孙少华:《〈古诗十九首〉的时代作者与文体来源》,《中国社会科学院研究生院学报》,2010年第2期,第101—107页。

史传叙事与通俗小说叙事比较论
——以"但见"为例

陶明玉

作者简介:
陶明玉,浙江师范大学人文学院讲师。

基金项目:
本文系上海市教委科研创新人文社科重大项目"《全稗文》汇纂、考订与研究"(E00033)的阶段性研究成果。

内容提要: 史传与通俗小说是中国古代叙事文学的两种类型。以"但见"这一具有程式意味的语词为例,比较分析其在史传和通俗小说中的不同叙述形态,可以总结出史传的史官叙事模式与通俗小说的说话人叙事模式的差异:一是叙事视角上,史传叙事视角是史官式的全知全能视角,而通俗小说叙事视角是说话人式的主观个体视角;二是叙事话语上,史传叙事话语以简要为主,而通俗小说叙事话语以敷演为宗;三是叙事时空上,史传叙事的时空形式以缩略为主,通俗小说的时空形式以场景为主。

关键词: 史传;通俗小说;叙事;比较;但见

史传是中国古代官方叙事,在"四部"中归属史部,具有崇高的文类地位,其产生和发展几乎不受通俗小说影响。通俗小说则属民间叙事,虽然受史传文学的影响甚深,但是与史传判若天渊,被主流文人斥为"小道""稗官",是"不入流"的文字。两者虽形态各异,但存在密切的联系(主要体现在通俗小说受史传影响上):第一,通俗小说的故事主要是一种"历史性"的故事,或直接取材于史传,或向史传框架靠拢。"从根本上讲,广义的历史(即以往人类无比丰富、无比生动的社会生活),是历史记载和阐释的唯一源泉,也是小说和其他文学艺术的唯一源泉"(欧阳健 3),而正统史传作为官方叙事,往往被古人等同为历史,是通俗小说历史叙事的主要依据。第二,古代通俗小说的叙事话语深受史传叙事话语影响。中国古代通俗小说不仅以史传故事框架为凭依,而且也以史传叙事模式为样板。"叙事实出史学"(章学诚 637),中国文学的叙事传统奠基于史传叙事。在文类规约的塑造下,通俗小说始终以史传叙事模式为主要参照。有学者指出,"中国叙事作品虽然在后来的小说中淋漓尽致地发挥了它的形式技巧和叙写谋略,但始终是以历史叙事的形式作为它的骨干的"(杨义 15)。

笔者以"但见"为例对史传和通俗小说进行叙事分析和比较,并据此从叙事视角、叙事话语和叙事时空三个叙事学核心范畴来总结史传与通俗小说各自的叙事特征和两者的差异。选取"但见"为例,原因在于"但见"虽为古代汉语中一个极为普通的词语,但其在两种文类中的分流,折射出中国叙事文学的两种类型格局,即通俗小说的说话人叙事模式和史传的史官叙事模式:"但见"是通俗小说中频繁出现的说话人用语,且一般与描写性韵文段落(如赋赞)结合,构成独具特点的"但见"叙述程式,在一定程度上反映了通俗小说的说话人叙事模式;而"但见"这一具有说话口吻的语词在史传中出现较少,将其用例与通俗小说相较,可以从侧面反映出史官叙事模式的特征。

一、视角比较:史官与说话人

"但见"(包括近义词"只见""唯见"等)是古代汉语中的一个普通词语,既见于叙事文类如通俗小说、史传中,也见于抒情文类如诗词曲赋中。由于"但见"具有视觉引导性,常被用作叙事、描写语句的谓词,但因其在语言上具有口语色彩,在视角上具有个体色彩,故在史传和通俗小说这两种叙事文学中呈现出不同的使用情态。

在通俗小说中,"但见"及其近义词"只见"等出现频率极高,[①]是说话人叙述者的程式语,且常与大段韵文描写配合使用,说话人可对"但见"叙述的内容进行自由调度,折射出鲜明的说话人叙述视角。如《水浒传》第一回写天子上朝:"天子驾坐紫宸殿,受百官朝贺。但见:祥云迷凤阁,瑞气罩龙楼……"(施耐庵、罗贯中 5)"但见"为说话人叙述者的叙述用语,"但见"所接内容为大段韵文描写,为宫廷景观的全景式描绘。不难看出,此处"但见"叙述流露出说话人叙述者刻意铺排的描写意识,其叙述视角为说话人的全知全能视角。又如《喻世明言·史弘肇龙虎君臣会》写郭大郎:"到西京河南府看时,但见:州名豫郡,府号河南。人烟聚百万之多,形势尽一时之胜。城池广阔,六街内士女骈阗;井邑繁华,九陌上轮蹄来往……"(冯梦龙 259)此处虽出现人物视角,但"但见"所接内容非人物可囊括,故仍然是以说话人视角为主,人物视角囊括于说话人视角中。总之,在通俗小说叙事中,"但见"叙述句背后主要以说话人叙述者视角为主。

在史传中,"但见"则呈现出另一番景象。一是"但见"等词语的使用频率较低,[②]远不及通俗小说使用频繁。二是"但见"句主要大多出现在人物话语中,只有极少数出现在叙述者话语中,"但见"叙述句的叙述视角以人物视角为主。例如《汉书》卷一百上《叙传第七十》载隗嚣的话语:"先生言周、汉之势,可也,至于但见愚民习识刘氏姓号之故,而谓汉家复兴,疏矣……"(班固 3086)其中,"但见"一词即出现于史传人物的对白中,并无叙述程式意味。而出现于史官叙述话语中的"但见",在史传中仅见数例。例如《晋书》卷三十六《张华传》载:"(张华)使人没水取之,不见剑,但见两龙各长数丈,蟠萦有文章。没者惧而反"(房玄龄等 705)。其中,"但见"出现在史官叙述话语中,却是历史人物之眼在观察,在叙述视角上属于人物视角。在史传中,"但见"叙述句皆以历史人物视角为主。

叙述者是叙事视角的主要决定因素。史传与通俗小说中"但见"的视角差异主要是由于两者的叙述者不同,通俗小说的叙述者为说话人,而史传的叙述者为史官。说话人叙述者和史官叙述者各有其生成背景和叙述形态。

中国古代史传的叙述主要由史官承担。据传说,中国古代史官的设立肇源于黄帝时期,许慎《说文解字叙》记有"黄帝之史仓颉"(转引自严可均 495)。刘知几《史通·史官建制》曰:"史官之作,肇自黄帝,备于周室"(276)。黄帝时代已不可考,可以确定的是,史官制度是中国历代朝政沿用的建制。这也使得史官成为中国古代史传的作者,同时也是主要叙述者。史官的身份和职责又决定了史传叙事的角度。班固《汉书·艺文志》曰:"古之王者世有史官,君举必书,所以慎言行,昭法式也。左史记言,右史记事,事为《春秋》,言为《尚书》,帝王靡不同之"(1359)。可见史官最初是记录帝王言行的人员,且其记录具有实录的性质和镜鉴得失的意义。这种史官叙述伴随着先秦两汉史传叙事的成熟逐渐发展出史传叙事的实录原则和褒贬原则。

中国古代史传叙事的实录原则要求史官秉笔直书,班固《汉书·司马迁传》总结司马迁史传书写时说:"辨而不华,质而不俚,其文直,其事核,不虚美,不隐恶,故谓之实录"(2070)。实录原则要求"文直事核",而"文直事核"则需要史官秉持"不虚美,不隐恶"的态度,所谓"不虚美,不隐恶"就是中国古代的史官力求达到一种不带叙述者个人色彩的客观历史叙事,以贴近历史本来面目。在中国古代史传叙事中,叙述者的身影总是潜藏在文本背后,展现给读者的是一种宏阔而广大的全知全能视角。虽然史传叙事也偶尔采用限制视角以增强情节的逻辑性,但是这种限制性视角仍然较为有限。这主要在于,当叙述视点下沉至历史人物时,则必然会牵涉到人物的心理世界,而过多表现心理世界又必然会违背史传叙事的实录原则。

中国古代史传叙事的褒贬原则要求史官发出评价的"声音",刘知几《史通·曲笔》总结说:"史之为用也,记功司过,彰善瘅恶,得失一朝,荣辱千载"(185)。史传叙事中的褒贬得失似乎不可避免地造成史官叙述个体视角的侵入,因为任何"声音"都必然由叙述视角带入,叙述者的主观态度也必然会在叙事文本中有所映射。但是,中国古代史传叙事的褒贬原则却始终保持着一种冷静而客观的事实呈现。史官叙述声音表现方式主要有两种:"寓论断于序事"(李洲良 2006:105)和"假论赞而自见"(2012:114)。所谓"寓论断于序事"是指通过事件本身来寄寓作者的态度和评价,因而事实上叙述者仍然是隐匿的状态。而"假论赞而自见"则是叙述者的现身发声,但是这种论赞又一般出现在史传的结尾处,有"卒章显志"的意味,极少出现在历史叙事的过程中。因而总体来看,在史传叙事中,叙述者仍然主要是处于隐匿的状态。这种隐匿效果正是中国史传叙事追求绝对客观的产物。在此意义上,史官所代表的并非个人,史传中褒贬话语并非由具体的史官发出,而是史官背后的儒家政治意识形态在主导。因而史官的叙述视角并非一种具体的和个体的"观看",而是一种抽象的集体的"观看"。或者说,史官叙述者是一面历史的"镜子",镜鉴历史而非观赏历史。

中国古代通俗小说发源于中国古代说话艺术,从汉魏六朝俗赋到唐宋说话,再到宋元话本和元明章回小说,其间都贯穿着一个说话人叙述者。通俗小说及其前源说话艺术皆以娱乐大众为目的,虽然依傍史传,追求故事可信,但更注重说话人的表演性和艺术性,这就使得说话人的叙述展示出鲜明的个性化色彩。说话人叙述者[③]的出现,使得历史叙事获得了一个具体的视角。具体的视角意味着一个观看主体的产生,同时也意味着权威的失坠和叙事的多元可能。从逻辑上来说,说话人叙述模式正起源于个体视角的出现,此个体视角非指人物视角,而是叙述者视角,是叙述者面向受述者在讲述故事。此个体视角将代表天命与天道的史官视角取而代之。虽然这种个体视角总是亦步亦趋于史官视角,但是它却可以随时脱离史官的身份包袱,因而在最大限度上获得了一种表述的自由。通俗小说中的"但见"正是说话人语言的遗留与延续。"但见"不仅是说话人叙述的视角转换和选择的体现,也是说话人叙述者的情感、语调等主观性因素的表露,可以说,"但见"是说话人声口的鲜明标记。因而,通俗小说中的"但见"叙述句、叙述段落大多是以说话人叙述者视角为主,是说话人之"见",而非人物之"见"。

受制于实录原则和褒贬原则,史传叙事采用全知全能式的史官叙事角度具有必然性。在史传叙事中,叙述者隐藏了自己的身影,叙述者与作者(即史官)合二为一。这也造成了中国古代史传叙事的叙述者近乎"无人称叙述者或缺席的叙述者"(罗书华 127)。在史传叙事中,不仅没有明确的叙述者现身,也没有明确的拟想读者,读者是一个抽象的概念,并不指向某个具体的群体。与史传叙事的写作不同,民间叙事出现了明确的说话人的声音,叙述者不仅不介意自己的"形象"的出现,甚至还与受述者(读者和听话人)打趣嬉笑。史传叙事采用全知全能叙述视角,虽然与通俗小说表面相似,但是到底相异,其中最大的不同就是:史传叙事视角的主体是史官,史官在叙事中并不现身,并且叙事必须客观冷静、不带个人色彩;而通俗小说的叙述视角的主体是说话人叙述者,说话人叙述者不仅在叙事中现身和调度视角,还将个人鲜明的感情色彩带入叙事中。

二、话语比较：简要与敷演

史传叙事的实录原则和褒贬原则不仅将史传叙事角度限定为一种冷静客观的全知全能叙述视角，而且也深刻地塑造了史传叙事话语。概要而言，史传叙事话语的最大特点是"简要"。刘知几的《史通》对史传叙事话语有深刻的总结：

> 夫国史之美者，以叙事为工，而叙事之工者，以简要为主。简之时义大矣哉！历观自古，作者权舆，《尚书》发踪，所载务于寡事；《春秋》变体，其言贵于省文。斯盖浇淳殊致，前后异迹。然则文约而事丰，此述作之尤美者也。（155—156）

史传叙事以"简要为主"，叙述话语的简要与叙述内容的简要互为表里。史传叙事文体简省，但文体简省并不代表叙事的省略。史传叙事追求用简练的笔法来囊括最多的事，简要的原则要求"事"之寡而要，这必然会导致史传叙事省略大量细枝末节，无关主旨的描述将被弃绝。刘知几又将史传的叙事之省分为两种类型："一曰省句，二曰省字"（158）。省句就是用极简之文来涵括丰富的内容，省字就是省略不必要之字。这看似简单，实则非常考验史官的才能，"文尚简要，语恶烦芜"（48），"夫词寡者出一言而已周，才芜者资数句而方浃"（148），良史往往能做到一字概要，一字寓褒贬。因而史传不追求文辞的繁复，"史文虽约，增之反累"（149），而追求文辞的简要。

史传叙事话语之简要所造成的文学效果就是史传文体的简约。史传叙事要求言简义丰，使得史传叙事语言以一种古雅精练的散文为主，而诗歌韵文自始至终未成为史传的叙事语言，史传中即使出现韵文，一般也都是史传叙事的内容，例如《史记》《汉书》中刘邦、项羽、东方朔等人所作歌赋，皆是作为历史文献保留在史书之中的。

在通俗小说中，"但见"等词经常引导大段的韵文描写，形成"但见"叙述程式，此类例子俯拾即是，无须多举。而在史传中，"但见"等词并不引导描写韵文，至多只接一两句白描，如下几例：

> 是时雷电晦冥，太公往视，则见蛟龙于其上。已而有身，遂产高祖。（《史记》卷八《高祖本纪》）（司马迁 241）
>
> 后因遁去，遂不知所止。初去之日，唯见白云腾起，从旦至暮，如是数十处。时有百岁翁，自说童儿时见子训卖药于会稽市，颜色不异于今。（《后汉书》卷八十二《蓟子训传》）（范晔 1854）

焕卒,子华为州从事,持剑行经延平津,剑忽于腰间跃出堕水。使人没水取之,不见剑,但见两龙各长数丈,蟠萦有文章。没者惧而反。须臾光彩照水,波浪惊沸,于是失剑。(《晋书》卷三十六《张华传》)(房玄龄等 705)

高祖曰:"卿好谏似直,其心实诈。岂不知此殿是吾所造,何须设诡疑而言炀帝乎?"对曰:"臣实不知。但见倾宫、鹿台琉璃之瓦,并非受命帝王爱民节用之所为也。"(《旧唐书》卷八十七《苏世长传》)(刘昫等 1776)

上述《史记》中的"则见",《旧唐书》中的"但见"虽接物象,但仅作概述,并无描写意识。《后汉书》中的"唯见"句,《晋书》中的"但见"句只有几个字的白描。可以看出,史传叙事由于受制于实录原则,在叙事上以简要为主,一般不着意于历史的细枝末节,也不耗费辞藻在历史的细节处。这也使得史传中"但见"并不引导大段铺排描写文字。

但通俗小说叙事则不同。虚构是通俗小说叙事的本色,虽然小说家也会在序跋中标榜"实录",但这只是增强叙事可信度的幌子。明人谢肇淛《五杂组》说:"凡为小说及杂剧戏文,须是虚实相半,方为游戏三昧之笔,亦情景造极而止,不必问其有无也"(532)。正是虚构本色赋予了通俗小说想象历史细节的权力。清人谷口生《生绡剪弁语》曰:"夫说也者,欲其详,欲其明,欲其婉转可思,令读之者如临其事焉"(转引自丁锡根 616)。谷口生关于"说"体"欲其详,欲其明"的说法,虽然是就文言小说而言,但事实上,在同为稗史的通俗小说中,"欲其详,欲其明"的追求有过之而无不及。在正史中,历史故事总是缺少具体的形象,细节的缺失仿佛即是史传的常态,这是因为史官不会停下他的脚步在历史的细节处停留目光。但是通俗小说家则具备了想象历史细节的权力和兴趣。对历史细节的追求体现了通俗小说叙事的本色,这不仅是为了达到叙事的真实效果,同时也是为了增添故事的趣味性。叙述者对虚无的天道并不感兴趣或较少注意,而那些细节性的"八卦"反而更吸引人的目光,诸如一代枭雄吕布出阵如何装束,绝世佳丽李师师见宋江时怎生模样……愈是细致入微,愈能制造身临其境、有如目见的现场感,则愈能满足观众和读者的好奇心和审美需求。因此鲁迅谈到宋元讲史平话时说,"大抵史上大事,即无发挥,一涉细故,便多增饰"(66)。这一说法即是认识到史传叙事中细节的缺失,也指出了民间叙事想象历史细节的虚构特征。

通俗小说的虚构叙事,又可概括为"敷演"。罗烨《醉翁谈录》谈宋元"小说"伎艺(话本亦可通用)时频繁提到"敷演",如"讲论处不滞搭、不絮烦。敷演处有规模、有收拾。冷淡处提掇得有家数,热闹处敷演得越久长"(3—4)。可以说,"敷演"即是通俗小说叙事的主要方式。通俗小说的"但见"叙述集中反映了通俗小说叙事的敷演精神,如在《金瓶梅》《水浒传》等通俗小说中,"但见"描写段落一般都能达到 100 字左右,多者可达 500 字以上,极尽敷演之能事。

综上,"但见"一词在史传和通俗小说中的两种不同状态,折射出的是中国古代叙事文学的两种话语风格,史传叙事话语主简要,通俗小说叙事话语主敷演。

三、时空比较:历史与现场

叙述语句中的"但见"代表了一种视角转换机制。"但见""只见"在引出将要叙说的对象的同时,也呈现了一种视角,预示着将要出现的空间视界。但是,这一视觉性的语词在史传叙事和通俗小说叙事中呈现出了不同的形态。在通俗小说中,"但见"将一定的空间物象聚集到读者的视界之中,即将表现世界从其他时空转入一个以物象表现和空间铺陈为主的时空,这集中体现在通俗小说以"但见"为领词的韵文描写中。而在史传叙事中,"但见"及近义词并未显露出叙述者的时空铺排意识,史传叙述者对"但见"等视觉性词语的运用较少,且十分节制。例如前文所举《后汉书》之例:

> 后因遁去,遂不知所止。初去之日,唯见白云腾起,从旦至暮,如是数十处。时有百岁翁,自说童儿时见子训卖药于会稽市,颜色不异于今。(《后汉书》卷八十二《蓟子训传》)(范晔 1854)

此处"唯见"所叙内容,空间物象仅有"白云",时间表达只有"从旦至暮",时空并未展开。

"但见"在史传叙事和通俗小说叙事中呈现不同的时空形式,源于两者具有不同的时空意识。从时间维度来看,史传叙事是一种时间叙事艺术。在历史性思维中,存在着如 O. B. 范德斯普伦克尔(O. B. van der Sprenkel)所提出的"被界定的时间"和"连续的时间"两种时间认识(转引自佐藤正幸 65)。前者是人类对历史进程进行界定的概念化的时间符号,而后者则是历史事件的时间本体,这是因为时间在本质上是连续的。在史传中,我们能够发现大量表示时间状态的词语,如"……年""……朝"等。这些以年号为代表的"被界定的时间"之所以频繁被史传叙事采用,是因为史传叙事的自然时间一般跨度较大,这使得史传叙事者必须对时间进行"裁剪"。事件与事件的时间间距被拉大,事件内部的时间长度被缩小。史传叙事不仅切割了"连续的时间",同时也拉开了叙述者、读者与时间的距离,制造出史传独有的历史距离感。因而,在史传叙事中,概述与缩略是常见的时间形式,近于自然时间的场景时间十分少见。从空间维度来看,史传叙事也注重对空间的压缩。史传叙事也不乏对地理空间的设置与排布,但缺乏空间性的描写。在史传叙事中,空间一般以概念、名词的形式出现,空间的物象未被呈现,史传空间仿佛是一种"折叠"的状态。总之,史传叙事时空具有缩略的特征。

通俗小说叙事的时空特征与史传叙事的时空特征不同。在通俗小说叙事中,叙述者并非追求与人物、故事的时空距离,而是尽可能拉近与人物、故事的时空距离,最大限度地将故事变成当下,让人物来到眼前,让读者产生身临其境的审美感受。而在通俗小说叙事中,说话人叙述者总是使用各种手段来制造历史故事和人物的现场感,仿佛它们就在眼前,可供观看。也只有当历史变得可以"观看",可以触及的时候,历史才不是遥远的过去,而是被讲述的当下。清人谷口生《生绡剪弁语》曰:"夫说也者,欲其详,欲其明,欲其婉转可思,令读之者如临其事焉"(转引自丁锡根 616)。为了实现身临其事、身临其境的现场感,通俗小说叙事常用场景化的叙述方式。这种场景化的叙述让叙事时间接近于自然时间,虽然通俗小说中也不乏如史传那样的概述与缩略的时间形式,但决定通俗小说最根本的时间形式则是场景时间。场景化的叙述同时也是一种空间叙述,场景的展开总是伴随着时空的扩张。自宋元说话伎艺到明清通俗小说,叙述者都追求身临其境的现场感,表现一物必然入木三分,描摹一人一定穷形尽相,描写场景则要面面俱到,这种现场感是通过时空形式的丰满而产生的。罗烨《醉翁谈录》谈"小说":"热闹处,敷演得越久长"(4),通俗小说的敷演叙事既追求时间的延伸,也追求空间的扩充。

可以看出,史传叙事追求时空形式的历史感,而通俗小说则追求时空形式的现场感。就词语本身而言,"但见"具有视觉性,既可用于空间转场,引导物象描写,同时也可让叙事时间延长,让叙述节奏放缓。这使得"但见"一词更加契合通俗小说叙事的精神,因而"但见"在通俗小说中得到了充分的发展,这不仅体现在"但见"及近义词的大幅增加,还体现在其叙述功能的充分发展,以"但见""只见""怎见得"等作为引导语,形成以大段韵文描写为中心的叙述程式。而通俗小说"但见"叙述的缓慢的现时的时间形式和铺排的空间形式不可能会被史传采用,其根本原因在于史传的时空形式趋于缩略。因而,在史传中,"但见"等词仅少量出现,一般多接概述性的内容,极少数出现简短的物象,未形成具有程式意味的叙述模式。

史传叙事与通俗小说叙事在时空处理上差异显著。史传叙事所呈现出的时空是一种具有历史性的缩略时空,而通俗小说叙事所呈现出的时空则是一种具有现场性的场景时空,这两种叙事的时空差异亦可从"但见"中窥见一斑。

结语

史官叙事模式和说话人叙事模式是中国古代叙事文学的两种基本模式,两者既存在密切的联系,也显示出明显的差异。从叙述视角、叙事话语、叙事时空等叙事学的核心范畴出发,并以"但见"一词及其用法为例,比较分析中国古代史传和通俗小说的叙事,可以管窥两者的差别:中国古代史传叙事的角度是一种隐藏叙述者的史官叙述视角,其叙述话语追求简要,而其时空形式以缩略为主,具有鲜明的历史感。通俗小说叙事的角度是一种标示叙述者的说话人叙述视角,其叙述话语追求敷演,而其时空形式以场景为主,具有强烈的现场感。

虽然古代通俗小说与史传有文体、价值上的天壤之别,但是将两者置入中国叙事文学史的流脉后,可以清楚地看到中国古代叙事文学存在着两种不同的发展方向,而"但见"一词则细微又清晰地折射出两者的分流。

注解【Notes】

① 例如,据笔者的检索,《水浒传》中出现"但见"272次,出现"只见"614次,《金瓶梅词话》中出现"但见"102次,出现"只见"443次。
② 在史传中,"但见""只见"等词语并不多见,据笔者的检索,从《史记》到《宋史》的正史中,词语"但见""只见"的出现频率为:《汉书》,"但见"1次;《后汉书》,"但见"3次,"只见"1次;《魏书》,"但见"2次;《晋书》,"但见"7次;《北史》,"只见"1次;《宋书》,"但见"5次;《旧唐书》,"但见"7次;《隋书》,"只见"1次;《宋史》,"但见"15次。
③ 学界多采用"说书人叙述者""说书人叙述模式"等概念。但是"说书"一语主要指明清以后的平话说书,并不能准确涵括明清之前各种类型说话艺术。而中国古代的说话艺术则范围更广,不仅可以指称明清以后的说书艺术,也可指称明清之前的唐宋元说话、汉魏六朝俗赋等。因此,本文采用"说话人"这一适用范围更广的概念。

引用文献【Works Cited】

班固:《汉书》,颜师古注,北京:中华书局,2000年。
丁锡根编著:《中国历代小说序跋集》,北京:人民文学出版社,1996年。
范晔:《后汉书》,李贤等注,北京:中华书局,2000年。
房玄龄等:《晋书》,北京:中华书局,2000年。
冯梦龙编:《喻世明言》,许政扬校注,北京:人民文学出版社,1958年。
李洲良:《史迁笔法:寓论断于序事》,《求是学刊》,2006年第4期,第105—109页。
——:《史迁笔法:定褒贬于论赞》,《求是学刊》,2012年第5期,第114—118页。
刘昫等:《旧唐书》,北京:中华书局,2000年。
刘知几:《史通》,浦起龙通释,上海:上海古籍出版社,2015年。
鲁迅:《中国小说史略》,北京:中华书局,2010年。

罗书华:《讲史的文体形式及其在章回小说史上的重要作用》,《南京师大学报(社会科学版)》,2008年第1期,第127—134页。

罗烨:《新编醉翁谈录》,周晓薇校点,沈阳:辽宁教育出版社,1998年。

欧阳健:《中国历史小说史》,台北:万卷楼图书股份有限公司,2018年。

施耐庵、罗贯中:《水浒传》,北京:人民文学出版社,1997年。

司马迁:《史记》,裴骃集解,司马贞索隐,张守节正义,北京:中华书局,2000年。

谢肇淛:《五杂组》,张秉国校笺,济南:山东人民出版社,2018年。

严可均辑:《全后汉文》(上册),许振生审订,北京:商务印书馆,1999年。

杨义:《中国叙事学》,北京:人民出版社,1997年。

章学诚:《文史通义新编》,仓修良编,上海:上海古籍出版社,1993年。

佐藤正幸:《历史认识的时空》,郭海良译,上海:上海三联书店,2019年。

汉魏辞赋研究的新视角
——以《洛神赋》的叙事分析为例

吕辛福

作者简介：
吕辛福，青岛科技大学中文系副教授。

基金项目：
本文系 2021 年度国家社科基金后期资助项目"魏晋文人理想人格新变研究"（21FZWB009）的阶段性研究成果。

内容提要： 曹植辞赋作品数量为建安文人之冠，其中既有模拟民间俗赋的作品，也有典型的文人赋作品，从他本人的创作实践看，他吸收借鉴了汉魏俗文学中的叙事结构和叙事技巧，促进了俗文学中的叙事传统在文人赋中的传承和发扬，在辞赋文人化过程中发挥了关键作用。《洛神赋》长久以来被看作曹植抒情小赋的代表作，其中的叙事性特征隐而未彰。借助叙事学的分析方法研究汉魏辞赋，从故事情节、故事结构、叙述视角、人物角色几个方面分析《洛神赋》中的叙事特征，能为理解《洛神赋》的文学价值带来新的认识。

关键词： 曹植；《洛神赋》；叙事；结构；叙述

  学界对汉魏辞赋的认识，曾长期停留在文人大赋和抒情小赋的层面。直到 20 世纪敦煌俗赋的发现，以及 1993 年尹湾汉墓汉代俗赋作品《神乌赋》的出土，人们才意识到，在传统文人赋之外，还存在一类长期被文学史忽略的汉魏民间俗赋。随着近年来对俗赋研究的深入，人们发现这类作品数量不在少数（除了考古新发现，还包括对原来已知作品的重新认识），且在汉唐时期已形成较为独立的演进轨迹，"在文人大赋蔚为大观的同时，俗赋作为一股不小的暗流一直潜行于地下"（伏俊琏 3），龚克昌先生认为"由周至唐的俗赋发展之迹依稀可辨"（968），俗赋在文学史上的意义不容小觑，对俗赋的研究也正在重塑我们对汉魏辞赋和汉魏文人文学与民间文学之间关系的认识。

  俗赋本身最明显的特征是它的叙事性，傅修延认为，"从叙事学角度比较文人赋与俗赋，可以看出俗赋最突出的一个特征是叙事的细化"（35）。随着学界对俗赋认识的加深，人们发现汉魏文人赋借鉴民间俗赋的故事结构和表达方式，已是不争的事实。杨义称辞赋是一种"杂交型"的文体，它的民间源头不能忽视（16），程章灿认为"在建安赋日益雅化、文人化的线索之外，还有一条隐约出现的民间文学影响的痕迹"（52）。

俗赋影响了文人赋的创作,那么在汉魏文人中,是否有人既创作了俗赋又创作了文人赋呢?我们发现曹植正是研究不二之选:首先,曹植创作了大量辞赋作品,至今所存汉魏文人赋中,曹植的辞赋作品数量是最多的;其次,曹植辞赋作品中既有与俗赋类似的作品如《鹞雀赋》,同时又有典型的文人赋作品如《洛神赋》;最后,曹植对汉魏民间俗文学抱有积极欣赏和借鉴的态度。从叙事学的视角分析中国传统的辞赋,学界已有学者在唐赋研究中取得新见,但在汉魏辞赋叙事传统研究方面还是空白,在此背景下,笔者以曹植《洛神赋》为例,分析其中的叙事性特征并探讨《洛神赋》在汉魏叙事文学传统中的新变意义与价值。

一、曹植与汉魏辞赋叙事传统的关系

曹植是建安文坛的重要诗人,也是一位重要的辞赋作家。"曹植赋十分出色"(曹道衡 2011:109),他"少而好赋""所著繁多"(曹植 647)。曹植在《前录自序》中曾提到亲自删定辞赋七十八篇,目前留存至今的虽没有那么多,但也不下于五十篇(赵幼文 1),数量为建安文人之冠。其中多数属于抒情小赋,但《鹞雀赋》却是一个例外,钱锺书就称此篇是"开生面而破余地"之作(1678),自从《神乌赋》出土后,人们发现《鹞雀赋》与《神乌赋》、敦煌本《燕子赋》在内容、体例方面非常接近,"有很近的血缘关系"(周绍良、白化文 376),都有很强的叙事性,充分发挥了赋的叙事功能(郭维森、许结 227),可看作是对汉魏俗赋的一篇成功拟作。简涛认为《鹞雀赋》"并没有承继文人赋的传统,它应该是承继的民间赋的传统"(105),曹道衡认为"此赋颇似后来敦煌发现的俗赋"(2011:113),马积高认为这篇赋写法上非常特别,摆脱了汉魏文人赋的窠臼,与唐代俗赋之间存在"一脉相承"的关系(155)。

在曹植写给友人的书信以及史传中,曹植对俗文学的看法不同于当时文人,他认为"街谈巷说,必有可采;击辕之歌,有应风雅"(《与杨德祖书》),他还在邯郸淳面前诵"俳优小说数千言",这种做法显示了他对民间文学作品具有十分亲近的态度。数千字的俳优小说作品,如果不是用韵语写就,背诵起来自然是十分困难的事,有观点认为汉代俳优话本就吸收借鉴了韵诵手法,进而"产生了韵诵作品"(简涛 108);《汉书·艺文志》中提到,"不歌而诵谓之赋",今日所见俗赋作品中都有大段韵语。可见,俳优小说与俗赋之间存在文体上的因缘关系,两者都含有韵语,都适合韵诵,傅修延认为"赋之根深扎在通过俗赋反映出来的古老韵诵传统之中"(34)。程毅中在梳理叙事赋与小说的关系时曾大胆断言,曹植当时所诵数千言的俳优小说"应该是一种通俗文学"(2007:40),很可能就包括了俗赋在内。

以《神乌赋》的创作来看,民间俗赋叙事技巧已经相当成熟,龚克昌认为"如此佳构之出现,当有一个发展过程,也不应绝无仅有"(967),曹植时代所能见到的俗赋作品当不在少数,他对俗赋作品的文体特征应该是相当熟悉,再加上曹植对汉魏俗赋又采取了积极拟作的肯定态度,他在汉魏俗赋文人化过程中应扮演了相当重要的角色。钱锺书称之为"开生面而破余地"并不为过,尽管程毅中很早就认为曹植在辞赋创作方面是一个"承先启后、雅俗兼通的作家"(2007:40),但从今日学界的整体认知来看,目前对曹植在汉魏辞赋叙事文学方面的成就认识仍显不足。

二、抒情还是叙事——学界对《洛神赋》的两种看法

《洛神赋》在曹植辞赋作品中首屈一指,自东晋南朝以来受到历代文人推崇,产生了深远影响。从现代文体学的角度看,多数学者认为这是一篇出色的抒情小赋,曹道衡、马积高、郭维森、许结、简涛等学者的观点可作为代表。曹道衡提到这个时期的抒情小赋在艺术特点上与诗歌相同,尽管文中也有景物、人物描写,但都是服务于抒情的目的,他认为较早的抒情小赋代表作,就有曹植的《洛神赋》,"曹植为抒情小赋的形成做出来了贡献"(2002:19);马积高的《赋史》中提到在汉魏文坛上,"抒情赋的大发展,实与曹氏父子的奖掖提倡有关"(146),辞赋创作取得了一些新成就,其中之一就是抒情赋体式多样,而且题材亦较过去有很大扩展,他举了曹植的《洛神赋》;郭维森、许结认为《洛神赋》是"曹植言情赋的代表作"(227),许结认为曹植继承了两汉抒情小赋的历史传统(31);另外,简涛也认为《洛神赋》是抒情咏物的小赋,不过他的论述略有些自相矛盾之处,他指出曹植的赋作绝大多数都是抒情咏物之作,主要不是讲述故事和塑造形象,但所举的《洛神赋》和《神女赋》却恰恰在文中都塑造了鲜明的人物形象(105)。

也有一种观点认为《洛神赋》是叙事赋,这以程毅中先生为代表。程毅中在1989年的《敦煌俗赋的渊源及其与变文的关系》一文中,认为宋玉是一位叙事赋的大作家,从宋玉《神女赋》到曹植《洛神赋》,再到沈亚之的《湘中怨解》,其中体现出了"一脉相承的神女故事"(1989:32),曹植的《洛神赋》明显模仿了宋玉的《神女赋》。2007年在《叙事赋与中国小说的发展》中,程毅中又明确指出曹植创作了一些叙事赋作品,在曹植对邯郸淳背诵的俳优小说中,"可能就包含了他自己的叙事赋"(2007:40),在这篇文章论述叙事赋的流变过程时,他再次提及曹植对宋玉的接受,"《洛神赋》继承了宋玉的《神女赋》等叙事赋,他是一个集大成式的作家"(同上)。2014年,在《中国小说的第一次变迁》一文中,对曹植在秦汉以来的叙事赋传统中的地位,程毅中又有了新的评价,他认为在汉魏叙事赋的进化过程中,"标志性的代表作家就是曹植"。他用了较大篇幅分析曹植几篇叙事赋的前后承接关系,"曹植著有《鹞雀赋》,上承《神乌赋》之源,下接敦煌本

《燕子赋》之流;他的《髑髅说》,前受张衡《髑髅赋》的影响,后启'庄子叹骷髅'等说唱文学的演化;再有《洛神赋》,既是宋玉《神女赋》的余波,又是《游仙窟》等艳遇小说的先河,也是传奇体小说的滥觞"(2014:137)。

由此看来,《洛神赋》到底是叙事赋还是抒情小赋,学界显然已存在两种截然不同甚至是相反的看法,抒情小赋的说法虽然占据主流,但并非定论,叙事赋的声音虽然弱小但还可以再详加论证。论及曹植《洛神赋》,程毅中的主要关注点是其与宋玉等人叙事赋存在的共性,而不是关注《洛神赋》在叙事赋中的个性,缺少对《洛神赋》文本层面的叙事性分析。

三、对《洛神赋》的叙事分析

叙事学理论自从20世纪60年代在欧洲形成后,在东西方不同国家的多学科领域都产生了广泛影响。从方法论的角度看,叙事学理论在对叙事文本采取二元结构分析方面具有明显优势,对叙事作品从内容方面的"故事层"和艺术表现手法方面的"话语层"开展二分法研究(申丹、王丽亚 42),能帮助我们突破传统的理论视角和思路,从作品本身出发,常能得出一些新颖的看法和对作品的深刻认识。叙事学理论传入中国后,在小说叙事研究领域取得不俗表现,海外汉学界也有学者使用叙事学的研究视角,研究中国古典小说、诗歌中的叙事性,[1]但就辞赋领域来讲,虽然俗赋的出现已经在逐渐改变人们对传统辞赋的认识,辞赋中的叙事因素和叙事功能也开始受到学界关注,但自觉使用叙事学理论开展中国传统辞赋的叙事研究还是比较少见。笔者借鉴经典叙事学理论,从以下几个层面分析《洛神赋》的叙事性特征。

(一)《洛神赋》中的神女相遇故事及其情节呈现

即便是在主张《洛神赋》属于抒情小赋的学者那里,也不否认《洛神赋》中存在故事情节,问题是,这是一个什么样的故事? 在汉魏叙事文学由俗而雅的发展背景中,以及"诗赋欲丽"的文人化写作潮流中,这个故事本身具有什么特殊性? 故事中的情节是如何展开的?

故事是叙事文学的重要特征,《辞海》就把故事与叙事文学作品紧密联系在一起,它对"故事"的定义是,"叙事性文学作品中一系列为表现人物性格和展示主题服务的有因果联系的生活事件"。福斯特把"故事"界定为"按照时间顺序来叙述事件"(转引自申丹 51)。一些国内学者之所以把汉魏俗赋称为"故事赋",也是看到俗赋中具有叙述故事的显著特征,就《洛神赋》来讲,从叙事学理论的故事层面看,它已具备了基本的叙事要素。

1) 赋序的叙事功能。"序"是文章的重要构成部分,在《洛神赋》序中曹植提到,"黄初三年,余朝京师,还济洛川。古人有言,斯水之神,名曰宓妃。感宋玉对楚王神女之事，遂作斯赋"，这是一段典型的叙事文字，这里已经把赋中所述神女相遇故事的时间、空间、人物等基本要素交代清楚。但从李善开始就存在一种看法，认为这里的时间应该是黄初四年，应与史书所述时间对应起来，这种说法的前提是不相信此篇是虚构作品，此论值得商榷。曹植赋中有赋序者，不止此一篇，在《离思赋》《东征赋》中皆在赋序中提及时间纪年，且与史书记载事件完全吻合，为何独在《洛神赋》中发生纪年错误？如果从叙事学角度看，则会得出另一种结论，那就是这里所谓的纪年错误，很可能是曹植有意为之。从常理来考虑，曹植作为朝廷封王，对于这么重要的进京朝拜时间，是不可能弄错的，他故意写成黄初三年而不是四年，这实际上是在告诉读者，文中所叙之事完全出于虚构，不能对号入座。按照这个角度，我们就会对该赋的虚构性和故事性有了全新认识，否则就容易忽略文本的叙事性特征，对《洛神赋》在文学史上的意义就会得出较为偏颇的结论。② 此外，赋序中人称代词"余"的出现，限定了作品整体的叙述视角，意味着《洛神赋》采用了第一人称的回顾性视角来讲述接下来发生的神女相遇故事。

2）从故事情节看《洛神赋》的叙事性。除了赋序，我们再从"情节"角度来进一步发掘《洛神赋》中的叙事性。叙事学意义上的情节，一般是指对一系列具有因果关系的事件的安排（申丹 51），事件的因果性是一种确定性存在，即"此事发生然后彼事发生"（普林斯 146），叙事文本中的故事情节在整体上呈现出一种纵向的线性演进特征。从情节呈现的层次看，《洛神赋》中的神女故事是一个典型的嵌套型故事，属于布雷蒙提出的"镶嵌式叙事序列"，这种手法在中国古典小说中并不鲜见，即所谓"横云断山"法，金圣叹评点《水浒传》时对此曾有所解释，"有横云断山法，如两打祝家庄后，忽插入解珍、解宝争虎越狱事"（罗钢 96—97）。不过在汉魏时期，这种嵌套型的叙事结构安排常见于采用了对话体的辞赋作品中，董乃斌在分析宋玉《高唐赋》时就指出，"宋玉在回答中，转述一个故事，从而出现了一个层次叙述，这是在其他赋篇中从未见过，而在后来的小说中才有的"（130），董乃斌提到的"层次叙述"，实际上就属于我们这里定义的嵌套故事类型，这种结构上的安排，有助于推动叙事情节的进一步展开。在嵌套型故事中，我们能从中区分出两个相对较为独立的叙述层，第一层故事中的叙述者，同时也是第二层中的"亚故事叙述者"（metadiegetic narrator）③，在这个叠套结构的两个叙述层面上，各自存在较为独立的故事开端—发展—结束过程，分述如下。

《洛神赋》第一层故事中的主要角色是"余"和"御者"。这里的"余"并不是真实作者曹植本人，只是曹植虚拟出的一个人物角色而已，《洛神赋》第一层故事情节主要围绕"余"和"御者"两人之间的对话展开，宓妃在第一层故事中实际上并没有出现，第一层故事主要搭建了此赋的主要框架和故事发生的时空背景。

故事从君王和御者京师朝会后返回驻地开始,当他们途经洛水时,君王"睹一丽人,于岩之畔",遇到了宓妃,接下来就是君王与御者的对话,比较意外的是,御者并没有看到宓妃,"其状若何?臣愿闻之",从常理来讲这是说不通的(按,这种凡人与神女的"私会"情节在民间故事中是较为普遍的,笔者后文还会分析),但这是以君王的视角讲述故事,在文中作为听众的御者的好奇心同时也是故事外读者好奇心的体现,从写作技巧上讲正是推进下一步情节发展的需要,于是君王给御者讲述了他与洛神的相遇故事,亚故事亦由此展开叙述。故事讲完后,御者与君王继续上路返回封地,"命仆夫而就驾,吾将归乎东路",第一层故事情节相对简单,但第二层故事就精彩和曲折许多,是《洛神赋》全篇的高潮所在。

第二个故事用诗性的叙述语言讲述了一个精彩的恋爱故事。在分析这个故事前,我们有必要引用叙事学家西摩·查特曼(Seymour Chatman)的经典叙述角色关系图,这有助于我们直观地感受叙事文本中的叙述身份差异。如图1所示:

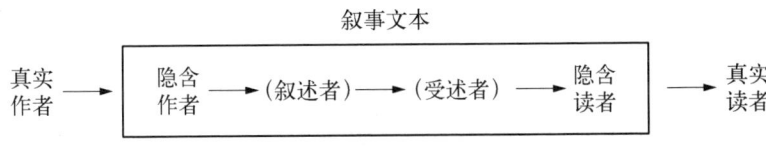

图1 叙事—交流情境示意图(查特曼 135)

在《洛神赋》第二层叙事中,情节主要是围绕"君王"(即第一层故事中的"余")和"宓妃"展开,人神恋爱故事正是发生在这一层,除了这两位主要人物,还有宓妃身边的众仙界人物,代表现实世界人物的"御者"已然退出,成为《洛神赋》中的一个"受述者"。第二层故事主要是通过"叙述者"君王的视角展开叙述,第二层故事的情节明显富有变化和神幻色彩,而且是一个相对独立、首尾连贯的完整故事,可以比较清晰地看出故事的起因、发展、结果三个部分,并且三部分之间存在较强的因果联系。

董乃斌认为《洛神赋》讲述的是"诗人(曹植)"与洛神从相会到分手的全过程(134),但从叙事学的角度看,这种观点混淆了叙事文本中叙述者与真实作者的身份。在这个故事中,曹植不可能以真实身份呈现,关于这一点在分析赋序时已有涉及,故事中出现的"君王",只能是叙事文本中的"叙述者"身份,是不是诗人我们毫不知情,但不能与现实中的曹植画等号。叙事文本既然是虚构性的,其中的人物就不可能是真实生活中的诗人身份再现,称之为曹植与洛水之神的相会是不准确的,正如申丹所指出的那样,"将作品人物真人化不仅抹杀了对作品的美学效果极为重要的虚构与真实之间的界限,也容易导致对作品中的语言艺术、结构安排等其他成分的忽略"(68)。

亚故事由君王洛水边偶遇洛神开始,洛神的美丽引起了君王的注意,"余情悦其淑美兮,心振荡而不怡",这种男女相遇的类似情节在汉魏文学作品中较为常见。如《陌上桑》中,使君对采桑女罗敷的垂顾;《鲁秋洁妇》中,秋胡对采桑女洁妇的调戏;王昭君故事中,昭君的美丽引起了皇帝的悔意;《登徒子好色赋》中,章华大夫在郊外遇到的一位"丽者",都是此类故事情节的不同演绎。

但故事接下来的情节发展却与此类民间故事有所不同,洛神对君王也产生了好感,而不是直接拒绝,君王"解玉佩以要之",洛神"抗琼珶以和予",一唱一和,神女对君王热情的"呼"有了积极的"应"。可是君王"惧斯灵之我欺",于是"怅犹豫而狐疑,收和颜而静志兮,申礼防以自持",对洛神的积极回应,君王并没有进一步展开行动,而是变得矜持不敢继续推进。随后,洛神通过向君王竭尽所能地展示曼妙舞姿,以歌舞娱人的方式,展现自己的决心和意志,借此打消君王的疑虑,君王也对洛神"婀娜"的"华容"达到了"忘餐"的地步,可以看出君王的心意已有所转变。

接下来君王有没有进一步的动作和表达,文中没有说明,视角再次转向了洛神,洛神歌舞娱人结束后,收到返回仙界的信息,即"冯夷鸣鼓,女娲清歌。腾文鱼以警乘,鸣玉鸾以偕逝",在此不得不告别的时刻,洛神伤心落泪,"抗罗袂以掩涕兮,泪流襟之浪浪。悼良会之永绝兮,哀一逝而异乡"。临别之际,赠送君王"江南之明珰",并明确告诉君王,虽然人神之道殊,自己"潜处于太阴",但仍会"长寄心于君王",随后就消失不见,只留下君王一人怅然若失。

从讲述者的角度看,第二个故事到这里已经对文中的"御者"讲完了。在结尾处与第一个故事有了交叉,想象与现实重叠,通过"足往神留"这句话能体现出来,足往,停留在了现实;神留,还在为神女伤神。君王对洛神的突然离去心有不甘,于是乘船沿河上行,去寻找洛神,"冀灵体之复形,御轻舟而上溯",可是哪里能找得到?"思绵绵而增慕,夜耿耿而不寐",君王流连数日,徒增惆怅,在一无所得的失落中,只好命仆夫就驾,重新上路,这样就与第一个故事的结尾实现了有机过渡与衔接。

(二)《洛神赋》的叙事结构及其意义

《洛神赋》的叙事性除了体现在故事情节,还表现在故事结构方面,正是情节和结构这两点,搭建起了《洛神赋》的基本叙事骨骼,抒情性的诗性语言才能附着其上,变得丰满和充盈,从而发挥出最佳的抒情效果。

1) 宏观叙事结构。在《洛神赋》的人神相遇恋爱故事中,无论宓妃还是君王,人物本身个性特征并不突出,缺少后代小说故事中那种细腻的动作、语言、神态、心理描写,当然受制于诗性叙事语言本身的限制,赋中也不宜展开此类描写,但《洛神赋》的故事框架结构却很明显,可以归纳如图2所示:

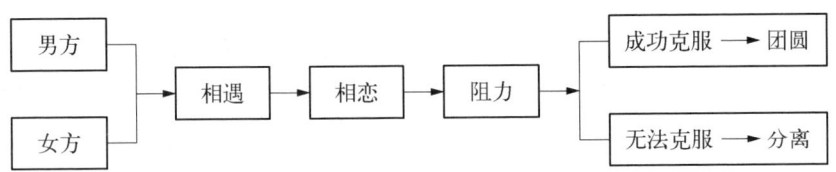

图2 《洛神赋》中的人神恋爱故事结构

《洛神赋》中的这个宏观故事结构如此突出和鲜明,以至于后代人们更乐意把曹植本人的故事装进这个结构,从而让这个故事结构更增添了吸引力。这突出表现在《文选》中唐代李善注引的那篇《记》,很显然,《记》的作者套用了这个故事结构,捕风捉影地附会出了曹植与甄夫人之间的一段现实版爱情故事,在后代读者那里产生了以假乱真的影响。

《记》中用甄夫人代替了《洛神赋》中的宓妃,君王也变成了曹植本人,赋中出现的第三方阻碍因素变成了一个生活中具体可感的人物——五官中郎将曹丕(按,曹丕在曹植、甄夫人关系中的千古骂名由此开始,蒲松龄《聊斋志异·甄后》中还借仙女之口说曹丕是"贼父之庸子"[④]),定情信物由赋中的"江南之明珰"变成了玉镂金带枕,同样是个双方不能在一起的悲剧故事。除了故事的表面形态和内容不一样,《文选》李善注引的《记》与《洛神赋》在深层结构上基本属于同一种叙事结构模式。

当然,这个故事结构并非《洛神赋》专有和首创,在很多经典爱情故事中其实都存在。例如历史上的司马相如与卓文君的故事,《孔雀东南飞》中焦仲卿与刘兰芝的爱情故事,《搜神记》中韩凭夫妇的故事,民间流传的牛郎织女故事、梁祝故事,《长恨歌》中唐明皇与杨贵妃的故事,《西厢记》中张生与莺莺的爱情故事,以及《圆圆曲》中吴三桂与陈圆圆的故事,莫不是如此结构。此类故事中的大多数已在汉魏时期产生与流传,曹植对俗赋、俳优小说等民间文学情有独钟,他完全有可能接触到汉魏时期的这类故事,对其中的故事结构并不陌生。正因为这个故事结构在古代叙事性文学作品中不断出现,我们有理由相信这是一个悠久叙事传统的反映,曹植的《洛神赋》故事结构在这个传统中占据重要一环。

2) 微观叙事结构。在微观层面,我们选择《洛神赋》中神女与君王的相遇、分手两个具体情节看其中的故事结构。为了突出分析效果,我们以干宝《搜神记》中的凡人与神女恋爱故事作为对比,分析其中的异曲同工之妙。

在相遇情节方面,两个故事都存在神女私会凡人的结构安排特点。之所以称之为"私会",是因为只有当事人能睹神女之芳容,他人不能见到:《洛神赋》

中君王能见到神女,但是身边的御者却没有见到;类似情节也存在于《搜神记》卷一所述的弦超故事中,弦超所见天上玉女,"倏忽若飞,唯超见之,他人不见"(干宝 17)。

在故事的结尾分手告别部分,也具有相似结构。《洛神赋》中,洛神最后跟君王分别时的情景是说完话之后忽然就消失不见,"忽不悟其所舍";这种情节在《搜神记·董永》故事中同样存在,织女跟董永说完话后,"语毕,凌空而去,不知所在"。而《弦超》故事中的分手离别情节与《洛神赋》有更多相似之处,我们通过列表的形式,把《搜神记·弦超》故事中神女与弦超的赠别与《洛神赋》君王与宓妃的赠别进行对比,如表1所示:

表1 《搜神记·弦超》与《洛神赋》赠别情节比较

结构要素	弦超遇神女故事之赠别情节	君王遇洛神故事之赠别情节
赠物	取织成裙衫两副遗超	献江南之明珰
泣别	把臂告辞,涕泣流离	抗罗袂以掩涕兮,泪流襟之浪浪
飞升	肃然升车,去若飞迅	体迅飞凫,载云车之容裔,忽不悟其所舍
伤神	超忧感积日,殆至委顿	怅神宵而蔽光,顾望怀愁,思绵绵而增慕

两个故事在上述"赠物""泣别""飞升""伤神"四个环节都存在极为相似的结构特点,曹植《洛神赋》中的叙述语言只是更具有诗性而已,结构上与《搜神记》中的弦超遇神女故事并无两样。在这两个故事中,还有一处情节结构也是相似的,那就是人神有别的话都是分别从神女口中说出,在《洛神赋》中,宓妃对君王说"恨人神之道殊兮,怨盛年之莫当";在《弦超》中,玉女对弦超说"我神人也,一旦分别,势不得不尔"。

为什么能在曹植的《洛神赋》中总结出与同时或后来的叙事故事类似的故事结构?除了文章开头提到的以俗赋为代表的汉魏叙事文学传统以外,还得考虑曹植对民间文学的积极态度。从保留至今的史书传记中的只言片语,以及曹植本人的辞赋、诗文创作来看,曹植对民间俗文学采取了欣赏认可、模拟借鉴的态度。

曹植在《灵芝篇》中用较多笔墨叙述了民间流传的董永故事,也特别提到了神女,即"董永遭家贫,父老财无遗,举假以供养,佣作致甘肥。责家填门至,不知何用归。天灵感至德,神女为秉机";曹植《九咏》今已失传,今日所见《九咏》乃是从类书辑佚所得,其中所述牵牛织女故事也相对较为完整,如"目牵牛兮眺织女,交有际兮会有期,嗟痛吾兮来不时,来无见兮进无闻,泣下雨兮叹成云"。曹植还为《九咏》亲自作注,在李善注引的曹植《九咏注》中,曹植提到,"牵牛为夫,织女为妇,织女、牵牛之星,各处河鼓之旁。七月七日,乃得一会"(萧统899),可见曹植这个注的内容已经非常接近民间流传的牵牛织女故事。

从《九咏注》中的牵牛织女故事以及《灵芝篇》中的董永故事来看,曹植对于民间爱情故事相当熟悉,从《搜神记》所录部分民间故事内容来看,其中的故事情节和故事结构,无论从宏观还是微观层面,都给曹植创作《洛神赋》带来了直接影响。这并不是巧合,而是扎根汉魏俗文学土壤的曹植,在创作过程中受到民间文学自然熏陶的结果。

(三)《洛神赋》中的对话分析以及"隐含读者"

通过人物问答对话推进情节发展,是汉魏俗赋和文人赋中常见的一种话语叙述模式,具有典型的叙事性特征。在《洛神赋》中,对话体的叙事手法主要体现在第一层故事中的君王与御者之间,以及第二层故事中的君王与宓妃之间。

《洛神赋》所叙嵌套故事第一层故事中的对话较为明显,君王在洛水之上恍惚间发现洛神后,就问身边的御者有没有见到,即"尔有觌于彼者乎?彼何人斯?若此之艳也!"注意这里出现的人称代词"尔"字是第二人称"你"的意思,而这句话是从"余"的第一人称视角发出,这显然是在主客问答对话中才会出现的人称代词,遵循的正是"叙述者—受述者"之间的双向交流与互动。正如普林斯所分析的那样,无论在什么样的叙事中,如果有一个叙述者,那么也至少存在一个受述者,"这一受述者可以明确地以'你'称之",普林斯把这种现象称为"你"信号,它代表受述者(及其情境)的存在(18),这是叙事性文本的重要话语特征。接下来,御者回答曰:"臣闻河洛之神,名曰宓妃。然则君王之所见也,无乃是乎?其状若何?臣愿闻之。"通过这样的一问一答,剧情随之向前继续推进。

不过在随后的叙述中,叙述视角发生了变化,变成了"余告之曰"(按,相当于"我对他说","之"是第三人称代词)。叙述视角的转换显然是叙事文学才具有的一种重要文体特征,这也是一个很有意思的变化,虽然从叙述者的身份来看,叙述者和受述者都没有变,但叙述策略发生了变化,随之带来了叙述视角的变化。虽然整体上还是以"余"的身份展开的第一人称回顾性叙述视角,但从"余"问"尔"答,到"余告之曰",没有再沿用第二人称,"之"变成了第三人称,从查特曼的叙事交流图分析模式看,这种叙述视角的转换,正好把叙事学意义上"隐含读者"的角色带入阅读视野中。

这个"隐含读者"是曹植创作《洛神赋》时心目中的阅读者,也就是《洛神赋》文本的预设读者。曹植心目中的读者不可能是跨时代的阅读者,只可能是与他同时代的人。曹植《与杨德祖书》作于他二十五岁时,信中说"今往仆少小所著辞赋一通相与"，可以看出，至少杨修曾是曹植辞赋作品的"隐含读者"之一。不过《洛神赋》作于曹植三十岁左右，此时杨修已经去世，曹植的友人丁廙、丁仪也已遇害，兄弟中与曹植关系较好的任城王曹彰也在朝会洛阳时突然死去，白马王曹彪甚至都不能与曹植同路返回封地。

曹植创作《洛神赋》时的预设读者，不是他的友人，他的多数友人和亲人此刻都已凋落殆尽，那么谁会看到曹植的《洛神赋》呢？这个时候的曹植实际上已经被朝廷监视起居，他的文章很可能被朝廷抄去详加审核，所以，这里因叙述视角的转换而牵引出的理想读者，很可能是来自朝廷中的掌权者。按照这个思路，《洛神赋》中的洛神倒是很有可能是曹植的化身，这是从叙事学视角分析曹植《洛神赋》带来的对这篇经典赋作创作主旨的新认识。

在解读这篇赋时，南朝沈约其实已经意识到此赋与众不同，他说"以《洛神》比陈思他赋，有似异手之作"（转引自王晓东 62），如果我们从曹植该赋中隐含读者的变迁来看，是能感知到这种差异的。在后代的解读中，由于"真实读者"很难达到曹植眼中"隐含读者"的认知水平，后代真实读者的经历和立场也阻碍了进入文本预设读者的理解语境，后代的种种改编以及附会出曹植、甄后的故事，只能是距离这篇赋作"隐含读者"的接受立场越来越远。对此，刘克庄提到，"《洛神赋》，子建寓言也。好事者乃造甄后事以实之。使果有之，当见诛于黄初之朝矣"（《后村诗话》），他的分析不无道理。

（四）洛神新个性形象的塑造及影响

除了叙述事件与讲述故事以外，塑造出具有一定个性特征的人物形象，也是叙事文学的典型特征，从逻辑上来讲，叙事文学中的情节和人物，是叙事文本中的两个必备要素，故事中必定既有事件也有人物，不可能存在没有人物的事件，而没有事件也就不会成为叙事作品（申丹 70）。罗兰·巴特在《叙事作品结构分析导论》中认为，"世界上没有'人物'，或者至少没有'施动者'的叙事作品是根本不存在的"（转引自张寅德 24），在这一点上，与多数叙事文本相似的是，曹植《洛神赋》中成功塑造了文学史上的经典人物形象——洛神。

洛神的原型人物是宓妃，这是曹植之前的文学作品和民间传说中早就存在的人物，见于屈原、扬雄、张衡等人的作品，在曹植的《妾薄命》其一中也提到了宓妃，"想彼宓妃洛河，退咏汉女湘娥"。但这些作品中的宓妃形象，缺乏一些令人印象深刻的人物特性，大都是较为模糊的只言片语，不仅如此，屈原、扬雄笔下的宓妃，甚至还有一点低俗，屈原《离骚》中说宓妃"日康娱以淫游，虽信美而无礼"，扬雄《羽猎赋》中说要"鞭洛水之宓妃"，张衡也说宓妃"虽色艳而赂美兮，志浩荡而不嘉"。有学者认为，对于宓妃，"从屈原到东汉形成了一条比较明晰的反面性的评价体系"（吴冠文 33），也就是说没有获得儒家思想的认可。

其实在这个反面评价体系中,还应该加入宋玉,曹植《洛神赋》序提到宋玉对楚王神女之事,宋玉笔下的神女是带有情色意味的。柔情媚态中含有低俗内涵,宋玉赋中的神女并不纯洁,虽谈不上是下流,但至少是带污的,这从后代接受中就能看出来,《金瓶梅词话》中描绘西门庆与李瓶儿初次幽会时的情景,曾有小诗形容若"宋玉偷神女"(兰陵笑笑生 178)。此外,闻一多也曾经指出,"虔诚一变而为淫欲,惊畏一变而为玩狎",原先曾经在先民祭祀中高高在上的神女,在宋玉赋中"堕落成了一个奔女"(26),再加上后代文学作品中多用巫山神女云雨意象喻指男女之间的性事,这些都客观上降低了神女的高贵优雅特质。

曹植笔下的洛神与之前文学作品中的宓妃完全不同,提升了以往文学作品中神女的高贵地位,可以说基本奠定了汉魏之后的宓妃接受形象。就这个全新的人物形象而言,她身上至少有两个特性非常鲜明。

首先体现为忠贞,赋中洛神"指潜渊而为期""长寄心于君王"的形象令人印象十分深刻。歌颂忠贞的爱情,这个主题在汉末乐府中较为常见,《古诗十九首》就有多篇此类主题的作品,对熟悉汉魏俗文学作品的曹植来讲,他对民间文学作品中经常出现的这类感情主题并不陌生。

其次体现为守礼,赋中的洛神"习礼而明诗",主动向君王陈述"交接之大纲",洛神与君王的接触交往自始至终也合乎儒家礼教之规范,并没有悖俗越礼之举,这个明诗而守礼的宓妃与屈原笔下"无礼"的宓妃形成强烈反差。守礼还表现在与君王互赠信物,作为对君王"解玉佩以要之"的回应,在二人临别之际,宓妃主动赠送君王"江南之明珰",一方面看出二人彼此都有好感,同时也是《诗经》中"投我以木桃,报之以琼瑶。匪报也,永以为好也"的体现。

上述忠贞与守礼两个品格,让洛神这个在以往文学作品中较为低俗的神话人物,获得了儒家主流价值观的认可,成为后代封建文人作品中不断褒扬的经典文学形象。赋中的洛神,集美貌与品德于一身,类似于《诗经·关雎》里的"淑女",引起后人无限遐想,《酉阳杂俎》中就记录了西晋刘伯玉向妻诵《洛神赋》,结果引起妻子嫉妒并跳河而死的故事(上海古籍出版社 658—659)。唐代诗人作品中也存在一种对《洛神赋》情节、人物双接受的类型,典型的如李白《感兴八首》其二;历史上还存在脱离《洛神赋》的故事情节而只接受洛神人物的一种接受类型,在这类接受中,洛神摆脱了原有情节框架的限制,独立行动,出入不同时空,分别又与不同人物演绎出别样的故事情节,原来故事中的"君王"甚至都可以在新的故事情节中消失。如唐代传奇《洛神传》中洛神与萧旷之故事,⑤清代蒲松龄《聊斋志异》中的"甄后"故事,这里的接受特点体现了叙事学理论中有关"情节和人物"是可以分别被记忆和接受的判断(查特曼 102—103)。曹植《洛神赋》对洛神人物形象的塑造是成功的,这也印证了《洛神赋》具备典型的叙事文学特征。

通过上述对《洛神赋》文本的叙事学分析，在故事情节、故事结构层面都能看出其典型的叙事性特征，通过对文中隐含读者和人物形象的分析，我们对这篇经典赋作的创作主旨也有了新的认识。汉魏辞赋中的叙事性特征不应被早期研究束缚，叙事学的理论视角和思路可以帮助我们开拓视野，加深对汉魏辞赋叙事性的认识，了解文人赋与俗赋之间的文体演进规律，对于开展汉魏辞赋叙事传统的研究也大有裨益。

注解【Notes】

① Joseph Roe Allen, "The End and the Beginning of Narrative Poetry in China," *Asia Major*, *THIRD SERIES* 2.1 (1989): 1–24; Sarah M. Allen, "Tales Retold: Narrative Variation in a Tang Story," *Harvard Journal of Asiatic Studies* 66.1 (June, 2006): 105–143; Victor H. Mair, "The Narrative Revolution in Chinese Literature: Ontological Presuppositions," *Chinese Literature Essays, Articles, Reviews (CLEAR)* 5 (1/2) (July 1983): 1–27; Kenneth J. DeWoskin, et al., *Chinese Narrative: Critical and Theoretical Essays*, ed. Andrew H. Plaks, Princeton: Princeton UP, 1977.

② 当然学界也不乏中肯的意见，比如瞿蜕园在《汉魏六朝赋选》中就曾指出，曹植似乎是有意不写真实年代，"以表明所写的是寓言而不是事实"，参见瞿蜕园：《汉魏六朝赋选》，上海：上海古籍出版社，1964年，第64页。

③ 笔者此处采用了申丹的翻译，参见申丹、王丽亚：《西方叙事学：经典与后经典》，北京：北京大学出版社，2010年，第79页。metadiegetic 这一术语来自热拉尔·热奈特（Gérard Genette）的《叙事话语》，前缀 meta- 中文译作"元"，因此 metanarrative 可译为元叙事，而 metadiegetic 表示嵌套结构叙事中的最内层叙事，热奈特认为"元叙事是叙事中的叙事"，参见热拉尔·热奈特：《叙事话语 新叙事话语》，王文融译，北京：中国社会科学出版社，1990年，第158页。另外两个术语分别是"外叙事"（extradiegetic）与"内叙事"（intradiegetic）。

④ 参见蒲松龄：《聊斋志异会校会注会评本》，张友鹤辑校，上海：上海古籍出版社，2011年，第982页。

⑤ 《洛神传》又名《萧旷》，对该文本的文献梳理和名称辨析详见拙著《唐前爱情诗讲析》，长春：吉林大学出版社，2020年，第69—75页。

引用文献【Works Cited】

曹道衡：《汉魏六朝辞赋》，上海：上海古籍出版社，2011年。

——：《中古文学史论文集》，北京：中华书局，2002年。

曹植：《曹植集校注》，赵幼文校注，北京：中华书局，2016年。

程毅中：《叙事赋与中国小说的发展》，《中国文化》，2007年第1期，第37—42页。

——:《敦煌俗赋的渊源及其与变文的关系》,《文学遗产》,1989年第1期,第29—34页。

——:《中国小说的第一次变迁》,《国学茶座》,2014年第2期,第133—140页。

程章灿:《魏晋南北朝赋史》,南京:江苏古籍出版社,2001年。

董乃斌:《中国古典小说的文体独立》,北京:中国社会科学出版社,1994年。

伏俊琏:《俗赋研究》,北京:中华书局,2008年。

傅修延:《赋与中国叙事的演进》,《江西社会科学》,2007年第9期,第26—38页。

干宝:《搜神记》,汪绍楹校注,北京:中华书局,1979年。

龚克昌:《中国辞赋研究》,济南:山东大学出版社,2003年。

郭维森、许结:《中国辞赋发展史》,南京:江苏教育出版社,1996年。

简涛:《敦煌本〈燕子赋〉体制考辨》,《敦煌学辑刊》,1986年第2期,第100—116页。

杰拉德·普林斯:《叙事学——叙事的形式与功能》,徐强译,北京:中国人民大学出版社,2013年。

兰陵笑笑生:《金瓶梅词话》,梅节校订,陈诏、黄霖注释,台北:里仁书局,2007年。

罗钢:《叙事学导论》,昆明:云南人民出版社,1994年。

马积高:《赋史》,上海:上海古籍出版社,1987年。

钱锺书:《管锥编(三)》,北京:生活·读书·新知三联书店,2007年。

上海古籍出版社编:《唐五代笔记小说大观》,上海:上海古籍出版社,2000年。

申丹、王丽亚:《西方叙事学:经典与后经典》,北京:北京大学出版社,2010年。

申丹:《叙述学与小说文体学研究》,北京:北京大学出版社,2004年。

王晓东:《中古语境中的〈洛神赋〉》,《郑州师范教育》,2012年第2期,第59—69页。

闻一多:《闻一多全集·神话编》,武汉:湖北人民出版社,1993年。

吴冠文:《论宓妃形象在中国古代文学史上的演变》,《复旦学报》,2011年第1期,第32—42页。

西摩·查特曼:《故事与话语:小说和电影的叙事结构》,徐强译,北京:中国人民大学出版社,2013年。

萧统编:《文选》,李善注,上海:上海古籍出版社,1986年。

许结:《论小品赋》,《文学评论》,1994年第3期,第30—42页。

杨义:《文学研究走进二十一世纪》,《文学评论》,2000年第1期,第5—20页。

张寅德编选:《叙述学研究》,北京:中国社会科学出版社,1989年。

赵幼文:《前言》,载曹植著《曹植集校注》,赵幼文校注,北京:中华书局,2016年,第1—7页。

周绍良、白化文:《敦煌变文论文录》,上海:上海古籍出版社,1982年。

叙事学新论

叙事张力的机制是如何形成的？
——以拉斐尔·巴罗尼为中心的考察

余凝冰

作者简介：
余凝冰，文学博士，安徽大学外语学院副教授，主要从事叙事学和小说阐释研究。

内容提要：拉斐尔·巴罗尼从读者认知角度，提出了悬念、好奇与意外的三元解释模型，跳出了经典叙事学从文本内部探讨叙事张力的窠臼。巴罗尼的认知模型与杨义在布局—势能说中对张力的阐述形成了鲜明对比，后者呈现出独特的汉语式思维。巴罗尼模型还能够解释广义情节观和非情节性进程的张力体验，但忽略了作为张力产生机制的情感投射和交流意图的复杂性。巴罗尼对事件的多变故性、不可靠叙述和隐性/双重进程等概念的研究，说明张力还表现为事件结构、修辞策略和文体潜流等面向。

关键词：叙事张力；拉斐尔·巴罗尼；读者认知

瑞士学者拉斐尔·巴罗尼（Raphaël Baroni）在《叙述张力：悬念、好奇与意外》（*La Tension narrative. Suspense, curiosité et surprise*, 2008）一书中，从悬念、好奇与意外三个维度搭建了叙事张力的解释模型，使得张力成为当今叙事学的核心概念之一。本文旨在将巴罗尼对叙述张力的研究与中国、欧洲和英美的相关论述进行比较和辨析，廓清巴罗尼的贡献和盲区，为构建一个综合性的解释模型提供基础。

一

与传统叙事学将张力界定为文本内部现象不同，巴罗尼从认知视角将张力定义为"叙事的阐释者被鼓励去等待结局时，倏忽而至的现象，这种等待以带有不确定性色彩的预测为特征，赋予接受行为某些情感特征"（3）。这一定义将读者对张力的感受和体验置于研究核心，聚焦在读者对事件结局的"不确定性"的推测之上。

巴罗尼首先关注的是情节与张力的必然联系,他援引 B. V. 托马舍夫斯基(B. V. Tomashevsky)的三种情节安排模式:没有主题的情节编排;有故事的情节编排,即按照"冲突"逻辑塑造事件;有主题的情节编排(61)。巴罗尼认为,第一种模式以时间为序,张力上没有后两者突出。第二种以冲突为核心,在初始时即具戏剧性张力,在结局的延迟中创造期待感,并随着实现期望结局的可能性降低和冲突的最终解决,张力先是增加,后来减弱。第三种随着时间的演进,事件顺序会扭曲,或清晰度降低。在开始时呈现启示性张力;在秘密/神秘和展示阶段,阐释者对人物行为的好奇心加重;在结尾追溯性地解释已发生事件时,好奇得到满足。

托氏的归纳给巴罗尼提供了论述情节—张力模型的有力抓手,但问题之一是巴罗尼所承认的,这里的情节类型"不尽完备"。如果不完备,那么其模型适用性的界限在哪,这是本文第三节将重点讨论的。另一个问题是托氏三分法的逻辑关联:既然第一种"没有主题的情节编排"和第三种"有主题的情节编排",构成一种互补关系;那第二种按照冲突的逻辑塑造的事件,似乎表明冲突并非一种主题。是故,第三种模式改称为"非冲突的主题情节编排",分类才能更合理。

巴罗尼继而提出了预判和判断这两种与叙述张力紧密相关的认知维度。预判指"对我们只了解前提的某行为发展的不确定性预测";判断指"从线索出发,根据对暂时描述不完整的叙述语境的理解,做出的不确定性预测"(80)。预判和判断是巴罗尼对张力的研究从文本内部打通读者认知的关键性转折点,成为其悬念、意外和好奇三元情感结构的逻辑铺垫。

巴罗尼对上述三元结构的解释是:"**悬念**基本取决于对常规(以脚本形式表达)的违反及对不确定性的预测,对尚未最后确定的行为序列(计划、冲突、矩阵等)的掌握使这种预测成为可能;**意外**则依赖于互文性、体裁的规律性或行为规律性的改变;**好奇**源自行为概念网络的不完整再现"(122)。巴罗尼主要引用了认知图式理论和安德烈·佩蒂达(André Petitat)的互动矩阵理论,说明了故事中人物互动的馈赠、损害和契约等行动构成的矩阵关系。这一解释视角,刷新了学界对张力机制的认识。

巴罗尼指出,如果悬念是故事世界对其结局走向所安排的一种不确定状态,是将读者的推测置于某种推理的未定状态,而好奇是对世界不透明性的某种充满求知欲的状态,那么意外则是文本发展与读者推理判断失败的结果(80)。这说明,意外的发生要晚于悬念和好奇,并且受制于读者本身的认知图式,具有促使读者检讨其预判和判断效力的认知功能。

巴罗尼进而进行广告、连环画、电影和侦探小说张力的分析。最生动的案例是一个媒体事件(245—246)：某广告公司海报上是一个模特照片,上书"谁是安吉·贝克尔?",引发公众的广泛关注而不知其人的真正身份。随后,该公司打出另一份海报,再次登载同样照片,上书"安吉·贝克尔证明：借助 SGA 的海报,你会瞬间成名"(245)。巴罗尼成功地从好奇、悬念和意外的维度,来说明这一广告公司为自己做广告的事件中的张力要素。在这个分析中,巴罗尼将日常生活的事件作为生动的故事来演绎,这种分析视角在叙事学著述中极为罕见。如果拓宽视野,我们还可看到其他话语机制在叙事张力中的运作：第二张海报回避了第一张海报的问题,而将注意力导向了第一张海报的影响力上,并转移到广告公司的宣传能力上来。表面上看,第二个广告没有直接提供第一个广告所需求的信息,违反了语用合作原则中量的标准,但其语用关联却是明显的,并达到为广告公司做广告的效用。

张力是个以往被屡屡提及,但缺乏系统探讨的叙事现象。巴罗尼的最大贡献是从预测和判断切入描述读者的张力感受,既分门别类,又统合起来,构成一套完整的解释模型。在建模时,巴罗尼既调动了前沿的认知理论如脚本等,又从符号学等学科中寻找支撑概念如矩阵、信用转换等,使悬疑、好奇和意外这些日常概念获得罕见的理论厚度和解释效度。巴罗尼重视返本开新,回溯了苏俄形式主义资源,表明叙事学经典结论的持久性。他在解读实践中向跨媒介领域拓展,说明张力研究在阐释上的开放性。

二

杨义虽然没有专题讨论叙事张力,但在提出"叙事布局"和"叙事势能"概念时,曾多次提及张力。在此,我们将两者论述做一比较。

杨义指出**叙事布局**存在着二元对立和多元共生的静态的张力组合。他指出："对立者可以共构,互殊者可以相同,那么在此类对立相或互殊相的核心,必然存在某种互相维系、互相融合的东西,或者换用一个外来语,即存在着某种'张力场'";"结构的各个部分不是对等平列的";"由于结构各部分存在着非同质性和非同位性,在部分和部分之间就存在着正反、顺逆、主次、轻重、扬抑、褒贬一类的连接性或对比性的关系"(杨义 58—59)。

杨义论述**叙事势能**时,指出叙事中动力性的关系可分为本体势能、位置势能和变异势能,构成张力变化。本体势能主要体现在"人物性格的双构性或多构性"(109)。位置势能的存在,是因为"位置是相对待而成,高下相悬殊,彼此共较劲,方能成势"(112)。变异势能则因为"原有相和变异相之间形成了叙事结构线索的关联、呼应、变化,它们作为结构线索的特殊质点显示着自己的光亮,并与相互间存在着正正反反的关系和张力"(117—118)。

杨义和巴罗尼的区别是：杨义关注的是一系列的二元对立、多元共生、变动不居、正反相合，是叙事内部呈现出的张力关系；巴罗尼是在对情节分类的基础上，从读者认知去探讨，紧扣产生张力的"悬念、好奇与意外"来展开。

用巴罗尼的视角来看杨义分析的事例，可从另外一个角度清晰地描述读者的张力体验。如杨义引述《史记·苏秦列传》中铺写的苏秦早年"困顿"的情景，指出其目的"是想借困顿之冷遇和后来尊荣之热待，形成一种变异势能，前后对照，给结构输入奇正相反的张力"（115）。杨对此处张力成因的解读不乏洞见，但巴罗尼会这么解释：读者在阅读传记时，通常会有历史人物功成名就的认知预期，则他们在阅读苏秦早年困顿时，通常有所谓的"意外"和"好奇"的体验，如意外于苏秦早年竟然如此窘迫，好奇于他是如何成就合纵连横大业；读者也会感知到"悬念"，将注意力转移到预测故事的结局，不知道其兄嫂后来如何待之等。

但杨义的解读给张力阐释创造了另一种视角，即在读到苏秦后来被"热待"时，读者会向前追溯其"冷遇"的过去，这恰是巴罗尼提到但没有纳入其三元结构的"重温"（192）。重温的张力，是站在现在与过去某个时段比较时的反差性关联，这种回溯性的张力体验，带给读者的启示，与悬疑等指向的将来形成对比。重温式的张力，虽没有引发巴罗尼的充分重视，但这种解读模式在中国叙事批评中例证甚多，如《金瓶梅》中武大郎、官哥儿、李瓶儿、西门庆、潘金莲、庞春梅等人之死，每次死亡都会引发读者由因及果地向前追溯，感受彼此的差异，这一现象引起众多评论家的关注（叶思芬 300—306；田晓菲 181—187）。

杨义的论述充分观照中国传统哲学和文化，同时他提出的变异势能中的"正正反反"的张力说，可以拓展或修正巴罗尼对情节编排和叙事张力的关系的论述。笔者认为，一方面，"正正反反"部分地说明了情节"否定推进"的逻辑。诺思洛普·弗莱（Northrop Frye）认为，情节不是以高潮作为巅峰的金字塔式的排布（这是巴罗尼所认同的托马舍夫斯基的情节模式），而是"否定"与"否定之否定"式地向前突进（转引自赵毅衡 204—205）。赵毅衡也总结道："叙述的本质，是一个连续否定的过程，叙述即否定"（208）。另一方面，"正正反反"并不全是否定性的推进，特别是考虑到事件发展的程式性和作为读者的认知特点时，否定和肯定的关系具有更为复杂的面貌。如果用图式理论来说明，各种故事，受制于文类规约，都有特定的叙事套路，虽然情节发展的下个阶段对前述阶段实现以"变"为主旋律的否定，但这种否定一旦符合文类的叙事常规，就恰恰是对常规本身的肯定。

是故，杨义"正正反反"的概述，其内涵要比弗莱"否定推进"的结论，显得更为丰富和有效。杨义的"正正反反"的故事发展图式，与巴罗尼从"脚本""互动矩阵""灾难冲突与计划行为"和"互动图式"这四点来论述"内在叙述能力"相比,前者对叙事张力的揭示,更具宏观概括力。由于汉语的含混性和汉民族的混沌式思维,我们也能够将"正正反反"拓展到读者的认知过程的描述上,说明读者的判断/预判究竟是否与故事进程相吻合。

三

　　巴罗尼在论述张力时依据的是狭义的传统情节类型。在广义的情节或者西摩·查特曼(Seymour Chatman)的展示性情节中,以及在非情节性的叙事进程中,是否存在叙事张力的其他认知机制及如何认识它们,成为衡量巴罗尼模型边界的重要尺度。笔者认为,巴罗尼的保守,并不代表着其"悬念、好奇与意外"的模型不能扩展到其他情节类型中去,这也意味着张力研究潜伏着新的线索。

　　巴罗尼在论述情节时,特别申明不考虑保罗·利科(Paul Ricoeur)等人论述的广义情节,即现代和后现代小说的情节取向,它们撼动了由开始、中间、高潮和结尾所构成的关于主人公行动的总体事件的传统情节观。利科指出,亚里士多德"让性格从属于情节,将情节视为囊括事变、性格和思想的概念",而现代小说中"性格摆脱了情节概念,继而与它竞争,甚至完全把它压倒"(4)。流浪汉小说、教育小说和意识流小说的出现和发展,更是似乎压垮了传统的情节定义,拓展了传统情节中人物的外部行动,而关注于人物的感觉、情绪等内心变化(4—7)。

　　巴罗尼和利科对情节论述的差别在于,前者在探讨叙事张力时,对外在的行动所勾连起来的因果关系的线条性情节叙事关注度较高,而后者的广义情节观对现代小说中的内在的行动和非线性的情节叙事也给予足够的关注。与利科相似的是,查特曼也关注到"结局性情节"和"展示性情节"的差别,前者以故事的冲突和结尾为指向,后者则不太关注冲突和结尾,主要在于逼真地展现人物和世界的运行,而类似于广义情节(Chatman 47—48)。

　　利科提到的三大类型小说,常常是由不同的小事件组成,这些小事件也都具有冲突型和非冲突型的传统意义上的情节建构,巴罗尼模型也基本能适用。但就现代心理小说(意识流小说和部分成长小说)而言,它们旨在通过展示一个生活片段来揭示人物的性格,往往没有事件的结局。如果要建立张力模式,就以人物内心的矛盾冲突为核心,而不是预测人物行动的结局。这就意味着巴罗尼关注的"悬念"张力走弱,但"好奇"张力犹在,甚至更为突出。读者好奇的是故事世界中主人公的心理世界,因为"好奇源自行为概念网络的不完整再现"(巴罗尼 122)。

　　巴罗尼的保守说明了建构别的张力模式的可能性,因为在叙事中,即便淡化情节而强化人物塑造,即便叙事重心由人物行动转向心理,人物内心的矛盾冲突本身也能产生出足够的张力。这种张力具有巨大的情感压迫的特征,需要建构基于认知模型(悬念、好奇、意外)之外的情感模型,如读者对人物的爱、恨等,这是催动读者继续阅读和预判下去的更根本的原因。这种情感压迫也符合英语和法语中的 tension 这个词的"紧张感"的意思。诚然,与传统"结局性情节"中的事件冲突相对照,现代"展示性情节"中人物的心理冲突规律性较弱,建立相应的情感模式非常不易,但恰是一个值得探索的方向。

除了广义情节(展示性情节)外,还存在着布莱恩·理查森(Brian Richardson)归纳的五种非情节性的叙事进程。第一种是以美学原则来排序的进程,即"以主题(或中心事件)为中心的、建筑学式的、数字命理学式的、几何学式的序列组合法,起的作用主要是形式的,除了满足对称的愿望外没有别的功能"(理查森 178)。第二种是维克托·什克洛夫斯基(Viktor Shklovsky)发现的材料的排列法,包括重复、排比、对偶三元结构,典型的例子如《罗兰之歌》(*La Chanson de Roland*, 1100),"很多行动之所以存在,仅仅是因为它们完成了推动文本其他部分前进的形式结构,而不是遵循了因果关系、逼真、修辞功效等创作原则"(同上)。第三种是马赛尔·普鲁斯特(Marcel Proust)"仿效或借鉴了标准音乐的进程,交响乐、奏鸣曲、爵士乐、歌剧",是一种"没有动机的组合轨迹,或由多重因素决定的叙事进程"(179)。第四种是"围绕若干精选的词,最后生发出他们所描绘的物体或行为,文字的生成者(verbal generator)"(181)。第五种是利用拼贴法(184)、意识流(186)、"反范畴"的偶然性排序和达达主义(同上)等的非情节性的叙事进程。

这里的问题是,这些非情节性的叙事进程激发出的张力生成机制,是否和巴罗尼的模型有所不同?巴罗尼后来将故事中的张力—解决的模型扩展到任何以时间为顺序组织的作品中,比如西方的器乐作品(Baroni)。巴罗尼的这个主张至少能说明自己的模型能够解释上述普鲁斯特式的音乐进程的张力表现。但理查森提到的其他进程,并不以时间排列作为主要的叙事依托,那么,这种张力不是基于巴罗尼认为的张力取决于对未来预测的不定状态,但却可能更多倚重巴罗尼解释叙事张力时的另一维度:由陈述世界的不透明所导致的认知上的未定状态,即激发读者的好奇意识。此外,这些来源于跨媒介和跨文类的创造性的故事张力,可能还要归于其他更多的认知机制,如审美上的和情感上的对比等。

最后笔者认为,巴罗尼忽视的最重要的一点是对文本涵义所指的张力模型的建构。这里所指的对象不局限于读者所关心的故事世界发生了什么或者会发生什么,而是故事世界发生的这些代表了作者所要表达的哪些主题意义,以及在这种指向下所导致的读者的竞争性阐释。

四

巴罗尼的学术背景,特别展现了法语叙事学的强大传统。这里从德国叙事学界讨论较多的事件多变故性、英美叙事学界的不可靠叙述者和中国学者提出的隐性/双重叙事进程来看叙事张力更为复杂的图景。

沃尔夫·施密特(Wolf Schmid)在讨论"事件"概念时,重在探讨脱离常规的戏剧性事件,将之命名为事件的多变故性(eventfulness)。他认为事件的多变故性具有五个特征:相关性,即事件中的变化本身必须是内在相关的;不可预见性,即事件的多变故性并不意味着所发生的事件触犯禁忌,而是打破读者期待;持续性,即事件变化的状态展现的多变故性与故事世界框架中的受影响的主体的思想和行动具有直接关联;不可更改性,即新的状况一旦产生,就无法复原回撤;非循环性,即事件不能重复,重复意味着变故性不足(Schmid 8—10)。

施密特对事件多变故性的描述,与巴罗尼的叙事张力具有明显的联系和区分。首先,事件的多变故性能带来强叙事张力:这表现在多变故事件的相关性和持续性上,这是读者判断和预测的基础性假设参数,也是"好奇"的参照点;其次,事件多变故性中的不可预见性,意味着对读者期待的打破,也意味着"意外"机制的运作;最后,施密特所述不可更改性和非循环性,与巴罗尼援用的事件发展的开始—中间—结局的模型结构具有相似性。

但笔者认为,施密特的不可更改性和非循环性需要商榷,因为某些故事的发展恰恰是在重复中求变化,从而获得迥别于由单纯避免重复叙事所形成的事件的多变故性。汤姆·提克威(Tom Tykwer)导演的当代德国电影《罗拉快跑》(*Lola Rennt*, 1998)采用时间倒流的预设,影片主角罗拉不断回到时间原点,决定自己的不同命运。丹尼尔·笛福(Daniel Defoe)的长篇《摩尔·弗兰德斯》(*Moll Flanders*, 1722)叙述了女贼反复作案并得手的故事(147—214)。杨义指出,"'重复中反重复'是虚构叙事文学的重要写作谋略",如《三国演义》中的七擒孟获、三气周瑜、六出祁山、九伐中原等(77),都是事件多变故性的范例。笔者认为,事件的多变故性可能会因为在基本格局上进行部分重复,而获得额外的张力体验,因为每次重复的不同方式会造成读者预判的确定性和不确定性的额外负载。如果用巴罗尼模型来看这种"重复中反重复"所构成的事件的多变故性会发现,读者因为对事件的发展方向和结果有所预期,所以对事件发展结果的悬疑感通常会弱化,但因为每次要预判特定故事图式下的新的可能性,其意外感的强度和频次可能会上升。所以,巴罗尼的模型可以深化施密特对该问题的讨论。

由于巴罗尼并未对叙述技巧与张力体验做清单式的梳理,他忽略了不可靠叙述是一种重要的增加叙事张力的手段。在埃德加·爱伦·坡（Edgar Allan Poe）的《泄密的心》（"The Tell-Tale Heart"，1843）中，叙述者是一个对周遭人物的认知和价值观出现严重偏差的第一人称叙述者，讲述的是自己谋杀一位老人的故事（71—94）。以巴罗尼的模型来分析此小说，其理论基本都能站住脚。读者在阅读中做出了一系列的预测和判断，特别是当读者得知主人公杀人动机时，其计划是否实施和实施的结果构成了悬念。但问题在于，为什么小说的一开始就传达出了非同寻常的张力感？显然，这至少部分地来源于不可靠叙述。韦恩·C.布斯（Wayne C. Booth）在《小说修辞学》（The Rhetoric of Fiction，1983）中指出，"言语或行动与作品常规（指隐含作者的常规）相一致的叙述者是可靠的叙述者，否则是不可靠的叙述者"（158—159）。詹姆斯·费伦（James Phelan）等进一步拓展布斯的不可靠叙述者的认定标准，以事件/事实轴、知识/感知轴和伦理/价值轴为标准，将不可靠叙述分为六种类型：误报、误读、误评、不充分报道、不充分读解、不充分评价（94）。在《泄密的心》中，由于第一人称叙述者垄断了所有信息，读者从事件/事实轴上对所述故事真实与否的判断受到巨大限制，读者的好奇心没法如在全知叙述模式中那样得到可靠信息的佐证。但由于第一人称叙述者对自己极度敏感的感官和对老头眼睛的变态描述，以及他在叙述中对自己虚伪的欣赏，使得其叙述在事实轴、感知轴和价值轴上偏离了正常规范，从而产生了读者与叙述者之间的间离性的张力。

申丹提出隐性叙事进程和双重叙事进程，揭示出不同于巴罗尼概括的叙事张力。巴罗尼在讨论叙事张力产生的根源时，主要借鉴的是肇始于亚里士多德的情节诗学传统。但申丹在其讨论中关注到情节发展背后的叙事潜流，这种潜流"既不是情节的一个分支，也不是情节身处的一个暗层，而是自成一体，构成另外一种叙事进程，自始至终与情节发展并列前行"，"两种叙事运动呈现出不同甚或相反的走向，在主题意义、人物塑造和审美价值上均形成对照补充或对立颠覆的关系"（3）。申丹在提出隐性进程之后，又将显性的情节发展同时加以考虑，提出了叙事的双重进程的概念，密切关注这两种叙事进程如何在相互对照、补充、冲突乃至颠覆的各种关系中，联手表达出作品总的主题意义。情节发展和情节排列是巴罗尼所关注的叙事张力，但申丹的理论建构和批评实践证明，隐性进程和情节发展的并存、两者之间的矛盾冲突甚或相互颠覆，构成了新的叙事张力的源泉。隐性进程本身也常常构成叙事张力的另一个层级。在《泄密的心》中，一种隐性进程围绕叙述者的自我谴责展开：叙述者一直为自己在老人和警察面前的伪装而感到洋洋自得（这是价值判断上的不可靠叙述）。在故事的结尾处，他把自己的佯装投射到警察身上，说警察在佯装（这是事实轴上的不可靠叙述），并谴责警察是佯装的恶棍，却无意中构成了自我谴责。这种不可靠叙述产生的读者与叙述者之间的间离性的张力,是对情节发展中不可靠叙述产生的张力的补充和拓展。比之巴罗尼,申丹关注的是叙事结构与文体选择之间的关联,关注显性和隐性层面的反讽性或补充性的张力关联。

综上所述,传统叙事学中对张力的研究,主要聚焦于叙事文本的内部,讨论叙事结构、情节展开、人物性格的二元和多元组合等。巴罗尼探讨了读者在阅读中基于叙事的特征而形成的未定状态和判断、猜测、悬念、好奇、意外等未知的紧张状态,从认知上建构起了重要的理论模型。但张力研究还牵涉到读者与作者和叙述者之间的修辞——交流机制、读者阐释的其他认知机制以及审美等情感机制等。在广义情节或展示性情节中,情感的驱动模型,如读者对人物的爱与恨,对张力具有强有力的塑造作用。叙事学研究中所关注的其他叙述形式和叙事特征,也能用来描述张力的形成机制,如事件的多变性、不可靠叙述和隐性/双重叙事进程等。对叙事张力的认识还可以从其他方面展开,如挖掘各国本土叙事理论资源,深化对张力理解的文化机制的认识;探讨叙事张力的内在伦理内涵,特别是叙事中的伦理冲突问题;研究小说张力和抒情诗张力的共性和差别;真实读者的张力感的差异性等。

引用文献【Works Cited】

Baroni, Raphaël."Tensions et résolutions:Musicalité de l'intrigue ou intrigue musicale?" *Cahiers de narratologie* 21(2011)<http://journals.openedition.org/narratologie/6461>(accessed Oct. 2021).

Booth, Wayne C. *The Rhetoric of Fiction*. Chicago:U of Chicago P, 1983.

Chatman, Seymour. *Story and Discourse*. Ithaca:Cornell UP, 1978.

Phelan, James, and Mary Patricia Martin. "The Lessons of 'Waymouth':Homodiegesis, Unreliability, Ethics and 'The Remains of the Day.'" In *Narratologies*. Ed. David Herman. Columbus:Ohio State UP, 1999. 91–96.

Poe, Edgar Ellan. "The Tell-tale Heart." In *Edgar Allan Poe: Essays and Reviews*. Ed. G. R. Thompson. New York:Literary Classics of the United States, 1984. 71–94.

Schmid, Wolf. *Narratology: An Introduction*. Trans. Alexander Starritt. Berlin:Walter De Gruyter, 2010.

Tykwer, Tom. *Lola Rennt*. Sony Pictures, 1998.

保罗·利科:《虚构故事中时间的塑形:时间与叙事》(第2卷),王文融译,北京:读书·生活·新知三联书店,2003年。

布莱恩·理查森:《超越情节叙事:叙事进程的其他形式及〈尤利西斯〉中的多轨迹进展探索》,载 James Phelan、Peter Rabinowitz 主编《当代叙事理论指南》,申丹等译,北京:北京大学出版社,2007年:173—189。
丹尼尔·笛福:《摩尔·弗兰德斯》,梁遇春译,重庆:重庆出版社,2007年。
拉斐尔·巴罗尼:《叙述张力:悬念、好奇与意外》,向征译,北京:外语教学和研究出版社,
　2020年。
申丹:《双重叙事进程研究》,北京:北京大学出版社,2021年。
田晓菲:《秋水堂论金瓶梅》,天津:天津人民出版社,2017年。
杨义:《中国叙事学》(增订本),北京:商务印书馆,2019年。
叶思芬:《叶思芬说金瓶梅》(第二辑),北京:中信出版集团,2013年。
赵毅衡:《广义叙述学》,成都:四川大学出版社,2013年。

迹象、互文与传统：论叙述声音的呼应与回响

刘碧珍

作者简介：
刘碧珍，文学博士，江西师范大学教育学院副教授，江西省哲学社会科学重点研究基地江西师范大学叙事学研究院成员，研究方向为叙事学。

基金项目：
本文系国家社会科学基金一般项目"后人类语境下的叙述声音研究"（18BWW012）、江西省高校人文规划课题（ZGW17108）和江西省社科基金一般项目"后人类视域下的动物叙事研究"（24WX21D）的阶段性研究成果。

内容提要： 文学作品一定会传递某种声音，这种声音隐含于文本之中，常常被称为叙述声音，是我们研读文学作品、探求其意义的关键所在。叙述声音会在文本内留下话语迹象，此迹象随着叙述的展开不断叠加，增强了声音的清晰度。不同文本中的叙述声音会以各种方式彼此呼应，这种现象有的发生在同一作者的几部作品之间，有的跨越时间与地域的阻隔，出现在不同作者的作品之间。这些相互呼应的叙述声音回响在广袤的大地与时间的长河中，形成一种文脉，长久地萦绕于读者心中，影响并改变着我们的叙事传统。

关键词： 叙述声音；迹象；互文；传统

叙述中传递的声音常被称为叙述声音。读者阅读文本时需要依靠自己的感知能力，去体察作者究竟通过自己的书写"说"了什么，这种体察就其微妙性质而言与"听"十分相似，所以人们会把叙事中的某些话语和真正的听觉传播联系起来，并将读者从话语中捕捉到的作者意识称为叙述声音。显然这是一种隐喻意义上的声音。叙述声音可以引导读者按照作者的指示进行阅读。当叙述声音被保存、被固定在文本中时，它就成为一个可感知的对象。

一、声音与迹象

不同的文本具有不同的叙述声音，它们回荡在各种文本之中，丰富和充实了文学世界。当读者屏息凝神去倾听它们的时候，很快会发现尽管叙述声音回响在脑海中，犹如长了翅膀的生灵，但是在文本中它却是以话语的形式显露迹象

的,静静地等待着细心的读者去发现。因此虽然叙述声音本质上是读者从文本中捕捉到的作者意识,但是一旦要对它进行具体而微的话语层面的分析,我们还是要借用修辞叙事学的某些理论与观点。

关于叙述声音,詹姆斯·费伦(James Phelan)曾指出它是文体、语气和价值观的融合,是叙事的一个成分,往往随说话者语气的变化而变化,或随所表达的价值观的不同而不同,体现叙述主体与叙述行为的关系(20—22)。因而我们可以借助修辞叙事学家的观点,从文体、语气和价值观等方面对叙述声音进行研究。对于文体这个概念,国内外学界的理解并不一样。童庆炳这样解说:"文体是指一定的话语秩序所形成的文本体式,它折射出作家、批评家独特的精神结构、体验方式、思维方式和其他社会历史、文化精神"(1)。"从表层看,文体是作品的语言秩序、语言体式,从里层看,文体负载着社会的文化精神和作家、批评家的个体的人格内涵。作者的写作技巧归根结底是运用语言的技巧"(同上)。可见,作为一个系统,文体要通过三个相互联系但又区别的范畴(即体裁、语体和风格)来体现。显然,如果借用童庆炳对文体的定义,那么费伦所说的文体概念会与语气概念有重合之处。西方文体学界对文体也有多种定义,可以大致概括为文体是"表达方式"或"对不同表达方式的选择"等相对宽泛的说法。如申丹所言,文体学家在研究小说文体时,主要是凭借语言学理论来分析作品中的词汇特征、句法特征、书写(或语音)特征以及句子之间的衔接方式等语言现象(175)。为此,叙述声音研究起来较为复杂。我们可以从语言入手,抓住话语修辞中的意象、标题、语气和修饰性词语等体现叙述声音痕迹的表层话语结构或具体的叙述手段进行分析。同时,我们可以研究故事安排、谋篇布局、时空建构和细节设置等与叙述意图、作者价值观相关的叙述声音,从文本的交流情境出发,在言内之意与言外之意两个方面分析言语与意义融合的状态,捕捉叙述声音留在文本中的话语迹象。

叙述声音在文本中留下浓淡不一的迹象,构成联系作者与读者的纽带。有的清晰、直接,如直接评论性的话语。例如埃斯库罗斯(Aeschylus)在戏剧《阿伽门农》(*Agamemnon*,公元前485)中借助歌队传达了他对特洛伊战争的态度,"送出去的是亲爱的人,回到每一个家里的是一罐骨灰,不是活人"(66)。该句承接上段"更为伤心的事",出现在剧本第436行,单独成段,叙述声音清晰、响亮。有些文本的叙述声音模糊、隐晦、不易察觉,如叙述过程的遣词造句、叙述语气以及在整体叙述框架的搭建处回响的叙述声音。例如司马迁在《史记·酷吏列传》中紧随酷吏王温舒顿足叹曰,"嗟乎,会冬益展一月,足吾事矣"之后,发出了"其好杀伐行威不爱人如此"这样一句显露好恶的叙述声音(710)。再例如《儒林外史》全书五十五回,分为五个部分。第一回楔子,突出表现了不从科考,不做官,重才学品行,贱功名富贵的隐士高人——王冕的形象。第二至第三十回为第二部分,作者一面以赞赏之笔描绘豪侠、博雅的君子形象,一面又以辛辣之笔讽刺心趋功名富贵之徒。第三十一至第四十回为第三部分,写"礼乐兵农"的实践。第四十一至第五十回为第四部分,内容上类似于第二部分。第五十五回尾声为第五部分,再次刻画不求功名,不慕富贵、自食其力的四位奇人的形象,与楔子形成呼应之势(许建平91)。作品的整体框架也蕴含深层内涵,如高辛勇所言,"不仅修辞可以传达意识形态,而修辞的形式本身也会蕴含价值观念"(3)。此作品的叙述声音较前一种而言,更加隐晦与模糊一些。可见,从仅在文本中就可找到声音源头的直接引语,到稍做思量即可推断声音发出者的叙述声音,再到蕴藏于整体布局之中的叙述声音,不同文本的声音的清晰度是不一致的。文学文本中的叙述声音就其自身而言已借助话语显露了迹象,但对于读者而言它又处在能被听见与未被曾听见之间,类似"作者印在一切之上的指纹,悖论般既有迹可循又无影无踪"(伍德27)。它们能否被发现与读者对话语的敏感度有关。因此文本内的话语迹象,不仅是我们解读叙述声音的依据,也是我们研读文学作品、探求其意义的关键所在。

二、声音的叠加与呼应

叙述声音在文本内留下的迹象,其清晰度会在叙述的过程中随着迹象的叠加而不断增强。有些叙述声音一以贯之,在作品结尾处会得到强化。如《金瓶梅》最后写到西门庆死去,围绕在他身边的关系网迅速解体。但同时出现了一个张二官人,此人承继了西门庆的官职和女人。很明显此人甘为"西门庆第二",其结局也就可想而知。如张竹坡所言,"张二官顶补西门千户之缺,而伯爵走动,说娶娇儿,俨然又一西门,其受报又有不可尽言者,则其不着笔墨处,又有无限烟波,直欲又藏一部大书于笔外也,此所谓笔不到而意到者"(转引自许建平85)。张二官人的故事显然强化了原有的叙述声音。有些叙述声音在叙述的过程中会不断变换甚至被颠覆,如《法国中尉的女人》(*The French Lieutenant's Woman*, 1969)这类作品,小说开放式的结局使得多种声音在一个文本中回响,声音的叠加扩充了文本的表现空间。可见同一文本中的叙述声音魅力无穷,会随叙述过程发生些许变化,给读者"余音绕梁"的感觉,让人意犹未尽。

不同文本中的叙述声音很多时候是没有关联的,但是某些时候也会以某种方式彼此呼应,有的是声音内涵上的,有的是声音形式上的。这种现象有的发生在同一作者的几部作品之间,有的出现在不同作者的作品之间,甚至超越时间与地域的阻隔。

首先,我们看看同一作者所创作的作品。F. 斯科特·菲茨杰拉德(F. Scott

Fitzgerald)在《了不起的盖茨比》(*The Great Gatsby*, 1925)中,引用他第一部小说《人间天堂》(*This Side of Paradise*, 1920)中的一个人物的语言作为题词:"那就戴顶金帽子,如果能打动她的心肠;如果你能跳得高,就为她也跳一跳,跳到她高呼:'情郎,戴金帽、跳得高的情郎,我一定得把你要!'——托马斯·帕克·丹维里埃"(2)。盖茨比出身寒门,却心怀梦想,渴望以自我的成功赢得黛西的芳心。住在东卵的汤姆和黛西出身豪门,冷酷势利,就连黛西的声音都充满着金钱的声音。所以盖茨比的努力与付出注定以悲剧的结局,黛西与他短暂的相聚只是源于金钱的魅力。再如但丁(Dante Alighieri)的作品,研究者发现,《〈新生〉开始》——《〈喜剧〉开始》("Incipit *Vita Nova*"——"Incipit *Commedia*")这两个标题明显地遥相呼应,表现两本伟大的书。但丁一生前后两个阶段,他对人间贝雅特丽齐的爱情和对天堂贝雅特丽齐的爱情的内在联系,从《新生》开始,在《喜剧》中结束(梅列日科夫斯基 232)。此外,刘震云的新写实小说《一地鸡毛》和《单位》,虽然是两部各自独立的作品,但在人物和情节设置上多有重合与呼应。老舍早期所发表的小说《老张的哲学》,被认为是其后作的先声(夏志清 117)。莫言小说世界有时是众声喧嚣,有时是静默无声。如《透明的红萝卜》《白狗秋千架》《姑妈的宝刀》中的哑巴,《冰雪美人》《牛》中人物高贵的静默,他们以无声对抗着社会与人类,等等不一而足。这种现象很好理解,同一作者所创作的作品之间定然存在主题或风格上的相似之处,叙述声音间的呼应也就不足为奇。

无论是同一作者还是不同作者,如果他们作品的叙述声音存在呼应的关系,那么其叙述声音之间则存在"互文性"。"互文性"这个概念来自法国批评家茱莉亚·克里斯特瓦(Julia Kristeva),她的解释是:"任何文本的构成都仿佛是一些引文的拼接,任何文本都是对另一个文本的吸收和转换。互文性概念占据了互主体性概念的位置"(转引自秦海鹰 19)。而这种"互文性"的具体表现是:"在一个文本的空间里,取自其他文本的种种陈述相互交叉,相互中和"(转引自同上)。正因如此,"我们把产生在同一个文本内部的这种文本互动作用叫作互文性。对于认识主体而言,互文性概念将提示一个文本阅读历史、嵌入历史的方式。在一个确定文本中,互文性的具体实现模式将提供一种文本结构的基本特征"(洪治纲 184)。当然按照托多罗夫的说法,"互文性"一词其实就是巴赫金"对话主义"的法文翻版(转引自秦海鹰 20)。卡勒认为"互文性是指一部作品在一种文化的话语空间中的参与,是指一个文本与某一种文化的多种语言或意指实践之间的关系,以及这个文本与那些表达了这种文化的诸多可能性的文本之间的关系"(转引自秦海鹰 26)。那么叙述声音的互文性,可以聚焦于声音本身,也可聚焦于声音所携带的语义。它体现不同文本之间叙述声音的相关性,以及不同文本之间的互动关系。

这种文本之间的互动关系，可以是故事层面的，也可以是话语层面的。例如格非小说中的互文性味道就很浓厚。他试图颠覆传统小说的叙事观念和话语形态，在他的小说中，各种文体、各种叙述方式可以随意地糅合在一起，其中包括诗歌、戏剧、散文（含随笔）等文学体裁，日记、词条分析、笔记等应用文体，意识流、戏仿、超现实主义等叙述方式，任何一种文体与技巧似乎都可以在其作品中找到对应之处。例如豪尔赫·路易斯·博尔赫斯（Jorge Luis Borges）的一首题目为《雨》的诗，被格非采用移花接木的法子，放进了《戒指花》这篇小说的叙述中。格非的拼贴传递这样的声音：腐烂的焦虑并不为丁小曼所独有，而是和博尔赫斯的文字有着密切关系的一代所共有的（李陀 26）。

三、声音与叙事传统

　　各种叙述声音相互呼应，形成文学传统，势必影响后来者的阅读与创作。位于中国当代文坛的许多作家都开始回归传统，借鉴传统中留存的声音，在写作手法或精神气质上向传统致敬：高晓声酷爱中国古代小说，而且与众不同的是，他常在有意与无意之间使用在古代小说中耳熟能详的数字，如《周华英求职》一文中化用《西游记》中的"九九八十一（难）"、《水浒传》中的"一百零八（将）"，以一种读者无法确定的精确数字表达人物恐惧、焦急的心境状态（王彬彬 91）。莫言的《檀香刑》与《生死疲劳》在不同程度上采用了传统戏剧与民间文化的某些元素，而传统文学中常见的"杂记"或"笔记体"写法，也在韩少功、贾平凹、张炜和阎连科等人的小说中被大量运用。除此之外，格非也自觉地在中国传统叙事文学的武库中寻找兵刃，他不仅在小说《人面桃花》中使用了传统的关键意象"桃花源"，而且以一种循环论模式成功地链接了此后的《山河入梦》与《春尽江南》两部书，不仅连缀三部作品的故事与人物，更重要的是构造了"现代中国历史的悲剧循环"这样一个重大的主题，构造了一个围绕革命历史而产生的悲剧人物谱系，一个革命者的精神现象学，一个与中国古老的历史观熔于一炉的悲剧历史美学（张清华 91）。王安忆在小说《长恨歌》中彰显了"天长地久有时尽，此恨绵绵无绝期"的中国式的悲剧理念，同时也成功地对其进行了"现代性的改造"，书写了一个上海女性在现代中国所经历的世俗悲剧，同时也通过将一个古典的悲情故事折射在一个现代的小市民女性身上，而体现出了深刻的反讽与荒谬意味。

　　作家对传统的追随，是其对文学规范的某种共同方式的遵循，这一方式如同发明者的传统一样，是由他那个时代技术条件的总和构成的（什克洛夫斯基 22）。现代文学作家徐訏的小说《鬼恋》，在男女情爱表象下加入多种神秘奇幻的元素，其中对《聊斋志异》等人鬼恋题材的借用与戏仿，就是一次叙述声音的呼应。同时我们又可以看到在这部作品中的"鬼"并非真鬼,只是一位遁世的革命者,因而这一身份的设置又显露出了该作品与当时"革命加恋爱"小说的互文关系。可见文学中的叙述声音常常交织在传统与现实之中。

文学作品中还有一种常见的现象:在戏剧最后一幕里,剧中人物都意外地发现,大家原是亲人。这种认亲的细节曾出现在莫里哀(Molière)《悭吝人》(*L'Avare*,1668)的结局中,后在博马舍(Pierre-Augustin Caron de Beaumarchais)的喜剧《费加罗的婚礼》(*Le Mariage de Figaro*,1784)中也出现了。而 A. H. 奥斯特洛夫斯基(А. Н. Островский)的话剧《无辜的罪人》结尾时,也出现了女主人公认出男主人公就是自己失散的儿子一幕。这种认亲的细节,不失为一种非常便利的结局手段(血缘关系能调和利益,从根本上改变情境),也是一种反复响起的叙述声音,因此它形成了根深蒂固的传统(127)。

同一国度和地域的作者会相互影响,而不同地域之间的叙述声音也会跨越时空遥相呼应。有一些是主观上自愿受已有的声音影响,而有些作者之间却是"心有灵犀"。

鲁迅的《狂人日记》曾受果戈理(Nikolai Vasilievich Gogol-Anovskii)小说影响,并有较为明显的模仿痕迹,例如小说中赵贵翁家的狗类似于果戈理同名小说中小姐的巴儿狗(曹聚仁 44)。而且他的小说《药》中的人血馒头和屠格涅夫的散文诗《干粗活的工人同白手人》中的绳索有异曲同工之处。散文诗《干粗活的工人同白手人》由两则对话构成,前一则是干粗活的工人同白手人的对话,工人又因他的手白净而认为他们不是一伙的,但白手人解释他的手之所以没有血色是因为他曾参与为谋求工人幸福而进行的斗争,被捕坐牢,双手戴了整整六年的镣铐,而成了白手。第二则对话是两年后,发生在两个工人之间,谈话的内容是这位革命者要被统治者绞死,那位工人没有丝毫的同情与忧伤,却想着去弄一节绞刑架上的绳索回来,因为他听说"那东西会给家里带来最好的运气"(屠格涅夫 30—31)。显然,这两篇作品都写了为群众牺牲的革命者和愚昧、冷漠的群众。从构思的相似性上,我们可以看到鲁迅对俄国文学学习与借鉴的痕迹。当然这种叙述声音的呼应也是有前提的,即当时的中国在文化与社会进程上与他国有着某种相似处,或者说某些国民的劣根性原本就是人性的问题,它本身就超越民族与国界。例如鲁迅的代表作《阿Q正传》具有世界性的影响力,塑造的人物形象阿Q揭示了其身上所具有的普遍人性弱点。

向西方学习曾是现代文学作家常有之举,毕竟在鸦片战争之后,中国积贫积弱的现实和将要"亡国灭种"的危机逼迫知识分子"师夷长技"。老舍曾赴英国担任伦敦大学亚非学院讲师,他的创作深受英国文学影响。例如他的《牛天赐传》有很多地方与《汤姆·琼斯》(*The History of Tom Jones, a Foundling*,1749)

相似。《牛天赐传》的主人公也是弃儿,他的养父母、保姆、阿妈,小时候的朋友四虎子和他的塾师们,也都可以在亨利·菲尔丁(Henry Fielding)的小说里找到喜剧性的原型。书里慢条斯理的叙事拍子、善意的挖苦和动辄就有的长篇大论,都像《汤姆·琼斯》。结尾主人公意志消沉的时候,也遇到了类似于《汤姆·琼斯》中的否极泰来,只不过《牛天赐传》结束时,20岁的主人公抱着马到成功的信念,动身到北平去了(夏志清 116—117)。再如老舍的代表作《骆驼祥子》,夏志清认为"骆驼祥子为了个人独立地生活,坚持斗争,直到最后身心交瘁为止。在这一点上,这本小说和哈代的作品,特别是《卡城市长》[《卡斯特桥市长》]之间有一个密切的感情上的相同处。故事结构紧凑,也使人想到是受了哈代的影响"(117)。

另外,李劼人的大河三部曲以一种"史情相间"的叙述模式,试图达到"有笙箫夹鼓、琴瑟间钟之妙"的效果,这也与他熟读《三国演义》《孽海花》以及《包法利夫人》等经典小说,受其影响有关。"令人于干戈队里时见红裙,旌旗影中常睹粉黛,殆以豪士传与美人传合为一书矣"的想法和充当"历史书记官"的雄心壮志使得李劼人笔下的蔡大嫂、黄太太等人不但成为"大河三部曲"中最具光彩的女主角,而且在她们身上也折射出时代变迁的"微澜"与"大波"(任军 139)。可见,这些叙述声音交错在不同的文本中,互为参照,饱读诗书的读者往往可以发现其中共有的响亮音符和曲调。

还有一种叙述声音的呼应与回响与众不同,那就是同一文本被翻译之后将留下翻译者"再次叙述"的痕迹,因而不同译本之间,以及译本与原本之间也会存在叙述声音的回应。例如莱蒙托夫的《我独自一人出门启程》是对忧伤的抒发,同时表达了对自由、宁静的渴望,这是一种带有普适性的、共通性的人类情感,这首诗歌的叙述声音会引起广泛的共鸣,因而在俄国存在这样一本诗集,里面只有莱蒙托夫的这首诗歌,但是却汇集了60多位译者,45种语言的译本,长达160多页,其中也有中国译者的翻译。特别值得一提的是作家赖内·马利亚·里尔克(Rainer Maria Rilke)在翻译的时候受其影响,于1901年用俄语写作了一首模仿该诗的篇章,里尔克以其若有若无的充满韵味的释义与莱蒙托夫进行着现代主义和浪漫主义的对话。①显然这是一次叙述声音的呼应。由此可见伟大作家的传世之作能够不断地激起人们的共鸣,并引发反响。

除去因翻译产生的呼应之外,这种现象在我国的文化古籍中也可见,最典型的是《红楼梦》这部小说,现今所留存的不同版本之间也有叙述声音的呼应与回响。另外,当文学名著被改编为影视剧后,其叙述声音之间也同样存在互动的关系,例子很多,此处不再赘述。

总之,作品的叙述声音"混响"在人类的历史中,彼此呼应。有些优秀作品间相似的叙述声音还在广袤的大地与时间的长河中回响,形成一种文脉,并长久地萦绕于读者的心中,影响并改变着我们的叙事传统。

注解【Notes】
① 该诗歌为俄语写作,国内并未翻译,由北京大学张冰研究员于2015年12月5日在江西师范大学叙事学中心讲座时提供并翻译。关于此版本的诗集信息也来自张冰研究员讲座内容。

引用文献【Works Cited】
埃斯库罗斯:《阿伽门农》,载《悲剧二种》,罗念生译,北京:人民文学出版社,1961年。
曹聚仁:《鲁迅评传》,上海:复旦大学出版社,2006年。
菲茨杰拉德:《了不起的盖茨比——菲茨杰拉德小说选》,巫宁坤等译,上海:上海译文出版社,1997年。
高辛勇:《修辞学与文学阅读》,北京:北京大学出版社,1997年。
洪治纲:《守望先锋—兼论中国当代先锋文学的发展》,桂林:广西师范大学出版社,2005年。
李陀:《腐烂的焦虑——评格非短篇小说〈戒指花〉》,《读书》,2006年第1期,第18—28页。
梅列日科夫斯基:《但丁传》,刁习华译,沈阳:辽宁教育出版社,2000年。
秦海鹰:《互文性理论的缘起与流变》,《外国文学评论》,2004年第3期,第19—30页。
任军:《论李劼人大河三部曲的"史情相间"模式》,《当代文坛》,2016年第3期,第137—140页。
申丹:《叙述学与文体学》,北京:北京大学出版社,2004年。
司马迁:《史记》,北京:中华书局,2006年。
童庆炳:《文体与文体的创造》,昆明:云南人民出版社,1994年。
屠格涅夫:《干粗活的工人同白手的人》,巴金译,载《屠格涅夫文集》,巴金等译,北京:人民文学出版社,2001年,第31—32页。
王彬彬:《高晓声的几种遣词造句法》,《当代作家评论》,2016年第1期,第84—92页。
维克托·什克洛夫斯基等:《俄国形式主义文论选》,方珊等译,北京:生活·读书·新知三联出版社,1989年。
夏志清:《中国现代小说史》,上海:复旦大学出版社,2005年。
许建平:《意图叙事——以明清小说为分析中心》,北京:人民出版社,2014年。
詹姆斯·费伦:《作为修辞的叙事:技巧、读者、伦理、意识形态》,陈永国译,北京:北京大学出版社,2002年。
詹姆斯·伍德:《小说机杼》,黄远帆译,开封:河南大学出版社,2015年。
张清华:《知识,稀有知识,知识分子与中国故事——如何看格非》,《当代作家评论》,2014年第4期,第84—94页。

耳听可以为虚：监听装置在影像叙事中的重构作用

胡一伟　唐　敏

作者简介：
胡一伟，南昌大学新闻与传播学院副教授，硕士生导师，多伦多大学访问学者，四川大学符号学—传媒学研究所特约研究员。研究方向为符号叙述学、戏剧影视学。唐敏，南昌大学新闻与传播学院广播电视艺术学专业在读硕士研究生，研究方向为艺术传播、电影叙事。

基金项目：
本文系国家社科基金青年项目"演示类叙述的数字化传播特征及价值内涵研究"（18CXW022）的阶段性研究成果。

内容提要： 电影由摄影技术衍生而来，成为活动影像后，电影研究总是更多聚焦视觉图景，甚至视觉元素直接覆盖了听觉元素，从而导致对电影听觉音景的忽略，但听觉相比于视觉实则是一种更具艺术潜质的感知手段。电影技术日趋成熟，为电影艺术的多元呈现搭建了各类通道，当中表现的监听行为和监听装置元素也屡见不鲜。监听装置通常由发送器和接收器组成，用于监听声音，接收器在听者手中，发送器多内嵌于各色日常物品中，涵盖了录音机、电话、手机等媒介工具拥有的诸多功能。监听装置可以对影像叙事起到重构作用，使得耳听为虚在电影叙事内可以成立，对这一装置实质的解读有助于明晰影视艺术中听觉叙事的功能。

关键词： 监听装置；听觉权利；监听维度；收听序列

在电影中，人物所使用的监听装置，是耳朵乃至人类感官的一种延伸。这个物—符号在影片中的出场方式以及在场作用，对故事情节的走向起着至关重要的作用。电影研究中重视觉轻听觉的传统立场失之偏颇。在有监控情节的电影中，科技可以篡改、替换监控画面，使得画面出现"所见非所得"的错置景观，譬如《十一罗汉》（*Ocean's Eleven*，2001）、《惊天盗魔团2》（*Now You See Me 2*，2016）、《全民目击》（*Silent Witness*，2013）中均有伪造监控画面替换原画面的情节，影片《碟中谍4》（*Mission: Impossible 4*，2011）也有用高科技投影幕布现场模拟走廊，顺利避开监控的桥段，以上皆利用人们"眼见为实"的心态，使之普遍忽略了实时监控能被"移花接木"的可能性。但倘若将实时声音和画面相结合，很多时候可以颠覆或填充"所见非所得"的事件的原始面貌，所以在影片中，听觉能起到和视觉同等重要的关键性作用。与此同时，由"听"这一动作建构而成的听觉音景还会反哺视觉图景,使影像叙事呈现出新的效果。故而,本文将从听觉叙事角度切入,探寻由监听装置所带来的听觉感知如何帮助电影叙事建构叙事意义。

一、监听维度:时空缺席与在场的诱因

众所周知,监听装置的出现意味着身体可被监听、可被跟踪,行动和思想有可能被不可见的一方操控。这在某种程度上说明了监听装置是一种潜在的区隔符号,它在无形中可以将影片中原本连接着的时空区隔开来,进而使人(社群)区隔开来;它也可将互不关联的时空接合,使得不同的人(社群)勾连起来,即监听维度会造成影像时空的缺席与在场。

首先,从人类与时间的关系来看,人们对时间有着由来已久的崇拜。随着工业社会的不断进步和新媒介技术的发展,人类虽然依旧无法真正让时间驻留,但可以通过一些方式对抗时间的消逝,譬如,发明一些可记录、留存视听资料的机器用以留住对某一瞬间的记忆,磁带和录音技术的革新使声音逐渐"实物"化,被录制的声音可连接现在与过去,声音的时间属性得以彰显。在电影《对话》(*The Conversation*, 1974)中窃听他人谈话的私家侦探哈里,就利用磁带录音的存留和复刻技术,不断地重播和聆察此前受命监听到的一对青年男女的不清晰对话,以获取具体信息。另一部影片《凶线》(*Blow Out*, 1981)里,电影录音师杰克·特里在回放自己监听到的采样声音时,通过录音带还原了命案发生时汽车翻撞入水前的枪响,从此被迫卷入一场政治阴谋争斗中。由此可见,录制好的声音能让时间随着"倒带"行为被"逆转",声音的单向时间性在反复操控的按键中被打破,过去与现在共同组构了一个全新的听觉时空。无论是《对话》中短暂缺失的对谈内容(包括语言符号和非语言符号、二人说话的语音语调等),还是《凶线》中车子撞毁前嘈杂的环境音,这些已经流逝的时间都在录音带被有选择性地倒带、重播的过程中被重构,声音的在场感被不断复现。

其次,从人类与空间的关系来看,人所到之处、所听之处,是一个被感知到了的空间场域,监听装置的出现延伸了人的踪迹,它悄然地将多个现实的物理空间连接,让一方持续地闯入另一方的空间。不同的是,由于监听行为常是秘密、隐蔽、不被知晓地展开,除对声觉和物理空间具有一定的侵占性外,还会波及"人类用各类符号垒砌的带有文化属性的精神空间,如家庭氛围、企业文化、民族精神和思想意识形态等"(傅修延 2020:89—98)。这一空间类似亨利·列斐伏尔(Henri Lefebvre)所提及的空间概念,并且原本作为空间中事物的生产——声音的弥散,已经成为"空间本身的生产"(47)。因此,监听到的声音所越过的、弥散开来的空间,还应是人与人、人与社会之间心理上、思想精神上的空间防线,这在

影片中有着特别生动的呈现。譬如,《国家公敌》(*Enemy of the State*, 1998) 讲述的是迪恩在毫不知情的情况下,得到了一卷记载凶杀真相的录像带,而这恰与某国会议员密切相关。之后议员滥用职权,挪用原本设计用于保护国家安全的监听、定位等侦查技术,严密监察迪恩行踪,迫使迪恩只身踏上了逃亡和追踪幕后黑手之路。在这里,监听的空间早已超出了物理空间,明显是政治权力滥用、公共安全与个人隐私之间的矛盾等文化空间的符号性在场。在《窃听风暴》(*The Lives of Others*, 2006) 中,代号"HGW XX/7"的德意志民主共和国国家安全部情报窃听专家则经历了这样一个过程,由最初的忠于职守到最终改变立场,转而费尽心力掩护侦察对象作家德瑞曼。有意思的是,是窃听行为让人物之间的关系发生了翻转,这种翻转体现了由物理空间上的勾连,转向精神空间上的靠近,乃至连接与融合。雅克·德里达 (Jacques Derrida) 在"被听见的—说话"模式中,就曾认为声音在某种程度上是"普遍形式下最靠近自我的作为意识的存在"(101)。在包含监听情节的影片中,对自我存在的提示汇聚于监听者所聆察到的音景之中,表达为"我监听故我在",声音由耳朵汇入人心、拨动心弦,监听装置摇身一变,化作造成人们心灵之间产生无声的深度互动、碰撞或和解的转换物。影片中窃听专家和作家的关系之所以变化,原因在于,在一次次的监听中,作家的不畏强权和对真相与艺术的坚守救赎了窃听专家的灵魂,他替专家宣告了自我意识的存在,于是专家最后擅自做出了保护作家的决定,谱写了一场为击碎残酷政治高压隔空"合作"的佳话。

监听诱发时空的缺席与在场,从监听装置的直接作用对象来看,其主体包括监听者与被听者这两种身份,监听装置起到关键的聆察作用。原本聆察双方听(被动)与被听(主动)身份的常态被监听装置打乱,接收声音的一方主动监听发出声音的一方,且自身可以隐藏不被觉察,听者成了主动的一方,被听者变为被动的一方。装置让听者和被听者一方常处于缺席状态,比如掌控装置的监听者,常不会与被听者处于同一物理空间。但通过装置的录刻重播和电影蒙太奇手法的点缀,在播放监听信息时,这些符号文本替代了被监听者的在场身份,听者与被听者又可时刻还原同步,处于同一物理时间维度中,叙事时间上的同频弥补了空间上的缺席,塑造出一个结构相对齐整的故事。

以上探讨皆在电影内虚构文本的虚构世界范围内,而非实在世界——我们居住的世界或经验共享的实在世界(赵毅衡 2013:182),而弗洛伊德将人的好奇心和"窥看"欲望当成人类性本能的一种,认为它"源于性的'窥视冲动'"(99)。文学文本中的声音可以把观众和故事世界包裹进某个统一的听觉空间,使之不自觉沉浸在故事中(傅修延 2020:89—98)。看电影更是如此,观众置身于黑暗密闭的空间中观影时,处于注意力高度集中的静态,此时观众就会较为轻易地认同影像世界。虽然观众的身体缺席于影像的内部世界,但随着沉浸电影世界的程度渐深,观众会产生某种心理上虚拟在场的状态,此时由窥视所产生的审美体验便开始蔓延,而电影中监听装置的显现更有利于营造这种沉浸式的观影感受,使之不断累积,直到这种体验魅力达到最大值,跨越虚构世界和实在世界所存沟壑,观众和角色在这一刻达到和鸣状态。

二、收听序列:情节断裂与变奏的核心

倘若将以监听装置为叙事核心、叙事迹象的电影作为一个完整序列,监听装置会对这个序列的顺序、呈现效果起到关键性的叙事作用。具体来说,监听装置出现在影片中时,容易使得听觉感知成为叙事的主导方式,甚至于撕碎以视觉为主的传统叙事模式,特别是当人物传递的声音被中断、人物周遭的世界被暂时静音时。电影《电梯里的恶魔》(*Devil*, 2010)中五人持续被困于封闭的电梯,监控室的监控设备只能显示画面,电梯内被困人员的声音无法被直接传递,安保人员只能隔着屏幕观察他们的口型来猜测他们想要传达的信息,传播出现障碍。此时,故事文本的常规就被破坏,文本发出者邀请读者介入进行创造性的理解,声音信息突发的间断或"无声"在视觉影像所环绕的情状之下就会变成一种"刺点"(赵毅衡 2016:164—166),带来令人震颤的叙事断裂效果。而有时,声音在被监听的过程中可能会被人的主观意愿操控而模糊化,被监听者(发现有监听装置后)与监听者中任意一方或不可控的外界环境都可对声音施力,产生混淆视听的"噪声",从而导致意指断裂或缺失。这样一来,原本被展示出来的听觉文本会因外在原因发生改变,通过编排细节、事件的顺序(即被重新编码)颠覆原有事实,进而达到突转、逆转的叙事效果。典型案例就是谍战片《听风者》(*The Silent War*, 2012)中,耳力超群的盲人监听员阿兵屡次截获敌台重要情报,却由于视力恢复正常后导致的听觉能力下降,在紧要关头把电报中"老鬼身份暴露 速战速决"的代码误听成了"重庆身份暴露 速战速决",导致自己的队员"老鬼"被杀。在这场看不见硝烟的战斗中,对收听到的摩斯密码的细微误解就搅动着情节,导致其突变。

承载重要叙事信息的监听装置有望颠覆整个序列结构,成为叙述故事情节乐章的变奏点。监听有时是借助技术对特定人物的实时"偷听"行为,而一旦被监听者觉察到有人在偷听,他会对自己说的话导致的后果做出预判,甚至反向利用监听者完成自己的计划,实现对监听者的反制(傅修延 2021:233—235)。电影《无间道》(*Infernal Affairs*, 2002)里,警方和黑帮在对方的队伍中都安排了卧底。在经典的毒品交易片段,警匪双方先后得知对方有眼线潜藏在身边时,监听和反馈的信息在监听装置里不断传递,导致多次调整应对策略,叙事节奏被不断

切换,叙事情节也因为信息的汇入多次反转。此时的监听装置就是警方和黑帮互相牵制的武器,掌握最新信息的一方随时改变行动,打断原本的叙事节奏,进行监听反制。从另一角度来说,因聆察不似观察,发出声响的另一端即聆察者脑中会根据声源生成猜测与想象,继而触发误会或化解矛盾,进而自然催生新的叙事效果。在谍战片《风声》(*The Message*, 2009)中,汪伪政府为查出内部卧底将怀疑的五名情报人员围困于裘庄,在看不见的一头监听着一切,地下党员顾晓梦和吴志国明知屋里布满窃听器,依然山崩于前而不动声色,吴志国要求顾晓梦揭发自己,故意暴露出卧底身份,二人随后默契配合上演了一出双簧戏,诱导敌方做出错误判断,为顺利传出情报提供了可能。

声音是携带丰富意义的符号叙事文本,多数时候出现在监听装置前的人,都是主动有目的地在监听,但也可能最初是无意中被动听到了声音。人耳不似眼睛能自由开闭,倘若身体偶然闯入未预料到的监听空间,或通过监听装置耳朵无意中聆察到了特殊的声音信息,都会扭转原本的听觉感知,让听者被动地接收所听文本,这时偶听行为浮现了。偶听可理解为有意无意地"偷听",换言之,由于听觉的被动性,听者多在不经意间突然卷入和接收到触动自己的听觉讯息,听者最初也许并无监听此类信息的强烈主观意愿,被不自觉牵扯入不属于自己的生活时空中,内心难免波澜起伏(傅修延 2017:99—110)。在有监听装置出现的影片中,偶听者大多会经历"偶听者无心"到"偶听者有心",最后"偶听者沦为监听者"的转变。譬如影片《窃听风云Ⅰ》(*Overheard Ⅰ*, 2009)里,警方安排代号为"追风"的窃听三人小组,着力调查上市公司"风华国际"涉嫌的内幕交易案,而三人因现实生活中不同的境遇,都对金钱极度渴望。因一次监察中的偶听行为,他们得知了"风华国际"高层内幕,又因私欲和兄弟情谊,决定对上司隐瞒此消息,然后在股票市场下注,渴望获得这笔意外之财。整个故事的核心动力就由这次的偶听行为而催生,从一开始的无心偶听逐渐演变为有意监听。再如《偷窥》(*Sliver*, 1993)中女主角误入房东的监听空间当中,进行了一次无意的偶听,但是最后她也难免沦为欲望的奴隶,忘却了自己曾遭受过的伤害,不顾他人的隐私,从受害者身份畸变成了纵容者,其无心的偶听行为也扭曲为有意的满足私欲的监听行为。以上的误听、监听反制、偶听等情况都可以破坏叙事的常态稳定性,进化为一种可感的控诉和主体性的思考投射。T.S.艾略特(T. S. Eliot)将艺术范畴的听觉反应称为"听觉想象力"(118),电影利用监听装置省略故事背景和重要情节,反转装置双方的能动性和身份,辅之以留白的蒙太奇手法,能使观众充分调动自身的听觉想象力,勾勒剧情走向和聆察到更多观影趣味,完成影片艺术鉴赏层面的对话,持续进行审美再创造活动。

三、听之内蕴：意义消解与重构的载体

监听装置把听觉工具聚合成一个多功能的整体,这个整体的出现,除去直接充当携带着影片特定时代气息的标志物,展现电影故事的时代背景外,还消解了其日常功能,因为日常生活中的监听装置,主要强调其监听功能的清晰性与内容的重要性。电影中的监听装置则侧重服务于艺术内蕴的表达,它不受完全还原现实的约束,可为了讲好故事而做出相应调整,拥有新的逻辑,此类装置的媒介意义被重构,诞生新的意义。

首先,从人类发展角度而言,最初人类拥有"被听到"的权利,标志着发声者有主动发言权,这是人类主体意识的觉醒。而监听装置的出现则让监听者至少在一段时间内自发地处于"无声"状态,使得监听者对"能被听到"的权利进行自我阉割,扩张"听"的权利,主体的自我意识发生转移,其中隐藏着人类的权欲、情欲和想要刺探他人隐私的窥探天性。在《窃听风云》系列、《烈日灼心》(*The Dead End*, 2015)、《偷窥》里,监听装置化身成了窃听的工具,人类的本我在监听装置面前展露无遗,即使是偶然被动卷入监听行为,影片中多数人也难以克制人性的欲望,无法摆脱直至默许甚至加入监听行为当中,满足各种私欲。个人意志甚至会凌驾于法律、社会规则之上,游走于道德约束之外。日常出现的自我身份在这个机器面前被消解,人们切换到了个人独属的后台,卸下人前伪装的表演面具,本我开始自发性地流露,监听装置加速了人类意识与潜意识之间的切换频率。

再者,从列斐伏尔的空间概念可知,空间也必然弥散出文化意味,装载着各种意识形态(Lefebvre 339—352)。监听装置和电脑、电话、手机、随身物品息息相关,监听装置化身为最不被人关注的小物件藏匿其中。电影中的监听装置受东西方不同的文化肌理的影响,能集中重构出各色的媒介意义。它时而探赜东方文化里人际关系的哲学意蕴,尤其是中国香港电影里特有的警匪类型片,其中常出现监听装置,如《无间道》、《跟踪》(*Eye in the Sky*, 2007)、《寒战Ⅱ》(*Cold War Ⅱ*, 2016)、《扫毒2：天地对决》(*The White Storm 2: Drug Lords*, 2019)、《拆弹专家2》(*Shock Wave 2*, 2020)等都设定在中国语境下,主题多是对正邪双方交锋较量、个人情感归属、个体与集体矛盾关系等现实问题的传输与探讨。监听装置亦可出现在西方语境下的政治惊悚片中,如电影《国家公敌》、《被窃听的隐私》(*The Listening*, 2006)、《窃听风暴》等,在特定的政治历史背景下,统治者的意志透过监听装置监控各类声音渗入,以听觉主导权的形式疯狂植入监听装置,达到掌控大众的目的。

而将目光落在科技勃兴的当下,监听装置往往也是现代人隐私焦虑和精神

危机的触发物之一。监听装置滥用的背后,显现的是现代人某种集体无意识的精神异化。但深入电影的内蕴,我们就能体悟到监听装置其实也能起到舒缓此类精神危机的作用,重构生活意义。例如日本影片《乌鸦的拇指》(*Crow's Thumb*, 2011)就揭示了一群被高利贷诈骗团伙伤害后自甘堕落的人,他们组成临时家庭后逐渐明白了生活真谛,毅然选择改过自新,用监听装置操控诈骗团伙,最终战胜黑恶一方,重拾了正义与信任之匙。这类电影向原本冰冷的监听仪器里灌注了情感温度,探讨的是如何找寻现实世界里难能可贵的真善美品质,以回应现实生活中人们如何统一物质与精神关系的疑问,使得观众重拾生活意义,发挥了电影的审美教育功能。法国电影《蓝白红三部曲之红》(*Three Colors: Red*, 1994)表现女主角瓦伦丁和男友的异地恋,尽管她小心翼翼考虑对方感受,却仍旧阻止不了男友对自己无尽的猜忌。另一个角色——退休的老法官年轻时因爱人的背叛,彻底丧失对世界的信任,于是他监听邻居们的电话,悄悄"欣赏"人与人之间的谎言与欺骗,这是其爱好之一。直到瓦伦丁偶然闯入老法官家,发现了他的秘密。不过这里的偶听行为最终没有演化成"偶听者有心"的局面,而是由瓦伦丁通过行动,透过监听装置和监听文本,携带着特定的语境,提炼出此监听行为的本质,跨越固有印象读解出老法官的真实内心。瓦伦丁的善解人意也使得老法官对自己的行为产生反思,选择停止监听并自我反省,二人互相影响着对方的世界观。所以监听装置不仅凝结成了人生充满宿命感的代表物,还成为人物之间互相理解的关键转换器,更是该片导演所提倡的意图定点,即博爱精神的发射物,着力凸显了对生命美学的参透和领悟,指引着观众领会片中独到的艺术意蕴。以上说明监听装置在影片中的出现,是高级审美意识的集中折射。

最后,电影中监听装置的登场,从影视艺术本体层面来看,更集中体现了听觉对影视叙事范式的革新意义,如平衡视觉感知和听觉感知、重置图景和音景关系等。《真相捕捉·第一季》(*The Capture: Season 1*, 2019)讲述肖恩因路边监控视频的曝光被指控谋杀了女律师,关键监控影像即肖恩殴打了律师被认为是最重要的证物,但案件疑点重重。剧集最后揭露其实是一个旨在揭示政府监控阴谋的特摄小组,提前录制好关于该场景可能会发生的25个版本的监控视频,之后替换了实时监控影像。看不见的手在操控着人们对真实的判断,媒介真实逐渐替代了物理真实。现实生活中也不乏刻意伪造出的逼真的长镜头混淆视听,让所见完全背离事实,这部剧集无疑是一种关于影像的反身性思考,从影像本体层面撕开了当代影视中出现的过度依赖媒介中视觉元素的真相,指向对影视中听觉叙事的延伸与关注。

玛丽·安·多恩(Mary Ann Doane)在其《监控电影的理论与实践》一文中提到,在(关于)电影的话语中,影像处于特权地位,这不仅表明了声音在传统观念中缺乏重要性,也说明了声音的意识形态运作(转引自齐默 43)。多恩接着说:"在这样的一个工业系统中,其主要的制作标准原则可被概括为'一个技术越不被察觉,它就越成功'"(转引自同上)。声音在现实生活当中的地位与监听装置的地位截然相反,察觉程度最小化能让监听装置的被需要程度最大化。于是,在早期含有监听装置的电影当中,听觉叙事的地位显著提高了,更有导演以声音为主,创作反传统视觉叙事的电影,如带有先锋性色彩的电影《对话》(又名《窃听大阴谋》)(*The Conversation*, 1974),其叙事框架不由以往占据主导地位的视觉影像语言来左右。它的开场部分是在美国旧金山一个嘈杂公园里,诙谐的背景音乐夹杂着打铃声、犬吠声、男女演唱声、掌声、电波声一股脑地灌入观众耳朵,镜头只是缓慢地推动,逗留在高空的大景别画面中。这段情节中,声音的丰富度远高于图像,主要人物的出场也是俯视视点和跟拍镜头,未露正脸,人声、音响和音乐的听觉多样性支撑起叙事,这是对视觉占主导叙事框架的颠覆,听觉元素在这里成了主角,支配着视觉图景的变化。紧接着,噪声众多的大环境之下,主角哈里误判了他的客户及窃听对象所处的境况,受到一种神秘力量的操纵,而影片始终未揭示这种神秘力量的全貌。由始至终,监听装置都是贯穿全片的线索,让听觉元素顺畅地衔接着影片。叙事中的虚构世界与叙事外的真实世界之间存在着一条巨大的本体论鸿沟(傅修延 2017:99—110),这种鸿沟导致常人在真实世界中无法辨识和听到的声音,在虚构世界中能被已受到精神刺激的人感受到,电影虚构人物也不必完全遵循真实世界的框架。该片中主角从监听别人陷入被别人监听的窘境,直到幻想着自己被监听装置包围,无处可藏身,演绎了一个正常人如何被逼为出现"幻听"行为的精神异化者的故事。结尾的这种"幻听"行为就是虚构世界为打破真实世界规则提出的合理挑战,通过监听装置新的媒介意义植入,激发大众对监听技术本身不断升级入侵生活所牵涉的方方面面的再认识行为,从电影本体角度再度审视与反思了视、听之间的关系。

结语

从听觉叙事功能切入,可以多面立体地考究电影中反复出现的监听装置。通过对"能被听到"权利的阉割,对"听"权利的触角延伸,人类开启了监听行为,有益于更全面地体察听与被听的关系。电影中出现了监听装置,其中还夹杂着误听、监听反制、偶听、幻听等听觉行为,监听装置在叙事时空、情节、意义建构方面极大地影响了影片的叙事效果。电影技术伴随着有声电影的出现迎来了首次自我革新,成为视听一体的完整的活动影像。虽然电影听觉迟于视觉一步问世,但是持续的视觉膨胀并不该继续压榨听觉的生存空间。影视艺术是人类文化娱乐和审美的落脚点之一,电影中的声音景观应与视觉图景同样得到关注,重新平衡影像的技术本体迫在眉睫,对电影听觉叙事的有效探究也是填充电影叙事意义的途径之一。

引用文献【Works Cited】

Eliot, T. S. *The Use of Poetry and the Use of Criticism.* New York: Barnes & Noble, 1955.

Lefebvre, Henri. "Spatial Planning: Reflections on the Politics of Space." In *Radical Geography: Alternative Viewpoints on Contemporary Social Issues.* Ed. Richard Peet. Chicago: Maaroufa, 1977. 339-352.

傅修延:《幻听、灵听与偶听——试论叙事中三类不确定的听觉感知》,《思想战线》,2017年第3期,第99—110页。

——:《叙事与听觉空间的生产》,《北京师范大学学报(社会科学版)》,2020年第4期,第89—98页。

——:《听觉叙事研究》,北京:北京大学出版社,2021年。

弗洛伊德:《精神分析引论》,高觉敷译,北京:商务印书馆,1986年。

亨利·列斐伏尔:《空间:社会产物与使用价值》,王志弘译,载包亚明主编《现代性与空间的生产》,上海:上海教育出版社,2003年,第47页。

凯瑟琳·齐默:《监控电影:理论与实践》,黄兆杰译,《电影艺术》,2019年第4期,第37—44页。

雅克·德里达:《声音与现象》,杜小真译,北京:商务印书馆,2010年。

赵毅衡:《广义叙述学》,成都:四川大学出版社,2013年。

——:《符号学原理与推演》,南京:南京大学出版社,2016年。

"物性"和"拟客体":物叙事的后现代主义特性辨析

陈 达

作者简介:
陈达,赣南师范大学外国语学院讲师,研究方向为叙事学。

内容提要: 后现代主义对"主体"概念的辨析,强调主体"非中心"化,使得文本摆脱了作者的控制,同时主客体关系也发生了变化。后现代主义对文本概念的新认识,让"物"文本以及文本中的"物"显现出重要作用。物叙事深受"物性"和"物转向"的影响,强调物之客体功能的变化,对"物"的描写和叙述成为物叙事的主要方向。在后现代主义概念下,物叙事显现出了明显的后现代主义特征,具体表现在后现代主义的主体与客体或者"拟客体"的概念关系、后现代主义的"语言"特征以及后现代的"分裂"特性等方面。
关键词: "物性";"拟客体";文本;人文主义

引言

后现代主义作为一种标签,可指代为多元主义文化的兴起。后现代主义理论家让-弗朗索瓦·利奥塔(Jean-François Lyotard)将后现代主义描述为"宏大叙事"(Grand Narrative)合法性的丧失。后现代主义是对"宏大叙事"的批判(Klages 169)。利奥塔提出的"宏大叙事",本质上是二元对立,对"他者"进行贬低的。从根本上来说,它是建立在辨析何为"优"与何为"劣"的基础之上的。人类文明的历史发展,强调人文主义,说的就是人的主体性、能动性和优异性;"物"则处于客体地位,是被支配和使用的。人与"物"的关系是对立的。

"物"的哲学转向与现象学渊源深厚,而现象学则强调回到事物本身。物叙事的发展与"物"的哲学紧密相关。马丁·海德格尔(Martin Heidegger)说:"每一个事物对于我们都是物(Ding),同时又是物本身"(4—5)。他认为"物"是多义的,狭义上的物指的是看得见、摸得到的东西,宽泛意义上的"物"则意味着世界上所有的事物。他将更多注意力投向了"物性"(thingness)。海德格尔认为

"这种使物成为物的物性,本身不再可能是一个物,即不再是一个有条件的东西(Bedingtes),物性必然是某种非—有条件的东西(Un-bedingtes)"(8)。海德格尔的物概念,很大篇幅是在辨析伊曼努尔·康德(Immanuel Kant)的"经验"概念时讨论出来的。在海德格尔看来,康德的"经验"概念主要体现为两点:"作为主体(我)的事件和行为的经验活动;在这种经验活动中经验到的东西本身或作为经验的东西"(115)。海德格尔破除了自康德以来的主体论和关联论的哲学传统。

近十几年以来,在语言学转向和文化转向之后,人文学科研究又出现"物转向"(the Material Turn)。克里斯托弗·布鲁(Christopher Breu)总结了"物转向"范式研究的各种类型和代表:跟"物论"有关的概念形式多样,代表人物有推崇"面向物的本体论"(Object-Oriented Ontology)的格拉汉姆·哈曼(Graham Harman)、列维·布莱恩特(Levi Bryant)、伊恩·博古斯特(Ian Bogost),推崇"物质文化"的比尔·布朗(Bill Brown),以及研究"物"生态概念的布鲁诺·拉图尔(Bruno Latour)等(Breu 7)。

物叙事,简单来讲应该是物在叙事中的运用。就像玛丽-劳拉·瑞安(Marie-Laure Ryan)的《人类化的物与怪异的物:论物在叙事中的主动作用》(2020)中提到物在叙事中的运用,主要体现在叙事的元素特征的显现,比如人物(角色)、情节事件、场景刻画等。当然玛丽-劳拉·瑞安在此文里主要说的对物件的不同体验,是对"面向物的本体论"和"思辨实在论"(speculative realism)[①]辨析性的以及延伸性的探讨。

"面向物的本体论"甚至已经成为结构主义和后现代理论等先前知识趋势的时髦继承者(Kerr)。[②]而"思辨实在论"的诸多理论家,包括甘丹·梅亚苏(Quentin Meillassoux)、哈曼、布莱恩特等,都有不同的立场和观点。即使是这样,"思辨实在论"与物叙事再现关系紧密,也具有共性。它们的共性体现在三方面:人和物处于同一本体地位;物具有独立于人类的生命及活性;在抵达物的过程中,人类要充分想象,超越理性(唐伟胜 2017)。

一、物叙事中的主体与客体的关系

后现代主义中的主体与客体是一组重要的讨论对象。后现代主义写作里面对个体使用的是"主体"而不是自我(巴特勒 198)。主体实际上是一个政治类的概念。路易·皮埃尔·阿尔都塞(Louis Pierre Althusser)提出过一个著名的观点:"因为有马克思,我们才知道人的主体、经济、政治或哲学的自我不是历史的中心——而且,甚至和启蒙时期的哲学与黑格尔说的相反,历史没有中心,只有一种结构……人的主体是没有中心的,是由一样没有[中心]的结构构筑起来的"(233—234)。米歇尔·福柯(Michel Foucault)在《知识考古学》(Archaeology *of Knowledge*, 2002)的导言中也有类似的说法。他质疑历史的连续性,认为"不连续性的概念在历史学科中占据了显眼位置"(Foucault 9—19)。历史的建构都是由于主体的综合活动。对主体性理论的批判,是后现代主义理论批判的靶标之一。

康德派认为,必须首先分析思维的演绎结构,以确定它是如何构造现象的(Bryant et al. 262)。[③]康德派认定人类认识的中介作用,决定了通向"物自体"的道路。客体不存在(或不可认知),客体只是人类语言、文化、叙事的建构等。因此,从海德格尔以来的"物性"和"物转向"概念,就是要摆脱康德以来的主体(人)论物的观念。海德格尔的"物"概念后来经由后现代理论家拉图尔进行了优化和扩展。区别于海德格尔的物,拉图尔认为"物"是"外在于我"的一个对象(object),同时强调"物"的"聚集"(gathering);拉图尔认为"物"这个词既指事实又有"关涉之物"(matters of concern)的概念,"关涉之物"包括科学技术产品在内的所有事物(Latour 2004)。拉图尔批判了自然科学及社会科学将人与自然(物)截然分开的倾向。

物叙事的物,是偏离人这个主体"中心"的,是摆脱了对中心结构的束缚的"decentrement"。[④]物叙事里面很多物具有灵性,或者说展现了"物性"。这种物性实际上是物对人"主体性"的靠近,也可以说物占据了主导地位,或者说是物被"拟人"化了。更准确的应该是拉图尔所解释的"拟客体"(quasi-object)概念。拟客体(准客体)既被主体/社会建构,亦有建构主体的能力(汪民安 2015)。"拟客体要更加社会性、更加具有被构造性和集体性……更加的实在、更加非人类、更加客观"(拉图尔 63)。拟客体就是拉图尔定义的"物"概念。[⑤]在拉图尔的行动者网络理论(actor-network)概念里(Latour 2005:10),物成了行动者,具有主体特性,并被赋予了力量和灵性。因此,物叙事的写作方式,往往突出物的中心性,这实际上是在质疑人类与非人类的社会角色的界限。就像后现代主义一样,物叙事通过写作进行抵制、越界和解构。马克·柯里(Mark Currie)在《后现代叙事理论》(*Postmodern Narrative Theory*, 1998)一书中,不止一次提出,当代叙事是"施为性"的(performative)而不是陈述的,是创造性的而不是描述性的(130)。突出表现"物"作为行动者的"施为性",通过改变物作为客体和"他者"等的传统观念,能使得大千世界呈现出多元性和多话语性的特征。

使得物叙事研究具有后现代主义元素的特征,通常只是一种分析方法。应该说,基于"物性"和物转向,物叙事应该不仅仅局限于后现代主义时期作品,所有跟物相关的元素,无论是角色还是场景,都应该是物叙事研究的对象。审视作品中对物的描写可以发现,有些已经不仅仅是点缀作用,物作为"拟客体"具有"主体"一样的施为和建构能力。对物的研究,应该"考察叙事如何再现'物'

的力量,凸现'物'的施事能力,讲述'物'自己的历史和故事,尤其是'物'在叙事中扮演的积极作用,比如'物'如何影响(甚至决定)人物的行动,推动(甚至构成)叙事进程,参与(甚至构建)叙事作品的美学特质"(尹晓霞、唐伟胜 2019:80)。

欧·亨利(O. Henry)的小说以情节见长,尤其是结尾的反转,使其艺术创作独具特色,同时他对场景的描写也是十分出彩的。在《带家具出租的房间》("The Furnished Room", 1904)里:

> 那地毯已经残破得不成样子,恐怕它自己都不好意思说它是地毯了。细看之下,它俨然已经长了一大片菜叶子,在这飘着恶臭暗无天日的空气中腐朽,生出了浓密的青苔,到处散播着的苔藓一丛丛地生长在楼梯上,踩上去的感觉好像潮湿黏稠的有机物。楼梯的每个拐角的墙上都有空着的壁龛,说不定里头曾经摆放着植物——就算是放过植物,也一定在这污浊腐坏的空气里死掉了吧。又说不定里头供奉过神像,不过不难想象,小鬼恶魔们肯定早就将其拖入黑暗之中,拖到底下某个带家具的不洁深渊去了。(亨利 20)

当主人公踏进这间出租房间的时候,仿佛就被房间里的物件吸引住了。比如对地毯的描写,和对房间整体腐烂气味与后面写的隐约透出的木樨香气形成的对比等描写,揭示了人物所处环境的恶劣和对爱情理想的追求的美好。

此小说里面故事的因果关系并不突出,情节冲突更多集中在人与物的关系,即物对人行为和命运的控制上面。《带家具出租的房间》连男主人公的名字都没有交代,他在寻找爱人的过程中来到此处,最终自杀在出租屋里。小说没有直接描写男主人公与他人或自身之间的矛盾冲突,而是通过对房间各种破烂"物"的集合描写,比如家具、沙发、椅子、廉价穿衣镜、烫金相框、角落里的铜床架等,映照了人物的沮丧和无助。欧·亨利对"物"的描写对深化小说主题、烘托人物角色的无奈和悲剧起到重要作用。小说里物的集合,施展了物的"主体"功能,形成了压倒人物角色的力量。

二、物叙事符合后现代主义的"语言"特性

后现代主义是从"解构"(deconstruct)开始的,通过对符号(sign)进行解构,使符号与所指(signified)产生分离,或者说使能指(signifier)与所指产生分离。后现代主义混淆本体论和认识论,后现代主义消解中心、隐匿主体;而解构则从文本出发,对语言符号进行拆解,使得作为工具和手段的语言开始了"语言自治"(autonomy of language);语言反而成了"主体","人"之主体是被话语建构起

来的。后现代主义认为世界都是被建构的(以语言形式存在/语言的能指),也就是说我们的这个世界实际上并不是一种事实。他们把种种现象都当作历史,把世界当作文本和修辞。雅克·德里达(Jacques Derrida)说"文本之外无他物"(237);德里达认为现实只是语言造成的幻觉,德里达解构的是某种意义的阐释和所指。

解构主义对作品的阅读和分析本身是反语言学模式的,是反证的(柯里52)。后现代主义所强调的这种语言游戏直接落在文本和隐喻上。"解构主义……只有在以反语言学模式的方法对叙事作品进行阅读和分析时,才会获得"(同上)。对叙事的分析转向归纳法……后结构显示出叙事结构是创造出来的,而不是用演绎法显示出来的。"现实"只存在于用来描绘它的语言之中,而"意义"也仅仅存在于创作与解读过程之中。比如马克·柯里说:"《尤利西斯》指涉性错觉的艺术手法……包括情节的缺失,作者的缺席,内外世界界线的模糊"(67)。

后现代主义(解构主义)认为意义链(a chain of significance)是无限开放的,并以此替代"结构"的概念。"意义链"的无限性,说到底就是马克·柯里讲的"自我叙事的可靠性有赖于叙事者与所叙内容之间在时间上的距离"(129—130)。同时,后现代语言尽可能地依赖斜线号、连字符、括号和电脑可以显示的其他各种符号。比如《2002:一个回文的故事》(*2002: A Palindrome Story*, 2002)就是这样的实验性作品,使用了典型的后现代"拼贴"手法。"回文"的文本指的是字母和数字的顺序向前读和向后读都是相同的。"回文"强调形式上的对称,但不太强调内容的连续性和一致性,文字间很难找到时序和因果关系,或者只是为了产生隐喻效果。比如在其第一段里面,既有人物、又有物品;既有神话,又有流行文化。⑥因此,意义的"产生"是不存在联系关系的"罗列"(listing)⑦,或者没有产生意义。

从叙事学发展的进程来看,叙事不是技巧革新,也不只是"零碎,拼贴,无意义"。叙事本身是建构的,是产生意义和审美的。那么在后现代主义视域下进行叙事,貌似是自相矛盾的,是会产生悖论的。后现代主义文本是文本游戏,因此无论是在照片、电影还是小说里,文本的自主性得以丧失,而成为一个过程,始终处在建构过程当中。比如在约翰·巴斯(John Barth)的短篇小说《迷失在游乐宫》("Lost in the Funhouse", 1968),故事的叙述者安布罗斯描述自己在游乐宫迷失,遇到困难。按照叙述者安布罗斯的构思,故事人物安布罗斯和家人一起游乐。虽然讲述了故事,但是还没有真正的对话,没有直觉,也没有任何主题,只实现了叙述"功能"而已(巴特勒)。因此,语言文本的对象,或者说它所不能明确指代和指示的现象,也是一种"物"。语言文本和隐喻里面的"物"符合怀疑论,揭示了物被边缘化,或者说被压制的特性。

后现代主义信奉自由主义立场,倡导解构和破坏,给物叙事的研究指明了一定的方向。后现代主义是对现代主义和历史的反抗,后现代主义强调"后现代性"(post-modernity)。赵毅衡认为作为文化现象的后现代性与后现代派作品是有区别的,后现代文化哲学复杂而混乱;一个后现代作家不一定是后现代派作家(1993:12—13),后现代主义作品关键是要具有后现代性。对物叙事的研究也应该关注它的"后现代性"。物叙事并不一定是建构,而可能是一种解构性或者破坏性的分析。物叙事强调物的重要性或者物的主导性,可以说是一种反抗。这种反抗是对以人为主导的认识论以及关联论的反抗。在物叙事里面,人的主体性被降维,这与"作者之死"也是有关联的,同时也跳过对读者的分析而进行解构。

物叙事批评的"后现代性"规则,是其本身建构和解释的出发点。建立在"物转向"基础上的物叙事,理应从一开始就放在后现代主义"框架结构"(有意思的是,后现代没有统一原则和框架结构)中进行理论探讨和作品批评。由于物叙事跟"思辨实在论"结合在一起,而"思辨实在论"提出的问题是,物是绝对偶然的,是独立于人的主体和人类意识的。这往往使得大家忽略物叙事的后现代性。从根本上讲,后现代主义的诞生,促使小说家们在写作的主题、对象、手法和叙事伦理上发生了改变,也使得小说里对非人类或者"物"的描写,提升到了突出的位置。

后现代主义(解构主义)强调混杂、差异、多元,通过对作品意涵的表达有意跟外部的真实世界拉开距离,同时进行反讽。比如后现代主义奠基人詹姆斯·乔伊斯(James Joyce),他在小说集《都柏林人》(*Dubliners*, 1914)中选择都柏林作为场景,讲述了城市的"瘫痪"(paralysis)[⑧]和腐朽,具有很强的讽刺和象征意义。其中小说《阿拉比》("Araby")讲述的是一个男孩懵懂的初恋情怀和情感幻灭,然而作家真正要表达的是小说里的"物"。《阿拉比》中不断被提及的"北理奇蒙德街"的街景以及具有东方意味的"阿拉比"集市广场所隐藏的意义,才是乔伊斯想要彰显的主题。

三、物叙事符合后现代主义的"分裂"原则

后现代主义作品是在与现代主义作品进行对照和反衬中建立起来,并体现后现代特征意义的。现代主义作者比如詹姆斯·乔伊斯[⑨]和威廉·福克纳(William Faulkner),他们的作品以晦涩难懂著称,但仍然是符合因果律的,事件前后是一致的。后现代主义通过戏仿、拼贴和元叙述等手法展现出了作品的矛盾本质,从根本上指的是叙述者不可靠或者叙事本体论不确定。所有以"人"为

中心的后现代主义小说,都涉及本体论的不确定性(ontological uncertainty)。因此,要不然是进行了"叙事介入",即作者对书中事件进行了讽刺评论,再或者就是叙事者思维混乱甚至疯狂。罗兰·巴特(Roland Barthes)在《文之悦》(*Le Plaisir du Texte*, 1975)中,辨析了"悦的文"和"醉的文",实际上"醉的文"就是指的是后现代意义上的"文"(14)。[⑩]罗兰·巴特认为"悦的文"可以用词语进行表达,"醉的文"却不可以。在对"醉的文"的欣赏过程中,"此主体不过是个活生生的矛盾物:一个分裂的主体,借着文,同时欣然品味着自我和自我之崩溃两者间的一致性"[⑪](21)。因此后现代主义作品,需要强调自我意识,需要进行自我反思(元文化性),也与相对论和怀疑论紧密相连。

罗兰·巴特在《文之悦》里面说:"文本和文本的阅读是相互分裂的(split),而被克服、被分裂的正是社会要求每一个人类产品必须具备的道德统一性"[⑫](31)。后现代主义的艺术,包括后现代主义小说,正是在这些策略指导之下进行创作和阅读的。"分裂"很类似于元小说写作的这样一种分裂性,为的是破除社会秩序以及正统道德规范的一些观念。马克·柯里在《后现代叙事理论》讨论"叙事主体"的时候使用了《化身博士》(*Strange Case of Dr. Jekyll and Mr. Hyde*, 1886)作为例子。他指出,在心理分析中病人的自我叙述中的精神分裂状态(schizophrenia)被忽视,同时叙事主体和客体也造成了"分裂"(柯里 129)。同时,他指出,心理分析理论和当代叙事理论结合下的叙事文本,产生了关于主体性多方面品质的后结构主义视角(147)。因此,后现代主义特征意义上的"分裂",既有文本和文本阅读的分裂,也有叙事主体和客体的分裂,比如,"在《都柏林人》儿童篇中,叙述自我和体验自我的共存和张力揭示了个体主体的内在分裂结构。这种叙述式'分裂的自我'不仅栖居于社会的边缘地带,而且展示了童年所特有的理想主义"(李巧慧 55)。

物叙事通过故事文本再现现实和经验事物对象,物叙事中的情节和故事(素材)是丰富的、层次性的。物叙事研究,除了文本本身的"文本间性"(intertextuality),即强调文本的开放、互动和生产性以外,还需要考虑"事物间性"。"事物间性"最早由拉图尔提出,"事物间性"在行动者网络理论中的功能是"将局部相互作用引入基础性错位中"(role to introduce local interactions into fundamental dislocation)(Latour 2005:203)。"事物间性"概念下,自然与文化、主体与客体、人与物、物质与精神、性与性别等二元结构开始瓦解(张进 56)。张进在《物性诗学导论》里,归纳了"事物间性"的两种内涵:"事物间性"将"连接"(connection)看成一切物的本质和基础;物与物之间的"交互",具有交相生产和生成构成两端之物的意义(208—209)。从"物性"概念的逻辑得知,对物的研究和对物叙事的研究,不仅仅是出现在物品上(object/thing),而且出现在与人的关系上,出现在抽象制度和科技产品上等,这也是前文所提到拉图尔的"关涉之物"的概念。对抽象制度和科技产品的关注,恰好也是后结构主义和后人类中心主义的重点。

在石黑一雄(Kazuo Ishiguro)的小说《克拉拉与太阳》(*Klara and the Sun*,2021)中,克拉拉成为主角,被赋予了部分"人性"。小说主要是在克拉拉与人的关系上,以及自身无法突破"机器"的属性上,推进情节发展的。克拉拉作为机器人,本身就是科技产品、人造物。多梅尼科·帕里西(Domenico Parisi)说,机器人是人类文明史上的第四次革命(20)。[13]跟随科学、科技进步以及人工智能的发展,人类文明进入科学革命的时代,进入"科技选择"(scientific selection)[14]的阶段。克拉拉的任务是取代乔西,但它不愿意取代乔西,因此最终被抛弃。它产生的所谓"自主意识",依旧是以服从指令作为前提的。机器人克拉拉的"思考",只是因为人类给它的一串串数字、代码和编码,使得它能自动化。科技产品的机器人依旧只是人的附属品。拉图尔说:"当机器由主体构成,并且从未进入一个具有或多或少稳定性的系统时……"(131)。因此,机器人的"伦理选择",并不是真正的伦理选择。"伦理"说到底指的是人的伦理,克拉拉没有人性的复杂性,它只有单一性的"善意"。因此后人类主义,貌似是以科技为中心的,但后人类主义凸显的依旧是社会的"伦理性"和人的"唯一性"。

四、物叙事是否偏离了人文中心主义?

"物"转向是对传统文化的颠覆,把人与物的二元对立进行拆解就是后现代主义所强调的逻辑特征。相对于以"人"为中心,"物"可以称为"他者"。"物自体"地位的确立,等同于后现代主义认为的"他者"地位的自主(值得注意的是,后现代主义在强调"他者"的同时,却又沿袭了结构主义二元对立的基本概念模式)。以"物"为中心的物叙事,是对以"人"为中心的叙事即对叙事正统地位的"解构"。

"物"转向与物叙事,有一个重大的悖论点,也就是物论或者物小说(叙事)的意义阐释(reconstruction of meaning)问题。任何意义的建构或者重构,都会涉及主体的以及心理学的纬度。无论何种意义的生成,都是主体的和心理的"选择"的无限趋近。"小说通过控制读者的立场,使得读者不仅能够同情,而且与某种主体立场完全一致并因此而具有主体立场和社会角色"(柯里33)。对物的叙事也是客观与主观的结合、历史与直觉的结合。傅修延认为:"物只有作为与人有关,尤其是与需求、欲望等有关的隐喻与象征,才会在叙事中获得特别的意义,成为耐人寻味的符号"(161)。始终以"人性"角度为中心和出发点的哲学社会科学研究,顺理成章地保持着对"物"的持续关注。人文主义特征在人与物、物与物的关系上得以重新显现。

物叙事(小说)是对人类社会或者消费社会的逃离,实际上也是对理性的逃离,从而回归自然、回归想象。所以,从这个意义上讲,物叙事则近于浪漫主义的回归。在《拟像与拟真》("Simulacra and Simulations", 2002)中,让·鲍德里亚(Jean Baudrillard)认为像魔法村、魔幻山、海底世界、西部边疆和未来世界等,都是超真实的存在。因此,物叙事文学古怪离奇,着重于从现实世界的逃离,着重于超乎理性和秩序的描写。马克·柯里认为后现代叙事语境中"叙事与对叙事的阅读被同化:阅读就是叙事,叙事就是阅读"(53)。换言之,当把物叙事的后现代性揭示之后,那么物叙事(小说)的意义并不是由阅读揭示所致,而是阅读行为创造出来的。物叙事并不重视因果之间的联系,这与后现代主义不屑于因果关系也是相互呼应的。

物叙事既是对人与物关系的辨析,也是对神话—事实悖论(柯里 67)相关指涉问题的预见。所谓神话—事实悖论中的"事实",实际上指的是我们的世界或者经验世界;而"神话"是虚构的、象征的和超自然的。比如赫尔曼·麦尔维尔(Herman Melville)的《白鲸》(*Moby Dick*, 1951)所展现的象征主义,就是对"物性"进行隐喻的过程。白鲸的白色,象征着纯洁、无知、谎言及宇宙的无限和未知等。麦尔维尔的《白鲸》在1919—1920年才被美国文学界重新发现其价值,而这个时间是在一战结束以后。在人们的眼里,当时他们所处的整个世界变得支离破碎,生活失去价值意义,信仰和价值发生崩塌,那个时候他们才与《白鲸》产生共鸣,理解《白鲸》的复杂性和多元化的特征。麦尔维尔在《白鲸》里面打造了莎士比亚式的悲剧崇高效果,企图告诉读者无论成功还是失败,生命只是一种过程而已。在《白鲸》里面,"物性"体现为人对自然的无知、对真理的无知等,同时也体现为白鲸被赋予的"神话"色彩。白鲸的"物性"是一种"隐退"[15]的,是不可告人的,当船员去追逐白鲸的时候,他们才靠近那个"物",而"物性"功能才开始显现。在麦尔维尔笔下,人与自然(物)的关系是斗争的、对抗的。然而,人与自然(物)的关系在沃尔特·惠特曼(Walt Whitman)的《草叶集》(*Leaves of Grass*, 1855)里又是和谐共存的,惠特曼提出的 en-masse 概念不仅仅指人,而且指所有的"物"(all forms of being)。

结语

后现代主义作为一种哲学运动、文化现象,是在自然科学与社会科学的共同哺育下成长起来的。克里斯托弗·巴特勒(Christopher Butler)在《解读后现代主义》(*Postmodernism: A Very Short Introduction*, 2002)里提到"拉图尔似乎认为社会概念能够解释基础科学"(37)。后现代主义抨击科学,认为(基础)科学性话语无法证明自己的合法性：在科学的语言游戏中，科学家所做的是外延性陈述，而不是神话性陈述。而对于利奥塔来说，既然科学不能靠科学来使自身合法化，就必须进行叙事性转向。

物质由粒子（particle）[16]所构成，粒子是构成一切物质实体的基本成分。"双缝实验"（double-slit experiment）能够证实"量子力学的波粒二象性"（wave-particle duality of quantum mechanics）。双缝实验是一种演示光子或电子等微观物体的波动性与粒子性的实验。双缝实验跟观测者在场有关，在没有观测的时候处于一种叠加态（superposition）。"这些粒子的所有可能路径都可能相互干扰，即使只有一种可能路径实际发生"（Bennett）。实际上，叠加态代表的是一切可能性，是相对"静止"的。然而，当通过探测器进行观测之后干涉现象却消失了，粒子的运动路径得以确立，可知其过去和未来的样子。由此可知，微观世界也是存在因果律的，但可能与我们的认知规律相反。同时值得一提的是，2022年的诺贝尔物理学奖获得者法国科学家阿兰·阿斯佩（Alain Aspect）、美国科学家约翰·F.克劳泽（John F. Clauser）、奥地利科学家安东·蔡林格（Anton Zeilinger），他们通过开创性的实验展示了处于纠缠状态的粒子的潜力。

随着科学技术的发展进步，对"物性"的本源进行探究变得可能。量子力学告诉我们，微观世界是有结构的，宏观物质世界特征的保持恰恰是因为微观世界是有结构的。量子力学（微观世界）决定了宏观世界的结构。微观世界和物质世界的"因果律"和"结构"特性，使得将"物"这个拟客体的建构功能变得合理了。物叙事中的"物"的建构性功能的转变，"物"的本体地位的确立，使得物叙事的研究范围变得更加广阔了。

注解【Notes】

① "思辨实在论"肇始于2007年。"面向物的本体论"也成为"思辨实在论"的重要组成部分。"思辨实在论"呼吁回归到对"物"的讨论，是哲学思辨中的物质转向。

② 柯尔的原文为"For cutting-edge artists looking to lend their work some conceptual heft, Object-Oriented Ontology has become the faddish successor to such previous intellectual trends as structuralism and postmodern theory."。

③ 布莱恩特的原文为"The Kantians tell us that we must first reflexively analyze the a priori structure of mind to determine how it conditions and structures phenomena."。

④ 德里达认为消解中心应该作为结构之结构性的概念。他认为，中心并不存在，中心也不能以在场者的形式去思考；中心只是一种功能。

⑤ 拉图尔的"物"是现代社会语境下广义上的物，是自然、社会、语言和存在的聚合体。

⑥ 原文为"O readers, meet Bob. (Elapse, year! Be glass! Arc!) Bob's a gem. O, hot Bob, now one decimal, debased ullage. Pen, if Bob—saga's sage motif—set arenas. Sideman Bob: X. All eve, loner: go. Goddesses, Bob? (Arc!) No bellissima? A dank cab spans 2002's Bob."。

⑦ "罗列"也是伊恩·博古斯特认为的本体书写的一种方式。

⑧ Litz, A. Walton. *James Joyce*. New York: Twayne Publishers, 1966.

⑨ 乔伊斯的小说创作跨越现实主义、现代主义和后现代主义三个阶段。

⑩ 罗兰·巴特的原文为"Text of pleasure: the text that contents, fills, grants euphoria; the text that comes from culture and does not break with it, is linked to a comfortable practice of reading. Text of bliss: the text that imposes a state of loss, the text that discomforts (perhaps to the point of a certain boredom), unsettles the reader's historical, cultural, psychological assumptions, the consistency of his tastes, values, memories, brings to a crisis his relation with language."。

⑪ 原文为"a split subject, who simultaneously enjoys, through the text, the consistency of his selfhood and its collapse, its fall."。

⑫ 原文为"the text, its reading, are split. What is overcome, split, is the moral unity that society demands of every human product."。

⑬ 第一次革命是哥白尼的革命,第二次革命是达尔文的革命,第三次革命是弗洛伊德的革命,第四次是机器人革命。

⑭ 文学伦理学认为,人类文明的发展由三个选择阶段构成,即自然选择、伦理选择和科学选择。

⑮ "隐退"是哈曼的基本观点之一,指的是"物"的实在性,隐退于人类的认知。物拒绝"任何形式的因果或认知的把握"。

⑯ 粒子是电子、中子和质子等实体物质以及包括起媒介作用的光子在内的统称。粒子是一种模型理念。

引用文献[Works Cited]

Barthes, Roland. *The Pleasure of the Text*. New York: Hill and Wang, 1975.

Bennett, Jay. "The Double-Slit Experiment that Blew Open Quantum Mechanics." Jul. 29, 2016 <https://www.popularmechanics.com/science/a22094/video-explainer-double-slit-experiment/> (accessed Dec. 24, 2023).

Breu, Christopher. *Insistence of the Material: Literature in the Age of Biopolitics*. Minneapolis: U of Minnesota P, 2014.

Bryant, Levi, et al. *The Speculative Turn: Continental Materialism and Realism*. Melbourne: re.press, 2011.

Foucault, Michel. *Archaeology of Knowledge*. London and New York: Routledge, 2002.

Kerr, Dylan. "What Is Object-Oriented Ontology?" 8 Apr. 2016 <https://www.artspace.com/magazine/interviews_features/the_big_idea/a-guide-to-object-oriented-ontology-art-53690> (accessed Dec. 24, 2023).

Klages, Mary. *Literary Theory: A Guide for the Perplexed*. New York: Continuum, 2011.

Latour, Bruno. *Reassembling the Social: An Introduction to Actor-Network-Theory*. New York: Oxford

UP, 2005.

---. "Why Has Critique Run out of Steam? From Matters of Fact to Matters of Concern." *Critical Inquiry* 30(2004): 225-248.

阿尔都塞:《列宁与哲学》,杜章智译,台湾:远流出版事业股份有限公司,1990年。

布鲁诺·拉图尔:《我们从未现代过——对称性人类学论集》,刘鹏、安涅思译,苏州:苏州大学出版社,2010年。

多梅尼科·帕里西:《机器人的未来——机器人科学的人类隐喻》,王志欣、廖春霞、刘春容译,北京:机械工业出版社,2016年。

傅修延:《文学是"人学"也是"物学"——物叙事与意义世界的形成》,《天津社会科学》,2021年第5期,第161—173页。

海德格尔:《物的追问——康德关于先验原理的学说》,赵卫国译,上海:上海译文出版社,2010年。

克里斯托弗·巴特勒:《解读后现代主义》,朱刚、秦海花译,北京:外语教学与研究出版社,2010年。

李巧慧:《叙述式"分裂的自我"——试析〈都柏林人〉儿童篇中的个体主体性》,《外国语文》,2009年第2期,第55—58页。

马克·柯里:《后现代叙事理论》,宁一中译,北京:北京大学出版社,2003年。

玛丽-劳拉·瑞安:《人类化的物与怪异的物——论物在叙事中的主动作用》,唐伟胜译,《江西社会科学》2020年第1期,第134—141+255页。

欧·亨利:《欧·亨利短篇小说精选》,崔爽译,杭州:浙江文艺出版社,2015年。

唐伟胜:《思辨实在论与本体叙事学建构》,《学术论坛》,2017年第2期,第28—33页。

汪民安:《物的转向》,《马克思主义与现实》,2015年第3期,第96—106页。

雅克·德里达:《论文字学》,上海:上海译文出版社,2005年。

尹晓霞、唐伟胜:《文化符号、主体性、实在性:论"物"的三种叙事功能》,《山东外语教学》,2019年第2期,第76—84页。

张进:《物性诗学导论》,北京:人民出版社,2020年。

赵毅衡:《后现代派小说的判别标准》,《外国文学评论》,1993年第4期,第12—19页。

论静默的叙事交流功能

邱宗珍　符　鹏

作者简介：
邱宗珍，文学博士，江西省社会科学院文学与文化研究所助理研究员，研究方向为叙事学、比较文学。
符鹏，南昌大学附属中学教师，研究方向为中学语文教学。

基金项目：
本文系江西省社会科学规划办课题"文学叙事的听觉空间研究"（22WX25）、江西省社会科学院院级课题"'人物哭诉'与中西戏剧的抒叙传统"（20YB03）的阶段性研究成果。

内容提要： 静默不仅存在于作者与文本、读者与文本之间，还存在于虚构世界与现实生活中的人物之间，静默在其中承担着叙事交流功能。叙事中出现静默并非意味着意义交流的终止，静默是一种叙事交流，它是一种未发出声响，但却传达出意义的沟通行为。在以文本为中心的叙事交流中，静默是经叙述者审慎选择的言说策略，呼唤接收者的深度参与。在人与人之间的叙事交流中，静默可能意味着沟通受阻，但在更多意义上，静默可以是弱者争取生存机会的一种言说策略。
关键词： 静默；叙事交流；功能

　　静默在作者与文本、读者与文本之间普遍存在，讨论静默的叙事交流功能，即意味着静默存于作者与读者、叙述者与受述者之间的双向互动之中。这种互动交流可用雅各布·卢特（Jacob Lothe）的"叙事交流"概念加以理解，卢特认为"叙事交流"是"故事讲述"的另一术语，它"昭示了信息从作为发出者的作者向作为接收者的读者传播的过程"（10）。申丹与王丽亚在《西方叙事学：经典与后经典》一书中对这一概念有所发展，该书开辟"叙事交流"章节针对这一问题集中探讨。她们认为，在文学叙事作品中，叙事交流涉及真实作者、隐含作者、叙述者、受述者、隐含读者以及真实读者之间的复杂关系，叙事交流是"叙事作品得以产生意义的基本途径"（申丹、王丽亚 86）。

　　需要说明，申丹与王丽亚讨论的"叙事交流"概念主要针对文学叙事作品，本文的"叙事交流"既包括书面文学叙事，又包括日常口头叙事。也就是说，叙事交流不仅包括作者与读者、叙述者与受述者之间的双向互动，还包括人与人之间的沟通——虚构世界中人物之间的沟通以及现实生活中人类之间的沟通。前者注重文本沟通，后者则将人们的沟通行为放置在整个世界之中——不论这个世界是真实的还是虚构的。

一、以文本为中心的叙事交流

围绕文学文本,可以形成真实作者与真实读者、隐含作者与隐含读者、叙述者与受述者的交流互动。真实作者借助叙述者"声音"说话,作品内部实际上充满着作者的"叙述声音"。叙述者在讲述故事之时就已表明了受述者的在场。如索伦·基尔克郭尔(Søren Kierkegaard)在《重复》中将他心目中的理想读者(即作者的读者)称为"我沉默的同知者"(68)。

通读现代文学作品,我们会发现,20世纪以来作者书写的文学语言甚至艺术语言存在一个较为普遍的现象,即"以放弃交流功能为代价来换取语言文学自身本质的凸显,其呈现为一种沉默、无言或静寂"(耿幼壮 82)。熟悉哈罗德·品特(Harold Pinter)之戏剧、保罗·策兰(Paul Celan)之诗歌以及约翰·凯奇(John Cage)之音乐创作观的现代读者应不会否认上述观点。这一观点是对20世纪文学语言状况加以描述的客观事实,但本文所关心的是,文学中呈现出的沉默、无言与静寂真的就如上述引文中所说的"放弃交流功能为代价来换取语言文学自身本质"那样吗?所谓的"放弃交流功能"是否为一种叙事策略,其内核依旧是一种叙事交流?答案是肯定的。

(一)静默作为叙述者的言说策略

文学文本中呈现沉默、无言或静寂,并非意味着放弃交流功能,这可理解成叙述者的言说策略。这种言说方式在18世纪小说家劳伦斯·斯特恩(Laurence Sterne)的《项狄传》(*The Life and Opinions of Tristram Shandy, Gentleman*, 1759—1767)中已露端倪,这部作品中存在"黑页"——叙述者说完"哀哉,可怜的约里克"后,以两张黑漆漆的书页(29—31),来表现他对约里克死亡的悲伤。此外,斯特恩还有意缺失第二十四章,读者阅读时会发现读完第二十三章最后一句脱庇叔叔说的"把我的后面系缎带的假发和镶边军服挂在火炉旁,烤上一夜"之后,便会翻阅到十页除页码之外一字俱无的空白页。在小说第二十五章开头,叙述者像知道读者心中疑问似的,他戏谑地说"——毫无疑问,先生——本书到这里,缺了整整一章——造成了十页的空缺——然而,装订工并不是傻瓜,也不是无赖,也不是个雏儿——也不是本书有什么更不完善的地方,(至少不会因为这一点)——恰恰相反,本书少了这一章,比有这一章更显得完善"(288)。缺失的第二十四章令读者对缺失的部分充满好奇,翻阅十页之后竟然看到第二十五章开头叙述者戏谑的话语,"本书少了这一章,比有这一章更显得完善"(同上)。在这里,叙述者讲述的故事成为小说话语的背景,或许叙述者想表达的就是类似的话语游戏带来的阅读效果,空缺的十页并非毫无意义,引文尽显"元小说"意味,叙述者有意暴露自己的写作观念,实际上这是一种讲述故事的策略。

因此不难明白,言语上的不表达也是一种表达,它传递着叙述者想传递的重要信息。与西方哲学相比,东方哲学更贵"无"尚"虚",罗艺峰将这种现象称之为"东方的不表达哲学":"印度哲学之'梵',老庄哲学之'道',魏晋哲学之'玄',佛教哲学之'禅',有时这些竟成为一种本源、本体或认识方法,都莫不带有以'无'为本的意思"(17)。在特定情况下,这种"不表达"传达的意思甚至大于言语表达。

在此不妨提及我国禅宗的"第一义不可言说",倘若禅师向弟子说明何为"第一义",他对第一义的言说很快退居"第二义",故而得道禅师在弟子问到"第一义"时通常保持沉默。正如波兰诗人维斯瓦娃·辛波斯卡(Wisława Szymborska)在诗里所写的:"当我说'未来'这个词,/第一音方出即成过去。/当我说'寂静'这个词,/我打破了它。/当我说'无'这个词/我在无中生有"(191)。一旦人们说出"寂静"一词,寂静即刻被打破;一旦人们谈论"无","无"即刻变成"有"。由此可见,中学西学哲思攸同,细细品味,发人深省。

在一定意义上,有声的语言不如无声的表达给人传递的信息多,这在艺术作品中有一定体现。静默在文学叙事中表现为"不表达""不言说",而在绘画艺术中则表现为"不绘出",也即绘画中的留白手法。以南宋马远的《寒江独钓图》为例,该画取材自唐人柳宗元五言诗篇《江雪》,一人一竿一叶扁舟寒江垂钓,意境幽远,余味悠长,这正印证了"无画处皆成妙境"(笪重光《画筌》)之语。宗白华认为,"中国画最重空白处。空白处并非真空,乃灵气往来生命流动之处"(33)。现代国画家齐白石、徐悲鸿以及吴冠中等,为擅长留白艺术技法的佼佼者。时至今日,留白业已成为绘画、摄影乃至视觉艺术的一种构图法。

如果说绘画艺术中的静默表现为"不绘出",那么音乐艺术中的静默则表现为"不弹奏"。"不弹奏"是针对音乐艺术表演家而言,这一方面最先锋的音乐艺术家当属约翰·凯奇。凯奇在《关于无的演讲》("Lecture on Nothing",1949)中坦承他为现代音乐中的间隔(intervals)所痴迷(Cage 116),这是他决定创作现代音乐的一大原因,这才有了那首著名的《4′33″》。《4′33″》中舞台上的音乐家保持静默,使得观众席中的种种声音成为聆听对象,这种艺术行为再恰当不过地展现出凯奇与传统音乐截然不同的音乐观念,即"实验音乐"或"新音乐"。在关于《实验音乐》("Experimental Music",1957)的演讲中,他认为"新音乐""将音乐大门开放至环境中发出的声音"(7—8)。约翰·凯奇对"新音乐"先锋式的定义启发我们打开倾听之耳,对人类习以为常的周遭声音加以细细聆听。论及现代音乐就不可不涉及电影音乐,有趣的是,被誉为波兰哲理型电影音乐家的兹比格涅夫·普赖斯纳(Zbigniew Preisner)认为,应慎重考虑音乐与静默之间的关系,音乐中的静默部分极为重要,"我想音乐里最重要的地方是静默的部分。就是音乐在出场前与出场后的空间。静默,我会视之为最重要的"(转引自罗展凤24)。经典影片《瑞典女王》(Queen Christina,1933)结尾,女王在情人死后伫立船头静默不语的情节,正好是上述普赖斯纳所言的最佳注解。

有时静默与空白的结合能够产生更好的叙事效果,这一效果在新闻报道中可见一斑。知名记者贾迈勒·卡舒吉(Jamal Khashogg)在2018年10月2日进入沙特驻伊斯坦布尔领事馆,随即音信全无。10月5日《华盛顿邮报》(Washington Post)在贾迈勒·卡舒吉的写作专栏配上他正在接听电话的图片、标题《消失的声音》("A Missing Voice")以及一大片空白。这种视听兼备(既是静默也是空白)的新闻报道,传达的信息恐怕要超过连篇累牍的文字表达,其原因在于言说造成的效果是有限的,大幅度文字空白的"不言说"方式带给读者更大的冲击,引发读者丰富而无穷的想象空间。应该说《华盛顿邮报》刊登的这则叙事,在相当程度上引发了国际社会对贾迈勒·卡舒吉失踪案的广泛关注,叙事效果堪称绝妙。

综上,上述叙事作品、绘画作品、电影音乐艺术乃至新闻报道中的静默现象进一步说明,静默是经叙述者审慎选择的言说策略。

(二)静默"呼唤"接收者深度参与

毋庸置疑,静默能够传递信息,但这信息未必所有的接收者都能感知到;在多数情况下,静默向信息接收者提出了更高的要求,这意味着讲故事的人邀请听故事的人更为深入地参与故事进程,以期后者能够领会故事本身的内在含义。静默不等于"无",而是更具审美意趣的"有"。有的剧作家以观众的反应来调整剧本中的沉默,"观众或许没有意识到,各种类型的静默是如何审慎地被嵌入一部戏剧的写作和排演中。而在一次演出中更难进行区分的,是戏剧作家为演员所提供的、根据当晚观众的反应来调整沉默的机会"(毕谷纳特110)。这说明剧作家用静默作为将观众带入故事的一种策略,观众的反应成为剧作家进行创作的一个参考维度。

在诸如歌剧的舞台艺术中,剧作家使用静默邀请感知者参与故事。克劳迪奥·蒙特威尔第(Claudio Monteverdi)从希腊神话中汲取故事材料,创作了保存至今的且具备现代意义的歌剧《奥菲欧》(L'Orfeo,1607)。在约第·沙瓦尔(Jordi Savall)指挥、弗里奥·扎那西(Furio Zanasi)主演的版本中,在表达奥菲欧在冥界第二次失去爱妻的痛苦时,创作者使用了两次休止符,第一次是奥菲欧回头看妻子时出现约1—2秒休止符,这一静默体现出奥菲欧的眷恋不舍;第二次出现在奥菲欧蒙着脸悲伤时,静默时刻长达2—3秒,歌唱已经无法传达奥菲欧心中的懊悔与悲伤,唯有无言的静默代替他的言说,表达他内心无尽的自责与懊悔。

对接收者提出较高要求的是塞缪尔·贝克特(Samuel Beckett)的戏剧《等待戈多》(*En attendant Godot*, 1952),这部剧作很大程度上展现了现代人喋喋不休、难言要点以及尴尬沉默的状态。正如西奥多·W. 阿多诺(Theodor W. Adorno)所言:"贝克特作品的特征是无以言表性(speechlessness),在此无以言表性中,审美超越与不抱幻想取得一致。由于没有意指的语言是没有话语的语言,所以它与无声或缄默有着非常密切的关系"(142)。在贝克特笔下,爱斯特拉冈和弗拉季米尔的喋喋不休并不具备语言表达的功能,他们的言说"没有意指""没有话语",充满"无以言表性",更谈不上言语逻辑——或者说没有逻辑就是二人谈话的逻辑,因此二人必然遭遇无以言表的沉默。这种"无以言表性"在贝克特的默剧中有极佳呈现,语言不再成为戏剧舞台的主角,相反,演员一系列令人费解的动作成为舞台表演的核心所在。舞台艺术本应视听兼备,演员的无言动作正表现了阿多诺提到的"无以言表性",这无疑体现出贝克特对传统舞台艺术的挑战,在一定意义上,我们可以认为这种无言语、无意指的"无以言表性",构成了贝克特戏剧的独特美学。

在静默美学上对贝克特有所承袭的,是 2005 年诺贝尔文学奖获得者哈罗德·品特,品特戏剧语言中最为明显的风格特征是静默。1962 年,品特在布里斯托尔国家大学生戏剧节上发表了以"为戏剧而写作"为标题的演讲,认为戏剧中的人物"正是在沉默中,他们最为鲜明"(325)。同时品特认为戏剧中有两种沉默:"一种是没有说话。另一种是滔滔不绝。这种话语说的是一种潜藏在下面的语言。这就是它不断涉及的东西"(同上)。没有说话即为沉默不难理解,"滔滔不绝"为何成为沉默?这又要回到前文阿多诺提及的"没有意指"的"无以言表性",人物看似在发表鸿篇大论,但实际上他的话语并没有所指。在这个意义上,滔滔不绝与静默无语在功能上相同。与贝克特的戏剧相比,品特戏剧对接收者提出了更高的要求,从前文品特的演讲内容中可以得知,感知者需要对戏剧中人物的静默与人物的言外之意多加注意,才可能真正领会剧作家的创作意图。

作家定是希望自己的作品有更多的理想读者。詹姆斯·费伦(James Phelan)认为韦恩·C. 布斯(Wayne C. Booth)的修辞性方法"将叙事看作有意图的交往行为"(斯科尔斯等 315),这当中的"交往行为"类同于叙事交流,即作者与读者、叙述者与受述者之间的双向互动。也就是说,从作者创作的角度,作者为达到更好的接受效果,在文本表达、句法结构以及篇章语词中设置必要的静默之时,必定会将读者对文本信息的接受纳入创作的考虑范围。

二、人与人之间的叙事交流

前面的讨论更多发生在文本层面,这种沟通更多诉诸读者可直接阅读到的文字层面,接下来更多探讨人与人之间实实在在的叙事交流。在人际日常言语对话中,静默是不可缺少的组成部分。英国语言学家弗里达·高曼-艾斯勒(Frieda Goldman-Eisler)认为,时间节奏出现的必要但不充分条件是,至少30%的言语时间是停顿时间。她在1968年出版的《心理语言学:自然言语实验》(*Psycholinguistics: Experiments in Spontaneous Speech*)一书中提到,日常会话的沉默占总会话时长的40%—50%左右(Goldman-Eisler)。J. 弗农·詹森(J. Vernon Jensen)认为静默在交际中有五个功能,分别是连接功能、影响功能、揭示功能、判断功能与激发功能(249)。宋莉在《无言的交流——静默语的交际功能》中也归纳了静默语的交际功能:媒介功能、情感功能、表态功能、激发功能与修辞功能。这些功能启示我们静默同样是交际行为,它和语言符号一样有着表意多样性,其表意规则也因文化而异(宋莉 41—42)。托马斯·J. 布伦纽(Thomas J. Bruneau)定义了人际沟通中三种主要的静默形式:"心理语言学意义上的静默,这包含两种次类型——短时间静默与长时间静默,交互式的静默以及社会文化的静默"(17)。静默既然与人际沟通关系如此密切,围绕人与人之间是否沟通顺畅,下文将从沟通受阻与沟通策略两个层面,论述静默在人际的呈现状况。

(一)静默意味着沟通受阻

广义上的沟通包括人与神、人与自然及人与人的沟通,这些沟通并非总是顺畅无阻。阿兰·科尔班(Alain Corbin)描述了人与"神"沟通受阻的情况,他在《大地的钟声》(*Les Cloches de la Terre*, 1994)中写道:"钟声沉寂会让人痛苦"(80)。"裂开的钟,还有音不准的钟、'声音过尖的钟'、'声音古怪的钟'和'不和谐的钟'是集体痛苦的原因。必须很快让它们'再和谐起来'"(81)。在大革命之前的法国社会,信教民众对钟声的景仰在一定程度上体现出人与上帝之间的沟通,钟声的沉寂与音准的失常,割裂了人神之间的互动交流,这是当时人们感到痛苦的原因之一。从信息沟通的角度,人类通过倾听钟声与想象中的神明进行听觉沟通,体现出人与内在自我的一种交流。

广义的沟通还与人与自然之间的沟通有关,蕾切尔·卡森(Rachel Carson)在《寂静的春天》(*Silent Spring*, 1962)里极为痛心地描述了人们经历过的鸟儿不再歌唱的寂静春天。"现在美国有越来越多的地方,春天来时,却无鸟儿报春;归来时悄然无声,清晨也异常安静,以前可总是充满了鸟儿的美妙歌声。鸟儿歌声突然静默了,它们给我们的世界所带来的色彩、美丽与乐趣也被清除了……"(卡森 87)人们将卡森的《寂静的春天》与哈里特·比彻·斯托(Harriet Beecher Stowe)的《汤姆叔叔的小屋》(*Uncle Tom's Cabin*, 1852)相提并论,认为这两部作品对美国社会乃至整个世界影响深远。与后者相比,《寂静的春天》明显更具有当下针对性,因为这部作品直接指向当代人类与自然之间的共生关系,鸟儿不再歌唱说明人类从情感上通过鸟鸣与自然沟通的应然状态被割裂。

人与神、人与自然之间的沟通尚且遭遇障碍，更不必说人与人、人与社会之间的沟通。人物之间的沟通受阻有时由人物的刻意沉默导致。对于故事中的人物而言，静默一方面意味着沟通对象之间的心照不宣，如马克斯·皮卡德（Max Picard）在《沉默的世界》（*The World of Silence*，1952）中提到恋爱中的男女是沉默的同盟者这一观点。

但在另一方面，静默可能意味着感情裂痕与沟通受阻。在托尔斯泰《安娜·卡列尼娜》（*Анна Каренина*，1877）的临近结尾处，渥伦斯基对安娜采取静默不语的"冷暴力"。"安娜站在房间中央，默默无言地凝视着他。渥伦斯基瞧了她一眼，皱了一下眉头，继续看信。她掉转身，慢慢地走出房去。当时要把她叫回来还来得及，但是她走到门口了，他还是不作声，只听见翻动证明文件的沙沙声"（托尔斯泰 801）。由此可知，渥伦斯基的沉默或许是安娜自杀的一大主因，通读后文可知安娜自杀的另一原因是倾诉对象的缺失，安娜本想将自身遭遇告知朋友多莉，无奈吉提（渥伦斯基曾经的爱慕者）在多莉身旁，碍于面子安娜并未将自身遭遇说与任何人听，恋人的沉默与沟通对象的缺失使安娜的自杀变得更为合乎情理。

与安娜死前境遇类似的人物还有威廉·福克纳（William Faulkner）《押沙龙！押沙龙！》（*Absalom, Absalom!* 1936）中的罗沙·科德菲尔德（后文简称罗沙小姐）。罗沙小姐的出生以母亲的死亡为代价，由于失去母亲，她由一位老小姐（她的姑姑）抚养长大，在生命的头十六年里她都居住在一座阴沉沉的窄小房子里，这座房子有着阴暗的陵墓般的气氛：

> 就在这种气氛里，罗沙小姐的童年（那暮气沉沉、古老、没有时间色彩的无青春期，其内容是躲在关闭的门外作卡桑德拉式的偷听，是蹲伏在幽黑的过厅里，那里充满了那种阴沉、复仇心切的长老会的恶臭，与此同时她等待着孩提时期与童年时期——大自然在这上头使她困惑、出卖了她——快点超越早熟，这早熟表现在对凡是男人尤其是她父亲带进这幢房子的任何、一切事物全都深深地不赞成，这种心理像是姑姑在她一出生时就连同襁褓一起施加给她的）逐渐逝去。（福克纳 55）

可以说，罗沙小姐不可能从任何人身上获得情感上的安慰，她童年时那躲避在门外的偷听行为实际上是一种和外界社会沟通的愿望的表达，福克纳使用"卡桑德拉式的偷听"，喻指她所窃听信息的不可靠性。罗沙小姐的沟通受阻源于和外界沟通的愿望与无人倾听的现状之间的矛盾，回想她的成长经历读者心中不免有种凄凉之感。

人与人之间的沟通受阻还在张爱玲的小说中有所体现,读过张爱玲《金锁记》的读者应该很难忘记长安竭力压低口琴声的情节:

> 半夜里她爬下床来,伸手到窗外去试试,漆黑的,是下了雨么? 没有雨点。她从枕头边摸出一只口琴,半蹲半坐在地上,偷偷吹了起来。犹疑地,"Long, Long Ago"的细小的调子在庞大的夜里袅袅漾开。不能让人听见了,为了竭力按捺着,那呜呜的口琴忽断忽续,如同婴儿的哭泣。她接不上气来,歇了半晌。窗格子里,月亮从云里出来了。墨灰的天,几点疏星,模糊的缺月,象石印的图画,下面白云蒸腾,树顶上透出街灯淡淡的圆光。长安又吹起口琴来。"告诉我那故事,往日我最心爱的那故事,许久以前,许久以前……"(张爱玲 36)

正如约翰·毕谷纳特(John Biguenet)所言,"我们生活在一个女性经常被噤声的世界,这种噤声时常是暴力的"(159)。富有戏剧性的是,《金锁记》中的长安并非被噤声,在一定程度上她是自我噤声:她只敢在半夜起来吹口琴,细小的曲子在庞大的夜里袅袅漾开,但她竭力压低口琴的声音,原本细小的曲子如同婴儿呜咽。这里吹奏口琴的声音可以比喻成她内心的声音,长安原本敢于发出自己的声音,但在庞大"夜晚"的压制之下,她竭力按捺自己内在的声音,最后被这庞大的"夜晚"吞噬。可以说,《金锁记》的悲剧力量很大程度上来自长安的自我噤声行为。《人类沟通的起源》(*Origins of Human Communication*, 2008)的作者迈克尔·托马塞洛(Michael Tomasello)认为人类归根结底是群体动物,在这个群体中顺畅舒心的交流活动能够拉近人与人之间的距离,交流活动中共享的资讯、情感与价值观,"能扩展我们与别人的共同基础,也可以增加我们的沟通机会"(215)。前文提到的安娜、罗沙小姐以及长安均未在群体中获得良好的沟通机会,沟通失效是她们共同的人生经历,这无疑增加了故事的悲剧意味。

需要指出,本书提到沟通受阻的人物多为女性,女性囿于男性主导的文化之中,不得不在强势的男权社会中保持沉默以求得生存。从安娜、罗沙小姐以及长安的经历来看,"她们的顺从总是夹杂着拒绝,她们的拒绝又夹杂着接受"(波伏瓦 442)。正是这种挣扎惶惑的文学表达,增加了故事本身的深度与可读性。

相对于男性,女性更容易遭遇到沟通受阻带来的静默状况,这往往是由于男性主导的社会体制对女性的强力压制所致。然而前面提到20世纪文学语言存在沉默、无言或静寂,其产生背景却与世界范围内的非人道有关。亨利·列斐伏尔(Henri Lefebvre)认为,"空间里弥漫着社会关系;它不仅被社会关系支持,也生产社会关系和被社会关系所生产"(48)。在更多意义上,魔鬼撒旦的标签"非人道"催生出大量静默空间,这类静默空间绝非毫无情感的客观话语,它体现出人类在非人道情境中遭遇的无妄灾难与强烈苦痛。非人道导致语言的乏力与局限,人们不能过度言说自身非人道的遭遇,所以瓦尔特·本雅明(Walter Benjamin)会在《讲故事的人——尼古拉·列斯科夫作品随想录》("The Storyteller, Reflections on the Works of Nikolai Leskov", 1936)中说从战场上归来的人变得寡言少语:"随着[第一次]世界大战的爆发,有一个过程越来越明显化了,而且自那时以来这一过程还不曾止歇过。战争结束后从战场归来的人们变得少言寡语了——可言说的经验不是变得丰富了,而是变得贫乏了"(292)。可以说,正是那些非人道的遭遇使得人们可言说的经验变得贫乏,正是那些可怕的事件令人们不愿言说。

社会范围内的人际沟通受阻会体现在文学领域,诚如乔治·斯坦纳(George Steiner)所言:"语言,在野蛮之地,在暴行之时,不应该有自然生命,不应该是中立的圣殿。沉默是一种选择。当城市中的语言充满了野蛮和谎言,再没有什么比放弃写成的诗歌更有力"(65)。在此,非人道对文学语言的戕害就体现在那些不堪言说的静默之上。迈克尔·伍德(Michael Wood)独具慧眼地看到现当代小说的沉默特征:"我们无法超越人类、超越诠释,而一个会说话的沉默也就不再是沉默。但正如读者和作者都逐渐认识到的那样,沉默不只是在字词之外,也在字词之中,而那些隐藏在远处的书,那些多种多样的沉默之子,也许就是我们最需要的书"(290)。遗憾的是,迈克尔·伍德并未将论述对象延展到诗歌领域,笔者认为保罗·策兰与格奥尔格·特拉克尔(Georg Trakl)诗歌的显在特征便是静默——凝重的静默。保罗·策兰代表作《死亡赋格》("Todesfuge", 1948)中的"清晨的黑奶我们晚上喝/我们中午喝早上喝我们夜里喝/我们喝呀喝呀"(83—87)在诗歌中反复再现,这是一种看似无意义的重复言说,这种重复既构成诗歌的表述结构,又可理解成对"犹太人""坟墓""蛇""死亡"等意象的突出与强调,正是那些意象背后的沉默昭示着深埋在诗人心底的苦痛与绝望。特拉克尔的诗歌有着类似的静默基调,"沉默""忧郁""蓝色""静寂""苍白""黑色"等意象是特拉克尔诗歌的常用意象,这类意象烘托出无话可说、静默无言的情感氛围。

与小说相比,诗歌中的静默更显示出人类在非人道境遇之下的悲哀与绝望,这一特征使得诗歌具有非同凡响的艺术感染力。非人道或许会对人际沟通造成不可逆转的阻碍,但并不会完全戕害文学语言,相反,非人道造成的静默现象可理解成20世纪文学语言区分于其他时期文学的特质,而这种特质得以产生的前提并非那么云淡风轻,而是积累了不堪重负的非人道遭遇与不堪言说的沟通阻碍。

(二) 静默作为沟通策略

人际沟通中的静默,意味着倾听方让渡了言说的权利去倾听言说者的话语,在特定情况下,人们传递信息非得通过静默的方式不可。在《世说新语》中,汉武帝想严惩犯法的乳母,乳母向东方朔求救。

> 汉武帝乳母尝于外犯事,帝欲申宪。乳母求救东方朔,朔曰:"此非唇舌所争,尔必望济者,将去时,但当屡顾帝,慎勿言,此或可万一冀耳。"乳母既至,朔亦侍侧,因谓曰:"汝痴耳!帝岂复忆汝乳哺时恩邪?"帝虽才雄心忍,亦深有情恋,乃凄然愍之,即敕免罪。(刘义庆 1084)

在特定场合,信息传递的方式能够决定人的生死。可以想见,倘若犯法的乳母在汉武帝面前喋喋不休频频告饶,汉武帝必治其罪。最终乳母在东方朔的帮助下,用静默无言与频频回望触动了帝王的恻隐之心。"慎勿言"提醒人们在特定事情上应尽可能保持沉默。据卢修斯·安纳斯·塞涅卡(Lucius Annaeus Seneca)记载,一位罗马武士(帕斯多之子)因纨绔习气与过度打扮冒犯了恺撒而被送进监狱,"当这位父亲(按指帕斯多)乞求饶恕他儿子的性命时,恺撒就像受到了提醒去惩罚他一样,立刻命令将他处以死刑"(55)。这一例子说明在特定场合言说不但无用,还可能会适得其反。

在刘义庆笔下,乳母默默无语而频频回望关涉生死大事,而在石黑一雄(Kazuo Ishiguro)的书中,仆人的默默无语则在一定程度上保护了主人的尊严。石黑一雄在小说《长日留痕》(*The Remains of the Day*, 1989)中提到,查尔斯先生向"我"(即史蒂文斯)叙述"我"父亲开车陪同两个醉汉史密斯先生和琼斯先生兜风时的一段"护主"经历。一开始史密斯先生和琼斯先生嘲弄"我"父亲,"我"父亲不动声色,但当他们对父亲的雇主约翰·西尔弗斯先生含沙射影肆意嘲讽的时候,"我"父亲则按捺不住,他猛然刹车,打开车门,保持沉默:

> 我父亲继续站在原地好一会儿,一句话也不说,只是抓着车门让它开着,最后,或许是史密斯先生,也许是琼斯先生问道:"我们不再继续旅行了吗?"
>
> 我父亲没有回答,只是继续静静地站在那儿,既没要求他们下车,也没丝毫流露出他的意图。……沉寂的局面好似要漫无止境地继续下去,终于,史密斯先生或许是琼斯先生自知之明地轻声低语道:"我想我们刚才的谈话的确有点鲁莽。这再也不会发生了。"

对他的这番话考虑片刻之后,我父亲轻轻地把车门关上,回到了驾驶位置上,然后继续开车去参观那三个镇子——查尔斯先生肯定地对我说,在这之后的旅行几乎是在沉默中完成的。(石黑一雄 32)(着重号为笔者所加)

故事背景设置在英国等级分明的时期,"我"父亲作为仆人,倘若本着维护主人的目的对主人的客人加以劝诫,这一行为自然不合常规,但"我"父亲忠心护主尽职尽责,他忍受不了他人对主人的肆意侮辱,因而必须做出行动:猛然刹车、打开车门和保持沉默。如此可知,静默同样是一种言说,它代表着"我"父亲对史密斯先生和琼斯先生行为的不满与抗议,同时含有要求道歉的意图。从引文看,"我"父亲这些举动传达的信息被史密斯先生和琼斯先生接收到,同时两人还做出了"这再也不会发生了"的回应。

前文提到女性在男权社会中的静默现象,有趣的是,文学史上也有女性从噤声到发声的例子,其中较为典型的是英国作家夏洛蒂·勃朗特(Charlotte Brontë)的《简·爱》(*Jane Eyre*, 1847)。简最初是沉默的倾听者,不论是在里德姑妈家寄宿,还是住宿在罗沃德学校,又或者是在罗切斯特的桑菲尔德庄园,简在大多数情况下扮演的都是倾听者的角色,正如罗切斯特所言:"人们像我那样凭直觉就能感到,你的高明之处不在于谈论你自己,而在于倾听别人谈论他们自己"(151)。作为静默的倾听者,简在倾听之时也在学习言说,因为只有这样,简才能在最后作为叙述者告知我们她之前的经历(Freeman 686)。一般情况下,强者通常是发声的言说者,弱者通常是沉默的倾听者。在《红楼梦》中,前者以发号施令的王熙凤为代表,后者以被王熙凤讥讽的平儿等轻声细语者为代表。正如傅修延所言,"女性的'自我缄默'看似一种主动退让,实际上却是以退为进"(132)。据此,我们为何不将平儿等人的轻声细语,看成女性在封建时代的言说策略?这种自我噤声能够合乎男性的期待获得他们的关注,从而为女性争取更多的生存机会。

因此,自我噤声在某种意义上是一种生存策略、一种不得已而为之的生存本能。在威廉·莎士比亚(William Shakespeare)的《亨利六世》(*King Henry VI*, 1623)上篇中,摩提默死前对外甥普兰塔琪耐特的嘱托中,就将保持沉默与讲究策略联系起来——"你必须讲究策略,保持沉默"(38)。在莫言的《透明的红萝卜》中,黑孩也曾"说起话来就像竹筒里晃豌豆,咯嘣咯嘣脆"(11),但在恶劣的生存环境中他自始至终一言不发,这似是一种生存本能使然。

结语

作为一种叙事交流方式,静默既存在于文本内部,又存在于人与人之间。不论在哪个层面,静默必须存在于特定的交流语境。罗曼·雅各布森(Roman Jakobson)在《语言学与诗学》("Linguistics and Poetics", 1960)中提到语言交流的六种要素,即发送者(addresser)与接收者(addressee)之间经由语境(context)、信息(message)、接触(contact)、信码(code)的互动交流(175)(见图1)。就文学叙事的交流情境而言,发送者与接收者的交流可以存在于人物与人物、作者与读者、叙述者与受述者之间。

```
                    语境(context)
                    信息(message)
发送者(addresser)                    接收者(addressee)
                    接触(contact)
                    信码(code)
```

图1

静默在上述叙事交流之中产生,就算信息为无语、无言与空白,处在交流情境中的接收者也能从中接收到信息。课堂上的教师通常滔滔不绝,但倘若教师突然静默不语,他同样在教学语境中传递了重要信息。换言之,只要处在特定语境之中,静默与空白就传递了意义。

总而言之,叙事交流不仅包括作者与读者、叙述者与受述者之间的双向互动,还包括人与人之间的沟通交流。一方面,以文本为中心,叙事中出现静默并非意味着意义交流的终止,静默是一种叙事交流方式,它是一种未发出声音,但却传达出意义的沟通行为。静默不仅向接收者传达重要信息,而且呼唤接收者深度参与其中。另一方面,就人与人之间的叙事交流而言,静默可能意味着沟通受阻,但在更多意义上,静默可以是弱者争取生存机会的一种言说策略。

引用文献【Works Cited】

Bruneau, Thomas J. "Communicative Silences: Forms and Functions." *The Journal of Communication* 23 (March 1973): 17 – 46.

Cage, John. *Silence*. Middletown: Wesleyan UP, 1961.

Freeman, Janet H. "Speech and Silence in Jane Eyre." *Studies in English Literature* 24.4 (1984): 683 – 700.

Goldman-Eisler, Frieda. *Psycholinguistics: Experiments in Spontaneous Speech*. London: Academic Press, 1968.

Jensen, J. Vernon. "Communicative Functions of Silence." *A Review of General Semantics* 30.3 (September 1973): 249 – 257.

阿多诺:《美学理论》,王柯平译,成都:四川人民出版社,1998年。

阿兰·科尔班:《大地的钟声:19世纪法国乡村的音响状况和感官文化》,王斌译,桂林:广西师范大学出版社,2003年。

保罗·策兰:《保罗·策兰诗全集 第二卷 罂粟与记忆》,孟明译,上海:华东师范大学出版社,2017年。

波伏瓦:《第二性Ⅱ》,郑克鲁译,上海:上海译文出版社,2011年。

傅修延:《"释"听——关于"我听故我在"与"我被听故我在"》,《天津社会科学》,2015年第6期,第117—133页。

耿幼壮:《倾听:后形而上学时代的感知范式》,北京:北京大学出版社,2013年。

哈罗德·品特:《为戏剧而写作》,载《归于尘土》,华明译,南京:译林出版社,2010年,第319—326页。

亨利·列斐伏尔:《空间:社会产物与使用价值》,王志弘译,载包亚明主编《现代性与空间的生产》,上海:上海教育出版社,2002年,第47—58页。

劳伦斯·斯特恩:《项狄传》,蒲隆译,上海:上海译文出版社,2012年。

蕾切尔·卡森:《寂静的春天》,庞洋译,北京:台海出版社,2014年。

列夫·托尔斯泰:《安娜·卡列尼娜》(下),高惠群等译,上海:上海译文出版社,2010年。

刘义庆撰:《世说新语校释》,刘孝标注,龚斌校释,上海:上海古籍出版社,2011年。

罗伯特·斯科尔斯、詹姆斯·费伦、罗伯特·凯洛格:《叙事的本质》,于雷译,南京:南京大学出版社,2015年。

罗曼·雅各布森:《语言学与诗学》,滕守尧译,载赵毅衡编选《符号学文学论文集》,天津:百花文艺出版社,2004年,第169—184页。

罗艺峰:《禅画、禅乐与艺术上的"不表达"哲学》,《交响(西安音乐学院学报)》,1988年第1期,第17—23页。

罗展凤:《必要的静默:世界电影音乐创作谈》,北京:生活·读书·新知三联书店,2011年。

迈克尔·托马塞洛:《人类沟通的起源》,蔡雅菁译,北京:商务印书馆,2018年。

迈克尔·伍德:《沉默之子:论当代小说》,顾钧译,北京:生活·读书·新知三联书店,2003年。

莫言:《莫言中篇小说集》,北京:作家出版社,2002年。

乔治·斯坦纳:《语言与沉默:论语言、文学与非人道》,李小均译,上海:上海人民出版社,2013年。

塞涅卡:《强者的温柔:塞涅卡伦理文选》,包利民等译,北京:中国社会科学出版社,2005年。

莎士比亚:《莎士比亚全集》(增订本第3卷),朱生豪等译,南京:译林出版社,1998年。

申丹、王丽亚:《西方叙事学:经典与后经典》,北京:北京大学出版社,2010年。

石黑一雄:《长日留痕》,冒国安译,南京:译林出版社,2008年。

宋莉:《无言的交流——静默语的交际功能》,载钟华国主编《外国语言与文学研究》,哈尔滨:黑龙江人民出版社,1998年,第41—42页。

索伦·基尔克郭尔:《重复》,京不特译,北京:东方出版社,2011年。

瓦尔特·本雅明:《讲故事的人——尼古拉·列斯科夫作品随想录》,载陈永国、马海良编《本雅明文选》,北京:中国社会科学出版社,1999年。
威廉·福克纳:《押沙龙,押沙龙!》,李文俊译,上海:上海译文出版社,2000年。
夏洛蒂·勃朗特:《简·爱》,黄源深译,南京:译林出版社,1993年。
辛波斯卡:《万物静默如谜》,陈黎、张芬龄译,长沙:湖南文艺出版社,2016年。
雅各布·卢特:《小说与电影中的叙事》,徐强译,北京:北京大学出版社,2011年。
约翰·毕谷纳特:《静默:是奢侈,还是恐惧?》,康凌译,上海:上海文艺出版社,2017年。
张爱玲:《传奇》,北京:人民文学出版社,1986年。
宗白华:《艺境》,北京:北京大学出版社,1987年。

叙事文本新解

美国伊战小说中的创伤、记忆与历史
——修辞叙事批评视域下《黄鸟》的重新解读

柳 晓　陈 倩

作者简介：
柳晓，国防科技大学教授，研究方向为战争文学、叙事学。
陈倩，国防科技大学军政基础教育学院硕士研究生，研究方向为英语语言文学。

基金项目：
本文系国家社科基金重点项目"新世纪美国文学战争叙述与国家认同研究"（19AWW007）的阶段性研究成果。

内容提要：被誉为"美国伊拉克战争文学佳作"的《黄鸟》自出版以来受到学界的普遍关注。评论界对该作品存在两种截然不同的反应：有学者认为，该作品过于聚焦战争经历的细节，缺乏更大的历史背景，有去政治化的倾向；另有学者指出，该作品展现了直面这场战争中历史和记忆缺失之现状的渴望与勇气。事实上，作品中以"默夫之死"为叙事核心的人物叙述者双重叙事及其相关讲述方式，实则可以视为隐含作者的控制策略。它在展现以人物叙述者兼主人公为代表的美国伊战老兵施暴者和受害者之分裂身份的同时，还构成了一种应对官方话语的反叙事，由此也暗含了小说创作者对当代美国战争文化中模糊的历史感和不确定性之反思与批判，进而邀请读者思考这场战争引发的叙事、记忆与历史之间错综复杂的交互关系。
关键词：《黄鸟》；伊拉克战争小说；修辞叙事批评

　　作为一场在21世纪由美国主导发动的高科技局部战争，伊拉克战争因其独特性给文学表现带来了新的挑战。与之相关的各种叙事话语不断以各种方式试图理解和诠释这场战争。在众多关于这场战争的叙事作品中，伊战老兵兼诗人凯文·鲍尔斯（Kevin Powers）的《黄鸟》（*The Yellow Birds*，2013）曾打破了美国伊战小说的沉寂局面，也由此引发评论界的各种关注。评论当中比较引人关注的是两种截然不同的反应。山姆·萨克斯（Sam Sacks）认为，小说中关于三位美国士兵的叙事并未超越自越战以来美国战争文学中关于创伤与救赎的范式，也由此导致"当代美国战争小说呈现明显的同质性"（85）。著名伊战老兵作家罗伊·斯克兰顿（Roy Scranton）也持类似观点。他认为，如果文学的功能之一是使读者通过他人的故事来辨识自身的苦难，而非用想听的故事来安慰自身受到困扰的良知，那么像《黄鸟》这一类故事"在道义上和文学上都是失败的"(Scranton 40)。但另一方面,有学者认为,凯文·鲍尔斯与布莱恩·特纳(Brian Turner)等其他美国老兵作家一样,是在以一种前所未有的方式抨击美国老兵叙事中"丧失与恢复"这一叙事范式,并且认为该小说探讨了直面历史和记忆缺失之现状的渴望与诉求(Deer 320)。

面对同一文本,评论界为何会产生截然不同的反应?这些反应究竟是基于哪些文本特征?小说的叙事特征如何体现作家的创作意图?作家的意图从何种程度上与这场战争的历史语境相关联?本文认为,以修辞叙事学的人物叙述为切入点,分析文本涉及的叙事交流相关特征,同时结合作家的伊战经历和历史语境,或许能够对上述问题进行解答。

一

根据修辞叙事理论,人物叙事中,"叙述者是直接与一位受述者进行交流,而且通过这种直接的交流,隐含作者与作者的读者进行间接的交流"(Phelan 12)。这表明人物叙述中的交流至少是通过"叙述者与受述者"和"叙述者与作者的读者"这两个层面实现。在第一个层面上,叙述者为受述者充当所叙述事情的报道者、阐释者和评价者,而且这些行动都受到叙述情景的制约,这被称为"叙述者功能"。在第二个层面上,叙述者无意中向作者的读者报道了所有的信息,这被称为"揭露功能"(同上)。这两种功能被统称为"讲述功能"。

《黄鸟》取材于作家凯文·鲍尔斯伊战期间在摩苏尔与塔法等地担任机枪手的亲身经历。作品通过伊战老兵约翰·巴特尔讲述了一个关于承诺的故事:出征伊拉克前夕,21岁的巴特尔向默夫的母亲承诺会把默夫从战争中安全带回,但是无情的战火令任何承诺都难以信守。最终,默夫精神崩溃,从军营出走,遭到虐杀。为了掩盖默夫被残忍杀害的真相,巴特尔和斯特林一起将其尸体扔到河里,佯装其已失踪。后来事情败露,斯特林自杀,巴特尔入狱。小说的结尾部分是巴特尔结束了三年的监狱生活后,回归普通人的生活状态。至此,读者才了解到整部作品是巴特尔回归普通人生活之后的回顾性叙述。

在小说中,由于巴特尔既是故事中的主人公,又是叙述者,所以他既具备人物功能又具备讲述功能。将人物叙述者巴特尔的这两种功能相区分,我们可以更清晰地了解这部作品中隐含作者与作者的读者之间的交流是如何通过人物叙述者与受述者的交流而得以间接进行的。

细读文本我们会发现,《黄鸟》包含了至少两个层面的讲述:第一层叙事主要是人物叙述者巴特尔对一位受述者讲述作为人物的巴特尔和其他士兵的战场经历;第二层叙事主要指作为叙述者的巴特尔努力回忆讲述战争经历,这实际上也是隐含作者通过巴特尔的讲述与作者的读者进行交流的层面。

小说以人物叙述者巴特尔对战争的反思开头。前三段的起始句回顾性地概述了巴特尔和其他美国士兵过去九个月在战场的共同经历和状态,同时也表明了时间的流转:

段1:战争企图在春天杀死我们。
段2:接着,战争又企图在夏天杀死我们。
段3:到九月,战争已杀死了成千上万的人。(鲍尔斯 3—4)

这里,人物叙述者巴特尔低调克制的海明威式的叙述节奏流露出深重的危机感,给小说各人物的际遇奠定了紧张、悲怆的基调,这实际上也间接地表现了伊拉克战争期间的灾难性动荡。小说中,人物叙述者反复提及的死亡、暴力,包括导致女医务兵死亡的袭击,斯特林和巴特尔为掩盖默夫惨死的真相而杀死给他们带路的伊拉克老人的行径,这一切在较大程度上呼应了那段历史及其给参战士兵造成的身份、精神和道义上的撕裂感。

人物叙述者在开篇回顾性讲述中提到,杀人的不是敌方的士兵,而是"战争已杀死了成千上万的人"(4)。尽管英文版小说中叙述的时间是过去时,读者一开始也未必能意识到这是一次回顾性叙述,但从故事结束时间来看,巴特尔其实已经在美国肯塔基州的诺克斯堡监狱服刑结束了。由此,错时的序曲在叙述的进程中逐渐成为对伊战中军事行动的详细回忆,也暗示了巴特尔的生活和记忆之间的分离。

作为人物叙述者,巴特尔也是唯一贯穿小说主要情节的人物,其在战场和国内的经历构成的两条叙事情节线,实际上也为他作为叙述者提供了两个层面的叙事。在其作为人物的叙事中,读者通过人物叙述者自身的回顾性讲述,比较清晰地了解到他和同伴的战争经历。巴特尔在18岁的时候就偷偷参军了,目的是能够成为真正的男人。在被派往伊拉克之前,尽管巴特尔已经有两三年的入伍经历,却非常享受军队的生活,将其视作"逃避人生的好地方"(37)。对于战争,他从未设想过,以至于临上战场了,"还在努力寻找与此相关的、对于未来的紧迫感"(同上)。战场上,巴特尔总是头脑一片空白,茫然无措。在经历了九个月的作战生活后,他仍然没有战争的概念,"远处不时响起火箭弹发射、机枪轰鸣和直升机垂直俯冲的声音。听到这些声音,我们才意识到自己正处于战争中"(9)。果园之战打响之初,他"心里发堵、大腿哆嗦、双手抖得拿不住东西"(105)。战争打响后,他不停地往前冲并不是因为骁勇,而是由于大家都在往前冲,"生怕自己成为唯一停下的人"(130)。身处战场之中,老兵巴特尔却表现得像一个平民,怯弱的心理与激烈的作战现场之间形成强烈的反差。

也正是透过人物叙述者的讲述,读者可以了解到:默夫的惨死是造成巴特尔忧郁、创伤等表征的导火线,但更为主要的原因还在于其内心所向与战场现实环境之间的一种矛盾冲突。

作为平民式的老兵,巴特尔在战场上想得更多的不是怎么杀人,而是怎么救人,不论对方是敌是友。但是,他很清楚,为了自己的安全,他不能救。例如,在小说开头的屋顶鏖战中,面对敌人的袭击,巴特尔却在开不开枪这个问题上犹疑不决。当一个敌人抱着武器暴露于自己的枪口之下时,他的第一反应是想冲他大喊:"你没死,哥们儿,快跑"(23)。他甚至想叫大家停止射击。但是事实上,他并没有出手救他,反而参与了射击。对方死后,他只能靠麻醉自己来让自己稍微好过一点——"好在是大家一块把他打死的,无法确定到底谁才是打死他的那个人。想到这里,我感到稍微好过了一点。但我心知肚明,是自己先打中那人的"(同上)。他无法接受自己杀人的事实。在一定程度上,他对遇难者的同情更像是对自己的祝祷。

跟随人物叙述者的回顾性讲述,我们了解到:在伊拉克的生活给巴特尔的身体、精神上留下的伤痕和迷茫在其远离战场之后还如影随形:

> 我突然身子一紧,不由得开始冒冷汗。我清楚自己的处境……但我的身体不清楚……我的双手不自觉地摆出了握枪的姿势。我在心里告诉双手,这里没有步枪,但它们不听。我不停地冒冷汗,心脏怦怦直跳。我当时应该感到高兴才对,但除了心悸和微微的麻木,我记不起自己当时还有什么其他感觉。我感到很累……我的双手不时颤抖。(60)

尽管他回到了曾熟悉的美国本土,回到了他心目中"那块自由的土地,回到那个可以看真人秀电视节目、可以逛特价商品购物中心、会得深静脉血栓病的世界"(113),但是航站楼外的欢迎横幅、酒吧墙上的黄丝带、飞行员的致谢广播以及大声致敬的游客,这一切无一不令巴特尔感到困惑和不适。他一次又一次地失神,每次都被母亲给拉回现实。即便回到家,他发现"在这个我仍称之为家的、空荡荡的地方,我的身体不由得感到一阵紧张"(124)。

人物叙述者自身回顾性讲述的这一叙事层面,也让读者了解到战争给另一个伊战士兵——18岁的默夫带来的毁灭性过程。从巴特尔的讲述中,我们知道参军前,默夫的生活简单又纯真,一如他初次给巴特尔留下的深刻印象:"他在微笑。阳光流淌在那些小雪堆上,耀眼的光芒刺得他微微眯起眼睛。他的眼睛是蓝色的"(34)。参军不久,默夫便被派遣到伊拉克作战。九个月的战场生活将他折磨得成了"半个鬼魂"(28),原本明亮的双眸"布满了血丝……眼窝陷得更深了……几乎看不到他的眼睛，只看得到一堆小黑圈，有如两个黑乎乎的小洞"（8）。不仅如此，九个月的战场生活使得善良单纯的默夫在面对无辜百姓的死亡时能够出人意料地保持冷漠、淡然。

人物叙述者回忆了他们共同参与的一次军事行动。在屋顶的激战过后，一位示降的伊拉克老太太突然出现，被美军开枪打死。默夫对此只说了句"天哪，那婊子死了"（25），这句话里面"没有任何悲伤、哀痛、喜悦或同情的意思"（同上）。这种对平民死伤的冷漠态度与其收到家中来信时的态度截然不同——"信差低声叫到默夫的名字后，默夫向信差道了声谢，并抬头冲对方笑了笑，然后迫不及待地从信封取出信，看了起来"（86）。因为在其内心深处还有对远方家乡的渴望，为了不成为"第一千名被杀的士兵"，为了生存，他只能冷漠对待他人的生死，即使是面对战友的死亡，他的想法也是"死的不是我，我感到非常高兴"（136）。

随后，透过叙述者的讲述，我们了解到：女友的分手信令默夫产生了放弃的念头，而女医务兵的死则使他陷入彻底的绝望。战场本是充斥着杀戮的炼狱，而女医务兵的职责是救死扶伤，她是乏味世界中"不和谐"的存在，代表了"生命中的最后一丝温柔和善良"（184），然而，女医务兵不久就被对方的迫击炮给误杀了，这令默夫陷入彻底的绝望，只能"无助地蜷缩在原地"（192），反复念叨着"出什么事了"（同上）。这既是对女医务兵被误杀的惋惜和害怕，也有对自身战场经历和变化的质疑。为了摆脱战场的一切，默夫在女医务兵的葬礼期间逃离基地，最终被敌方抓获并虐杀。为了掩盖真相，巴特尔和斯特林最终将默夫的尸体扔进底格里斯河。由此，叙事走向尾声。

从读者的反应这一端来看，人物叙述者巴特尔因个人战场体验陷入对自身身份认同的迷茫；此外，有关默夫经历的讲述也贯穿于人物叙述者自身的战争经历之中。作为默夫死亡惨状的目击者以及无法兑现保护默夫安全承诺的失信者，这一切会让读者感觉到整部作品中似乎呈现的是巴特尔的一种创伤化的无休止的自责和反思性回顾。或许也正是这一点使得该作品遭受评论界的批评，评论者认为这部作品由于过多关注巴特尔等老兵的个人创伤，因而并未摆脱众多美国当代战争叙事的范例式模板，未走出被批评家诟病的"创伤英雄"神话（Sacks pars.33）。事实上，上述评论可能并未关注到在《黄鸟》中与人物叙述者自身回顾性叙事相并行的还有第二层叙事，其中暗含着隐含作者的另一重讲述目的。

二

在《黄鸟》开篇，人物叙述者以极具想象力的叙述语言即刻将读者带入那场战争中。"战争企图在春天杀死我们……我们睡觉时，战争匍匐祈祷，身上的一千根肋骨贴着地面;我们拖着疲惫的身体向前推进时,战争在暗处瞪着白眼,虎视眈眈;我们进食时,战争忍饥斋戒。它交配,产崽,在烽火中繁衍"(鲍尔斯 3)。

但是,在读者的注意力还未来得及从那场战争所造成的杀戮事实中转移之时,人物叙述者的讲述层次又悄然发生了变化。细心的读者或许会发现,在开篇第三个"战争拟人化"段落紧接着的英文原文中,时态发生了变化:从过去时突然转为现在时。人物叙述者以现时的角度对自己的以往经历进行回顾性评述,"九月到来时,我们几乎没有注意到任何变化。但现在回想起来,日后永远改变我一生的所有事情,正是**从那时**开始出现的"(4)(强调为笔者所加)。

同样,在小说的最后一章,人物叙述者提到自己刑满释放,"像自己希望的那样,过上了平淡而开心的生活","一切都已经过去很久了","我完全是普通人了"(249)。

由此,我们发现暗含在小说开篇和结尾章节,以英文现在时态为标志的叙述者讲述实则构成了该小说的第二层叙事:刑满释放且回归普通人生活状态的人物叙述者巴特尔努力回忆讲述这个战争经历的叙事。这在小说结尾章节的部分得到了进一步证实:人物叙述者提到,出狱前他在监狱里养成一个习惯:"一想起某件事,就在牢房墙上做个记号。我想有朝一日,自己可以将这些记号排列起来,编成一个有条理的故事"(240)。这从某种程度上也暗示了人物叙述者和隐含作者关于《黄鸟》这个文本的建构性。

根据修辞叙事学的界定,隐含作者作为"实际作者的能力、个性、态度、信仰、价值和其他特征在具体文本创造中的真实或非真实的表现"(费伦 45),在具体的文本建构中能够起到积极的作用。那么反过来讲,文本的建构特征也是我们了解隐含作者之态度和目的的关键所在,因为修辞叙事理论"始终建立在隐含作者与隐含读者的交流基础上,考虑实际作者和实际读者参与交流的可能性"(唐伟胜 9),在作者/说话者、文本和读者/听众之间存在一种循环往复的关系。文本由作者设计,目的在于以某种独特的方式影响读者;这些设计又通过语词、技巧、结构、形式以及各种文本的互文关系来实现;而读者反应则能够说明作者的设计是如何通过文本现象实现的,同时它也指向这些设计。

从这个意义上讲,《黄鸟》的开篇和结尾段落中由人物叙述者巴特尔的现在时讲述所构成的第二层叙事可视为隐含作者的某种策略,目的在于通过与作者的读者之间的交流来实现另一层面的意义表达。但是从读者的阅读体验来看,我们似乎并未获得一种十分清晰的场景:从创伤中走出的巴特尔在以一位理性、清醒的叙述者的口吻反思自己在战争中所经历的一切。这或许与处于两层叙事核心的事件——小说人物墨菲之死——有关。

通读文本,我们不难发现在《黄鸟》两个层面的叙事中,无论是从人物叙述者的人物功能角度，还是从人物叙述者的揭露功能角度，关于默夫之死的叙事始终处于叙述者讲述的核心位置。正如在开篇第一章，人物叙述者就以预叙的方式告知读者，"事实上，我从未被子弹击中，也没有踩上简易炸弹，我并没有死。可是，默夫死了"（鲍尔斯15）。随后，他又提及"此刻，我绞尽脑汁，努力回忆自己当时是否曾注意到任何蛛丝马迹，默夫身上是否笼罩着阴影，自己是否早就知道他即将被杀……但当时，我没有，也无法看出这一点。没人能看出来。现在回想起来，我庆幸自己当时毫不知情"（28）。

随着人物叙述者的讲述一步步接近默夫的死亡真相，在关于战争经历讲述的最后一刻，我们才了解到，为了摆脱战场的一切，默夫独自一人逃离基地，最终被敌方抓获并虐杀。当巴特尔和斯特林去寻找默夫时，最后找到的是他残缺的尸体："浑身骨折，到处布满瘀青和刀割的口子；除了脸和手，身上的皮肤仍然苍白；双眼被挖掉了，深陷而红肿的眼窝就像连着大脑的、血淋淋的窟窿；脖子几乎完全被割断，耷拉的、左右摇晃的脑袋仅靠颈椎跟身体连在一起……"（229）

默夫去世的意象和一段未能信守承诺的记忆一直萦绕在人物叙述者的讲述中。巴特尔意识到"默夫总是会死。我将遵守一个我无法兑现的承诺"（32）。在小说第一章叙述者便直言"默夫死了"（15），却直至接近尾声才透露其死亡真相，由此对默夫死亡真相的一步步揭示串起了人物叙述者的讲述。

对于小说中亲历暴力和死亡的老兵来说，战场上的死亡似乎是司空见惯之事。叙述者在小说开篇提到"战争竭尽所能，企图杀光所有的人：男人、女人和孩子。……默夫和我说定了，我们不想成为第一千名被杀的士兵。要是在那之后死的话，死了也就是死了，但那个数字还是留给别人当里程碑吧"（4）。但是将一位士兵之死作为小说中两股叙事的核心，这是否还蕴含了隐含作者的其他用意呢？

事实上，在谈及《黄鸟》的创作初衷时，真实作者鲍尔斯提到，"很多人都在问：'这场战争究竟是怎么回事？伊拉克那边的情况如何？'……其实从新闻报道中，人们已经可以知道大量事实。我想，这不是信息缺失的问题，人们真正想知道的是，它是什么感觉——在生理上、情感上和心理上，所以我写下了《黄鸟》"（转引自Harris pars.5）。

对于并肩作战、生死与共的战友而言，一方的死亡会造成另一方精神上和心理上的伤痛。那么，对于这些参与了战争且作为国家暴力执行者的人在失去生命后，其亲人如果得不到应有的安慰和抚恤，则意味着心理、情感上更大的伤痛。这一点正是通过叙述者讲述其对于默夫死亡的反应和态度中得以暗示的。

小说中提到，当默夫的母亲听到关于儿子的消息后，"在原地一连站了几个小时，最后受身体热量的影响，冰霜覆盖的窗玻璃上出现了一个小小的、清晰的人形"(鲍尔斯 245)。她想知道为什么默夫那么快就从失踪变成了阵亡,但如叙述者所言,军方给出的解释从来都说不通。在小说最后一章叙述者的讲述中,我们了解到军方在处理默夫之死时表现出的敷衍与冷漠。不仅如此,面对执意追求真相和正义的默夫母亲,军方没有任何人对她进行解释,所做的就是"成本收益分析,得出的结论是:用不了多少钱,就可以把她打发"(246)。正如叙述者提及:"终于,军方对她失去了耐心。不过,他们知道随着时间的流逝,人们会逐渐淡忘默夫太太的痛苦"(同上)。

这里,叙述者的讲述在一定程度上反映了伊拉克战争催生的当代美国战争文化中"军民分隔"的现实状况。据统计,参加伊战的士兵仅占美国成年人口数量的百分之一(Blumenthal and Swanson),所以伊战也被称为"百分之一的战争"。在没有征兵制度的情况下,大多数美国人被孤立于战争经验之外,与战争的情感联系受到限制。此外,当时美国布什政府有意让民众成为局外人,因为"当时美国高级官员都认为公众参与战争是不必要的,在他们看来,如果使用得当,现有的军事能力就足够完成这项工作"(Bacevich 224)。

此外,这一讲述背后隐含作者的目的与这场战争真实的历史语境之间也具有极大的关联性。帕特里克·迪尔(Patrick Deer)曾提到,"虽然其持续时间长,规模巨大,伤亡惨重,但伊拉克和阿富汗战争仍然是具有不确定历史的冲突"(Deer 313)。他指出,从一开始,美国的政治和军事领导层就试图将这场战争"从军事历史、战略和战术层面与以往战争,尤其是越南战争形成断裂"(314)。有关战争伤亡的信息都对外保密。美国陆军自己的历史记录部门证实,在许多情况下,它缺乏足够的记录,甚至无法重建关于某些军事单位在伊拉克持久军事行动中的基本记录。"记者们发现,作战单位清除硬盘驱动器,不保存文件,或只保留最后 60 天的现场记录,以移交给即将到来接替他们任务的其他单位,这都是司空见惯的事"(316)。由此折射出的不仅仅是美国官方的冷漠,还有法律诉求、老兵医疗和福利诉求以及更深层次的问题。由此来看,默夫的例子只是众多这类情况中的一个案例。

从这个意义上讲,处于叙事核心的默夫之死,或许可以视为隐含作者通过人物叙述者来实现的一种策略性呈现,所体现的或许正是美国伊战老兵创作者的某种诉求,正如罗杰·卢克哈斯特(Roger Luckhurst)所言,"让那些缺席的尸体重新成为人们关注的焦点"(356)。这不禁使人联想到美国越战老兵作家蒂姆·奥布莱恩(Tim O'Brien)曾提到的叙事之力量:它可以让"死者有时候微笑着,然后坐起来,再回到这个世界上来"(225),"会活在自己所在村庄和自己亲人的故事里"(130)。就奥布莱恩的越战叙事而言,比如《大兵携带的物品》(*The Things They Carried*, 1990),叙事本身除了见证、再现、记忆、治愈等目的之外,还具有引起公众对于战后越战老兵现状予以关注的目的。在鲍尔斯这部伊拉克战争叙事中，基于上述历史语境来理解这部作品中的叙事交流，读者或许可以发现处于小说核心叙事的默夫之死或许体现了隐含作者更大的讲述目的：揭示官方战争话语的建构性并由此形成某种反叙事。

三

小说的第四章，人物叙述者提到果园之战前上校前来发表动员讲话：

> 小伙子们……为了正义，你们即将被委以重任，浴血奋战……这里是先知约拿的安息之地。他曾恳求上帝赐予这片土地正义……我们就是那正义。听着，我希望自己能告诉你们，我们中的每一个人都会平安回来，但我无法那么告诉你们。你们中的有些人将不会跟我们一起回来……要是不幸牺牲了，请放心，我们会立刻用飞机把你们的尸体送往多佛。而且你们的家人将会获得至高无上的荣耀。（鲍尔斯 98—99）
>
> 我们的希望全都寄托在你们的身上，小伙子们。美利坚合众国人民的希望全都寄托在你们的身上。这可能将是你们一辈子所做的最重要的事。（101）

显然，将上校的这番动员令与小说结尾处人物叙述者关于默夫母亲境遇的叙述相对照，则不难发现隐含作者的另一目的：透过上述叙事情节的设置力图揭示官方话语的虚假性和反讽性。

> 那时，电视早已不再报道默夫太太抗争的事了。只有一些质量低劣的小报还在报道。……最终，默夫太太勉强接受了以下两个条件：增加抚恤金，把巴特尔判刑。她之所以接受，是因为没人再听她的控诉了；是因为一如既往，美国人民很快淡忘了她那点破事，把注意力移向其他的苦难；是因为就连她的那些朋友都开始带着某种优越感，笑着对她说："拉登娜，你终于得到了你要的真相。"（246—247）

此外，从叙述者关于上校讲话这个场景的叙述中，我们可以了解到在场美军士兵的各种反应。除斯特林外，大多数士兵对上校的讲话表现得不屑一顾，巴特尔"闭起眼睛"（同上），默夫"低头盯着自己的脚尖"（99）。显然，对于这些士兵而言，亲身经历早已消磨尽了他们的战争热情，战争的谎言在他们面前显得不堪一击。事实上，小说中巴特尔基于其战场内外所见所闻的叙述无一不直接驳斥了上校的讲话，而上校当场的戏剧化行为则更可以视为对其自身所讲内容的间接否定。

在上校的视察讲话过程中,人物叙述者对上校行为细节的关注,更进一步突显了上校壮丽言辞背后的虚假性和表演性。比如,讲演开始的时候,他特地停下来问随行的记者是否在拍摄;为了显得正式,他还特地掏出眼镜,"架到鼻梁上"(98)。离开的时候,他所关心的唯一一件事仍然是"镜头拍得怎么样"(101)。

这一切无不透露出这类随军报道的建构性和虚假性,也由此表明:以上校的动员讲话为代表的这种官方战争谎言在战争的亲历者面前不攻自破。或许正是对这场战争之意义产生了怀疑,人物叙述者巴特尔将这次战争与祖父当年参加的战争进行比较,感慨于"他们有明确的目的和作战目标"(103)。从时间上倒推,巴特尔所提到的祖父参加的战争很有可能就是二战。如果说人物叙述者提及的不同战争体验暗含了对上校所谓的战争"正义性"的驳斥,那么在小说另一章的讲述中,隐含作者将人物叙述者巴特尔置于德国的经历,则似乎凸显出更大的讲述目的。

《黄鸟》这部小说的时空设置分别为 2003 年的美国新泽西州、2004 年的伊拉克、2005 年的德国、2005 年的美国弗吉尼亚州和 2009 年的美国肯塔基州。其中人物叙述者关于回国中转地德国的经历讲述似乎也具有特殊的修辞目的。他提到,在德国参观大教堂,观看墙上各种圣徒的肖像,并把自己想象成一个孩子,观察暴力意象;在德国的一家酒吧,人物叙述者巴特尔目睹了斯特林对一名酒吧女招待进行了暴力攻击。将大屠杀的历史记忆与巴特尔的现时记忆以及关于伊拉克战争的记忆联系起来时,隐含作者似乎是以更为明显的方式邀请读者站在历史的角度审视这场战争——将伊战中的美国与二战中的德国相关联。

由此,隐含作者不仅对纳粹的历史暴力进行了回顾,而且还通过美国大兵斯特林在德国酒吧对一个女招待的暴力行径传递了这样一种交流目的:从对于历史上野蛮行径的了解转向新的野蛮行径的记忆,人物叙述者借此对美国的制度性暴力进行了反思和批判:以巴特尔、默夫和斯特林为代表的士兵,不仅仅是那场看似无休无止的战争暴力的施暴者和受害者,他们在很大程度上也成为美国当代战争政治的受害者。

将上述几个层面的分析综合起来,我们发现在《黄鸟》这一叙事中,鲍尔斯邀请读者通过一个伊战老兵围绕战友之死的双重叙事,提升读者对于那场战争给美国老兵群体所产生影响的认知,并借此探寻美国士兵及其相关群体的生存境况。与此同时,小说思考了这场在 21 世纪美国发动的战争所引发的文化反应,如何围绕以国家名义遭受的个人创伤、国家(官方)话语、个人体验和历史记忆等相互交织的关系来表征。

著名的战争文学批评者角谷美智子曾提到,"所有的战争文学都见证了某些永恒的真理：面临的死亡与混乱、士兵之间的爱与忠诚，那些幸存者经历的各种噩梦和焦虑。当今的正在出现的文学作品，既是那些永恒经历的反映，又带有阿富汗和伊拉克战争特有的印记"（转引自 Sacks 85）。在《黄鸟》中，以默夫之死为叙事核心的人物叙述者的双重叙事及其相关讲述方式，实则可以视为隐含作者的控制策略：在展现以人物叙述者兼主人公为代表的美国伊战老兵之创伤化分裂的同时，人物叙事还构成了一种官方话语的反叙事，由此也暗含了小说创作者对当代美国战争文化中模糊的历史感和不确定性之批判与反思。正如《纽约客》短评专栏一位匿名评论者所言，这部小说细致地发掘出战争道德和心理学层面的残片（Anonymous）。他（鲍尔斯）散发出一种独特的气质，对战争的感受比任何一个新闻记者都要深刻。

引用文献【Works Cited】

Anonymous. "Briefly Noted: *The Yellow Birds* by Kevin Powers." Nov. 19, 2012 <https://www.newyorker.com/magazine/2012/11/19/briefly-noted-822>(accessed Oct. 25, 2023).

Bacevich, Andrew J. *America's War for the Greater Middle East: A Military History*. New York: Random House, 2016.

Blumenthal, Mark, and Emily Swanson. "Iraq War Poll Finds Low Support, Few Connections to Conflict." *HuffPost* 18 Mar., 2013.

Deer, Patrick. "Beyond Recovery: Representing History and Memory in Iraq War Writing." *MFS Modern Fiction Studies* 63.2 (2017): 312–335.

Harris, Paul. "Emerging Wave of Iraq Fiction Examines America's Role in 'Bullshit War'." *The Guardian* Jan. 2013.

Luckhurst, Roger. "Iraq War Body Counts: Reportage, Photography, and Fiction." *MFS Modern Fiction Studies* 63.2 (2017): 355–372.

O'Brien, Tim. *The Things They Carried*, Massachusetts: Houghton Mifflin Harcourt, 2009.

Phelan, James. *Living to Tell about It: A Rhetoric and Ethics of Character Narration*. Ithaca: Cornell UP, 2005.

Sacks, Sam. "First-Person Shooters: What's Missing in Contemporary War Fiction." *Harper's Magazine* 331.1983 (2015): 85–91.

Scranton, Roy. "The Trauma Hero: From Wilfred Owen to Redeployment and American Sniper." *Los Angeles Review of Books* 1 Jan., 2015.

凯文·鲍尔斯：《黄鸟》，楼武挺译，上海：上海文艺出版社，2014 年。

唐伟胜：《叙事进程与多层次动态交流——评詹姆斯·费伦的修辞叙事理论》，《四川外语学院学报》，2008 年第 3 期，第 6—9 页。

詹姆斯·费伦：《作为修辞的叙事》，陈永国译，北京：北京大学出版，2002 年。

异化与反讽：论《查理和巧克力工厂》中的双重叙事

刘惠敏

作者简介：
刘惠敏，北京语言大学博士生，主要研究方向为英美文学、儿童文学、西方文论。

内容提要： 罗尔德·达尔的《查理和巧克力工厂》广负盛名，兼具娱乐性和教育性，深受全世界儿童和成人读者的追捧。本文立足于文本的跨界性、儿童文学的双重目标读者特性，借助双重叙事进程这一方法来探索童话式情节背后的隐性进程，以回应文本所表现出的矛盾性，即以不够道德的旺卡为代表的成人对儿童的惩戒教育之矛盾。显性情节展现的是善恶分明、奖惩有序的价值观，这是儿童文学教化功能的价值旨归；而隐性进程暗示的却是资本与消费对人性的异化。隐性进程揭示，文本同时存在赞扬道德的童话式情节和对自诩道德的自负而虚伪的资本社会的反讽，其中所反映的不仅是儿童需要教化，还有被资本工业文明异化的人性需要改善的问题。

关键词： 罗尔德·达尔；《查理和巧克力工厂》；异化；双重叙事；隐性进程

引言

《查理和巧克力工厂》(*Charlie and the Chocolate Factory*)出自英国儿童文学作家罗尔德·达尔(Roald Dahl)之手，首次发表于1964年。小说讲述了家境贫困的查理·巴克特有幸获得了带有金色入场券的巧克力，成为巧克力工厂全球五位参观者之一。其他四名儿童参观者不是传统意义上的好小孩儿，他们各自性格上都有些不足。这四个小孩被迫一一出局后，最后只剩下了查理，他得益于自己的美好品德不战而胜，成为威利·旺卡巧克力工厂的继承人。该书广受欢迎，获得多个奖项，于1971年和2005年分别被导演梅尔·斯图尔特(Mel Stuart)和蒂姆·伯顿(Tim Burton)改编为电影。

国内外对此文本的研究视角集中在心理分析批评、成长主题、电影改编等方面。其中有一些学者注意到了文本人物的"矛盾性"，早在1972年，埃莉诺·卡梅隆（Eleanor Cameron）作为最早和较权威的批评家之一，就指出旺卡的"虚伪"之处。杰基·斯托尔库普（Jackie Stallcup）也笼统地指出这个矛盾："达尔和他的读者也可以拥有他们的旺卡巧克力，可以陶醉于那种恶心的颠覆性幽默……同时，我们将学到关于'适当'行为所奖励的'好教训'"（46）。凯瑟琳·巴特勒（Catherine Butler）较为直接地指出了这种不协调，旺卡"既诱惑孩子，又惩罚他们"（5）。卡梅隆认为这种口是心非是"虚伪"，巴特勒认为这部小说更复杂。大卫·拉德（David Rudd）从拉康精神分析理论的角度，立足文本人物的欲望，结合当时社会环境的娱乐狂欢，意图从人物心理、意识形态和作者主观经验等方面揭开旺卡的矛盾性。

人物形象的不一致表现出文本的矛盾性，单从情节上着手并不能很好地阐释这一问题。此问题应和了申丹教授提出的"双重叙事运动"和"隐性叙事进程"概念。"在含有双重叙事进程的作品中，情节发展会突出人物的某些特征，塑造出人物的一种形象；而隐性进程则可能会强调另外一些特征，塑造出人物的另一种形象"（申丹 2021：85）。申丹教授所定义的隐性进程特指作者通过相关叙事策略和文体选择，在文本中所设置的贯穿作品首尾、与情节并行发展的第二种叙事运动，这种叙事运动往往形成与情节发展不同甚至相反的表意轨道，人物形象和事件功能在其中也时常呈现出较大差异。在有的作品中，情节发展揭露和抨击某种社会罪恶，而隐性进程则肯定和赞扬某种美德。"另一个则隐蔽在情节发展后面，与情节进程呈现出不同甚至相反的走向，在主题意义上与情节发展形成一种补充性或颠覆性的关系"（2021：48）。

倘若打破从亚里士多德以来的批评家所聚焦的以情节中的不稳定因素（instabilities）为基础的单一叙事运动这一传统束缚，认识到作品中可能存在的双重叙事运动，就可以看到，《查理和巧克力工厂》中实际上同时存在着赞扬道德的童话式情节和反讽自诩道德的自负而虚伪的资本社会的隐性叙事进程。这两种叙事进程并列运行，在对照中联手表达出作品丰富的主题意义。前者实现了对儿童进行教育的传统功能，后者则对这一教育的可行性进行了颠覆，对承担教育作用的成人社会进行了揭露，表达了罗尔德·达尔对当时美国社会爱恨交织的独特情感。这两者相互对照、相互矛盾又相互补充，联手表达出作品丰富的主题意义，塑造出多面的人物形象。对这两种叙事运动都加以关注时，我们能更好地理解作品的叙事发展轨迹和一些容易被忽视的文本细节，看到沿着对成人社会的反讽这条表意轨道运行的结构安排和文体特征：看似无所不能的资本对人性、人与人之间关系的异化。本文意图在不同层面上做出相应解读，以揭示文本中矛盾性的背后是成人社会的异化，旨在对人物形象与作品主题阐释做出补充。

一、儿童文学中隐含作者和目标读者的双重性

在叙事学研究领域,申丹教授在《隐性进程》中倡导拓展双重隐含作者和双重目标读者的研究,"我们需要把单一'隐含作者'和目标读者——包括'隐含读者'、'作者的读者'(authorial audience)、'理想读者'——的概念拓展为双重的"(2019:92)。这在儿童文学领域并不陌生。就隐含作者的双重性来说,儿童文学文本中的视角是经过成人头脑所建构的孩童视角,描述的童年是成人记忆里的事情,"是儿童和成人两方的一个虚构性构建"(诺德曼 206)。也就是说,成人作者能够利用其记忆中所保留的儿童感知经验写出儿童感兴趣的东西。这也解释了儿童文学所固有的怀旧特点。"儿童文学中存在着成人和儿童的双重叙述声音,成人叙述声音往往隐藏于作者想象的儿童叙述声音之后,向儿童读者进行道德说教或向成人读者传递真正的文本信息"(刘江、张生珍 134)。隐含作者的双重叙述声音,对应着儿童与成人双重隐含读者。佩里·诺德曼(Perry Nordman)在其著作《隐藏的成人:定义儿童文学》中得出的结论便是儿童文学文本具有双重性——简单/升华,以及儿童/成人之间的二元性导致文本具有矛盾性与复杂性。儿童文学文本的简单性只揭示其真相的一半,正如巴特勒所指出的《查理和巧克力工厂》文本兼具复杂性一样,它只是"在表面看起来简单,而这具有一定的欺骗性"(Butler 5)。其简单性是由作者的儿童视角看到的,针对的是儿童读者,而隐藏在背后的复杂性与完整性则需要"拥有某些关于复杂的意识形态影子文本的知识"(诺德曼 214),这需要成人读者的参与,儿童还并不具备这些经验知识。罗尔德·达尔本身既为儿童写作也为成人写作。艾登·钱伯斯(Aidan Chambers)还解释了罗尔德·达尔如何修改了一个原来面向成人的故事,把它变成一个面向儿童的故事:

> 他旨在实现——并且确实做到了——的东西是这样一种语调:清晰、简洁、不引人注目、语言上要求不高、能在他的第二自我(文本中表现的那个作者)和他的隐含读者之间建立一种亲密的、由成人控制的关系。这是一个在那种特意为儿童写的童书中经常听到的声音:它是话语的声音,而不是内心独白或无拘无束的私密告白。实际上,它是一个知道如何娱乐儿童同时又不让他们越轨的友好的成年故事讲述者的语调。(131)

达尔的这种既娱乐儿童又约束儿童的写作,既迎合了儿童的阅读口味,又符合成人的价值标准,这也是儿童文学能跨界阅读和写作的重要原因,"跨界阅读使人们注意到这样一个事实:叙事交流是双向流动的,阅读层级同时取

决于叙述发起者和叙述接受者"(张生珍 101)。《查理和巧克力工厂》的创作过程和多次的修改工作,更有力地证明了达尔儿童文学创作鲜明的双重目标读者导向。此书初版后,书评家谴责它带有种族歧视、虐待狂和颠倒是非等嫌疑。由于将奥帕-伦帕人描写为非洲人,人们尤其担心这本书所隐含的"种族歧视"会对儿童读者产生不良影响。毕竟,"叙事是身份认同与身份建构的重要方式……儿童是在听各种各样的故事中长大的,听的过程就是一个身份建构的过程"(唐伟胜、傅修延 3)。鉴于此,1973 年达尔修订这本书时,吸取了来自各方的批评意见,修改了对奥帕-伦帕人的描写,以避免"种族主义"之嫌。修改后的小说中,奥帕-伦帕人不再酷似非洲的俾格米人,他们"皮肤白里透红,长头发是金黄色的,头顶直到旺卡先生的膝盖"(达尔 101),原籍也由非洲变为地图上无从可考的"伦帕地区",这种修改满足了双重目标读者的需求。

  儿童文学的一大特性即隐含作者的双重叙事视角与文本的双重目标读者,使之有别于成人文学。申丹的双重叙事进程理论为这一视角提供了儿童文学研究的新思路。研究者们将这一理论范式应用到儿童文学文本研究中,如段枫的《〈快乐王子〉中的双重叙事运动:不同解读方式及其文本根源》一文指出奥斯卡·王尔德(Oscar Wilde)的《快乐王子》("The Happy Prince",1888)以童话故事作为掩护,"实际上同时运行着童话情节和展现男同之爱的隐性进程这两种不同的表意轨道"(183)。姜淑芹的《〈哈利·波特〉系列的双重叙事运动》一文观察到在聚焦于善恶争斗的宏大英雄叙事背后,还存在一股贯穿整个系列的微小个人叙事暗流,"形成一边建构一边解构的双重叙事运动"(32)。黄莹通过采用双重叙事进程理论,观察到费金在"隐性进程"中被塑造成"一个异化的犹太形象"(81)。此外,黄莹指出与基督教世界虚伪残酷地对待孤儿的做法相对照,费金的贼窝世界"衬托出的反而是基督教世界之外的一丝温情与人性"(82)。刘江、张生珍的《菲利普·普尔曼〈黑暗物质〉三部曲中的双重叙事进程》中以菲利普·普尔曼(Philip Pullman)的《黑暗物质》(*His Dark Materials*,1995—2000)三部曲为例证,"考察儿童文学中互为补充的双重叙事进程,以此揭示儿童文学不同于成人文学的独特叙事特性"(136)。申丹以王尔德的《快乐王子》为例,在归类隐性叙事进程与情节发展关系的过程中,专门将儿童文学归为一类,指出儿童文学中有"针对儿童的童话情节和针对成人的隐性进程"(2021:46)。《查理和巧克力工厂》中实际上同时运行着童话故事情节和批判资本主义的隐性进程这两种不同的表意轨道,前者通过好坏分明的道德观,实现了教育儿童的传统功能,后者则颠覆了这一价值取向,揭露了资本主义下的成人自诩道德背后的虚伪与异化。两者相互对照、相互矛盾又相互补充,联手表达出作品丰富的主题意义,塑造出多面的人物形象。

二、针对儿童读者的童话式情节——对好孩子的奖励

达尔与儿童读者的亲近,使达尔能更好地进入孩子的内心世界。儿童自是该作品的隐含读者。所有的文本都有隐含读者,而"儿童文学的隐含读者都是儿童——作者在创作过程中假想为读者的儿童"(诺德曼、雷默 28)。对"隐含读者"这一概念的强调,不仅因为作为"隐含读者"的儿童就是儿童文学的主体读者,是儿童文学得以发生的基础,更在于作者把儿童设为目标读者,其实就是预设了儿童文学的审美趣味、表达方式和价值取向。根据朱迪斯·希尔曼(Judith Hilman)的看法,儿童文学文本普遍展示出的五个特点中包括"从一个儿童的视角写出来的典型的童年经历/儿童或儿童式的人物/以行动为焦点的简单而直接的情节/一种乐观主义和纯真的感觉(例如,幸福结局是标准规范)/一种将现实和幻想相结合的倾向"(3)。《查理和巧克力工厂》便是对孩子们参观巧克力工厂的叙述,其间的经历充满了惊险刺激,符合儿童读者的游戏精神,并以皆大欢喜的简单情节圆满结尾,向儿童传达出积极乐观的价值观。

(一)好坏分明的道德观:查理与其他四个小孩的对照

儿童文学作品中,作家往往虚构一个世界,其中美与丑、善与恶、任性与理性、正义与邪恶等道德价值观念形成直接对照,向儿童读者传递"自私任性必遭惩戒、善良理性必得报偿这一有益的伦理启示"(王晓兰 63),旨在起到对儿童读者的教化作用,引导他们在相互对照的伦理价值之间做出正确的选择。达尔在文本中刻画了乖孩子查理和其他四个坏孩子,理性克制的好孩子查理与肥胖贪吃的格鲁普、争强好胜的维奥莱特、娇纵任性的维鲁卡和自大暴力的蒂维形成了鲜明对照,四个坏孩子从侧面衬托出查理的善良美好,使其获得巧克力工厂作为奖励显得合情合理。

查理·巴克特家境贫困,与四位祖父母住在一起,房子摇摇欲坠,缺衣少食,但三代人之间相处融洽,呈现的是一幅充满天伦之乐的画面。查理的祖父母有着鲜明的是非观念,对查理起到了引导的作用。他总是在睡觉之前陪着四个老人,听他们讲故事,这成了老人们一天中最快乐的时光。当全家都挨饿时,查理即使很需要多吃点东西,却还是拒绝了妈妈省给他的食物,通过在学校里尽可能地减少活动量以保持体力。他每年只能在自己生日那天得到一块巧克力,却可以吃上一个月,并且懂事地从没有怨言。爷爷奶奶眼中他是"好小孩"(达尔 40)。这也是为什么旺卡称他为"善良理性有爱的孩子"(151)。除了来自成人的评价,查理与同龄人之间的对比也凸显出他乖巧懂事的优点。每天吃掉无数糖果的格鲁普因贪吃巧克力河里的巧克力而被吸管吸走,出来后瘦得像一根稻

草。维奥莱特则是不听劝阻,固执地尝试旺卡先生没有研制成功的口香糖,变成了圆滚滚的巨型蓝莓而被送去榨汁车间,最后虽然恢复了原先的体型,却褪不掉脸上的紫色。维鲁卡,一个被父母溺爱、娇纵成性的孩子,在参观果仁车间时,看到经过特殊训练的会剥核桃的松鼠后,就叫嚷着要她的父母给弄来这样一只松鼠。得知松鼠概不出售后,维鲁卡自己推开门冲进去抓松鼠,却被松鼠鉴定为一颗坏松果,被扔进了垃圾管道,最后出来时满身都是垃圾。酷爱看电视的蒂维为了做世界上第一个被电视传送的人,投入旺卡的巧克力电视传送机,变成了不到一英寸的小人,最后只能让实验口香糖的拉力机器将他拉长,有三米多高,瘦得像一根铁丝。而在参观巧克力工厂的整个过程中,查理都克制着自己的欲望,没有做出旺卡所代表的规则之外的事情,并为此获得奖赏——巧克力工厂。

如果说其他四个孩子的价值在于对读者进行劝诫和警示的话,那么查理的价值则在于为读者树立一个行为标杆,成为儿童读者认同和模仿的对象。儿童文学研究专家玛利亚·尼古拉耶娃(Maria Nikolajeva)关于童话在儿童道德发展中所起的作用的分析,也适用于本小说的童话式情节。虽然尼古拉耶娃认为"童话最重要的功能不是教育功能和认知功能,而是向读者提出我们确实存在的问题"(318),但她也承认儿童文学对读者所具有的道德引领的作用。尼古拉耶娃认为:

> 在童话中,我们可以频频看到人类最美的品质和最可贵的思想,诸如诚信、友谊、勇敢和名誉等,还有恶不可避免地要被战胜。优秀童话总是描写主人公精神道德的成长过程,童话主人公对善和人道主义的选择,也等于是向少年儿童读者提供了丰富的道德经验和树立了正确的选择标准。(320)

坏孩子受到惩罚、好孩子得到奖赏,这样的情节安排有助于引导儿童认同和模仿好孩子查理的思想与行为。"这本书读起来就像一个道德寓言:好孩子查理因为做自己而获得奖励,而坏孩子则会遭遇可怕的结局"(Schultz 466)。纵观全书,我们发现查理是被选中的那个人,其原因就是旺卡说的他要找一个好小孩儿。这一结局符合很多儿童故事情节的幸福结局,如《灰姑娘》《雾都孤儿》等。美国修辞性叙事批评家詹姆斯·费伦(James Phelan)借鉴叙事学关于故事内容和话语表达的区分,将叙事进程的基础界定为故事情节发展中的"不稳定因素",以及表达情节的话语层次的"紧张因素"(tensions)(90)。单从表层故事情节看,《查理和巧克力工厂》中的其他四个坏孩子正是推动情节发展的"不稳定因素"。正是因为他们的存在及由此引发的冲突,才让主角查理纯真善良的高贵品质和乖巧听话的性格特点得以彰显,并推动了故事情节的发展——查理在饥寒交迫的情况下,保持其内心的定力,经历过重重考验,最后在旺卡的帮助下,获得巧克力工厂。

(二)积极正向的童心成人形象:威利·旺卡

童心成人,即站在儿童阵营的成人形象,他们拥有珍贵的"童心","所谓的童心成人,就是成人和儿童的组合体,可以说他们与其他成人相比显得像个单纯的孩子,可在孩子面前他们却能够提供依靠的臂弯"(徐洁 9—10)。文本中的约瑟夫爷爷虽然是家中最老的一位,已经九十六岁半,但是当查理来到房间时,他一改虚弱的样子,变得像个小孩子一样又起劲又兴奋。他是一个有童心的老人,动用全部私房钱买巧克力,只为了多一个找到金奖券的机会。当他确定查理获得金奖券时,他"体内好像来了个大爆炸"(达尔 63),二十多年没下过床的他一下子跳到了地板上,像孩子一般起舞欢呼。约瑟夫爷爷相比于其他老人,显得更有活力。他给查理讲故事,满足后者的好奇心,为其提供精神食粮。约瑟夫爷爷对旺卡的认同溢于言表,这是因为他们同样具有童心。旺卡的性格和行为如同一个孩童,喜爱糖果,保持着旺盛的精力,对新奇有趣的事物兴奋不已,拥有着天马行空的想象力和创造力。与此同时,他又是一个成人,可以保护儿童,同时也会根据自己的价值判断惩罚儿童。

依据情节的发展,威利·旺卡的童心体现在与其他成人的对比上,显得单纯而好骗。文本中旺卡关闭工厂的原因是工厂里有间谍窃取他的秘密配方,随着其他工厂也开始生产不会融化的冰激凌和嚼多久都不会失去甜味的口香糖时,旺卡扯着他的胡子大叫着:"这太可怕了!我要破产了!到处都是间谍!我必须关掉我的工厂!"(21)相比成人,他更相信孩子。这也是他设置金奖券的初衷,找一个孩子而非成人继承他的巧克力工厂。旺卡的童心形象有着由内而外的体现,他身材矮小,头戴黑色高顶礼帽,手拿金头手杖,满脸焕发着快活的神采,动作灵敏,活泼得像个孩子,别人很难看出他的真实年龄。他具有孩子的游戏精神,他设置的这场继承人选拔赛就像是一场游戏。孩子们从寻找金奖券到进厂参观,因为各种新奇的物件和经历大开眼界。这种惊险刺激的过程,符合儿童的游戏精神。旺卡常年将自己封闭在巧克力工厂内,不受现实原则、人际关系的束缚,依然保存着孩子气。他通过游戏的方式逃离成人的压制、对抗成人的不公平待遇,在满足儿童的游戏天性的同时释放了对成人不满的情绪。

与此同时,他又有成人的能力,保护着儿童的糖果梦。"在神话模式中,威利·旺卡是一个神一样的存在,他创造了一个超越我们经验的宇宙帝国。旺卡从这个领域将自己的权力延伸到整个巧克力爱好者的世界"(Bosmajian 37)。从童话式情节来看威利·旺卡,他充当了无所不能的神的角色。在小说开头,四位老人对他的故事进行了传奇式的讲述,充分渲染了他的神秘性,他帮印度王子建造巧克力宫殿的故事、他的秘密工人,这些对儿童甚至成人读者来说都吊足了胃口。约瑟夫爷爷说,"威利·旺卡先生是世界上有过的最惊人、最不可思议、最非凡的巧克力制造商!我还以为这件事人人都知道呢!"(达尔 11)威利·旺卡在老人眼中是一位制造、销售巧克力的"魔术师"(26)。他不仅制造巧克力糖,还有不会融化的巧克力冰激凌、会变色的牛奶糖、永不会失去甜味的口香糖、可以吹得奇大无比的泡泡糖。他的巧克力工厂是世界上最大的,比一般的工厂要大五十倍。总之,旺卡是巧克力王国的国王,深受孩子们的迷恋。

最后,旺卡对儿童有疼惜之情与救赎之功。首先,旺卡看到查理和约瑟夫爷爷瘦弱的样子,亲自从巧克力河里舀起满满一杯巧克力给他们,并关切询问他们的生活现状。再者,他解决了孩子式的奥帕-伦帕人温饱问题,而且最后他说出找继承人的原因之一——"一定要有人继续经营它,就算是为了那些奥帕-伦帕人"(205)。巧克力工厂是孩子们眼中的伊甸园、游乐场兼糖果屋,但是他们一旦违反规则,就会被旺卡惩罚并赶出巧克力工厂的继续参观之列。旺卡还会对他们的违规行为进行一定程度的惩罚,使那些坏小孩引以为戒。这看似是惩罚,其实是救赎。

三、针对成人读者的隐性进程——对人性异化的反讽

"相比于'情节'这一术语,'进程'显得更为灵活,也更接近叙事阅读的真实情况"(唐伟胜 203)。隐性进程的建构"有赖于文本与社会语境的互动"(申丹 2021:206)。20 世纪 60 年代,发达国家的工业文明已经极为发达,尤其是美国。但是工业文明给人类带来物质享受的同时,也暴露了一系列的弊端,比如机械化大生产导致大批工人失业、对自然过度掠夺和剥削、诱使人类过度追求物质、拜金主义横行、人与人之间冷漠无情等。查理家穷困潦倒的情形与巧克力工厂中轰轰烈烈的大规模机械生产的壮观景象形成了强烈的对比。查理家一贫如洗,四位耄耋老人躺在床上,生活不能自理。查理的父亲原本在一家牙膏厂工作,后来失业了,因为牙膏厂要现代化,工厂购买了先进的机器来进行更大规模的生产。工业文明时代,大量产品被生产并销往世界各地,满足了一些人的欲望。但是与此同时,机器生产也导致大量工人失业,一些家庭因此生活窘迫,而有钱人却挥金如土,在消费中逐渐异化。所谓"异化",就是人疏远了与自己的关系,丧失了自我的意识。现代社会中的异化无处不在:人们与自己的工作疏离,不再感受到作为创造者的成就,而只是作为一个可有可无的齿轮在机械地运转;人为了使产品得到消费而存在,而非产品为了满足人的需要才被生产出来;人与人之间的关系被异化为以有用程度来衡量,导致彼此隔阂与冷漠。显性情节强调黑白分明的道德观,对儿童起到教化作用。但是,隐性进程中的儿童形象并非好坏

分明，而是有被异化的迹象；旺卡也不再仅仅是一个保护儿童，保有童心的老顽童形象，而是冷漠、孤独且残忍的资本家；奥帕-伦帕人的出场不仅仅是用来娱乐的，而是透过旺卡对待他们的方式，反映出资本对人性的异化，再者他们与现代文明人的对照暗含着对后者的反讽。透过隐性进程，作品中人物形象的另一面得以揭露，事件冲突得以阐释，作品主题更加丰满。

（一）成人话语下儿童形象的异化

儿童和成人之间的关系，首先在身体发育成熟度上得到体现。儿童本身发育进程是滞后于成人的，他们必须经过实践的洗礼才能长大，并逐渐掌握生存的主动权，在此之前他们必须处于成人的保护和监管之下。成人承担着教育和引导儿童的重任，但是在资本主义工业文明下，人性的异化影响了对儿童的教育，致使儿童形象失真。显性情节对五个孩子进行了好与坏的分类，但是从隐性进程来看，这一分类是片面的；显性情节对好孩子加以奖赏，对坏孩子加以惩罚，但是从隐性进程看，孩子并不能简单地被成人话语贴上道德好坏的标签。

首先，好孩子查理的形象得益于四位老人的谆谆教导。小说开头老人们对其他四个孩子纷纷做了评价。从四位老人对其他四个孩子的评价来看，他们无疑是反面教材。也由此可以看出查理一家道德感极强，是非分明，教导出了懂事听话的小查理，但无形中也压抑了查理的主体性。文中描述当查理获得金奖券时，有些大人想要出高价买下来，查理没有表态，店铺老板出头让查理快拿着回家。这一处细节对情节发展没什么作用，但是从隐性进程来看却体现了查理自身的主体性不强，只是听从大人的指示。比较反讽的是，旺卡正是看中了他听话这一特点，而在埃莉诺·卡梅隆看来，"我觉得很遗憾……那个威利·旺卡……能成功地说服查理，永远生活在工厂里，就像在监狱里一样，这却被认为是天赐的福气，并且……没有任何人对这个想法提出质疑"（Cameron 439）。这就颠覆了好孩子查理的形象，取而代之的是一个没有自己的主见与想法、易于掌控的傀儡。这与查理的身体状况也较为吻合。他瘦弱得像一具骷髅，说话时气若游丝，缺少孩子本应该有的生命力。

相比其他孩子，在参观巧克力工厂时，查理很少对旺卡的行为提出质疑。例如，当维奥莱特因偷吃口香糖而被惩罚，查理表现出了一个好孩子对他人的关切，询问维奥莱特的情况，旺卡对此的解释是"她会是紫色的！"旺卡先生叫道："从头顶到脚趾是美丽鲜艳的紫色！就是这样！这就是整天从早到晚嚼讨厌的口香糖的结果！"（达尔 137）对于此解释，查理没有任何反应，相反，因有暴力倾向而不招人待见的蒂维问道："既然你认为口香糖那么讨厌，为什么还在你的工厂里生产口香糖呢？"（同上）从这一对比，便可看出查理一直呈现出被动、顺从的姿态。

以上并不是对查理的全盘否定,只是从显性情节来看,我们发现四位老人的价值判断与旺卡的惩戒是一致的,但是隐性叙事进程中,旺卡作为资本家的形象,所代表的道德具有虚伪性,"顺从、听话"的美德,某种程度上是对劳工的一种控制与剥削,以此实现自身利益的最大化。查理的好孩子形象符合传统的"小大人"形象,克制但不真实。而其他四个小孩,则是查理的对照组,他们对欲望极度放纵。这两种儿童形象都不值得提倡,儿童应该表现得真实自然。这就反映了资本主义工业文明下,贫富差距使得儿童形象极端化。隐性叙事进程表明对儿童的教育不能只停留在好坏的说教上,而应在两者中找到平衡,让儿童看到更多的选择,以此培养其主体性与自主性。

(二)资本生产对旺卡的异化

在显性情节中,旺卡是与孩子为伍的童心成人,而在隐性叙事进程中,旺卡则是被资本主义工业文明异化的资本家形象。旺卡的工厂将资本主义社会的矛盾表现得淋漓尽致。这不仅仅是一个伊甸园式的游乐场、一个逃避现实的狂欢王国,因为很明显,旺卡反应敏捷地适应了全球化经济。他把巧克力销售到世界各地。"旺卡不仅是一位成功的商人,听起来也很像其他旧式的帝国主义者,他们的商业活动与殖民活动密切相关,他们不仅销售巧克力,还拥有糖和可可种植园,这些种植园最初由当地民众担任工作人员(特别是中美洲),后来靠奴隶劳工的劳作支持"(Rudd 127)。

旺卡用船把奥帕-伦帕部落的每一个男人、女人和小孩全都运载到这里。他们是出色的工人。他们不仅学会了英语,还显得很听话,"旺卡先生转身弹响他的手指,咔嗒,咔嗒,咔嗒三下。随即,一个奥帕-伦帕人马上出现了,就像从哪里冒出来的一样,站在他身边"(达尔 101)。这些工人的活动空间只是在工厂里,他们在外面的世界没有公民权利(他们是被偷渡进来的),而且他们也不被认为有能力接管工厂。旺卡不仅把奥帕-伦帕人排除在管理岗位之外,而且让他们承担所有危险的工作,他们有的吸食石头弹子糖近一年,有的因试吃头发太妃糖而长出无尽的胡须,有的被用于口香糖实验,变成了蓝莓,还有一个奥帕-伦帕老人因为喝升高汽水,最后升得连人都看不见了。这些是对资本主义社会虚伪道德的一种反讽,因为相比孩子们所犯的错误,偷渡、人体实验都不仅仅是道德问题,而是法律问题。但是违法的旺卡却是闻名全球的大资本家,没有受到丝毫的惩罚。从隐性叙事进程回看旺卡对其他四个小孩不同程度的惩罚,它们看似是对他们不守规则的惩戒,其实是对他们自身价值的筛选。查理一家唯一的价值便是具有劳动力,听话且易于操控,这是资本家旺卡选择查理作为继承人的潜在原因。旺卡作为资本家的残忍,不仅表现在其对人的压榨上,还表现为对大自然的掠夺。加工坚果的房间里很多只松鼠在整齐划一地劳动,旺卡无须支付任何薪酬;旺卡还培养了产巧克力牛奶的母牛,不言而喻,这是对自然和对动物世界的掠夺和剥削。

工业文明在人类无尽的物质贪欲的驱动下异常繁荣,人类的天性、情感与自然的和谐等统统让位于了物质需求。埃里希·弗洛姆(Erich Fromm)认为,"这只是人性异化的外在表现,而内在的表现则是人的心理异化,即人的自我与人自身的生存处境的分裂,造成了人虽然生活在各种情境中却迷失了自我,丧失了本性,成了'空心人',被动地接受外在力量的驱使"(转引自李红珍 132)。旺卡虽然坐拥世界上最大的巧克力工厂,可以在自己的巧克力王国中为所欲为,不受到社会道德和法律的约束,但与此同时,他与外界的隔绝,也造成了他内心的孤独、冷漠与恐惧。文中的"间谍事件"在隐性叙事进程中体现了人与人之间关系的异化。此次事件的结果是旺卡封闭自我,关闭工厂,将工人赶回家,自此与社会断联。对旺卡来说,他对成人社会失去了信任。他虽然拥有着偌大的工厂,却仍然是孤独的。他没有家庭,没有孩子,没有社会关系。制造和销售巧克力仿佛是他对抗孤独的方式。他选择寻找合适的继承人,源自他对衰老的恐惧。

(三)消费对非奥帕-伦帕人的异化

奥帕-伦帕人与"千千万万个聪明人"(达尔 205)在各个方面形成了鲜明的对照。显性情节中,奥帕-伦帕人是令孩子们好奇的娱乐对象。隐性进程中,作品一是通过描写旺卡作为资本家对奥帕-伦帕人的占有、剥削以及虐待等,反讽了资本对人性的异化;二是通过对照奥帕-伦帕人与现代文明人,凸显了消费主义对人性的异化。随着资本主义社会物质财富的增加,消费对人性的异化程度也越来越深,人们对物的依赖也越来越强。作为消费主体的人所消费的不再是满足自身生存和日常生活运转的必需品,而是超出基本需要以外的东西。

在商业广告的大肆渲染之下,我们通过"占有"商品来满足欲望,"事实上,我们在'吃'一个幻想,而与我们所吃的物品没有关系"(弗罗姆 1983:133—134)。《查理和巧克力工厂》中,旺卡的金奖券就起到了广告的作用。金奖券消息一出来,约瑟夫爷爷就叫道:"他是一位魔法师!只要想想,这样一来会有什么事情发生!全世界都要寻找这几张金奖券!那么,他就要比先前卖得更多!"(达尔 26)事实正是如此,全世界一下子掀起了购买巧克力的热潮,每个人都在发疯一般寻找巧克力金券。比较骇人的案例是一个大盗在银行抢劫了一千英镑,全部用来买旺卡工厂出品的巧克力糖。当警察逮捕他的时候,他正在剥巧克力糖的包装纸。维鲁卡的爸爸则把能买到的所有旺卡工厂出品的巧克力糖全部买了下来,用几辆货车装上,运到他的工厂让女工们剥了四天的巧克力糖纸才找到金券。巧克力超越了其本身的价值,在人们的消费欲望下异化成了一种符号和体验。

反观奥帕-伦帕人,他们原本生活在原始丛林中,里面有各种野兽。他们的生活方式也很原始野蛮,靠绿毛虫为生。旺卡把他们带入工厂后,他们打工不是为了钱,而是为了赖以生存的可可豆。他们没有现代文明人所向往的房子、车子或票子,但是他们拥有快乐。"他们老爱笑,他们以为什么事情都是非常好笑的!"(达尔 109)他们爱唱歌跳舞,自己编的歌曲里流露出他们的情感和思想。在每个小孩受到惩罚时,他们所唱的歌与那些孩子们的父母的话语形成了鲜明的对比。他们以一个旁观者的姿态,犀利地指出了孩子的性格缺陷,而孩子们的父母则显得呆头呆脑,不知所以然。关于孩子们迷恋电视,正如尼尔·波兹曼(Neil Postman)在批判现代社会时哀叹的那样,人们"不再互相交谈,而是互相娱乐。他们不交换思想;他们交换表情。他们不与命题争论;他们争论美貌、名人和广告"(92—93)。因此,笑脸符号可以代替微笑。但是,正如奥帕-伦帕人所建议的那样,相比于电视,书面文字是不同的,因为它可以帮助孩子们摆脱对即时满足的迷恋。

由此可以看出,奥帕-伦帕人不是现代文明中的一员,但是他们却保持清醒和理智,针砭时弊,有他们自己的立场,金钱是满足需求的工具而非追求的目的。奥帕-伦帕人整个部落都在一起,虽然他们学了英语,但是仍然保留着之前的穿衣风格,这是他们作为一个共同体的表征,集体无形中给他们提供着精神力量。

结语

借助"双重叙事进程",本文旨在揭露好孩子童话故事情节背后的隐性叙事暗流中针对成人读者所反映的社会问题:工业化所带来的失业问题、资本控制下的贫富差距、道德正义失衡以及由此所带来的社会异化。所要明确的是隐性进程中,作者不把批评的矛头对准某个孩子或某些家长,而是反讽成人社会,尤其是资本异化、道德虚伪、消费异化等问题。儿童读者看到的显性情节是是非分明的道德观念和正向积极的旺卡,成人读者看到的则是工业文明引发的一系列社会问题。文本的跨界性、人物的多面性也就不言而喻了。经济的繁荣不仅带来了全球化的福利,也加深了人性异化的程度。相比奥帕-伦帕人,现代文明人更加屈服于物质的巨大力量,成为被自己的创造物所左右的奴隶。物质上的丰富没有伴随精神上的健全,效率至上的资本主义社会使个体成为社会机器中的零件。畸形的社会环境使人产生了消极、冷漠、被动的心理状态,人的全面发展成了可望而不可即的幻影。摆脱这种状态的道路之一是"向积极的自由的方向发展,通过爱和工作使自己自发地和世界联系起来,借此表达自己的情感、感性和理性等方面的能力,在不放弃自我尊严和独立性的前提下实现自己、自然和他人三者之间的融合"(弗罗姆 2007：186)。这在某些方面像奥帕-伦帕人一样,工作的同时,保持集体之间情感的连接与生命的原始活力,避免被资本和消费异化。

引用文献【Works Cited】

Bosmajian, Hamida. "*Charlie and the Chocolate Factory* and Other Experimental Visions." *The Lion and the Unicorn* 9 (2009): 36 – 49.

Butler, Catherine. "Introduction." In *Roald Dahl*. Ed. Ann Alston and Catherine Butler. Basingstoke: Palgrave Macmillan, 2012. 1 – 13.

Chambers, Aidan. "The Reader in the Book: Notes from a Work in Progress." *Signposts to Criticism of Children's Literature* (1978): 127 – 135.

Cameron, Eleanor. "McLuhan, Youth, and Literature." *The Horn Book Magazine* (Oct. 1972): 433 – 440.

Hillman, Judith. *Discovering Children's Literature* (2nd edition). Upper Saddle River: Prentice Hall, 1998.

Phelan, James. *Narrative as Rhetoric*. Columbus: Ohio State UP, 1996.

Postman, Neil. *Amusing Ourselves to Death: Public Discourse in the Age of Show Business*. New York: Penguin, 1985.

Rudd, D. "Willy Wonka, Dahl's Chickens and Heavenly Visions." *Child Lit Educ* 51 (2020): 125 – 142.

Stallcup, Jackie E. "Discomfort and Delight: The Role of Humour in Roald Dahl's Works for Children." In *Roald Dahl*. Ed. Ann Alston and Catherine Butler. Basingstoke: Palgrave Macmillan, 2012. 31 – 50.

Schultz, Todd William. "Finding Fate's Father: Some Life History Influences on Roald Dahl's Charlie and the Chocolate Factory." *Biography* 21.4 (Fall 1998): 463 – 481.

段枫:《〈快乐王子〉中的双重叙事运动:不同解读方式及其文本根源》,《外国文学评论》,2016年第2期,第177—190页。

埃里希·弗罗姆:《健全的社会》,欧阳谦译,北京:中国文联出版社,1983年。

——:《逃避自由》,刘林海译,北京:国际文化出版社,2007年。

姜淑芹:《论〈哈利·波特〉系列的叙事结构》,《外国文学研究》,2010年第3期,第76—82页。

刘江、张生珍:《菲利普·普尔曼〈黑暗物质〉三部曲中的双重叙事进程》,《上海交通大学学报(哲学社会科学版)》,2022年第3期,第134—142页。

李红珍:《人性的异化与回归:弗洛姆人性异化论新探》,《东南学术》,2013年第3期,第131—136页。

罗尔德·达尔:《查理和巧克力工厂》,昆廷·布莱克绘,任溶溶译,济南:明天出版社,2009年。

玛利亚·尼古拉耶娃:《西方艺术童话及其研究》,韦苇编著,《外国童话史》,石家庄:河北少年儿童出版社,2003年。

佩里·诺德曼:《隐藏的成人:定义儿童文学》,徐文丽译,北京:中国社会科学出版社,2014年。

佩里·诺德曼、梅维斯·雷默:《儿童文学的乐趣》,陈中美译,上海:少年儿童出版社,2008年。

唐伟胜:《美国修辞叙事理论的源起与流变》,《叙事(中国版)》,2012年第1期,第169—217页。

唐伟胜、傅修延:《叙事学与中国叙事传统——傅修延教授学术思想访谈》,《英语研究》,2020年第2期,第1—12页。

黄莹:《费金形象被忽略的异质性:狄更斯〈雾都孤儿〉中的隐性叙事进程》,《南京邮电大学学报(社会科学版)》,2018年第6期,第78—85+10页。

申丹:《西方文论关键词 隐性进程》,《外国文学》,2019年第1期,第81—96页。

——:《双重叙事进程研究》,北京:北京大学出版社,2021年。

徐洁:《幻想世界中的自我建构——论罗尔德·达尔儿童文学作品中的人物形象》,《昆明学院学报》,2012年第1期,第9—12页。

王晓兰:《英国儿童小说的伦理价值研究》,华中师范大学博士论文,2016年。

张生珍:《西方文论关键词:跨界小说》,《外国文学》,2022年第2期,第98—106页。

从布科维纳到耶路撒冷：
阿佩费尔德空间书写研究

殷 磊

作者简介：
殷磊，兰州大学外国语学院讲师，中国社会科学院大学外文系希伯来犹太文学与比较文学博士生，主要研究方向为希伯来犹太文学与比较文学。

内容提要： 以色列著名作家阿哈龙·阿佩费尔德的作品主要以欧洲地区和以色列地区作为故事发生的文学地理空间。文学地理空间不仅仅指涉客观的地理景观，而且与特定的历史社会人文环境相对应，时间在地理空间中浓缩、凝聚，变成艺术上可见的东西，空间成为时间的载体和标识。因此，解读文学文本的地理空间可以更好地阐释作家及其文本中言而未尽的含义。本文以《奇迹年代》和《不朽的巴特弗斯》两部作品为研究对象，从空间视角入手，探讨阿佩费尔德文学作品中的地理空间要素，以及地理空间承载的社会文化空间要义，揭示犹太人同化造成的民族身份困惑以及大屠杀幸存者的国家身份危机。

关键词： 阿哈龙·阿佩费尔德；《奇迹年代》；《不朽的巴特弗斯》；空间书写

已故以色列著名作家阿哈龙·阿佩费尔德（Aharon Appelfeld）是享有世界盛誉的大屠杀幸存者作家。20世纪60年代，阿佩费尔德凭借一部短篇小说集《烟》（*Smoke*, 1962）登上以色列文坛。之后，随着其作品被不断翻译成多种语言，阿佩费尔德受到世界各国读者的喜爱和文学评论家的赞许。美国文学和社会评论家欧文·豪（Irving Howe）称赞阿佩费尔德"只写下一些平淡无奇的小事，却能够达到令人不安的焦虑感"（1）。在托马斯·瑞格斯（Thomas Riggs）编辑的《大屠杀文学参考指南》（*Reference Guide to Holocaust Literature*, 2002）的前言中，詹姆斯·扬（James E. Young）高度赞扬阿佩费尔德避开了"对于绝望、异化和希望等更广泛意义上的人类真理的证言式书写……他关于灾难前的犹太社区、喀尔巴阡小镇上的孩子以及幸存者的故事引起了全世界读者的共鸣"（转引自Riggs xxxii）。正如詹姆斯·扬所言，阿佩费尔德的作品主要是关于二战前欧洲犹太社区和二战后大屠杀幸存者的故事，这与他个人的成长经历息息相关。

阿佩费尔德一生命运多舛。他出生在位于今天乌克兰境内的一个小镇切尔诺维茨，二战期间侥幸逃离集中营后便流浪在欧洲广袤的森林和田野中，战争结束后来到巴勒斯坦地区，之后长期居住在以色列。这样的人生轨迹使得阿佩费尔德领略并亲身经历了众多地理特征迥异的地区，比如，山地葱绿但寒冷的欧洲地区、土地贫瘠且炎热的以色列地区。这些具有鲜明地理特质的地理空间所暗含的社会、文化要素对阿佩费尔德的成长及其文学创作具有深远的影响。阿佩费尔德作品中故事的地理空间东起西伯利亚和乌克兰，西至德国，北起喀尔巴阡山脉，南到意大利的广袤土地，当然还有以色列国家的很多地区（Schwarts 31）。阿佩费尔德在其文学创作的早期就已经勾勒出了文学作品中的地理疆域，在之后的作品中他不断填充这个想象疆域里的空白之处。在一次访谈中，他谈到如何建构自己的文学世界空间时说，"我是个建筑师，不是设计一栋楼，而是设计整个社区。整个社区的图景都在我的头脑里，我很清楚哪些房子、哪些树不见了"（转引自 Schwarts 148）。

　　从文学地理学的观点来看，阿佩费尔德的文学创作展示出了强烈的地域文化身份，表现出作家的出生地、成长地、居住地与文学发生地之间的密切关联。但是，就像以色列著名文学评论家施瓦茨所说，阿佩费尔德并不是一个严格意义上的现实主义作家（Schwarts 32），他不是将自己十分熟悉的真实自然地理原原本本地呈现出来，而是对此进行了文学化的选择和艺术再创造。因此，分析其作品的地理空间，就能够更好地"在物质空间中理解文本，历史地看待地理位置，并关注不同空间如何反映、生产和抵抗不同的权力形态"（Thacker 33），进而更全面地把握文本言而未尽之意。本文以阿佩费尔德的小说《奇迹年代》（*The Age of Wonders*，1981）和《不朽的巴特弗斯》（*The Immortal Bartfuss*，1988）为研究对象，从空间研究角度入手，剖析两部作品中的地理空间和社会文化空间要素，揭示犹太人同化造成的民族身份困惑以及大屠杀幸存者的国家身份危机。

一、欧洲空间书写与被同化了的犹太人民族身份困惑

　　长篇小说《奇迹年代》是阿佩费尔德的代表作之一。该小说故事情节扣人心弦，语言精准洗练，文学意象含义丰富，自出版以来广受普通读者和文学评论家的喜爱。有评论家认为这部小说构思精细、感人至深，生动描写了二战前后的欧洲文明危机。《奇迹年代》全书分为两个部分，第一部分通过主人公犹太男孩布鲁诺的第一人称描述了其家庭和居住的小镇在大灾难来临之前的混乱局面。第二部分以"多年以后，当一切都已结束"为开篇，采用第三人称叙述了长大成人的布鲁诺回到故乡小镇的所见所感。布鲁诺的故乡是贯穿该小说的地理地点，但是同样的地理空间却孕育出迥异的社会，而不同的历史空间却产生相似的悲剧。

阿佩费尔德的故乡切尔诺维茨是布科维纳①的政治和文化中心,位于今天乌克兰的西南部、普鲁特河的上游、喀尔巴阡山脉脚下。从1775年直至1918年,布科维纳处于哈布斯堡王朝统治之下(贝莱尔87)。德语是布科维纳的官方语言,即使在一战后布科维纳被划归罗马尼亚,德语依然和罗马尼亚语一样被列为官方语言,而切尔诺维茨的犹太人更是以德语文化来认定自己的文化身份(Ramras-Rauch 4)。与当时很多犹太中产阶级家庭一样,阿佩费尔德的父母深受德语文化影响,德语是家庭中的唯一语言,严禁使用犹太人常用的意第绪语。《奇迹年代》中布鲁诺一家的情况与阿佩费尔德的家庭情况极为相似。布鲁诺的父亲是奥地利颇负盛名的作家,他使用德语创作,为自己的德语作家身份感到骄傲和自豪。对于自己的犹太血统,他认为这是让他烦恼和带来麻烦的源头。他曾对自己的朋友施塔克说:"犹太身份对你我都毫无意义。它根本就不存在。要不是还有反犹主义,它早就已经消失了"(阿佩费尔德95)。

在这部小说中,阿佩费尔德利用很多空间场景来展现那个特定时期的社会文化状态,如布鲁诺家的客厅,人们聚集在一起议论时事,表达担忧;如犹太老人救济院,守教的犹太老人被家人遗忘在这里;再如犹太教堂,人们被召集并囚禁于此。但是空间场景描写中最为突出的特点是"小说以火车旅行开始,以乘坐火车离开结束"(Ramras-Rauch 145)。火车作为出现次数最多的空间场景,一方面起到推动叙事情节发展的作用,另一方面聚集社会矛盾,聚焦冲突爆发。比如,小说中有一段对于布鲁诺一家在火车上遭受反犹歧视的精彩描写:

> 三等车厢里面充斥着烟雾和啤酒味儿,周围都是些穿着沾满油污的工装裤的人。我们紧挨着站在一起,暴露在那些酒鬼灼人的目光中。爸爸的奥地利口音和他插科打诨的笑话都不管用了,这时候人人都知道我们是犹太人,而且更糟的是,还是装扮成奥地利人的犹太人……爸爸开始还试图否认我们那丢人的出身,最后还是承认我们的确是犹太人但并不是商人。
>
> "犹太商人怎么啦,难道不应该让他们灭绝吗?"一个男人盯着他大声说道。
>
> "我想请大家注意,这个人在谈论灭绝",爸爸向车厢里的人求助。
>
> "那么您认为呢,您认为应该怎么谈论犹太商人呢?"
>
> "我",爸爸前言不搭后语地说道,"是个奥地利作家。德语是我的母语,除此之外我没有用过其他的语言。我用德语创作了六部小说,六本故事选集和两本散文集。难道这不是我给奥地利带来的荣誉吗?"
>
> 出现了片刻的沉默。
>
> "好啊。那你为什么不到犹太人那里,去为他们写作呢?他们肯定非常需要作家。我们对我们所拥有的已经很满足了。"

"我难道不是像你一样的奥地利人吗,难道我不是在这里上的学?不是从这里的中学毕业?不是在这儿上了大学?不是在这里出版了我的书吗?"爸爸倒出了他的一肚子苦水。

这时一个男人插了进来,一个有着一副苦行僧般面孔的男人说:"这就是我说过的。他们控制的不光只有经济命脉。"(阿佩费尔德 129)

如果说布鲁诺一家之前还可以躲在自家房子里避免直面人们的反犹情绪和言论,那么在逼仄的火车车厢内他们根本无处遁逃。阿佩费尔德采用火车车厢这个多向度、多重意义的"公共空间"作为故事发生的具体地理空间地点,利用了狭小车厢的空间聚焦功能,使得面对面的矛盾冲突不可避免,也凸显出布鲁诺父亲一厢情愿同化于德语主流文化的意愿最终被拒绝、被羞辱的悲哀。与混乱不堪的三等车厢形成鲜明对比的是小说开头时布鲁诺和妈妈乘坐的头等车厢,"多年以前,我和妈妈乘坐一趟夜班火车回家,我们从一个宁静却鲜为人知的休养地消夏归来。车厢是崭新的,在一面厢壁上挂着一幅广告画——一个手捧樱桃的姑娘。这是一节保留车厢,座位很稳很舒适,靠头的地方套着白色的绣花布套"(3)。漂亮的服务员为乘客端上夜点咖啡和乳酪蛋糕。从头等车厢的舒适和安逸到三等车厢的窘迫和羞辱,布鲁诺一家在委顿之中体味到了社会地位和经济能力的一落千丈。头等车厢曾经给予他们的身体舒适和社会自信,在三等车厢中被攻击得荡然无存。

作为工业文明的标志物和伟大的人类发明之一,火车通过减少不同地点之间的运行时间来缩小实际的地理空间,帮助人们实现快速的空间位移,这种地理空间的随意转换,给了人们一种虚妄的掌控感,似乎乘坐火车旅行就能够摆脱此时此地的不快、窘迫等不愉快的感受和体验。布鲁诺一家在三等车厢遭受的羞辱就来自父亲匆忙做出的旅行决定,他要去寻求他年轻时代朋友的帮助,摆脱事业上的困顿和自我认同的挫败。现代工业和交通运输的发展使得火车车厢设施更加完备,乘客的旅行体验更加舒适,无论火车外是什么样的风景和气候,火车内的空间景致始终如一,这种恒定的景象会使得乘客产生一种时间停滞的错觉。身处温暖宜人的火车之中,犹太乘客丝毫无惧车窗外黑漆漆的自然世界,他们认为目之所及即是世界的全部,他们天真地相信火车所代表的现代社会的理性、规则和秩序。

在20世纪的二三十年代,对于生活在欧洲的犹太人来说,"同化不再是一种目标,而是一种生活方式"(Appelfeld 1994a: 7)。类似布鲁诺父亲的犹太人天真地相信超越民族和国家、超越宗教和信仰的世界主义,他们认为所有的个体都是平等的,差异仅在于其持有的价值观和文明程度的不同。主动同化于欧洲主流文化的犹太人坚信,只有切断他们与犹太血统、宗教、文化传承等的联系,才能真正实现超民族的社会融合。然而这对于他们来说是艰难的,人无法全盘否认自己,一旦他这样做了,也就陷入了不知所措的困境。更可悲的是,犹太人在非犹太人眼中始终都是"他者"。无论犹太人是否接受洗礼成为基督徒,犹太人始终都是犹太人。德国犹太人或者说普遍意义上的犹太人,希望通过同化于欧洲主流社会来化解非犹太人对于他们的敌意,但是他们的同化反而激起了非犹太人更大的仇恨。对于这些人,阿佩费尔德有一段精辟的描述:

> 同化了的犹太人建构了一套人文价值,并以此为坐标向外看世界。他们确信他们不再是犹太人,适用于"犹太人"的不再适用于他们。那种奇怪的确信使得他们成为盲人或者半盲的人……我不应该美化受害者,而是不加任何掩饰地按其本来面目刻画他们,但与此同时,我也要指出他们与生俱来的命运,虽然他们对此毫不知晓。(转引自罗斯 35)

二、以色列空间书写与大屠杀幸存者国家身份危机

犹太民族历史上多次被驱逐出故土巴勒斯坦地区,直到 1948 年以色列国建立,犹太民族才结束了长达 1 800 多年的"大流散"历史。但是,无论犹太人移居到何地,锡安山②、耶路撒冷始终是犹太民族的精神中心和圣地故土的象征。《圣经·诗篇》这样描述他们的思乡之情:"我们曾在巴比伦的河边坐下,一追想锡安就哭了。"在许多犹太人的心目中,巴勒斯坦地区是"应许之地",是"流着奶和蜜的地方"。1897 年第一届犹太复国主义大会在瑞士巴塞尔召开之时,生活在这片土地上的阿拉伯人有 40 万之众,而犹太人仅有大约 5 万人(布雷格曼 8)。随着欧洲反犹主义的猖獗和犹太复国主义的感召,一波波的犹太移民迁居到以色列地区,这在希伯来语中称为"阿利亚"(Aliyah),意思是"上升",也直接反映了犹太人将移民并生活在巴勒斯坦地区看作回归故土、精神上的提升。

作为世界上唯一的犹太人国家,以色列国从建立之初就承载了犹太民族复兴的历史重任。随着世界各地尤其是欧洲犹太移民的大量涌入,到 1950 年,犹太人口占以色列国家人口总数的百分之八十七,共约 120 万人。③ 在这些人口中,大屠杀幸存者的数量极为庞大。二战结束之后的 1945 年到 1951 年抵达以色列的欧洲大屠杀幸存者人数达到 75 万,而他们当中的百分之九十都是在 1948 年以色列国成立之后来到这里的(沙维特 144)。阿佩费尔德是他们中的一员。八岁那年,纳粹在他家的花园里打死了他的母亲和外祖母,把他和父亲投入集中营。也许是命运的垂青,阿佩费尔德后来逃出了集中营,流浪在欧洲广袤的

森林里。战争结束后,他被送到以色列,参加青年训练营接受语言学习和劳动锻炼。正是基于他自己悲惨的经历,阿佩费尔德创作初期的作品基本都是围绕大屠杀幸存者来展开的,其中《不朽的巴特弗斯》被认为是他刻画大屠杀幸存者最为成功的代表作。

阿佩费尔德在这部小说中用深刻而有力的笔触描绘了大屠杀幸存者在新生的犹太人国家中的生存状态。小说主人公巴特弗斯在集中营的时候曾遭枪击,然而他奇迹般地活了下来,他的身体里有五十发左右的子弹,却依然正常行走和生活,人们敬仰他,称他为"不朽"的巴特弗斯。他有妻子,还有两个女儿,但是他与家人并无多少交流。他的妻子罗莎嗜钱如命,大女儿宝拉受母亲的影响,物质主义至上且斤斤计较,由于她出嫁时巴特弗斯没有给够她想要的嫁妆,宝拉拒绝他参加她的婚礼。小女儿智力有些迟钝,但却与他最亲近,成为他家庭情感的牵挂。五十岁的巴特弗斯生活模式和作息时间永恒不变,他每天的活动可以精确到分钟,清晨他在固定的时间醒来(4点45分),点燃一支烟,喝上一杯咖啡,坐在窗边感受白昼的苏醒。六点准时点燃第二支香烟,七点出门,八点在咖啡厅喝第二杯咖啡(Appelfeld 1994b:3—5)。

这部小说对于地理空间的描写不多,但是围绕巴特弗斯展开的叙述以及他与其他主要人物的相遇基本都发生在咖啡馆。因此,解读咖啡馆作为重要的地理空间的意义,对于了解巴特弗斯颇为怪异的行为与当时主流的社会文化之间的矛盾具有重要的作用。首先,咖啡馆是巴特弗斯摆脱家庭不和、回忆过往、独自思考的地方。每日清晨他第一个来到咖啡馆,这个时段咖啡馆里没有其他人,巴特弗斯坐在他常坐的位置上,独自一人待上两个小时,沉浸在对过去的回忆和遐思中(1994b:6)。和巴特弗斯一样,阿佩费尔德曾经说过,咖啡馆是他最常去的地方,在那里度过的时间也是他最开心的时光(2005:3)。20世纪五六十年代耶路撒冷的咖啡馆十分安静,新鲜的咖啡,刚出炉的蛋糕,没有音乐的喧闹,一个人可以安安静静地在那里度过无人打扰的时光。阿佩费尔德承认他几乎所有的小说都是在咖啡馆里写就的,出差在外的日子里他从未完成过一篇短篇小说,只有回到耶路撒冷,回到他常去的咖啡馆,他才能放飞自己的想象力,创作力才能喷薄而出(2005:4)。

咖啡馆也是巴特弗斯与老朋友多尔夫、谢尔相见的地方,虽然他们曾经一起在欧洲森林里度过最为艰难的时光,但是患难期间的友谊并没有延续至他们在以色列的生活。在港口工作的多尔夫了解到巴特弗斯还在从事地下生意,十分讶异:"你想做什么都行,我不会告发你。但,为什么在这里?为什么要污染这片地方?"(1994b:40)多尔夫指责巴特弗斯使得以色列蒙羞,他已然不像旧时的老伙伴,而是代表着本土以色列人,带有对大屠杀幸存者的不解和指责。建国前后的以色列面临着艰苦的国内与国际环境,唤起人民的奉献精神和教育人民用双手创造新生活是保障新生国家和建构国民精神的重要内容。巴特弗斯与主流媒体和文学歌颂的土生土长的以色列年轻人形象截然相反,后者为了创建美好的生活和保卫犹太人自己的国家,头顶烈日在贫瘠的土地上辛勤耕耘,而巴特弗斯这样的大屠杀幸存者代表了犹太民族被动挨打、任人宰割的悲惨过去,是新生的国家和人民避之唯恐不及的烂疮。

　　除去独处的安逸和偶尔的难堪之外,咖啡馆还给巴特弗斯的生活带来不期然的意外。巴特弗斯与特蕾莎相遇在被驱赶进集中营的路途上,特蕾莎干净、消瘦、略带蓝色的脸庞,还有她那轻柔的背诵,深深地打动了巴特弗斯。再次在咖啡馆见到特蕾莎让巴特弗斯激动万分,期望与特蕾莎共叙友情,重温过去的美好回忆,但是特蕾莎并不愿与他相认,且态度十分粗鲁。特蕾莎从一位声音柔美、熟谙文学的少女转变为身材粗壮、脾气暴躁的中年女人,没人知道特蕾莎到底经历了什么,但人们也能猜想到她经历了什么。特蕾莎对于巴特弗斯来说是过去生活的美好回忆,但是过去的回忆对于特蕾莎来说显然不是愉快的话题,她甚至不愿意随男友去具有欧洲风格的咖啡馆。"布达佩斯咖啡馆怎么了?那是个开放、舒适的地方。人人都这么说。""我讨厌去那里的那些人。""但你得承认那里具有'欧洲'风味。""你说什么?""我说'欧洲'风味。""那个词对我毫无意义。""那你想让我说什么?""我去哪都行,就是不去那"(1994b:57)。在特蕾莎看来,布达佩斯咖啡馆的氛围和顾客才是让她反感的关键。

　　与特蕾莎极力摆脱过去完全不同的是,巴特弗斯和阿佩费尔德拒绝遗忘。阿佩费尔德曾经说过,他最喜欢去一个名叫皮特的咖啡馆,因为那里的人们讲着奥匈帝国时期的德语、他祖父母讲的意第绪语,那里的顾客就像是他的叔叔、婶婶那样的亲切,这让他瞬间回到儿时的美好时光。更重要的是,在咖啡馆中,无论是阿佩费尔德还是巴特弗斯,他们可以摆脱那个时代以色列轰轰烈烈的造人计划:"忘却过去,成为新犹太人。"阿佩费尔德和巴特弗斯却无法忘记。在一次和尼丽·戈尔德(Nili Gold)的采访中阿佩费尔德谈到,童年时期的生活对他的一生产生重大的影响,他永远都会记得那些艰难的岁月,也会记得温暖的时刻。他的父母,那些他在隔都中、在集中营中见到的人,以及后来和他一起流浪的人,他永远都记得他们,所以要将他们记述下来(转引自 Gold 440)。

　　巴特弗斯作为大屠杀幸存者来到巴勒斯坦,经历了以色列建国、中东战争等对于犹太民族来说意义重大的历史时刻,可是巴特弗斯的生活中丝毫没有这些重要时刻的痕迹。他的所有活动与热火朝天的新国家建设没有丝毫关系,从某种程度上来讲,他那平淡到极点的生活销蚀了以色列建国后如火如荼的犹太复国主义宏大叙事。正如施瓦茨所说,"在他(阿佩费尔德)的以色列小说中,从第一部小说到《不朽的巴特弗斯》，他几乎完全忽略掉大屠杀幸存者在以色列国内生活时的社会和意识形态背景"(Schwarts 53)。这不难看出阿佩费尔德并不赞同那时以色列国内的政治生态和文化空间建构。在阿佩费尔德看来，犹太复国主义渴望并倡导建构的新型犹太人形象完全脱离了大屠杀幸存者所代表的犹太民族的历史，从而造成了现代犹太社会与犹太民族历史的断裂。幸存者所经历的一切苦难和恐怖都仅仅是因为他们的犹太身份和犹太性，从这个意义上来讲，幸存者履行了作为一个犹太人的承诺。但是当他们带着累累伤痕，历经千难万险来到新的犹太国家，却发现他们被鼓励或者被要求去除他们的犹太性，这样的要求事实上是在否定他们作为犹太人经历的悲惨过往，自然会导致幸存者的迷茫、不安乃至抵触，从而不认同自己被赋予的以色列国家身份。

结语

阿佩费尔德的作品有个十分突出的特点，即很少明确交代故事发生的具体时间和时代背景。阿佩费尔德悬置故事时间，是为了将时间特征通过空间进行特别的渲染和具象化，在时空体中组织事件的描述（巴赫金 274—275），从而使得作品具有浓厚的寓言象征意义以及超越时空的普适性。从这一点来看，阿佩费尔德显然深受他最推崇的作家卡夫卡的影响，着意突出小说内容的寓意性。隐去时间的线索，突出地理空间和社会文化空间要素是寓言类文体创作的重要特征，因此从这个意义上来讲，阿佩费尔德的作品具有十分突出的社会寓言特点。

不同的地理空间承载着不同的社会文化形态。在阿佩费尔德的欧洲空间书写中，犹太人被同化导致的民族身份困惑是他主要关注的重点。同化了的犹太人认为犹太文化与现代社会格格不入，代表着落后和愚昧。他们乘坐代表着现代社会生活的火车，享受着现代社会带给他们全新的流动性和繁荣。但是轰鸣着的巨大机车不仅没有带给他们美好的未来，反而成为他们的死亡之车。

在阿佩费尔德的以色列空间书写中，大屠杀幸存者的国家身份危机是他着意的聚焦点。以色列虽然在一次次的中东战争中不断扩大了国家实际的地理生存空间，但是在国家意识形态上倡导忘记过去、面向未来。这样一种理念事实上否定了大屠杀幸存者作为犹太人所经历的一切，从而全盘否定他们的过去，这令他们惊愕不已、无所适从。因此，像巴特弗斯一样的大屠杀幸存者们不认同他们被赋予的国家身份，如同他们不被新国家所认同一样。

阿佩费尔德通过对不同的地理空间和社会文化空间要素的深入剖析，深刻揭示出人类生存的不同样态和形式，表达了他对于生活、生存的不同看法和理解。在他看来，生存不能被定义，生存本身就是积极的行为，值得赞扬和褒扬。阿佩费尔德对于生存的思考清晰地体现在他与好友菲利普·罗斯（Philip Roth）

的如下访谈中:"我的书既没有为幸存者提供犹太复国主义的安慰,也没有提供宗教的安慰。幸存者巴特弗斯忍受着大屠杀的一切,负重前行。他早中晚喝的都是诗人保罗·策兰的'黑色牛奶'。他没有比别人多什么优势,但他仍然没有失去人类的颜面。那算不上了不起,但也是有意义的"(转引自罗斯46)。

注解【Notes】

① 指位于东欧地区喀尔巴阡山脉东北部及临近平原的大片土地,历史上布科维纳曾多次易主,现分属乌克兰和罗马尼亚。

② 位于耶路撒冷的一座山,后用于指代整个耶路撒冷城,是犹太民族的信仰根基。犹太复国主义(Zionism)即是"锡安主义",倡导流散犹太人回归故土巴勒斯坦地区。

③ 参见 https://www.jewishvirtuallibrary.org/jewish-and-non-jewish-population-of-israel-palestine-1517-present (accessed Apr. 29, 2023)。

引用文献【Works Cited】

Appelfeld, Aharon. *A Table for One*. Trans. Aloma Halter. New Milford: Toby Press, 2005.

---. *Beyond Despair: Three Lectures and A Conversation with Philip Roth*. Trans. Jeffrey M. Green. New York: Fromm, 1994a.

---. *The Immortal Bartfuss*. Trans. Jeffrey M. Green, New York: Weidenfeld & Nicolson, 1994b.

Gold, Nili. "Aharon Appelfeld in Conversation with Nili Gold." *The Jewish Quarterly Review* 103.4 (2013): 434-445.

Howe, Irving. "Novels of Other Times and Places." *New York Times Book Review* 23 (Nov. 1980): 1.

Ramras-Rauch, Gila. *Aharon Appelfeld: The Holocaust and Beyond*. Bloomington: Indiana UP, 1994.

Riggs, Thomas, ed. *Reference Guide to Holocaust Literature*. Farmington Hills: St. James Press, 2002.

Schwarts, Yigal. *Aharon Appelfeld: From Individual Lament to Tribal Eternity*. Trans. Jeffrey M. Green. Hanover: Brandeis UP, 2001.

Thacker, Andrew. "Critical Literary Geography." In *The Routledge Handbook of Literature and Space*. Ed. Robert T. Tally, Jr. London and New York: Routledge, 2017. 28-33.

阿哈龙·阿佩费尔德:《奇迹年代》,杨阳译,上海:上海译文出版社,2009年。

阿里·沙维特:《我的应许之地》,简扬译,北京:中信出版社,2016年。

阿伦·布雷格曼:《以色列史》,杨军译,上海:东方出版中心,2015年。

巴赫金:《小说理论》,白春仁、晓河译,石家庄:河北教育出版社,1998年。

菲利普·罗斯:《行话:与名作家论文艺》,蒋道超译,南京:译林出版社,2010年。

史蒂芬·贝莱尔:《奥地利史》,黄艳红译,北京:中国大百科全书出版社,2009年。

《金阁寺》物叙事刍议

王运涛

作者简介：
王运涛，郑州工程技术学院副教授，西北大学文学院博士生，主要研究方向为文艺学。

内容提要：《金阁寺》取材于现实中日本青年烧毁金阁的事件。金阁作为贯穿小说始终的重要物象，不仅为沟口提供了美好想象、理想幻灭、自我毁灭的契机，也在沟口处理同父母、师父等"重要他者"的关系中发挥了重要作用。金阁的多面形象映射了沟口不同时期的心理状态，沟口的多面形象与金阁的多重"物象"隐喻遥相呼应。金阁构成了沟口精神嬗变的伦理标志物，沟口成了金阁"物语"表达的参与完成者。小说在写人与状物的"双线并进"及其映衬关联中探讨了欲望与诱惑的"无常"特点。

关键词： 金阁寺；叙事特色；物哀美学

20世纪是一个战争灾难频仍的世纪，战争书写一直是世界文学的重要组成部分。电影《金阁寺》描述一位从小倾慕金阁寺的青年，时时谨记父亲生前"金阁是这世上最美之物"（三岛由纪夫 29）之赞誉；然而战后观光客增加，金阁寺的美因此染上尘俗，这逐渐令他无法忍受；同时他一向景仰的住持竟犯了色戒，青年绝望之余，走向极端之路。这部电影改编自三岛由纪夫的《金阁寺》，是一部建立在真实历史事件基础上的小说，却以虚构的表现手法塑造了沟口的典型形象，建构了一个探讨二战时期日本青年心理状态的"元宇宙"，展示了作者独特的思维、视野、思想和审美。在围绕金阁寺建构的伦理空间中，沟口就像一个行走在绳索之上的人，时刻要保持美的虚幻和欲望的真实之间的平衡。伴随着"绳索之上的行走"，沟口自身及其注视的风景都有了诸多变化，沟口对金阁的态度也发生了深刻变化。从"物人关系"的视角来看，可以发现金阁形象的多重变幻与沟口形象的多面转换有其内在呼应的一致性，空间叙事中的写人与状物各自具有了独立的赋义价值，由此形成了小说物人映衬、双线并进的鲜明特色。全面了解这一特点，需要对金阁形象的多重变幻、沟口形象的多重变换做深入文本内部的细究和详察。

一、金阁形象的多重变幻充分展示了"物的诱惑"

金阁作为一个贯穿小说始终的重要物象,为沟口提供了美好想象、理想幻灭、自我毁灭的契机,也在沟口处理同父母、师父等"重要他人"的关系中发挥了重要作用。小说从"自幼年时,父亲便常对我提及金阁"(3)开篇,到结尾部分"我起身俯瞰远方山谷间的金阁""只能看见翻滚的浓烟和冲天的火苗"(272—273),深入探讨了以下问题:金阁的诱惑是如何唤起了沟口占有的欲望,以及沟口欲望的满足又是如何在金阁的毁灭中得以达成。金阁寺作为一个牵连、汇聚着各种眼光的聚焦点,介入其中的沟口及其父亲、母亲、师父、师兄和民众构成了一个彼此息息相关的"命运共同体",其间的复杂和混乱难以想象。"物只有作为与人有关,尤其是与需求、欲望等有关的隐喻与象征,才会在叙事中获得特别的意义,成为耐人寻味的符号",而"物的显现带来诱惑,而欲望的满足往往又意味着幻灭,许多故事都是始于诱惑而终于幻灭"(傅修延 167)。小说在围绕金阁寺搭建的伦理空间中,通过对金阁多面形象的次第呈现充分展示了"物的诱惑",并与沟口成长的心路历程相互映衬,在一定程度上折射出特定时代的特色氛围。

(一) 金阁口耳相传的美好形象

父亲是金阁与沟口这一"物人关系"的缘起,也是两者相互靠近的桥梁。沟口对金阁的向往最早源于幼年时期父亲口中时常提起的美轮美奂的金阁。沟口的父亲是一座寺庙的住持,在宗教信仰的激发下,在父亲眼中,金阁令人向往和沉迷。他在沟口幼年时便常常讲述金阁的美,"父亲从未提过现实中的金阁如何光芒璀璨,可他的话总让我觉得这世上再无比金阁更美之物,且'金阁'这两个字,这音韵在我内心勾勒出的金阁是那样无与伦比"(三岛由纪夫 4)。在父亲一遍又一遍地真诚讲述"这世上再无比金阁更美之物"(21)后,金阁已经不仅是一座五百多年的古老建筑,也是少年沟口心里的"诗和远方"。从此,沟口常常幻想着金阁的美,"每当见到阳光照耀在远方的田地,我都觉得那是来自目不可及的金阁的投影"(4)。前往金阁寺成为他长久以来的梦想,这也是他因病去世的父亲的遗愿。作为人与物关系的塑造者和"金阁"符号意义的主要传播者,父亲不仅让美轮美奂的金阁幻影融进了少年沟口的血脉,也在离世之前为沟口走近金阁提供了路径。由此可见,沟口的成长深受父亲话语及其背后隐藏的社会规则的影响,金阁在某种意义上具象了沟口的"理想之美"。"可以说这一时期的孤独的'我'与金阁寺的关系是统一的、和谐的。金阁寺的美是'我'与外界对抗,或者说逃避外界现实生活的保护和屏障"(范静遐 131)。

(二) 金阁眼见为实的建筑形象

父亲生前曾抱病带沟口进入金阁寺,沟口由此得以近观金阁。看景不如听景,听景不如幻景。曾让沟口产生过无限遐想的金阁,一旦近在眼前,便从神奇的宝物复归为一座普普通通的古老建筑。"那不过是一座旧得发黑的三层小楼""就连阁顶的凤凰,看起来也只不过是只歇脚的乌鸦"(三岛由纪夫 24)。虽然眼前的现实无情地击破了沟口自幼时便无数次憧憬的金阁之美,曾令他心向往之的世上最美之物金阁的幻象破灭了,然而身临其境的沟口却不愿承认这一点,"无论如何,金阁必须是美丽的"(19)。于是他以自我安慰的方式化解了理想之美的破灭,"我甚至觉得金阁刻意隐藏了它的美,转而以另外某种姿态示人了。美的事物出于自我保护而掩人耳目,这很有可能。我得更加接近金阁,去除我眼中感到丑陋的障碍,逐一检查细节,亲眼见证美的核心"(25)。他依然坚信着理想之美——金阁是最美的存在,如今看到的不够美好,或许是金阁为了掩饰自身而幻化成了别的什么东西,而我暂时还缺少"发现美的眼睛"。对金阁生动细腻的描写,更加立体地刻画了沟口迷恋金阁的程度。

(三)金阁若即若离的神秘形象

父亲在金阁与沟口这一"物人关系"中发挥了重要作用,既为沟口种下了希望的种子,也为沟口提供了靠近的路径。父亲亡故前,专程带沟口到金阁寺"托孤";待到父亲亡故后,沟口得以遵照父亲遗愿到金阁寺当了僧徒。念念不忘,必有回响。原本"曾让我无比失望的金阁,它的美在我返回安冈后竟日复一日地在我心中被唤醒,不知不觉间竟成长为较之先前更美的金阁了"(29)。待到沟口再次来到金阁寺,"在战争阴霾的映衬下,金阁看上去更耀眼、更生机勃勃了"(38)。由于暗夜里无法看见金阁的面貌,沟口白日里动不动便跑去眺望金阁,在若即若离的相处中对金阁表现出一种"异乎寻常的执着之情"。当"金阁一定会化为灰烬"的想法在沟口心里生根以后,"金阁身上悲剧性的美比以往更为浓烈"(44),现实中的金阁转而化为不逊色于想象中金阁之美的存在。当沟口想到金阁可能会被来自空袭的烈火烧毁,"对于空袭的期待,竟使我们与金阁离得如此之近"(46)。这时的金阁由于沟口"玉石俱焚"的幻想变得更加神秘美艳,"将我烧成灰烬的火焰同样也会将金阁烧成灰烬,这一想法令我沉醉"(48)。

(四)金阁世俗功利的财富形象

如果说父亲是宗教的审美的接引者,那么母亲便是现实的功利的化身,沟口无从排斥躲避,反而深受其影响,直至被其野心打动、俘获。随着母亲的到来,母亲出乎意料的野心俘获了沟口的心,"已经没有什么属于你的寺院了。以后除了在这金阁寺成为住持,你已经没有其他出路。你要得到师父的宠爱,好成为继承人接管寺庙"(63)。这时的金阁俨然变成了被占有的对象。母亲的看法有其社会基础,很大程度上代表了广大俗世民众的看法。在一次远离金阁的独自旅行途中,沟口充分领略到了世俗文化浸润下民众眼中的金阁形象。谈到金阁寺,旅途中所遇民众的愤愤不平溢于言表:"金阁寺每年收入大概有五百多万","而且这些收入还不用纳税","就得不留情面地让这种地方捐款"(190)。

(五)金阁超脱现实的隐喻形象

当师父因不满其旷课、跟踪师父等做法,明确告知让他继承住持衣钵的想法已经荡然无存时,沟口苦闷于占有金阁的想法越来越难以实现,便尝试与女子欢愉,追求现实的享乐,却多次看见"金阁再次出现了,不如说是乳房化身为金阁"(158)。当沟口几次想要触及那久远而又深切的欲望时,金阁总是一次又一次地显现巍然形象,成为隔绝沟口融入现实的一道鸿沟,迫使沟口无奈中一次又一次地放弃。这时的金阁在沟口迷失良心与道德的过程中起到了一定的唤醒作用,不仅是沟口的精神图腾,也成为他加快融进世俗现实过程中不得不背负的沉重"十字架"。"女人与我之间,人生与我之间总是伫立着金阁"(165),由于饱受"金阁"折磨而又难以自拔,"被逼得走投无路"的沟口对金阁的感情产生了微妙的变化,"总有一天我要控制你,不让你再来坏我好事,总有一天我一定会让你属于我"(160)。而烧掉金阁的想法就像一颗种子,一旦种下就会疯狂生长。最终为获取自我独立,对金阁抱有永恒执着的沟口绝望之余选择了火烧金阁,并从金阁永恒之美的破灭中获得了个体强大意志的胜利。当象征着理想之美的"金阁"焚烧于万丈火花中,"疯狂"的沟口看到了毁灭之美,他在摆脱金阁束缚后,内心的想法从自杀转为"我决定活下去"(273)。至此,烧毁金阁的极端事件超出了个人伦理选择的范畴,成为文化暴力由空间向伦理转化的隐喻,成为表达作家个人的时代历史之思的政治寓言。"作为完全超乎日本战败、民族悲哀之隐喻的金阁,其毁灭与三岛由纪夫的民族主义情结有着密切关系"(朱兆斌 12)。

总之,小说的物叙事以时间的先后、地点的转换为顺序,按照由远及近、由虚到实的视角写出了沟口对金阁之美层层深入的感知。无论是受父亲影响而热衷于远眺想象金阁之美,还是凭借父亲生前的关系得以走进金阁寺,抑或是受到母亲的教唆开始渴望占有金阁,乃至因为得不到师父的宠爱而与金阁渐行渐远,最终一把火烧毁了金阁,伴随着金阁多面形象的逐一呈现,沟口对金阁态度的爱恨转换也随之呼之欲出。"金阁的美受到了世人的瞩目,但却使沟口产生了强烈的反感,他以荒谬的行为烧毁了金阁,从某个方面来说,沟口的这个行为是想以对美的反叛和超越来拥有真正的美"(马莉娜 99)。

二、沟口形象的多面转换充分展示了"人的欲望"

小说对金阁的描写被有意地置于"显"的位置,在展现"金阁"多面形象的同时,小说深入人物的内心世界,细腻描写了其心理和情感活动,将沟口对金阁的由爱生恨、相爱相杀的心路历程刻画得淋漓尽致。在围绕金阁寺搭建的伦理空间中,小说人物虽然受到其所处的时代、民族、国家、阶层、家庭出身等多种复杂现实关系的限制,但其内心世界的发掘和刻画却可以具有一定的超越性。沟口作为有口难言的受难者、不择手段的追求者、疯狂贪婪的投机者、难以自拔的沉沦者、毁美而生的变态者,其人物性格具有复杂性和多重性。沟口多面形象的次第呈现,充分展示了"人的欲望"。

(一) 有口难言的受难者

沟口是一位天生口吃、身体羸弱、精神极度压抑的受难者。从沟口的成长经历来看,其身心都遭受了"难言"的苦难。其一,先天口吃是沟口作为受难者的艺术化表现形式。沟口因为无法自由交流而与外界相对隔离,时时要承受"有口难言"的身体缺陷的折磨。其二,母子隔膜是沟口作为受难者的隐秘痛楚。母亲在父亲和他熟睡的帐篷里出轨的行为,导致沟口对母亲情感上的隔膜,精神上由此承受了"难言之隐"的折磨。值得注意的是,沟口对女性的态度,既与母亲带给他的影响有关,也与其内心欲望的脱缰有关。终其一生,沟口对女性的认知与追求,构成了其不同人生阶段的分水岭。其三,父亲的身份是沟口作为受难者承受群嘲的诱因。父亲在偏僻半岛上的寺庙做住持,这让他在同学们中间长期成为被嘲笑的对象。其四,对金阁的"爱而不得"是沟口作为受难者愤懑压抑的"难以承受之重"。沟口到金阁寺后,渴望得到重视以便有机会继承住持之位,而师父对他不理不睬的态度让他时时感到一种想飞却飞不起来的精神压抑。沟口承受的精神压抑及其苦难长久地折磨着他,让他的心理逐渐扭曲,逼迫着他一步一步误入歧途。

(二) 不择手段的追求者

沟口畸形的精神状态与其不幸的幼年生活经历有关。沟口从小因为口吃和不便交流吃尽了苦头,"吃得苦中苦"的他更加渴望"成为人上人"。机缘巧合之下,他如愿以偿地有了进入金阁寺和上大学的机会。童年的苦难经历在沟口进入金阁寺后反而成为他确定目标后执着追求的动力。对金阁长久以来的那份特殊的感情,令他在有了占有金阁的可能后,不知不觉间有了更深的执念,沦为一个为占有金阁而不择手段的疯狂追求者。父亲去世后,沟口作为从"孤儿寡母"家庭走出来的一名"孤儿",到金阁寺做僧徒本是极大的福缘。但其个人内心的欲望却随着自己身份的变化而悄然改变,特别是受到母亲贪婪想法的影响后,他在不断追求内心欲望的过程中变得更加疯狂。沟口在金阁寺的形单影只使他渴望与同门交往,与同门柏木的交往却为他打开了一扇新世界的大门,同时也使他走上了一条放纵欲望的不归路。在柏木的带领下,沟口与女性之间的交往更加密切起来。当沟口渴望放飞自我融入俗世生活时,亲近女性的行为却一次又一次地受到了金阁幻影的困扰。在对抗金阁幻象影响的过程中,沟口变得越来越不择手段,最终沦为一个因欲望膨胀而逐步迷失自我的追求者。

(三)贪婪疯狂的投机者

当沟口发现自己占有金阁寺的追求遥遥无期后,就做出了一系列因为急于想走出追求无望的困境而毫无底线地竭力讨好住持的疯狂投机行为。"交友不慎"的沟口,在同门柏木的影响下,逐渐领略到了人性沉沦的乐趣,洞察到了人世间更多的"真相":那些看起来高贵善良的姑娘不过是被柏木轻易捕获的猎物,大学进修的行为看来对继承住持也是没有什么用,想要拥有金阁辉煌的美,就要不择手段,不守底线。念兹在兹,思想的转变逐渐演变成一系列的疯狂试探。沟口在试图引起住持注意的过程中,不断地抛弃做人的底线,不惜用虐待孕妇得到的香烟来换取住持师父的欢心。当然,沟口对柏木的言行开始还多少有些"不敢苟同",但在对善良淳朴的一次次背叛中,他把自己改造成了另一个"柏木",甚至变得更加疯狂,最终用焚烧金阁蒙蔽自己的良心,实现了短暂占有金阁永恒之美的幻想。至此,沟口在不断失去做人底线的过程中逐步沦为了一名贪婪疯狂、热衷钻营的投机者。

(四)难以自拔的沉沦者

沟口不仅是蒙受灾难、承受苦难的不幸者,也是制造灾难和导致灾难的负罪者。尼采说过,"与恶龙缠斗过久,自身亦成为恶龙;凝视深渊过久,深渊将回以凝视"(90)。在占有金阁的疯狂执念的影响下,沟口在相继失去了父亲的指引、师父的教导、鹤川的帮助后,最终在柏木的推波助澜下,在占有金阁的狂热中沉沦乃至难以自拔。在父亲去世后,沟口进入金阁寺不久就遇到了三个对其产生重大影响的人,一个是他的师父,一个是鹤川,一个是柏木。当师父对他照顾有加时,沟口怀揣着占有金阁寺的梦想,关注并揣测着师父一言一行背后的意味深长。当鹤川成为他身边的"白月光",用自己的言行引导他向善向上时,他表现出足够的理性和善良。当师父对他采取不理不睬的态度,而鹤川又因爱自杀后,邪魅的柏木的影响力发挥到了极致。柏木具有天生的领袖魅力,极具煽动性的言说赢得了沟口由衷的钦佩,他引导沟口不断地释放着自己的欲望。于是师父破色戒的行为和柏木的"循循善诱",让沟口变得更加"疯狂",逐渐背离了少年时的初心和父亲的期望,一步步心理扭曲,在美丑反转中走上了烧毁金阁的不归路。

(五)毁美而生的变态者

在占有金阁的欲望驱使下,沟口最终上演了一把火烧毁金阁的故事。在他占有金阁的追求由于住持的漠视而陷入困境难以突围时,他的心理逐渐扭曲变态。在此过程中,他看到了德高望重的住持破戒的丑陋,看到了阳光善良的鹤川轻生的残酷,看到了二战结束而金阁毁灭无望的现实,而他内心试图消解金阁美的优位的执念日盛,直至为了短暂占有金阁永恒之美的一己之私沦为烧毁金阁的纵火犯。究其原因,既有家庭方面的外部原因,当母亲变卖了一切,没有了父亲曾经住持过的寺庙,他除了当金阁寺住持再也没有别的出路;也有其主观上的原因,鹤川"爱不得"而苦闷自杀的事实,柏木描绘的俗世快乐的诱惑,激发了他选择尽快融进现实的冲动,推着他不管不顾地追随欲望的脚步一往无前。当金阁幻象一次又一次地阻碍他融进现实、亲近女性时,沟口意识到自己已经彻彻底底地被金阁"束缚"住了。为了摆脱令他郁闷至极的"束缚",沟口生出了烧毁象征美的实质的金阁的念头,他要用疯狂地烧毁金阁来迎接自己崭新的未来。当金阁形象成为其不断堕落的羁绊,"玉石俱焚"的幻想又不可能实现时,纵火烧掉金阁就成了最后的现实。从某种角度来看,"父亲话语构建的欲望和师父的期待形成了挥之不去的无意识,通过语言渗入沟口的思想,致其纵火以求从束缚的人生中得到解脱"(敖爽Ⅱ)。

  总之,小说对沟口心路历程的刻画被有意置于"隐"的位置,在沟口与金阁"相爱相杀"的故事中,作家更多基于其心理变化进行动态刻画,由此写出了人物的个性、性格和自身心理的具体性和复杂性,这既是对隐秘人性的开掘和发现,也是对欲望作祟的确认和展现。作为战后派作家,三岛由纪夫对中世"物哀"美学中向死而生、视死如归的精神的继承,使得他笔下的沟口更多地沉湎于对战争和死亡的幻想,少有对战争的抗拒和憎恶的情绪。沟口醉心于"毁灭"的形象,不仅是二战后日本社会复杂现实的真实写照,也是对日本青年在战争期间心理扭曲、充满迷茫的心路历程的隐喻。

三、沟口形象的多重意蕴充分展示了"人物的深刻"

  随着沟口追求目标的变化,其性格的不同侧面得以依次展现。从孤独无依的受难者、坚韧不拔的追求者、贪婪钻营的投机者,直至疯狂迷乱的纵火者,小说完整地呈现了人物的心路历程,使人物成为一个完整而拥有深刻灵魂的人。从迷恋金阁到火烧金阁的"美丑反转"凸显了人在物的诱惑和内心欲望的驱使下的灾难性和悲剧性,同时也在人物不断迷失自我的过程中呈现出了其性格的深刻性和复杂性。沟口丰满、复杂、立体的形象具有丰富的审美意蕴、历史意蕴、哲学意蕴。

(一)沟口形象的审美意蕴

  小说以真实案件为基础,却不拘泥于历史事件和人物本身的经验性真实,而是在历史的合理性、可能性的限度之内,塑造了沟口这一人物形象。作者以物哀美学为旨趣,力求将沟口放在对二战时期日本军事、宗教、经济、教育、文化的描述中,通过对沟口心理变化的细腻描写和物人映衬叙事手法的巧妙应用,成功塑造了沟口这一具有典型性的美学形象。作为一名久负盛名的日本当代作家,三岛由纪夫一直以其对人性欲望的深刻洞察著称,他的美学观念与创作实践完全与当时风行日本的物哀美学契合交映。物哀文化强调悲与美的相通,沟口这一审美形象融入了作者对美与存在、虚妄与真实、悲剧与毁灭,以及美学与人生、精神与肉体乃至民族前途与个人发展的关系等问题的思考,凝聚了作者"惜生崇死"的生死观,浓缩了作者毁灭美学的深切体验。三岛由纪夫借用林养贤的经历,用主角沟口替换现实中的林养贤,令沟口"他者化",成为自己的艺术与人生理念的实践者。"假定性理论认为,艺术作品是创作者对生活中理解与感受的一种凝聚与变形……即对生活的提取与再现,观众最终收获的是艺术的真实而非生活的真实"(朱婷婷 148)。从审美的视角来看,沟口是一个被金阁的美深深吸引难以自拔的人,然而"主人公沟口无法在'绝对的美'与'相对的生'之间找到平衡点,为了破除金阁寺对自己的阻碍,一把火烧毁金阁寺"(谢磊 163)。小说尝试从美学角度来解释火烧金阁寺的动机,探索沟口从渴望金阁之美,到被金阁之美所折磨,再到与金阁之美对抗,最终到"杀死"金阁之美,通过一步步推翻美而得到"重生"的心路历程(武谢丽 205)。沟口眼中金阁的独特之美是蕴含着深沉情感的"景物之美"。面对社会的异化、现实的丑陋,沟口期盼以艺术与美来化解,直至烧毁金阁,在美的瞬间求得永恒的静寂。

(二) 沟口形象的历史意蕴

沟口不仅是作者着力塑造的一个审美形象,还是一个具有丰富内涵的历史人物。无论是那位在舞鹤海军机关学校就读的学长,给学弟们讲述纪律严明的生活,还是从女子学校一毕业就在舞鹤海军医院当了护士的有为子,在被宪兵逼着诱捕海军逃兵时,被海军逃兵朝着后背连开了好几枪,这些情节都有着太平洋战争的影子。"《金阁寺》不仅是在美丑反转中呈现恶的辩证法的伦理小说,还是表达作家个人的时代历史之思的政治寓言"(朱兆斌 12)。小说虽然将对金阁的描写置于京都随时可能遭遇炮火的历史背景下,却较少使用民族国家视野的宏大叙事,更多的是通过沟口的眼睛对具体人物或者环境的观察,以小见大地折射出日本当时的社会氛围和民众心理。无论是"父亲与住持谈起军队和官僚一味看重神社却轻视寺院"(三岛由纪夫 27)时的愤慨,还是"母亲、佛家弟子和施主众人都立于棺前哭泣"(34)的场景,都有着日本社会现实境况和传统习俗的影子。"以文学见证历史,为历史作证,凭借的是想象和情感的力量,其聚焦点是人,其出发点和终极目标也是人"(吴义勤 113)。在将二战影响作为沟口和青年伙伴的青春记忆书写的同时,作者深入思考了引发战争暴力并将日本青年置于惨无人道的暴力情境中的群体自身所应共同承担的责任。值得注意的是,作家将"青春羡慕"与军事人才培养的记忆放在二战的宏大历史背景中加以观照,二战的炮火不仅作为叙事背景,更作为决定着主人公沟口与金阁关系走向的重要契机,成为两者"相爱相杀"的重要分水岭。小说在讲述沟口对"金阁之美"的追逐转为对"金阁之恶"的毁灭过程中,以伦理叙事的内在多质性和物人映衬的微妙呼应性,表现了作者对文明、人性的复杂走向和发展趋势所抱有的一份强烈兴趣,并且展示了成熟而出色的驾驭历史事实和人物心理事实的能力。

(三)沟口形象的哲学意蕴

沟口与金阁的物人映衬本质上是在探讨诱惑与欲望的关系。改编自真实事件的《金阁寺》,"因为融入了作家对美与存在,虚妄与真实,悲剧与毁灭的探讨,而使得金阁之火成了某种饱含隐喻的哲学象征"(周子琰 154)。由于受到日本传统的无常观念的影响,沟口的遭遇充满了哲学悖论的意味:冷眼旁观他人时表现得理性克制,自身行为却深受柏木的"非理性"说辞影响;身处金阁时反而感觉距离金阁远了,在情感上无法真正融入金阁寺;从小就一直幻想占有金阁,却在试图跟姑娘亲密时不断受到金阁幻象的困扰;努力谋取住持的关注,却在跟踪过程中发现住持犯了色戒,并因此被彻底抛弃。小说通过二战特定历史情境下金阁寺特定环境中青年烧毁金阁的特殊事件,在承认、理解和接受沟口烧毁金阁的反常行为的基础上,通过诠释、还原和梳理沟口与金阁相爱相杀的精神之旅,探讨人的欲望和人性真相。更进一步说,小说通过探寻沟口从疯狂迷恋金阁,到极力想要摆脱金阁对他的束缚却又处处受其困扰,最终毅然选择了火烧金阁寺过程中心理变态的缘由,获得超越真实案件的生命启示和美学追求。沟口从迷恋金阁到毁灭金阁的转变过程,既是一个进城日本青年在"他者意识"的影响下不懈追求的奋斗过程,也是一个宗教信徒不断抛弃品格和底线的堕落过程。跟随着柏木的引导,追逐着内心的欲望,沟口尝试了许多俗世狂欢的事情,并在疯狂追求占有金阁的过程中陷入一种精神困境,无法摆脱的"束缚"最终促使他踏上了烧掉金阁的不归路。小说通过对人的细腻体察,以及对人和事、情和境的悉心观照,揭示了人物性格、心理的内在有机性,使人物性格和命运在一个连续、完整的历史叙述中得到了饱满、从容的表现。

四、《金阁寺》物人映衬双线并进的艺术特色

三岛由纪夫的《金阁寺》是物人映衬叙事作品的经典文本。"沟口对金阁之美的执迷包含一种幻想性的崇拜"(朱兆斌 13),没有对金阁多面形象的发掘和表现,沟口的多面形象就难以充分展现。有了对金阁多面形象的生动刻画,沟口多侧面、立体可感形象的塑造也越发成功。小说对沟口在内心与外界的双重撕裂下与金阁寺"相爱相杀"的心理描写极为出色,既写"活"了沟口的内心世界,也写出了人性的斑驳复杂、晦明交错。

(一) 物人映衬双线并进的具体表现

沟口随着时间和具体情境的变化不断成长,其成长经历及其对"金阁"的态度转变构成了全书的明暗双线。明线以时间的先后、地点的转换为顺序,如父亲亡故、入寺为僧、攻读大学、同门交往、师徒反目等;暗线以沟口对金阁态度的爱恨转换为顺序,如开篇点金阁(远眺想象金阁),父亲与金阁(临终托孤金阁),母亲与金阁(渴望占有金阁),沟口与金阁(迷恋金阁、火烧金阁)等。小说对金阁的描写被有意地置于"显"的位置,对沟口的"心路历程"的刻画则被置于"隐"的位置,两者显隐相依、以显凸隐,彼此映照、相互衬托,在展现"金阁"多面形象的同时,也将沟口对金阁的由爱生恨、相爱相杀的心路历程刻画得淋漓尽致。在战火的威胁下,沟口对炮火来袭的渴望显然是不合时宜、不健康的,作者通过极为细致的描述极富耐心地去展示这种扭曲的心态,由此构成探寻沟口烧毁金阁心理轨迹的重要一环。小说通过对金阁多面形象的生动描写,不仅巧妙地将之与沟口成长的心路历程相互映衬,也在很大程度上折射出特定时代的独特氛围。

(二) 个人主线与多人发声的表现方式

金阁形象的多面性呈现,既源于心与物的交汇,也缘于物与人的关系。金阁寺不仅是一个联系着沟口和身边"重要他者"的"场域",也是一个牵系着沟口和身边"重要他者"关系走向的"地标"。小说围绕沟口对金阁的疯狂迷恋和渴望占有展开,采用"个人主线"与"多人发声"相结合的方式,将更多关于物人关系的思考和想象融入沟口走近金阁的过程。小说以助推或阻碍其占有金阁为标尺,将沟口身边的"重要他者"主要划分为两类,譬如助推其亲近金阁的是父亲,助推其占有金阁的是母亲,阻碍其占有金阁的是师父,助推其远离金阁的是柏木。这些人的影响形成合力,从根本上影响了沟口对金阁的态度,也决定了沟口的生活态度、生命状态和未来的命运归宿。小说通过设置对立性人物和矛盾冲突线索凸显人性之复杂,如父亲由于宗教信仰的浸染,引导其萌生迷恋金阁之美的执着;母亲缘于世俗烟火的熏染,催生其产生占有金阁的狂热。由此可见,与沟口有或远或近或深或浅的关系的相关人物的言辞,为沟口对金阁的态度变换提供了互补性视角,展现了沟口身边"重要他者"关于欲望、人性与道德的思考和想象。

(三) 物的诱惑与人的欲望的双重视角

金阁与沟口的关系十分密切,两者的多面形象之间蕴含着复杂微妙的关联。作者以物的诱惑和人的欲望的双重视角,让金阁和沟口的多层次、多向度的形象随着多个出场人物的登台亮相而渐次展示,物人映衬的内在关联性也由此得到了更为丰富的揭示。沟口在不幸的童年生活中承受了无尽的孤独,父亲的多次讲述使得那时的他最向往金阁的美。母亲的到来,点燃了他占有金阁寺的欲望之火。当他占有金阁寺的欲望难以遏制时,却始终被师父的忽视淹没。为了能够继承住持之位、占有金阁,懦弱的他多般讨好师父,一度通过打破做人底线脚踹孕妇而为师父送上香烟。在柏木引导下试图放纵的他,却时常要遭受对抗金阁伟岸形象的煎熬。发现自己敬重的住持居然犯了色戒时,几近疯狂的沟口选择了短暂逃离金阁寺。在独自旅行中对人生有过一番深刻思考后,再次回到金阁寺的他却发现寺庙里的生活早已没有了当初的平静。在这里,沟口既是我们窥见人性的窗口,也是窥见"重要他者"与人性矛盾纠缠的窗口。

综上,沟口与金阁的关系从统一、和谐走向冲突、对立,从憧憬金阁寺到毁灭金阁寺的过程中形成了小说物人映衬、双线并进的物叙事特点。《金阁寺》的物叙事,既展现了沟口为占有金阁寺所做出的各种努力,也揭示了他在金阁的"诱惑"面前逐渐迷失自我的心路历程;既剖析了沟口在与金阁若即若离中野蛮生长的烦恼,也探讨了战争时期日本民众被异化和扭曲的人性,在一定程度上宣扬了以丑恶征服美的价值观。在金阁形象和沟口形象互为映照、不断叠加的过程中,小说生动描述了沟口一步步走近金阁艰难求索而不得并逐渐蜕变直至烧毁金阁的心路历程。沟口这一人物形象不仅具有丰富的审美意蕴和历史意蕴,而且具有深刻的哲学意蕴。沟口从崇拜美、追随美以至于被美俘虏到仇恨美、毁灭美的过程,折射了战争中和战后日本青年在社会转折中的精神困惑与痛苦以及内心的挣扎与迷茫,表达了作者对战后社会的悲哀和绝望。

引用文献【Works Cited】

敖爽:《小说〈金阁寺〉中的"大他者"——以"沟口"的人物言行为中心》,南京大学硕士论文,2020年。

范静逻:《〈金阁寺〉中人与物关系探析》,《武汉理工大学学报(社会科学版)》,2005年第1期,第130—133页。

傅修延:《文学是"人学"也是"物学"——物叙事与意义世界的形成》,《天津社会科学》,2021年第5期,第161—173页。

马莉娜:《自卑与超越——三岛由纪夫〈金阁寺〉主题探微》,《新西部》,2015年第21期,第99+107页。

尼采:《善恶的彼岸》,朱泱译,北京:团结出版社,2001年。

三岛由纪夫:《金阁寺》,代珂译,北京:北京十月文艺出版社,2018年。

武谢丽:《〈金阁寺〉沟口内心世界的冲突与重塑》,《戏剧之家》,2020年第6期,第205+207页。

吴义勤:《历史、暴力与诗的必要性——邓一光〈人,或所有的士兵〉论》,《小说评论》,2020年第3期,第113—125页。

谢磊:《浅析〈金阁寺〉中无法解脱的"矛盾"困境》,《名作欣赏》,2022年第5期,第163—

167页。
朱婷婷:《〈邪不压正〉的抽离机制解读》,《电影文学》,2018年第21期,第148—149页。
朱兆斌:《恶的辩证法与政治寓言——〈金阁寺〉的意蕴结构探析》,《名作欣赏》,2021年第24期,第12—16页。
周子琰:《冲破"日神"之"阁"的"酒神"之"火"——读〈金阁寺〉》,《青年文学家》,2020年第32期,第154—155页。

"物"的力量:《外婆的日用家当》中的"物"本体叙事

张志傲　方　英

作者简介:
张志傲,浙江工商大学外国语学院硕士研究生,研究方向为英美文学。
方英,浙江工商大学外国语学院教授,研究方向为叙事学、英美文学、文学空间批评。

内容提要:《外婆的日用家当》是艾丽斯·沃克对美国黑人文化庸俗化做出的反思,其中对各种"物"的描写至关重要。小说中的"物"虽受关注,但现有的研究往往仅停留在客体"物"的象征意义层面,忽视了"物"的本体论意义。在"面向物的本体论"相关理论的观照下可以发现,小说中的本体之"物"具有推动叙事进程、诱导人物行动、触发人物思考的"主体性"力量。首先,"物"的空间与人交互,在"故事层面"影响人物行为,在"话语层面"影响叙述方式。其次,"物"的时间触发回忆,推动人物做出选择。最后,"物"在引退中"敞开"自身实在性,激发人物的顿悟感和对自身伦理身份的思考。然而,人始终被"物"环境包围,无法摆脱为"物"所左右的命运。

关键词:艾丽斯·沃克;《外婆的日用家当》;面向物的本体论;"物"叙事

引言

自"物转向"(the Material Turn)思潮兴起以来,"各种与物相关的哲学话语将'物转向'裹挟至一场更大范围的认识论的全面转向"(韩启群 91)。在人文社科领域,"面向物的本体论"(Object-Oriented Ontology)在近十年来成为研究热点之一(Harman 2017: 7)。长久以来,物在叙事中被视为工具或故事背景的一部分,而"物转向"视野下的文学研究将"物"从主客体二元对立中解放,"将注意力从物质文化转向'物本体'……去探究人类意识之外的物"(唐伟胜 2021: 110)。在这一语境下,唐伟胜在《思辨实在论与本体叙事学建构》一文中,从五个方面入手,尝试建构本体叙事学。

艾丽斯·沃克(Alice Walker)是当代著名黑人小说家。在美国黑人民权运动高涨时期成长起来的沃克自称行动主义者,以文学创作和社会活动表达政治态度（王晓英 2020：280）。《外婆的日用家当》("Everyday Use: For Your Grandmama", 1973)（以下简称《日用家当》）这一名篇便是沃克对文化民族主义运动（cultural nationalism）反思之作。沃克擅长将物放入故事以达叙事目的。在《寻找我们母亲的花园》("In Search of Our Mothers' Gardens", 1983)中，沃克借博物馆悬挂的被子赞颂黑人妇女的创造力；在《紫色》(*The Color Purple*, 1982)中，书信成为姐妹间联络的重要工具。《日用家当》中充斥的大量物品也同样吸引学者注意。多数评论聚焦百纳被这一核心意象，探索百纳被与人物的关系。例如，萨姆·惠齐特（Sam Whitsitt）评价迪伊抢夺被子但不愿承担"债务关系"的行为更像是一种盗窃（455—456）；李静认为被子象征妈妈与麦姬间的姐妹情谊（27—29）等。针对文中出现的其他物件，评论者也对其象征意义展开讨论。如毛海燕和沈宏借助空间叙事理论，认为家宅与汽车象征两种生活，暗示母女不同的价值观及命运走向（194）；张璐认为迪伊混杂的穿着是沃克对人们盲从非洲文化的批判（95）。

以往研究通常将物作为客体看待，忽视了物在人类认识之外所具有的自身主体性。然而，《日用家当》中大量的物描写并非被用作隐喻或象征这么简单，而是具有本体论意义和自身主体性的决定性力量。本文以"面向物的本体论"为理论依据，聚焦小说中的各种"物"，分析"物"如何颠覆主客体关系，影响人物行为以推动叙事进程，引发人物顿悟及对身份的思考，同时又对人物构成制约，令人陷入困境。

一、"物"的空间：衣饰的闯入

传统的时空被认为"是描述人类社会经验的两个基本视角"（郑佰青 90），这忽视了"物"自身具有的实在性，而"任何试图揭示'物'实在性的理论都必须阐明'物'存在的时空"（唐伟胜 2017：32）。为此，列维·布赖恩特（Levi Bryant）提出"拓扑时空"（topological space）这一概念，认为时空产生于"物"本身（144—157），[①]并"随着'物'运作的变化而变化"（唐伟胜 2017：32）。在《日用家当》中，各种"物"形成的时空将人包围，主动作用于人，促使人物做出反应或采取行动，以推动叙事进程。

"拓扑空间"有别于作为事物容器的"牛顿空间"（Newtonian space），是由"物"形成的路径网络（Bryant 144）。在拓扑空间中，"物"之间距离的远近不再由物理距离衡量，而与两者间的运作关系（relation）有关。换句话说，未能建立关系的两"物"即使同处一个物理空间，它们的"拓扑距离就是无穷远"（唐伟胜 2017：32）。

在《日用家当》中，迪伊归乡时穿着的服饰闯入原先稳定运行的"物"空间，给麦姬母女带来冲击。麦姬母女一直生活在南部的偏远乡村中,包围她们的"物"空间基本稳定,少有新的"物"与她们建立联系。当迪伊来到家门口,一席长裙和华丽的饰品进入母女视野。虽然物理距离接近,但在拓扑空间层面,麦姬母女与这一身用于宣传政治运动的着装毫无关联。但通过迪伊这一媒介,②原先毫无联系的服饰成为入侵之"物",闯入麦姬母女存在的拓扑空间,在此空间网络中"重新配置现有的关系"(Bryant 147)。布赖恩特指出,同处一个拓扑空间内的实体能够间接地相互影响(同上)。由是观之,《日用家当》中的入侵之"物"发挥了主动性,不仅影响"故事层面"母女的行动,还影响"话语层面"母亲的叙述方式。

  首先是"故事层面"。母亲对迪伊服饰的情感变化体现了"物"本身对母亲的影响。看到长裙的瞬间,母亲叙述了"闯入"之物对自己的感官影响:"花哨得刺疼了我的眼睛",让"我的整张脸被它射出的热流烧的发烫"(Walker 52)。③学者通常认为母亲有意描述穿着是对黑人文化庸俗化进行批判(徐继明 192),暗示"迪伊对非洲文化传统的认识是相当肤浅的"(张峰、赵静 17),但忽略了当迪伊走近时,母亲表达出对这身装扮的喜爱。为何母亲会有这样的情感变化?笔者认为,闯入之"物"具有施事性,主动与母亲构建拓扑空间中的运作路径,影响了母亲的喜好。从前半段叙述可以看出,母亲"渴望得到女儿的尊重"(Tuten 126),努力接近女儿的"白人中产阶级"(Tucker 88)价值观。但愿望无法实现,"我还没醒来就知道,这是个错误"(Walker 49)。现实与理想的差距造成了母亲的失落感,甚至自我贬低为"大块头、大骨架妇女"(48)。当"物"闯入拓扑空间,首先强加给母亲感官上的冲击。母亲没有细致描述迪伊的外貌变化(比如妆容),而将笔墨集中于服饰,这是因为她的空间突然被眼前的"物"填满。与此同时,"物"又给母亲带来了精神层面的幻想。在"物"企图与母亲建立运作关系时,母亲没有切断这种运作可能,反而迎合"物"的主动性,接受其带来的影响,甚至爱上了"物"。渴望获得女儿认可的她将希望依托于"物",因为在她看来,喜爱女儿的衣饰是接近女儿观念的又一途径。由此可见,母亲情感变化的原因在于,虽然"物"的闯入给母亲带来不适,但也让她窥见拉近母女关系的机会。正是"物"引诱她说出那一句"我喜欢"(52)。

  对比母亲受到"物"的吸引,衣饰也对麦姬产生深刻而幽微的作用,并影响她的一系列行为。在小说结尾,目送迪伊离开的麦姬露出了笑容。有学者认为麦姬是出于最后的胜利而露出微笑(徐继明 193),或是由于母亲选择了自己而感到喜悦(刘英 62),但忽略了这一微笑"没有一点害怕的意味(not scared)"(Walker 59)。麦姬的微笑构成一个新的"张力"④,激起读者的疑问:麦姬在害怕什么?笔者认为,从"物"本体的角度出发可以解答麦姬害怕的原因。突然闯入麦姬拓扑空间的衣饰施展主动性,给麦姬带来恐惧。简·贝内特(Jane Bennett)指出,"物"存在独立于主体的时刻,可以"影响其他物体,提升或削弱这些物体的力量"(3)。当迪伊与男友下车朝家走近,麦姬接连发出"呃"的声音,"全身发抖……汗水直滴"(Walker 52)。如果说麦姬在姐姐到来之前的心情"夹杂着羡慕与敬畏"(47),那么当姐姐真正站在面前时,入侵之"物"带来的恐惧已经占据麦姬的内心。她被恐惧压倒,"身子一个劲地往后退"(52),"缩成一团躲在我背后"(53)。虽然这一身衣饰在后面的叙述中没有出现,但其营造的恐怖氛围始终存在。为了逃避这份恐惧,麦姬躲在厨房不敢出来。迪伊母女讨论被子的所属权问题时,她也只是站到厨房门口,"怯生生地望着"(58)将要拿走被子的姐姐。而当最后迪伊被拒绝而离开,麦姬与恐怖之"物"间的运作路径断裂,这时才得以挣脱恐惧,露出"真正的、毫不畏惧的微笑"(59)。由此可见,麦姬的害怕源自"外来之物"或"异质之物"的闯入。

再看"话语层面"。由于受到"物"的邀请,作为"叙事之我"(narrator-I)的母亲在第一人称回顾性叙事中使用的叙述话语也有所变化。格莱汉姆·哈曼(Graham Harman)认为,"'实在之物'(real object)永远处于引退(withdraw)中,藏匿于我们可及的感性存在之后"(2012b:12)。人类用以描述感性存在的语言与"物"本体之间横亘着一段距离,而"作家可以利用这个距离,来实现自己预定的修辞效果"(唐伟胜 2017:31)。在叙述中,母亲对"耳环""手镯"等迪伊的装扮进行罗列,但仅仅描述这些"物"的外显特征和给予自己感官上的冲击,而"物"本身则在母亲的叙述话语中隐匿起来。这样,不论是作为叙述者的母亲,还是作为读者的我们,都无法准确把握"物"的实在性,因而与"物"之间产生了叙事性的距离。笔者认为,母亲这样的叙事方式具有诱导性。母亲没有直接描述或评价迪伊到来时的容貌,而是利用这一叙事距离,在"物"与读者间营造出一种陌生感,通过这种陌生感强化迪伊到来的神秘性与仪式感,以此增加先前关于迪伊"有着独特风格"(Walker 50)、"更丰满的身材"(49)回忆的可靠性,让充满期待的读者与母亲一起迎接这位近乎女神的人物。由此,沃克使用"物"来确立小说叙事进程中最核心的"不稳定因素"(instabilities):一身华服的迪伊回乡是出于什么目的?

二、"物"的时间:日用家当的记忆

与"物"的空间相同,"物"的时间也产生于"物"本身(Bryant 157)。"每个'物'都有其内在的时间形式,这导致了每个'物'的时间节奏彼此不同……没有一个统一的时间度量标准可以包含所有的时间节奏"(157—158)。也就是说,有别于人类认识上的时间标准,作为本体的"物"有其本身的时间性。本体之

"物"的时间性可以体现在其所拥有的记忆能力上。当"物"有了记忆能力,各个事件不再按照时间顺序线性连接在一起(162);过去与现在的事件展现在同一平面上,"遥远过去的事件被带回当前,与正在发生的事件产生联系"(163)。但"物"若要发挥记忆能力,其"条件是存在某种记载媒介(medium of inscription)"(164)。这种媒介承担记忆痕迹(memory trace)存储的职责,可以是近在手边的纸张,也可以是人的大脑,甚至基因(同上)。当"物"重新激活痕迹,"过去才能跨越中间发生的一系列事件,直接影响现在"(同上)。

在《日用家当》中,日用用品施展记忆能力,从默默无闻的平常之物中脱颖而出,成为影响人物意识与选择的记忆之物。比如,通过母亲的叙述,搅拌棒的过去展现在读者面前,我们可以将这些事件根据时间顺序排列:E_1:迪伊姨妈与史塔西庭院中生长的树 → E_2:被制作成搅拌棒补贴家用 → E_3-E_{n-1}:日复一日地使用,留下握痕 → E_n:被迪伊索取作为艺术品。搅拌棒作为日用用品时,并不像艺术品一般受到关注。"它们离我们太近,我们反而注意不到它们"(Tuan 144)。而当迪伊企图带走搅拌棒时,搅拌棒发挥记忆能力,通过大脑这一媒介,激活母亲脑中存留的记忆。已成过去的事件 E_1 至 E_{n-1} 不再受到线性时间序列的约束,跳跃至当前时刻,共同作用并引导母亲对事件 E_n 做出反应。段义孚(Yi-Fu Tuan)认为,"人们回顾过去有各种原因,但共同之处是获得自我意识和身份意识"(186)。母亲受到"物"的影响,开始意识到留有握痕的搅拌棒并非仅是当前用来搅拌的厨具,还是彰显家庭身份的历史传承物,是家庭琐碎生活的见证者,而将搅拌棒当作艺术品展示与用来补贴家用的初衷背道而驰。虽然没有从行动上拒绝对迪伊的索取行为,但这段关于搅拌棒由来的叙述便是母亲对女儿给搅拌棒"想出一个艺术化用途"(Walker 56)的行为给予的否定。

此外,"物"的记忆能力具有个体化特点,并因此具有强大的影响力,能作用于人物的行动。阿莱达·阿斯曼(Aleida Assmann)认为,记忆"基本上是'视角化的'(perspectival),基本上不能相互取代或转化"(50)。从"物"本体角度来看,除了每个"物"本身具有的独特性,个体间作为媒介的大脑及其存留的记忆痕迹也有所区别。当"物"与不同的个体相遇时,激活的记忆也因此具有独特性。小说中"物"所触发的个体化记忆影响了人物的选择。母亲作为"物"记忆的拥有者,脑中的种种往事接连被搅拌棒、百纳被等日用用品激活。利用"过去事件的存储库"(Bryant 165),她逐渐意识到,应该在日用家当的切实使用中传承非裔美国家庭的历史文化。情感上对日用家当的认同与依赖才是继承的核心。可以说,"物"的记忆能力成为母亲最终夺取被子的重要影响因素。与此同时,相同的"物"也激活了迪伊的独特记忆。迪伊沉溺在政治运动中,肤浅地认为将日用品用作艺术品展示便可呼应时代热潮。对她而言,日用用品由哪个具体的人来制作和使用并不重要,重要的是它们是否承载一段体现非裔美国人身份的历史,以便她用作"武器"宣扬本民族文化。这也就合理解释了为何迪伊迫切询问日常用品的由来并企图将其占有,而对物的制作者是谁却印象模糊。这样看来,"物"的记忆反而成为一项标准,帮助迪伊筛选哪些日常用品适合用来作为艺术品,并促使她不断索取,以达到此行的目的。"物"的记忆推动叙事进程,解释了母女做出不同选择的原因,而对比母亲借助"物"的记忆感悟遗产继承的正确方式,迪伊的行为将会使"民族文化流于形式"(王晓英 2005:39)。

三、"物"的实在性:百纳被、顿悟与伦理身份

哈曼指出,"实在之物"区别于人类认识上的"感性之物"(sensual object)。"感性之物"既完全在场(常常呈现于人们面前),又被偶然的表面特征所包裹,必须剥离这些特征才能发现其本质(Harman 2012a:187);"实在之物"则"从一切人类经验中引退"(2011:49),"拒绝任何形式的因果或认知把握"(2012a:188)。人类虽然在理论和实践层面都无法完全把握"实在之物"(2012a:186),但可以在"实在之物"与"感性特征"的冲突中"瞥见物深不可测的实在性"(唐伟胜 2021:115)。在《日用家当》中,母亲对待迪伊态度的突然转变构成小说的核心张力:是什么推动母亲做出夺取被子的行动?大部分评论将人物间的意识冲突作为母亲最终行动的理由,而忽略"物"本体的强大力量。笔者认为,百纳被在引退中敞开"物"的实在性,将母亲从感性特征中解放出来,而由此形成的顿悟感给予母亲抉择的力量,并激发母亲对伦理身份的思考。

随着叙事进程的推进,母亲坠入"感性特征"营造的陷阱,深陷"感性之物"间的冲突。一方面,迪伊赋予"物"大量美的感性特征,母亲逐渐感受到物切实存在的审美价值。母亲在百纳被登场时展开的刻画便是很好的证明。百纳被在母亲的叙述中并非粗糙拼接而成,而更像是富有美学价值的艺术品,"一条是孤星图案,另一条是游遍群山图案"(Walker 56)。迪伊争夺被子的理由更是强化了百纳被的珍贵,缝制被子的布料来自祖母的衣裳,由"她一针一线亲手缝制而成"(57)。感性特征交相叠加,在母亲意识中塑造了一种新的"感性之物",即作为"艺术品"的百纳被。母亲陷入"艺术品"的审美陷阱,无法抗拒百纳被出众的艺术价值。交给迪伊"想出一个艺术化的用途"(56)何尝不是一种明智之选?另一方面,母亲借助"物"的记忆能力触发对过去事件的回想,进而反抗迪伊的索取行为。当迪伊抱出两床被子,有关迪伊外婆、杰雷尔爷爷等祖辈的记忆一并迸发。这时的百纳被与其说是由多种布片拼接而成,不如说是由一同呈现的记忆碎片拼凑而成。祖辈的过往在母亲意识中不断显现,融合成另一种"感性之

物",这种"物"承载家族历史,富有怀旧价值,是一种"记忆之物"。而这种"记忆之物"只有直接在场,才能通过大脑这一媒介唤起母亲对家族历史的记忆。失去百纳被就意味着与其承载的历史切断联系。"艺术品"与"记忆之物"在母亲的意识中碰撞冲突,将其逼入选择困境。这也就合理解释了为何在迪伊提议带走被子时,母亲只是委婉地推脱"你何不带走另外一两床被子?"(同上),而没有果断拒绝迪伊的请求。"感性特征"鱼贯而出,带领母亲偏离对百纳被的常规认知,"与该物形成认知疏离"(唐伟胜 2020:146),被子在母亲眼中似乎不再是一种日常用品。而在这一过程中,"实在之物"却处于不断引退的状态,在"感性之物"与"感性特征"堆砌而成的保护层后进一步藏匿,母亲愈发难以把握作为本体的百纳被的实在性。

然而,沃克没有任由"物"在叙事中无限引退,而是通过迪伊一句看似无意识的辩驳,"五年之后,两床被子就会烂成破布"(Walker 57),指引母亲发觉,"感性之物"只是自我意识塑造的一种客体或依恋,在"感性特征"后,蕴藏着一种难以企及的"物"的实在性。"任何实体,只有当它处于破损状态时才被注意"(谢少波 35)。当母亲置身于"感性之物"与"感性特征"的迷雾,自认为已看破物的真相时,作为本体之物的被子以"终将烂成破布"这一归宿点醒了母亲:不论赋予被子何种"感性特征",都无法准确认识它。百纳被终将烂成破布的事实暗指,在"艺术品"和"记忆之物"外,还存在母亲无法察觉或触摸的实在之物,这种物"只由它们自身的自主实相(autonomous reality)来定义"(Harman 2011:19)。正如唐伟胜对格莱汉姆·哈曼的"面向物的本体论"的分析中所揭示的,作为"实在之物"的被子能"通过'坏掉'(broken)这样的方式来彰显其深不可测的现实"(2021:115)。不仅如此,"坏掉"的被子会与"感性特征"之间形成了一种空间的张力(Harman 2011:100)。⑤这强大的张力使母亲产生了一种顿悟感。一方面,顿悟感产生的冲动体现在母亲下意识的行为上。当迪伊驳斥麦姬会把被子弄坏,母亲一改先前的委婉口吻,不再拿被子做嫁妆为理由推脱,而是直面回绝迪伊:"她可以再做……麦姬知道如何缝被子"(Walker 58)。另一方面,顿悟感还以一种精神层面的觉醒促使母亲做出选择。母亲感到"有什么东西(something)打在头顶……有如在教堂里参悟上帝神力般备受感动"(同上)。受"物"启迪的母亲将顿悟感化作力量,夺过迪伊手中的被子。可以说,这时的百纳被展露了其实在性,唤醒母亲的抗争意识,维护其所爱之物。

"物"的实在性引发顿悟的同时,启迪母亲对伦理身份进行重新定位。伦理身份"对道德行为主体产生约束"(聂珍钊 264)。从伦理角度看,母亲似乎陷入伦理两难(ethical dilemma):不论将被子交给哪个女儿,都会导致另一个女儿因失去渴望之物而受到伤害,而违背普遍道德观念中"母亲"这一伦理身份的价值判断。细数摆在母亲面前的分配方式,可以发现第三种选择,即将被子均分。均等分配既满足两个女儿的需求,又符合伦理上"母亲"应有的公平对待子女的态度,理应成为首要选择。这样看来,母亲夺过被子的行为似乎是对自身伦理身份的违背。笔者认为,母亲并非意气用事,而是在本体之"物"的推动下,采取的一种正视自身扭曲伦理身份的行动。"母亲"这一身份并非只为"女儿"迪伊敞开,更是整个家庭伦理结构的核心,是联结家族历史的纽带,同时也承担延续家族历史的伦理责任。若一味追求迪伊眼中的母亲形象而交出百纳被,家族已有的历史可能很快被遗忘,继承家族传统的可能也将消散,两者都会造成家庭伦理结构的崩坏。母亲窥见"物"的实在性,挣脱审美幻觉并夺取被子,这是对迪伊价值观中的"母亲"身份的否定,但她将被子交至麦姬手中则是对守护家族历史的"母亲"身份的重新确认。由是观之,母亲由"物"的实在性引发的"冲动"并非文学伦理学批评中的非理性冲动,因其并非"感情用事,草率鲁莽,不计后果"(247),而是一种对于家庭伦理结构的维护和对原先被忽略的伦理身份的重申。

四、为"物"所困与民族未来

"我们生活在物的时代","物"在融入人类生活的同时,"反过来包围人、围困人"(鲍德里亚 2)。小说围绕对"物"的争夺展开,"物"起到至关重要的作用。主人公在接纳"物"施事能力的前提下,虽展开一系列体现主体意识的行动,但生活在"物"环境中的三人仍难以抵抗"物"的攻势,为"物"所左右。

麦姬母女始终生活在同一"物"环境中,"物"空间的强大张力将母女二人牢牢吸附,消解她们突破现状的欲望。如果借助布赖恩特关于拓扑空间中"物"的交互的论述,能对此得出清晰而有趣的考察。布赖恩特指出,拓扑空间产生于"物",又制约"物"的形成(becoming)和运动(movement);当实体企图突破处于稳定状态的"物"空间时,拓扑场会启动其自身具有的"负反馈"(negative feedback)机制,阻碍实体的运动,以维持平衡状态(Bryant 155—157)。由此反观小说,当迪伊母女争辩被子归属权时,除了"物"的记忆能力及其实在性在发挥作用外,拓扑场的"负反馈"机制也召唤母亲维护"物"空间的稳定性。正如迪伊的衣饰无法融入麦姬母女的"物"空间,百纳被也难以脱离这一空间而保留其原有的全部意义。然而,"以负反馈为特征的系统或平衡系统可能带有压迫性质"(155)。在反馈机制的无形胁迫下,麦姬母女的行动能力受到牵制,被禁锢在"物"空间中。一方面,拓扑场内的"物"产生强大吸引力,母女形成一种对于所处"物"环境的依恋。就算家宅被烧毁,房屋和牧场也几乎按照原先的样式重建。另一方面,处于平衡状态的"物"空间给予母女一种颓废的舒适感。当迪伊走后,母女二人"坐着享用鼻烟,直到天色已晚才回家睡觉"(Walker 59),仿佛迪伊从未来过一般悠闲。可想而知,麦姬母女仍会保持原样,在隔绝世事的乡村中过着乌托邦式的生活。然而,城市化进程不可阻挡,黑人乡村的瓦解呈必然之势,留给麦姬母女安逸的生存环境只会不断缩小。作为边缘群体的非裔美国人或许只有突破"物"空间的制约,向外弘扬族群文化,才有可能更好地融入现代社会。母亲的选择可以理解为一种维护家族历史与伦理结构的权宜之策,但同时也是对种族融合趋势的逃避。

迪伊以抛弃家庭为代价摆脱原先的"物"空间,但仍无法规避"物"的主动性,陷入又一个由"物"主导的窘境中。迪伊跻身新的"物"环境,成为民族运动的拥护者。在运动号召下,黑人乡村保留的日常用品不仅成为"艺术品",还是具有政治价值的"政治之物"。但与此同时,迪伊为多种"感性之物"所奴役,形成了一种病态的物恋。迪伊以民族服饰装饰自己,试图夺走日用家当,以证明自己的非洲血统,而忽视自身美国人的身份。这一做法是对非裔美国人"双重意识"(double consciousness)的违背,正如大卫·科沃特(David Cowart)所说,"一个试图成为非洲人的美国人只能成功地变为一个赝品"(172)。更重要的是,感性之物并非身份、情感、意义等可以长久寄居的恒定之所。"随着时间推移,感性之物并非一成不变,而是通过不断变化的感性特征作为外壳,以此自我显现"(Harman 2011:100)。无论是"艺术品",还是"政治之物",都只是运动热潮下意识塑造的短暂幻象。当运动势头消退,百纳被将失去其政治价值;当时光令其破旧,审美性也将逐渐消失,百纳被又将变回平庸之物。到那时,非裔美国人该寻求何种出路?迪伊宣传民族文化的初衷值得歌颂,但遗忘家族历史的做法却是对民族之根的破坏。

结语

衣饰、搅拌棒、百纳被等都是《日用家当》中不可忽视的"物"。在"面向物的本体论"及本体叙事学相关理论的烛照下,"物"不再是人类视野中的被动客体,而是独立于认知之外并无限引退的本体之"物"。本体之"物"掌握主动性,施展"物"的力量以颠覆主客体关系。本体之"物"可以通过其形成的空间与人互动,在影响主人公行为的同时,改变叙述者的叙述方式;也可以发挥记忆能力,触发人物对事件的回忆而造成人物间的不同选择。同时,本体之"物"在无限引退中显露深不可测的实在性,触发母亲顿悟的同时,促使母亲对自身身份做出反思。沃克使用"物"来叙事,借本体之"物"的主动性推动小说的叙事进程,解释人物行动的合理性,但又借助"物"环境本身的压迫性,在批评非裔文化庸俗化的同时,抒发对种族未来的忧思,以及对非裔美国人出路的思考。

注解【Notes】

① 布赖恩特使用 machine 一词来指代所有实体(主要指独立于人类而运作的"物"),认为存在(being)是 machine 的集合。使用 machine 代替 object 或 thing 有两个原因:首先,使用 machine 可以更好地把握实体作为存在的本质:即所有实体都处在运转(function)或运作(operate)中。其次,使用 machine 避免了人们使用客体(object)时所引发的关于主体(subject)的联想,以此越过原先对主客体关系的哲学思考。详见 Levi Bryant, *Onto-Cartography: An Ontology of Machines and Media*, Edinburgh: Edinburgh UP, 2014, 15。

② 在布赖恩特的论述中,任何实体(entity)都可以被称为媒介(medium)。媒介可以影响其他实体的形成,或提供/限制其他实体运动或交互的可能。详见 Levi Bryant, *Onto-Cartography: An Ontology of Machines and Media*, Edinburgh: Edinburgh UP, 2014, 9。

③ 本文引用的小说内容均由笔者自译。原文参见 Alice Walker, *In Love & Trouble: Stories of Black Women*, Orlando: Harcourt Brace Jovanovich, 1974, 47-59。

④ 费伦将叙事进程赖以形成的动力划分为"不稳定因素"与"张力"。"不稳定因素"指故事层面人物间或内部的冲突关系;"张力"指话语层面读者与叙述者或作者间的冲突关系。详见 James Phelan, *Narrative as Rhetoric: Technique, Audiences, Ethics, Ideology*, Columbus: Ohio State UP, 1996, 90。

⑤ 哈曼将"感性之物"与"感性特征"间的张力命名为"时间上的张力",认为"感性特征"会随着时间推移而产生变化,其塑造的"感性之物"也会相应发生改变;将"实在之物"与"感性特征"间的张力命名为"空间上的张力",认为无论一个实体向我们展现何种"感性特征",都与作为本体的"实在之物"横亘着一段距离,无法完全把握或抵达。详见 Graham Harman, *The Quadruple Object*, Winchester: Zero Books, 2011, 99-100。

引用文献【Works Cited】

Bennett, Jane. *Vibrant Matter: A Political Ecology of Things*. Durham: Duke UP, 2010.

Bryant, Levi R. *Onto-Cartography: An Ontology of Machines and Media*. Edinburgh: Edinburgh UP, 2014.

Cowart, David. "Heritage and Deracination in Walker's 'Everyday Use'." *Studies in Short Fiction* 2 (1996): 171-185.

Harman, Graham. *Object-Oriented Ontology: A New Theory of Everything*. London: Pelican, 2017.

---. *The Quadruple Object*. Winchester: Zero Books, 2011.

---. "The Well-Wrought Broken Hammer: Object-Oriented Literary Criticism." *New Literary History* 43.2 (2012a): 183-203.

---. *Weird Realism: Lovecraft and Philosophy*. Winchester: Zero Books, 2012b.

Tuan, Yi-Fu. *Space and Place: The Perspective of Experience*. Minneapolis: U of Minnesota P, 2001.

Tucker, Lindsey. "Alice Walker's 'The Color Purple': Emergent Woman, Emergent Text." *Black American Literature Forum* 22.1 (1988): 81-95.

Tuten, Nancy. "Alice Walker's 'Everyday Use'." *The Explicator* 51.2 (1993): 125–128.
Walker, Alice. *In Love & Trouble: Stories of Black Women*. Orlando: Harcourt Brace Jovanovich, 1974.
Whitsitt, Sam. "In Spite of It All: A Reading of Alice Walker's 'Everyday Use'." *African American Review* 34.3 (2000): 443–459.
阿莱达·阿斯曼:《个体记忆、社会记忆、集体记忆与文化记忆》,陶东风译,《文化研究》,2020年第3期,第48—65页。
鲍德里亚:《消费社会》,刘成富、全志刚译,南京:南京大学出版社,2014年。
韩启群:《西方文论关键词:物转向》,《外国文学》,2017年第6期,第88—99页。
李静:《"被子"在艾丽丝·沃克作品中的意义》,《四川外国语学院学报》,2008年第1期,第27—30页。
刘英:《被子与"遗产"——〈日用家当〉赏析》,《名作欣赏》,2000年第2期,第60—63页。
毛海燕、沈宏:《艾丽丝·沃克〈日常用品〉中的空间问题——空间叙事学视角的解读》,《学习与探索》,2010年第4期,第193—195页。
聂珍钊:《文学伦理学批评导论》,北京:北京大学出版社,2014年。
唐伟胜:《"本体书写"与"以物观物"的互释》,《中国文学评论》,2021年第4期,第110—120页。
——:《建构短篇虚构叙事"谜"的分类学:面向物的视角》,《江西社会科学》,2020年第1期,第142—149页。
——:《思辨实在论与本体叙事学建构》,《学术论坛》,2017年第2期,第28—33页。
王晓英:《艾丽斯·沃克:妇女主义者的传奇》,武汉:华中科技大学出版社,2020年。
——:《论艾丽丝·沃克短篇小说"日常用品"中的反讽艺术》,《外国文学研究》,2005年第4期,第39—43页。
徐继明:《美国黑人民族文化身份意识的困惑及取向——重读沃克的〈日用家当〉》,《西南大学学报(社会科学版)》,2008年第4期,第192—193页。
谢少波:《物的引诱与代替因果:论哈曼的客体诗学》,《文艺理论研究》,2018年第5期,第34—49页。
张峰、赵静:《"百纳被"与民族文化记忆——艾丽思·沃克短篇小说〈日用家当〉的文化解读》,《山东外语教学》,2003年第5期,第16—19页。
张璐:《美国文学中黑人的文化身份认同——以小说〈日用家当〉为中心》,《江西社会科学》,2015年第8期,第93—96页。
郑佰青:《西方文论关键词:空间》,《外国文学》,2016年第1期,第89—97页。

可能世界模型中的跨界：
《花园余影》的后现代叙事解读

邱 蓓

作者简介：
邱蓓，英语语言文学博士，深圳技术大学外国语学院副教授，研究方向为叙述学与英美文学。

基金项目：
本文系教育部人文社会科学研究项目"可能世界理论视域下的叙述学研究"（18YJC752024）的阶段性研究成果。

内容提要："跨界"是指主体从一个世界跨越到另外一个世界的行为。以可能世界理论为依据，可以建构一个由话语世界、故事世界和元故事世界组成的嵌套式虚构叙述世界结构模型，这有助于解释作品中的跨界现象。《花园余影》是一部以跨界为特征的后现代小说，从可能世界理论视角对其中的跨界进行剖析，可以看出利用元小说、语言游戏等方式打破文本限制、模糊虚构与现实的边界是后现代小说的创作原则，也是后现代文学表达不确定性的手段。

关键词：跨界；可能世界理论；《花园余影》；后现代叙述

一、可能世界理论视域下的跨界

"可能世界"这个概念是由17世纪德国神学家、数学家和哲学家戈特弗里德·威廉·莱布尼兹（Gottfried Wilhelm Leibniz）提出的。他认为，可能性与逻辑法则密切相关，只要事物符合逻辑一致性，不违背矛盾律和排中律，事态的组合就是可能的，由此构成的世界就是可能世界。现实世界是已经实现了的可能世界，它和无数个尚未实现的可能世界一起构成了宇宙系统。20世纪中叶，逻辑学家以"可能世界"这个概念为基础，构建了可能世界理论，用来解决与模态断言相关的形式语义问题。20世纪七八十年代，文艺理论家又把该哲学理论应用到文学研究中，研究文学的虚构性问题。

以可能世界理论为研究视角，文学作品可以被看作一种特殊的可能世界——由文本构成的虚构叙述世界。然而，文学虚构叙述世界与哲学中的可能世界不完全相同。由于虚构叙述世界是想象的产物，它们可以不受自然法则和逻辑法则的限制，能够包容物理意义和逻辑意义上的不可能世界。从这种意义上说，虚构叙述世界中的一切事物都有可能。物理上不可能的人、物以及事件在文学虚构世界中比比皆是。同样,逻辑上的不可能也可以存在于文学虚构叙述世界中,此类情况在以自相矛盾、自我消解或者故意破坏逻辑规则为特征的后现代小说中更是不胜枚举。

作为一种后现代文学表征,跨界是一种打破逻辑法则的后现代模式,指的是主体打破常规,从虚构作品中的一个界或域跨越到另一个界或域的现象。为了更好地研究文学作品的跨界问题,我们需要对文学作品的"界"进行区分。"界"指的是边界,它是划分两个不同领域的界限。也就是说,界限连接着两个不同的域。热拉尔·热奈特(Gérard Genette)把叙述作品的内部结构分为三个层次:外叙述层、内叙述层和元叙述层(22)。利用可能世界理论的思想,我们可以把文学作品中不同的叙述层界定为虚构叙述世界所包含的不同次级世界。热奈特所说的"外叙述层"(即故事叙述者所在的世界)可以被界定为话语世界,"内叙述层"(即由叙述者讲述的故事内容构成的世界)可被划分为故事世界,"元叙述层"(即嵌套在故事世界中的故事构成的世界)可被划分为元故事世界。这样,我们就建构了一个由话语世界、故事世界和元故事世界组成的模型(如图1所示)。这个模型中的任何两个世界之间都存在着明确的边界。在对文学虚构叙述世界进行了界的划分后就很容易理解,所谓跨界就是指作品中的人物、情节、场景等突破不同虚构叙述世界之间的界限,从一个虚构世界跨越到另一个虚构世界的现象。具体可以表现为,话语世界中作为非故事人物的叙述者进入故事世界;故事世界中的人物进入叙述者所在的话语世界;元故事世界中的人物进入故事世界等。

图1　叙述世界模型

二、《花园余影》中的跨界现象

阿根廷作家朱利欧·科塔萨尔(Julio Cortázar)创作的短篇小说《花园余影》("The Continuity of Parks",1964)正是一部典型的跨界作品。该小说讲述的是一个正在阅读悬疑小说的读者被自己所读小说中的男女主人公谋杀的故事。故事开头讲述作为小说人物的"读者"坐在书房中的绿色天鹅绒扶手椅上阅读小说。他正在读的那部小说讲述的是一对情人预谋杀害庄园主的故事。故事中的"读者"很快沉浸到故事情节中,"一个字接一个字,他被主人公的下流勾当所蛊惑,被那些逐渐眉眼鲜活、栩栩如生的形象所吸引;他仿佛目睹了山上茅屋中最后的会面"(Cortázar 64)。文字一行一行行进,他自己从周围的环境中一点一点剥离。在他沉溺于阅读的快感中时,危险像蝎子一样缓慢逼近。他所阅读的故事离结尾越近,他自己的生命就离终结越近。不知何时,"读者"所读小说中的凶手从小说中出来,进入"读者"的庄园,并逼近书房:"他手握匕首,看到落地窗外的光线,看到绿色天鹅绒扶手椅的靠背,看到扶手椅上那正在读小说的男人的头颅"(65)。故事到此处戛然而止,作品的高潮即结尾。许久,我们才恍然大悟,在庄园的书房中读书的"读者"竟然莫名其妙地成为他所读小说中男女主人公打算谋杀的对象。

在小说中,叙述者在作品中并未明确讲述"读者"就是他所读小说中男女主人公谋杀的对象。让我们把作为"读者"的人物和作为谋杀对象的人物联系在一起的,是作品中多次出现的"绿色天鹅绒高靠背扶手椅"和小说中主人公"他"阅读小说时的坐姿。小说开始,正在阅读小说的主人公"懒洋洋地倚在舒适的扶手椅里,椅子背朝着房门……用左手来回地抚摸着椅子扶手上绿色天鹅绒装饰布,开始读最后的几章"(63)。随即,"他又感到自己的头正舒适地靠在绿色天鹅绒的高椅背上,意识到烟卷呆呆地被夹在自己伸出的手里,而越过窗门,那下午的微风正在花园的橡树底下跳舞"(64)。这些细节看似简单的静态描写,实是作者为结尾埋下的伏笔。在小说结尾处,主人公所读小说中的男主人公潜入庄园,执行他们的谋杀计划:"他手握刀子,看到那从大窗户里射出的灯光,那饰着绿色天鹅绒的扶手椅高背上露出的人头,那人正在阅读一本小说"(65)。小说结尾的环境描写与开头前后呼应,首尾紧紧相扣,形成了一个闭合的圆环。将它们联系在一起的,是故事中早已安排妥当的背景庄园和书房,尤其是书房里"绿色天鹅绒扶手椅",这个场景延绵于故事内外的两个世界。

《花园余影》这篇小说不足千字,相当紧凑精练,将书里与书外、虚构与现实的两个世界合二为一,从而产生震撼人心的力量,给人一种从未有过的新奇感。小说中的人物从书中走了出来,读小说的人成为小说中的人物,让我们在惊奇的同时,会情不自禁地问,怎么会这样?为什么故事世界中的主人公会出现在元故事世界里,成为他正在阅读的小说中的情侣谋杀的对象?究竟是"读者"跑到他阅读的小说中,还是他所阅读的小说中的人物跑到他所在的故事世界中?这一切都是怎么发生的,又是什么时候发生的?

从可能世界的角度可以轻易回答这些问题。借用可能世界理论中"文本作为世界"的隐喻,把文本看作虚构叙述世界,可以发现这个短篇小说中存在三个嵌套的可能世界：话语世界、故事世界和故事中的故事世界，即元故事世界。这就形成了一个如同俄罗斯套娃或中国套盒一样一层套一层的结构。叙述者处在话语世界，他讲述整个故事；故事主人公庄园主，也就是正在阅读悬疑小说的"读者"处于叙述世界体系中的故事世界，他所读小说中的那对企图谋杀他人的情侣处于故事世界下的元故事世界中。从表面上看，这三个世界虽然有所关联但各自独立、互不交叉。事实上，故事世界与元故事世界两头并进，最终交汇融合。在这三个世界中，正在阅读小说的"读者"是联系话语世界与元故事世界的中心。他既是话语世界中故事外叙述者（extradiegetic narrator）所讲述的故事的主人公，又是自己所读故事中的一员，即元故事世界中被谋杀的庄园主。而拿着匕首的男人不仅是故事世界中"读者"正在阅读的小说（即故事世界）里的人物，也是要谋杀故事世界中该"读者"的人。就这样，两个不同世界中的故事背景互相融合，两个独立空间中的人物命运彼此交叉。人物身份和故事背景的交融与重合使得主体悄悄从自己所在的一个世界跨越到另外一个世界，实现了跨界。

由于人物的跨界，现实与虚拟之间的界限变得模糊不清，到底哪个是真哪个是假，让人感到真假难辨。不仅作品中的"读者"，就连我们真实世界的读者也仿佛置身于一个亦真亦幻的世界中。书里和书外，虚拟与现实，像极了一条莫比乌斯环。[1]这条莫比乌斯环结成了一个闭环，两相结合，平面上没有开始与结尾，循环往复且无止无休。这种匠心独运的跨界又让人想到莫里茨·科内利斯·埃舍尔（Maurits Cornelis Escher）的版画，黑白图案在渐变中分离成型，产生虚实相对或者虚实难辨的效果。如此变化与反转确实令人感到惊奇。

三、《花园余影》的后现代解读

李维屏对后现代主义文学做出了界定，指出后现代主义文学是"第二次世界大战之后西方知识分子用于质疑并试图解释包括艺术本身在内的人类本体状况（ontological condition）的一种文化观和审美观"（58）。罗钢认为，"跨越真实与虚构的边界是后现代主义小说的一个重要特征"（9）。后现代主义文学继承了现代主义文学的反理性、反传统的批判精神和创新精神，不遵守传统创作的常规，否定作品的完整性、同一性、连贯性、确定性和规范性，提倡打破一切中心、秩序与规则的限制，主张文学的多元性、开放性、相对性、多义性和零碎性，具有荒诞性、怀疑性、游戏性、虚构性、哲理性等特征。从这个意义上讲，《花园余影》是一篇典型的后现代主义文学作品。

作为后现代文学的表征之一，跨界通过故意打破逻辑规则、破坏话语世界与故事世界的界限，突破时间序列和空间序列的限制，导致叙述世界构架断裂。正如布莱恩·麦克黑尔(Brian McHale)所说,来自另一个世界的主体的入侵"破坏了叙述世界内部不同构成因子之间的界线,使虚构世界和作者所在的本体世界发生直接接触,形成一个导致叙述系统突然崩溃的虚构短路,对叙述结构产生破坏性的影响"(119)。这种叙述系统的断裂或短路引发了文学虚构作品的各种不确定性。

"不确定性"原本是现象学的一个概念,后被运用在接受美学和解构主义中。《牛津文学术语词典》(*Oxford Concise Dictionary of Literary Terms*, 1990)从两方面界定"不确定性":"一是就解构主义而言,指否定文本终极意义的不确定性;二是就读者反应理论而言,指文本中任何一个需要读者决定其意义的成分"(Baldick 109)。也就是说,不确定性包含两个层面,一是文本自身意义的不确定性,二是读者对文本有不同的理解,在阅读的过程中可能会产生不同的意义。

在《花园余影》中,这种不确定性体现在方方面面。第一,人物身份具有不确定性。小说情节很简单,通过两个世界中的三个人物,用两个维度的视角将故事串联起来。然而,我们不了解人物的姓名和外貌,因为作者没有对人物进行正面描述,甚至没有赋予他们具体的名字。索尔·克里普克(Saul Kripke)在《命名与必然性》(*Naming and Necessity*, 1981)中指出,严格指示词(rigid designator)是在所有可能世界中都指示同一对象的词,专名就是严格指示词。在《花园余影》中,故事世界和元故事世界的人物都没有名字。不给笔下的人物命名,只采用指代不清的"他"和"她"来指称,正是作者落笔的绝妙之处。一方面,使用模糊指代的"他"来混淆彼此的身份,人物的交替便可以在不知不觉中变换,从元故事世界中的"他"悄然过渡到故事世界中的"他",使作品更具扑朔迷离之感。另一方面,"他"和"她"不特指具体的人,可泛指任何人,包括正在阅读的我们;也就是说,"他"和"她"的经历可能出现在任何一个人身上,这样就进一步增加了作品的张力。

第二,人物关系具有不确定性。作者在作品中没有告诉读者元故事世界中的女主人公与她和情人所要谋杀的"读者"之间究竟是什么关系。小说也没有明确说明这对情人为什么要杀死"读者"。我们只是在小说的开头读到,叙述者讲述作为庄园主的"读者"给代理人"写了一封授权信,并和他讨论了庄园的共同所有权问题"(Cortázar 63)。这为下文埋下伏笔。可以推断,庄园共同所有权的授予是"读者"招致杀身之祸的重要原因。虽然文中没有进一步说明共同所有权的具体事宜,也没有说明享有共同所有权的主体是谁,但随着阅读进程的推进,我们发现元故事世界中的女主人公对庄园里的一切都非常熟悉。由此可以推断,她生活在庄园里,且极有可能就是庄园的共同所有人。这就使小说中的人物关系具有多种可能性:1. 庄园主与女主人公很有可能是夫妻关系,女主人公与情人为了清除障碍,计划杀死庄园主,以便两人可以朝夕相处,还可以把庄园占为己有;2. 庄园主与女主人公是父女关系,庄园主反对女主人公与她的情人来往,后两人迫不得已,只能通过杀死庄园主达到长相厮守的目的;3. 庄园主没有继承人,他把共同所有权授予庄园的管家,女主人公是管家的女儿,联合情人杀了庄园主,帮助父亲成为庄园主。当然,两者的关系还有其他可能性,如叔侄关系、主仆关系等。可见,由于文本自身意义的不确定,人物关系也具有不确定性。

第三,跨界人物具有不确定性。在这篇作品中,跨界的主体究竟是谁?是故事世界中正在阅读小说的"读者",还是元故事世界中密谋杀害庄园主的男人?一方面,我们可以理解为,故事世界中的"读者"向下跨越故事世界与元故事世界的边界,进入元故事世界。也就是说,"读者"从自己所处的空间(树林中的庄园的书房)进入他所读小说的主人公"凶手"正在前往的空间(树林中的庄园的书房)。另一方面,我们也可以理解成,元故事世界中的人物"凶手"突破元故事世界与故事世界的界线,向上跨越到"读者"所在的故事世界本体域,进入故事世界。究竟是谁进入另一个世界,什么时候、如何进入的?文本没有说明,一切都悄无声息,一切都充满不确定性,一切皆有可能。

第四,故事结局具有不确定性。在小说中,男主人公"手握刀子,看到那从大窗户里射出的灯光,那饰着绿色天鹅绒的扶手椅高背上露出的人头,那人正在阅读一本小说"(65)。故事到此处戛然而止,他有没有把刀子刺向正在读书的那个人?有没有把他杀死?还是在行刺之前被发现并被及时制止?小说中出现的三个人物的命运最终如何?这些都是未知的,作者故意留下无数空白待读者思考、想象和解读。

第五,文本意义具有不确定性。读完作品,我们不由地思索,这篇小说的主题是什么?作品具有什么内涵,要传达什么思想?作者写作的意图是什么?作为一种旨在表现差异性、开放性、多义性的文学,这篇作品与主题明确、情节完整、结构清晰的传统小说不同,它没有明确的主题,作品意义不存在,中心不存在,语言也是含混不清、模棱两可的。换句话说,作者写作的意图就是表达不确定性和无意义。作者以游戏笔墨打破逻辑规则,打破传统限制,打破叙述的可靠性和故事情节的逻辑性、一致性和连贯性,以此向我们展示后现代生活的荒诞特征,而荒诞性是世界混乱、人类悲剧的所有根源。

结语

后现代小说既反对理性主义,又反对非理性主义。它试图消解认识论主客体的二元对立及反映论的基本原则,解构认识论对确定性和终极目标的追求,从而用语言和文本建构起一个世界,建立一套以"本体论"为核心的新规则与新范式。胡全生认为,后现代主义小说无时空秩序、因果逻辑关系,情节结构纷然杂陈、扑朔迷离、错综复杂,以"荒诞的、幻想的、闹剧的、滑稽模仿的创作形式来展示现实的虚构性"(26)。

可能世界理论视域下的跨界是文本外真实世界和文本内虚构世界实现互相通达、建立系统关联性的途径。在《花园余影》中,小说人物在不同的叙述世界之间游走,传统叙事的结构与框架遭到破坏,暴露了文本创作过程中的人为操作性及文本世界的虚构性和偶然性。同时,人物在时间和空间的自由转换又在极大程度上模糊了真实与虚构的边界,使文本处于一种假亦真、真亦假的状态。故事的意义和确定性被否定和推翻,作品的现实意义无法把握,完整性和确定性被消解,现实和虚构彼此交融,真实与想象的界线交相融合、模糊不清,作品成为一个无限开放、没有确定意义的系统,最终达到揭示故事世界虚构性的意图。

注解【Notes】

① 莫比乌斯环是一种拓扑学结构,它只有一个面和一个边界。将一根纸条扭转成180度后,两头再粘接起来,就形成了莫比乌斯环,它将正反面统一为一个面。用笔在莫比乌斯环上画个记号,从记号处沿着纸带画线,画完一圈后回到起点,会发现笔尖停留的地方赫然在记号的背面,而笔尖从来没有离开过纸面。

引用文献【Works Cited】

Baldick, Chris, ed. *Oxford Concise Dictionary of Literary Terms*. Oxford: Oxford UP, 1990.
Cortázar, Julio. "The Continuity of Parks." In *Blow-Up and Other Stories*. Trans. Paul Blackburn. New York: Pantheon, 1967. 63–65.
Genette, Gérard. *Narrative Discourse*. Ithaca: Cornell UP, 1980.
McHale, Brian. *Postmodern Fiction*. London and New York: Routledge, 1987.
胡全生:《后现代主义小说中的人物与人物塑造》,《外国语》,2000年第4期,第52—58页。
李维屏:《英美后现代主义小说概述》,《外国语》,1998年第1期,第58—65页。
罗钢:《后现代主义文学作品选》,北京:高等教育出版社,2002年。

书评

建构中国听觉叙事研究理论
——评傅修延《听觉叙事研究》

茹祖鹏

作者简介：
茹祖鹏，华南师范大学文学院硕士研究生。

内容提要： 傅修延新著《听觉叙事研究》移植和创建了一批听觉叙事研究术语，从声音角度"重听"传世经典，力图恢复视听平衡。该书结合中外研究成果，结合理论与作品分析，全方位探讨听觉叙事的可能性与价值，将"聆察""音景"等概念术语引入叙事学领域，提出"语音独一性"创见，梳理听觉叙事策略及其作用，为中国的听觉叙事研究打下了坚实的基础。

关键词： 听觉叙事；傅修延；"听觉人"

当今社会视觉文化泛滥，看微信、刷微博和短视频等占据了人们大量的碎片时间，人们不自觉地忽略周遭事物所发出的声音，听觉敏感性和听觉想象极大钝化，远不如中国古人那般听觉敏锐，马歇尔·麦克卢汉（Marshall McLuhan）给予中国人的"听觉人"称号唯古人名副其实。在文学方面，从古至今的中外文论普遍有过度重视视觉而忽略文学叙事的听觉性质的"失聪"表现。

有感于此，傅修延收集整理他关于听觉叙事的研究论文，于2021年出版《听觉叙事研究》。该书共14章，首先讨论"听"与"讲"的起源与发展，追溯听觉叙事的东西方文化源头和原始社会的前叙事行为，梳理听觉叙事的发展脉络，证明了中外文化听觉叙事的源远流长以及在文学叙事中的不可或缺，并从感官倚重的角度发掘中西文学传统在视听感官上的根本不同。之后，该书探讨听觉叙事的独特形态、基本规律与运用策略，目的在于针砭文学研究中的"失聪"痼疾，恢复视听平衡。该书强调听觉叙事的文学功能，尝试解决听觉叙事研究缺少必要概念和术语的问题，针对"观察""图景"等视觉研究词语，通过移植、吸收和熔铸等手段，提出"聆察""音景"等相对应的听觉叙事术语，将聆察提高到比观察更为重要的地位，进而从音景、聆察、声象、物感等方面重"听"中外叙事经典，发掘出新的诗学内涵和审美意味。

一、听觉叙事话语创新

中国的文学研究普遍存在过分倚重视觉而致的"失聪"痼疾,忽略对听觉、嗅觉、触觉等的关注,导致对经典文本的解读和研究难以得到更多创新性的阐述。较之国外坚实的听觉理论研究,国内在这方面尚在"蹒跚学步"。傅修延致力于建构中国本土的听觉理论,以开阔的理论视野和胸襟,于中外叙事研究理论中萃取精华,更在此基础上以独特的眼光实现了对现有理论的创新与超越。

理论建构的首要工作就是要扫除汉语听觉叙事研究缺乏话语工具这一最大障碍,移植和创建一批概念术语,构造听觉叙事的话语体系。"音景""聆察"都是中国听觉叙事研究亟待运用的重要概念。"音景"与"图景"、"聆察"与"观察"分别构成一对视听概念。为打破文学研究中图景表述的垄断地位,《听觉叙事研究》细致深入地探讨了音景理论中的无声以及 R. 默里·夏弗(R. Murray Schafer)的"声音帝国主义",为我们揭示了人类听觉感应方式的多样与复杂以及无声蕴含的丰富听觉信息,丰富了听觉叙事研究理论,更可从观念上启发现代社会中听觉感知日益简单化的人们去"倾听"久被忽略的无声画面,关注声音的空间结构。理论建构不能止步于文本,还应将目光放到文本之外。该书通过对比果戈理的《五月之夜》与茅盾的《子夜》,说明乡村音景与城市音景的反差,借此传达对现代社会嘈杂声音导致人听觉感知迟钝的现实的忧虑。

要让"音景"这个概念在叙事研究中站得住脚,除了要证明其在文学作品中所具备的叙事功能,还应进一步说明为何必须要确立这一概念,即音景的不可或缺性。《听觉叙事研究》站在人类文化的高度进行审视,不仅以中国古代文学经典如《西游记》中妖精奔波儿灞和灞波儿奔名字的读音等作为例证,还以西方文学作品《洛丽塔》中继父亨伯特对洛丽塔名字发音的玩味为例,聚焦于"拟声"这一文学叙事的摹声方式,从发生学角度揭示其与人类语言学习演化的紧密关系,又从现代社会亟待解决的听觉想象匮乏危机出发,强调音景的不可或缺和确立该概念的刻不容缓。

傅修延的理论创新还在于创建了与汉语中"观察"平行的概念——"聆察"。此举为中国听觉叙事研究提供了一个全新的基本概念,并从"聆察"这一新的角度解读作品,发掘中国古代文学作品中未被察觉的听觉信息和听觉事件细节,凸显了创建"聆察"这一概念的合法性和必要性。由此可见,不局限于理论阐述,重视文本分析是傅修延从事叙事学研究的一大特点。

傅修延重视理论建构的历史向度,深深扎根于民族历史文化的肥沃土壤。他从文字学的角度出发,根据对"听"学和带"耳"旁的繁体汉字字形进行分析,做出了"'听'在我们古人那里是一种全方位的感知方式"这一独具中国特色的论断。他结合麦克卢汉对中国文化的论断,以及"媒介即信息"理论,回溯中华民族文化传统,将听觉统治的中国文化简洁精练地概括为四个方面的特征:尚简、贵无、趋晦和从散。傅修延自觉地将目光转向了中国古代文论,从传统中找到"物感"这一话语资源来完善中国听觉叙事理论,同时联系当下,与时俱进,勾连古今,将"物感"这一古代文论概念与当下最流行的"物联网"概念相联系,认为物联网就是信息时代的"万物自生听"。这些理论尝试与建构体现了其在理论研究方面自觉的本土化意识、现实意识和强烈的理论自信与文化自信。

"语音独一性"是傅修延在认真揣摩卡尔维诺的《国王在听》及其他众多中外文学经典中听觉事件细节的基础上形成的独特理论,直指语音的源头。如《听觉叙事研究》后记所言,"这应该是听觉叙事研究领域最有价值的对象"(傅修延 422)。傅修延认为当前的文学研究也普遍存在形而上学的偏见,漠视无语义的语音本身,而卡尔维诺对"语音独一性"的书写不仅对西方的形而上学传统提出了严峻挑战,更有利于引起学界对形而下的具体现象的重视,回归"文学即人学"的初心,"聆察"书面文本中的声音。

二、听觉叙事策略梳理

建构系统的中国听觉叙事研究理论,绝不止于创新理论话语,还要梳理和总结听觉叙事在文学作品中的运用策略,明确听觉感知和听觉反应对于文学的叙事作用,傅修延的这些工作都是在夯实中国听觉叙事研究的地基,为后来研究者提供可供选择的话语工具和研究切入口,展现了新时代中国学者在中国学术理论建设上敢为人先、开拓创新的历史担当。

在深入阅读与研究中外叙事作品及细致观察现代人类听觉现象的前提下,《听觉叙事研究》将文学研究的感性体会与叙事理论研究的理性思考相结合,将不确定的听觉感知纳入叙事研究,总结归纳了叙事作品中源于听觉感知不确定性的听觉种类——幻听、灵听、偶听,并梳理了三者的不确定程度。傅修延在著作中将不确定性特征扩展到所有的感知,更深一层地指出"不确定"才是感知的常态,故而,叙事作品中才会有如此多的不可靠的"听"。

听觉感知的不确定必然造成表达的不确定,傅修延将听觉感知联系到叙事学领域热门的"不可靠叙述",辨析这种不可靠的听觉感知叙述的叙事学意义。傅修延对闻声之作中的听觉反应事件加以系统梳理,将听觉反应由浅入深地分为三重境界:因声而听、因听而思和因听而悟。他梳理了它们之间的逻辑关系,通过细读和对读论证了它们在中外叙事作品中对故事情节发展、人物性格和作品题旨等方面的作用,由此深化了对于闻声之作的理解,令人深切体会到听觉叙事艺术的丰富与微妙,引起人们对于讲故事这一听觉行为的重视。

此外,傅修延保持着对于研究话语的敏感度,指出听觉叙事策略除了上述几种外,还有"偷听"这一在中外叙事作品中出镜率较高的听觉行为。他认为这个略带贬义而不符合理论研究话语的中性表述要求的词语确有不合理之处,表达了对后来研究者创新此话语表述的希冀。

三、"重听"中外文学经典

傅修延克服了国内叙事学偏形式论的倾向,在叙事学研究中始终坚持中国和西方、历史与当下的语境,对中外作品如数家珍,对作品的听觉分析切合章节主题,以深切的同理心和学者严谨的逻辑性使论述更具有温度和深度。

"重听"中外文学经典是傅修延提出的一种带有陌生化意味的解读经典的新角度,以文学经典中的听觉书写作为解读重点,为文学经典研究提供了新的阐释空间,开辟了一大块叙事研究空间。《听觉叙事研究》以《红楼梦》《水浒传》《三国演义》《西游记》《儒林外史》等中国古代文学经典作品为"重听"对象,进行中外叙事经典的对读和比较研究,深入挖掘这些作品中隐藏的、曾为研究者所忽略的听觉信息,寻找聆察对象,进行"感知训练",论述这些听觉信息在作品叙事中的作用,用实际的文学例子客观证明"重听"经典的可行性。不足之处在于,该书对中国现当代文学作品(如鲁迅的《幸福的家庭》)的关注不够充分,较之其对国外经典的分析略显不足。

只有采用文本细读的方法,才能对中外叙事经典中的听觉书写细节和听觉事件进行追踪,对这些细节的反复咀嚼和品味才能够帮助发现听觉叙事的奥妙,深化对相关作品的理解。《听觉叙事研究》提供了示范,该书最重要的听觉文本细读是专列一章从三种倾听模式、叙事策略等角度对卡尔维诺的《国王在听》中的听觉书写进行了"现场还原"。

总之,如作者后记所言,《听觉叙事研究》大而言之是为听觉叙事研究呼喊,小而言之,是从中外叙事作品中选取许多过去不太重视的听觉事件来进行文本细读,从而加深对作品细节的把握与体悟(傅修延 421)。客观而言,该书的突出贡献在于整合中外有关听觉叙事的研究著作和叙事经典,将中外听觉理论系统化、框架化、条理化,从而形成一个完备自足的听觉叙事研究理论框架。该书为未来的听觉叙事理论创新打下了坚实的基础,为后来研究者开辟了广阔的研究空间,更为文学作品的研究提供了更多重的阐释角度和多种可能性。

引用文献【Works cited】

傅修延:《听觉叙事研究》,北京:北京大学出版社,2021年。

叙事政治学的营构

——评张开焱《叙事中的政治：当代叙事学论著研究》

李凝宁　王洪岳

作者简介：
李凝宁，浙江师范大学人文学院文艺学研究生。
王洪岳，浙江师范大学人文学院暨江南文化研究中心教授、博士生导师。

基金项目：
本文系国家社科基金后期资助项目"元现代文论研究"（19FZWB039）的阶段性研究成果。

内容提要： 张开焱在新著《叙事中的政治：当代叙事学论著研究》中对当代西方叙事学理论进行了深入探讨，揭示了叙事形式蕴含的政治因素与意义，并研究了其生成模式。他结合语言学、社会学、文化研究等跨学科理论方法，力图从形式-结构的本体层面还原叙事创作的意识形态性和政治性，并分析其社会历史内涵与意义。他通过对当代叙事政治学主要理论成果及其价值和局限等方面的分析，推进了对叙事形式政治性的整体研究，提出了"三极鼎立"的行动元分析模式，提炼出"统治关系社会政治元规则"的深层依据。张开焱摆脱文学与政治旧有关系的教条和约束，在"召唤-应答"的互动中努力建构与政治、审美文化、社会历史等密切相关的叙事政治学，在"接着说"中融合了中西叙事学研究，可以引发学界进一步的理论思考。

关键词： 张开焱；叙事形式；叙事政治学；"统治关系社会政治元规则"；"三极鼎立模式"

《叙事中的政治：当代叙事学论著研究》（以下简称《叙事中的政治》）一书主要汇集了张开焱对叙事形式政治问题的研究，包括对西方叙事学理论的分析批评、对叙事政治性的反思以及对当下叙事学建设的理论创见。张开焱是国内最早开始关注叙事与社会、历史、文化、政治问题相关性的学者之一，他的叙事学研究起初基于文化视角，围绕叙事形式这一文艺本体展开，但不局限于纯粹的形式和技巧研究，而是注意它与政治文化或意识形态的关联，大胆地从学科建构的角度来专门探讨叙事形式的社会政治意义。他的"神话叙事学"通过微观研究展开对故事中的角色划分、动力系统演绎、功能组织分析等问题的探讨，提出神格的构成、文化选择等范畴来沟通神话作品的、内部叙事结构与外部文化，使之有机统一，此实为其"叙事政治学"建构之端倪。其"文化叙事学"则侧重以宏观研究分析作为人类构建精神文化世界的方式、活动及意义的叙事，分析叙事的文化特性和历史使命，这就更进一步夯实了"叙事政治学"理论的基础。他对理论

的思考和论述层层推进、步步深入,涵盖的内容丰富全面、脉络清晰,文字严谨晓畅又不失深奥,观点立场辩证又富有创见,重视纵向历史和横向时代的整体性研究语境,从而为读者勾勒出一幅完整的叙事学文论地图,让有志于了解和研究叙事政治学的同人既可以饱览群贤智慧,又可以沉思叙事学的当代政治之维度和内涵。钱中文就曾对张开焱的叙事学研究给予高度评价,认为他"有很强的理论思考能力和独创性"(29),充分肯定其在走向叙事研究新天地过程中的成果。

20 世纪以来,形式问题一直是中西方叙事学关注的热点与核心。在经典叙事学发展到后经典叙事学的过程中,从更广泛的文论研究来看,发生了堪称相向而行的"向内转"与"向外转"。"向内转"指由文学心理学层面转向对叙事作品本身形式的探究,而"向外转"则仍然重视文学作品与社会历史、审美文化、意识形态内涵等外部因素的联结。叙事理论的当代转型正是对后者的体现,具体表现为克服单纯文本形式研究的独立性、封闭性,挖掘文学作品中积淀的特定社会历史潜在因素,把握文学和社会政治的关系,由此极大拓展了叙事研究的广度和深度。在西方叙事学界,从弗拉基米尔·普罗普(Vladimir Propp)等俄国形式主义者在故事形态学研究中探讨叙事形式与社会历史文化根源的关系,到法国结构主义叙事学对叙事形式及作品深层结构的探究,再到英美小说叙事理论研究对叙事形式特征的强调等,叙事学研究不断发展出一套"形式叙事学"模式。马克思主义、女性主义、后殖民主义、新历史主义等与叙事学的有效对接,使叙事学更加深入关注阶级关系、性别问题、种族殖民、文化政治、意识形态等社会文化和政治历史层面的内容。国内文论界对文学与政治之关系的研究也从政策体制层面、文艺自律层面逐步深化发展到"文学政治学""文化政治学""政治美学"等学科层面。

在《叙事中的政治》中,张开焱力图对西方学者弗雷德里克·詹姆逊(Fredric Jameson)的"叙事政治学"理论概念"接着说",开拓研究疆域。该著对理论的探讨点面结合:概观研究从西方叙事学有关流派的理论争鸣和发展脉络入手,从叙事政治学角度清理呈现各派的理论主张和问题;具体研究则主要深入探讨若干具有里程碑意义的学者及其核心理论观点,理解、肯定其价值意义,也对其片面局限之处进行反思和批判,特别是对理论中内含的政治潜素的揭示,如掘发普罗普故事形态学对叙事作品角色类型的命名、功能组合渗透研究的伦理潜素,格雷马斯行动元结构二元模式的政治意涵、托多罗夫叙事语法依据的历史文化逻辑、卢卡契叙事形式研究的政治论意味等,详细分析了詹姆逊政治无意识、巴赫金小说体裁论等理论的政治性和意识形态特点。此外,张开焱在横向研究中试图把握不同政治因素影响下的叙事表现,比如阶级对立引发的西方马克思主义研究、性别对立引发的女权主义研究。其中,性别政治从20世纪中期以来一直是文学与文化研究的热点,女性主义叙事学连通形式主义研究与女性主义批评,在叙事形式政治分析中占有重要一席。因其研究侧重点和篇幅的限制,张开焱未能在论著中对女性主义叙事研究展开论述,但还是关注到苏珊·S. 兰瑟(Susan S. Lanser)、罗宾·沃霍尔(Robyn Warhol)等女性主义叙事学家将女性主义、性别政治意识引入叙事形式研究的特点、价值和意义,并进一步思考这类研究的核心问题和难处。张开焱的理论研究涵盖面十分广阔,将综述和分析相结合,揭示理论研究中被遮蔽、忽视或有意回避的内容,在推演和论证中开拓出新的研究思路和观点,从而在中国理论语境中实现了叙事学研究的综合、创新和超越,向读者呈现出全面、立体、丰富的政治叙事学理论图景。他说,这是一个"从仰视性接受到审视性接受的过程"(张开焱 452),从而建构起具有独创性和普适性意义的叙事政治学,展现了中国当代学者开阔的眼界、敏锐的思想和不凡的格局。其具体贡献体现在以下几个方面。

一、"叙事""政治":叙事政治学的核心概念

张开焱的叙事政治学深入研究了叙事形式的政治问题,且广泛涉及美学和诗学。在他的论述中,"叙事"不仅是带有话语策略和审美修辞的故事讲述,而且表现为一种权力关系、社会文化和意识形态的表征或规训工具。"政治"研究不能局限在政权、阶级等狭隘的政治范畴内,而应基于更广阔的社会历史内涵和社会生活范围来寻找特定的角度,以丰富其研究领域和意义。文学与政治的关系问题,学界、政界讨论已久且态度、立场各异,而"政治"这一概念本身仍然需要进一步厘清。张开焱指出,传统政治理论过于局限地将"政治"理解为阶级斗争,而詹姆逊将"政治"界定为"社会""历史"的同义词,则又过于宽泛。张开焱从多角度对"政治"概念进行了重新定义,并在人类叙事文化语境中厘清其内涵、功能和特征。他在沿用詹姆逊界定的基础上,将"政治"分析聚焦于社会历史内涵问题,又基于马克思主义观点,认为它涉及意识形态、生产方式、文化模式等诸多方面,而其核心则与"权力"相关。从这一特定角度,他提出"政治是与权力关系、结构、行为和观念相关的现象,人类群体或个体之间为了争夺、建立、巩固、颠覆特定权力关系、结构、体制的行为和观念,才是政治或具有政治性"(张开焱 自序3)。这一观点是在综合了亚里士多德《政治学》政治观、马克思主义、福柯话语-权力理论、女权主义理论以及当代若干政治学理论等的基础上提出来的,它具体围绕社会的阶级、性别、族际、文化、意识形态等政治维度展开讨论,揭示了"政治"较为宽泛、具体和日常的含义。因而叙事政治学的建构就具有了历时性、当代性和社会性的意味。

同时,张开焱强调,叙事学中的政治探讨又不能无边无际以至涵盖社会生活的全部。他注意将叙事的"政治"探讨与文化、历史等研究区分开来。如此,他在狭义和广义两个层面确定了研究所涉及的维度和范围,既保持了研究的立场和高度,也保证了叙事政治学研究的独特性。这样就防止了叙事政治学研究中的政治性缺失,也避免了将一切都归为政治性因素的弊端。

二、从叙事到政治:叙事政治学的初构

张开焱从一般的文学叙事学研究,推进到叙事政治学的建构,这就使其研究更具普遍性。叙事及其形式的政治含义问题,一直以来困扰着古今中外的作家和理论家。如今,借助于当代叙事学和西方马克思主义,张开焱敏锐地提出了开拓叙事学之政治研究维度的重要命题。对叙事形式政治意义之本质论和语境论的认知模式,即"特定叙事形式的政治含义,是它们本有的,还是进入特定叙事文本语境中生成的?"的区分和深入思考,这是张开焱此学术探索的核心(75)。学界对这一问题的探讨从"作者中心论"到"读者中心论"再到"文本中心论",文学叙事的诠释方式影响对叙事意义的理解。张开焱认为,叙事形式的政治意义是特定形式的政治潜素与特定政治论的解释视角所构成的"召唤-应答"式框架的功能性生成物,而非固定本质。对叙事形式政治意义的认定与阐释语境紧密相关,"框架"的选用影响对叙事形式及其背后历史文化意蕴的理解。文学叙事的政治意义不是凭空出现的,也不是本质的、必然的先行存在,特定社会历史逻辑在文化逻辑中积淀,从而决定叙事语法的产生。因此,我们需要依据叙事文本和特定的历史文化情境对叙事进行考察,这给叙事政治学研究带来更强的解释力和更有发展性的思维视野,也为多元政治性和意识形态立场提供了可能空间。

一方面,语言的文化意义是在精神文明建设和文学生产历程中不断发展积淀的,蕴含着集体智慧,具有先在意义和历史背景,因而叙事形式不可避免地带有一定的政治文化性。另一方面,在多种语境的影响下,面对一个叙事文本,不同的读者会产生不同的解读结果,反映了不同的意识形态。文学家对叙事话语和结构策略的选择和安排,以及读者对解读内容和阐释框架的选取,都带有个人情感、社会历史、时代文化等政治性意味,因此语境对叙事意义的生成有重要影响。张开焱结合符号学、文化分析等跨学科研究方法和思路对前语境的政治内涵、文化意蕴进行审视,指出不同解读结果所潜藏的矛盾和问题。政治性意义认定过程中出现的理解上的冲突与分歧,正是辨析意识形态立场的关键之处。作者处理带有前语境政治文化意味的符号、素材和结构策略时所采用的叙事形式和手法,反映和表达了其意识形态立场。

身为男性学者,张开焱也关注到了女性主义叙事和性别及身份政治研究的

相关问题。他从语境论角度对女性主义叙事研究进行分析,指出"女性主义叙事学不是从普遍性、本质性角度,而是从语境论即功能论角度探寻叙事形式的性别政治内涵的。它将特定性别政治内涵看成特定叙事形式在特定语境中的生成物,并非叙事形式固定不变的普遍本质"(70)。女权主义的创作、阐释和批评的目的就是要揭示和消解潜在、传统的父权逻辑,在对前文本语境的解构和重构中表现性别政治意识形态。需要注意的是,文论研究对形式技巧的性别化定义本身也隐含意识形态判断,诸如"女性技巧""女性语言"等批评用语,将某种表达冠上性别气质,将其形容为不同于一般叙事的非常态的叙事。如此为不同于传统和主流的意识形态叙事解读提供了话语方式和阐释空间,强调了女性主义叙事研究在意识形态上的独特性和突破性意义。但对于张开焱指出的"进入特定叙事作品语境中的所有叙事形式是否携带有前语境的某些特定政治潜素?女性叙事学理论上必须做出否定回答"(73),以及"女性主义要完全无视叙事形式和手法可能携带着的特定历史内涵"(74)等绝对性判定,笔者认为值得商榷。从对象本身来看,叙事形式不是一个独立、固定的美学样式,而是渗透了历史、发展、身份、性别的复杂意识形态和社会关系的意义整体,不需也不能完全对其进行拆解和分离。从解读活动来看,就像张开焱提到的,叙事阐释所选框架决定了对文学形式政治意义的认定,这一活动反映了特定的意识形态立场和历史文化语境。因此,从性别政治角度解读叙事可以得出性别政治的叙事意蕴,但对于一个理解前结构中基本没有性别政治视角的人而言,他就不会发觉和接受含有性别政治立场的解读。如此,不论是叙事语境本有的、固有的,还是现有的、生成的性别政治含义,不论是否顺从传统文化前语境或认同作者立场,这些互动和差异所形成的冲突恰恰彰显出意识形态的特点,反映了叙事的社会历史和政治内涵。因此,张开焱的这一辨析,提醒叙事解读要注重理解前结构和解读现结构之间的张力,辩证分析其中的政治性差异,避免单一刻板的意义解读造成政治和意识形态独断。

三、"统治关系社会政治元规则"及其超越

在《叙事中的政治》中,张开焱从故事角色模式和叙事作品结构层次的研究中总结出"统治关系社会政治元规则"。他将其视为社会建构和维持社会共同体运行的基本的、终极的政治规则,即在社会成员和社会现象之间区分差异、强化对立、形成等级、确认中心、建立塔式空间(392)。它统摄着行动元范畴和功能组织模式等叙事结构,调控着人类的社会生活秩序,影响着人们的思维习惯表现和精神文化面貌,建立起了具有等级性、集中性、向心性、有序性等特征的统治关系社会(90)。张开焱指出,接受或是反抗元规则的行为都具有政治性,直至

没有阶级、没有压迫、没有对立的共产主义社会,这种社会共同体的元规则才会失去意义。

政治元规则作为人类阶级社会的深层基础,强调对立性差异,形成二元对立这一最典型的模式。它渗透于人类社会的群体和个体、行为世界和精神世界等各个层面,成为人们理解世界、指导实践活动的基本思维认知方式,成为一种集体无意识。张开焱在对巴赫金(Bakhtin)的思维模式及其政治泛音特征的分析中,具体探究二元对立模式的功能结构和政治性特点。他从叙事政治学角度肯定巴赫金体裁政治学的理论内容特点和研究路径特色,指出巴赫金采取不同于大多数学者纯技术性、纯形式论的讨论角度,从对话主义和狂欢化理论出发,开辟对日常生活言语体裁的研究,区分其与一般文化体裁的差异和联系,并以小说体裁政治学研究为核心,从"官方文化/民间文化""独白/复调""崇高/低俗"等二元对立概念的差异性区分论述中,揭示小说体裁和话语自身的特征。张开焱冷静审视并辩证指出巴赫金的小说体裁理论研究本身弥漫着政治泛音,这些二元区分式论述潜藏极化思维,而这又最终与统治关系社会的政治元规则暗合。巴赫金想通过小说体裁和话语的论述方式颠覆某些既有的文化与社会政治规则和理念,表达他对去压抑化、去等级化、去权力化、平等性、对话性、包容性的价值主张和社会追求。张开焱指出,这种基于二元对立模式对等级、权力关系的反抗和建立,本身先在具有泛政治特征。这种思维模式不仅过于理想化,轻视了复杂的话语关系及其中蕴含的压抑机制,也反过来强化极化思维,突出了对象双方的对立性、差异性,弱化了关联性、相通性,抹杀了处于二元之间或兼有两者特征的语言现象。对此,张开焱明确中间性语言地带的存在,认为它是既有官方色彩也有民间色彩的复合状态,而并非简单的非白即黑、非黑即白的状态(383)。多样复杂的现实生活实践证明,不是所有现象都能用二元对立妥当地归纳和理解,人们对"阴/阳""优美/崇高""美/丑"等中西二元范畴的理解和运用,已然出现两极渗透和协调、转化的情况,存在过渡形态、中间形态、融合形态等样态和特点。正是这些"灰色区域"(周宪 20),以及"中位性"的生成特点,促成了二元张力之间或之外还应有着"即此即彼"的"间性"存在,在一种新的"情感结构"中呈现出动态的、既对位互渗又统一的元现代和谐状态(王洪岳 162—171)。张开焱在对结构主义叙事学中的本质主义(即二元对立思维方式)进行解构的基础上,建立起了"三极鼎立模式"。

四、"三极鼎立模式"的建立

《叙事中的政治》的理论操演有破有立,富有思想深度。张开焱的批评分析是辩证的、理性的,在提炼明确理论特点和价值意义的同时,亦剖析了理论的局限处,并提出了解决之道。他肯定普罗普基于故事结构和母题进行的涵盖众多历史因素、长时段历史阶段的分析,但明确要注意区分显层形象和故事结构层的角色及其功能;他肯定格雷马斯叙事结构三层次理论、行动元范畴和模式的全面性,但也指出深层和表层结构之间的对应问题、层次与行动元之间的编配问题。同时,张开焱一针见血地指出这些形式主义、结构主义叙事学研究无法摆脱的政治伦理观点、意识形态立场,揭示长期以来叙事形式研究中被遮蔽和忽视的政治潜素与意识形态内蕴。对此,他针对行动元范式和故事结构模式存在的问题,将结构叙事学与语言学、符号学、文化学、精神分析学、社会历史分析等研究模式相结合,突破了作为行动元模式基础的二元对立原则,以三个具有内在共生性的原生性行动元组成最小单位来对叙事作品进行分析,提出了基于"主体/锦标/对手"类型关系的"三极鼎立模式"。

"三极鼎立模式",亦可称为"三元三维模式",其设想的亮点及意义有二。其一,该模式不是简单地否定二元对立模式,而是在吸纳中实现超越,看似仅增加了一元,实则是对多项二元关系的融合与提炼,从而建立起更加复杂、稳定的三维结构作为最小的故事结构单位。这就像语言学中第三元的存在建立了符号及其解释者之间的关系,推动着意义诠释。三极鼎立模式区分不同行动元的特点和意义,任何二元之间都可以在这个整体中构成特殊的对立关系。因此,它囊括了格雷马斯符号矩阵所涵盖的对立、矛盾、包容三种基本关系。由此我们可以实现以这一叙事基本结构精准描述复杂故事组织和行动元范式。因此,第三元的存在是对众多二元关系的收纳,是故事展开并演变发展的动力,是促生叙事多样性的关键。其二,三极鼎立模式对行动元主体性、功能性的区分更加明确,强调差异和区别,但又避免极化和绝对化造成的不平等压制,避免二元对立、互渗或被一元思维操控。一元思维注重单一、标准、根源,遏止和遮蔽差异、变化、他者,从而造成霸权和专制,不能恰当地描述叙事作品的结构模式。二元结构呈简单的线性对立关系,不能高效描述复杂、发展的关系结构。三极鼎立模式避免一元、二元模式在功能和意识形态立场上的局限,构成行动元之间具有差异性、对立性和联系性的动态整体,呈现故事结构、功能组织规则及权力关系的复杂性和冲突性,满足故事组织的基本要素,促进叙事理解和政治意味解读。

三极鼎立模式是一种有效范式,其语言学、社会学和文化学等基础来自叙事作品主体结构对应关联的"你/我/他"人称结构、人类男权社会的"儿/父/母"三元家庭结构,以及与社会文明进程相关的崇"三"的历史文化传统。它可以化解多组因二元对立结构描述而出现的繁复冗赘,以最基础、稳定、包容的结构模式来清晰地理解复杂化世界和时代中的叙事作品、审美文化现象和社会结构。这也正体现了张开焱三极鼎立模式对以往叙事形式政治意蕴研究的突破和超越:

不同于从一般叙事意义、语境意义上寻找故事结构固定的政治内涵,他基于与叙事紧密相关的符号学、精神分析学、社会文化学等开阔的跨学科研究,从起源角度研究人类叙事结构产生的基础和动力,从而获得更可靠、包容、普适的分析路径,也为叙事形式提供多元政治性分析的可能。加之张开焱意识到叙事结构模式潜在的政治性,所以该书用更开放、更具冲突张力的结构关系来避免意识形态倾向和话语霸权。因此,即使三极鼎立模式提取于男权社会生产的叙事作品,以男权社会为场域,浸润于男性中心文化,受到漫长历史积淀下来的父系社会所遵循的社会政治规则与政治无意识的影响,但这并不约束限制其多元的批评话语和阐释立场。它不仅更贴合、满足于对当前叙事作品和现象的理解,而且这一充满欲望、冲突、暴力内在精神和紧张关系的结构,更为女性主义性别政治、种族主义阶级政治等多元政治分析和意识形态立场研判提供了无限可能和有力依据。

  总结来说,张开焱的叙事政治学研究旨在沟通西方叙事理论与中国叙事的特定文化语境和社会历史语境,尤其是对文学叙事形式政治维度的专门研究揭示了此前较长时间文论研究对叙事政治研究的回避、偏见和遮蔽,提请国内学界重视文学叙事形式与社会历史文化的深层关联。张开焱自谦"叙事政治学"研究不意指一套完整独立的理论体系,但其对传统叙事理论和模式的批评和创见,提供了独具特色的分析模式和方法,给叙事学的发展注入了源头活水。张开焱的学术研究关心日常审美生活和人类精神文化建构的命题,其叙事学研究深含对审美文化、政治正义、社会意义的考量,这已然成为他的基本治学思路、格局与特质。就像张开焱在《叙事中的政治·自序》中所说的,"走向叙事政治学"不仅是叙事学发展的一个重要课题和学术趋向,而且是充满发展活力和前景的人类精神探索。

引用文献【Works Cited】

钱中文:《走向叙事研究新天地》,《湖北师范大学学报(哲学社会科学版)》,1995年第4期,第28—30页。

王洪岳:《元现代主义:"后现代之后"的文论之思》,《文艺理论研究》,2022年第4期,第162—171页。

张开焱:《叙事中的政治:当代叙事学论著研究》,北京:中国社会科学出版社,2021年。

周宪:《从一元到多元》,《文艺理论研究》,2002年第2期,第19—24页。

多姿多变的米勒
——评张旭《多维视野下的希利斯·米勒文论研究》

林晓霞

作者简介：
林晓霞，福建理工大学副教授，研究方向为比较文学与世界文学、翻译与当代西方文论。

引言

J. 希利斯·米勒（J. Hillis Miller）是美国著名文学批评家、比较文学巨擘、解构主义耶鲁学派四大家之一。他著述颇丰，包括《小说与重复：七部英语小说》（*Fiction and Repetition: Seven English Novels*，1982）、《论文学》（*On Literature*，2002）、《共同体的焚毁：奥斯维辛前后的小说》（*The Conflagration of Community: Fiction before and after Auschwitz*，2011）、《小说中的共同体》（*Communities in Fiction*，2014）、《萌在他乡：米勒的中国演讲集》（*An Innocent Abroad: Lectures in China*，2015）等等。特别值得一提的是，《萌在他乡》的中译本于2016年由南京大学出版社出版，米勒的老朋友王宁为该书作中文版序。由于该书收集了米勒在晚年与张江的通信，在学界引起了很大的反响。

米勒与中国学界颇有渊源，他是第一批受邀访问中国的美国学者之一，也是最有影响力的学者之一。米勒文论具有国际性和跨学科性的特点，代表着文化的交集，探讨了特别时刻的文化问题，如他指出在全球化背景下，"人文危机"这一说法已经颇有些年头。米勒于是积极探索了文学研究中的哪些东西会以传统的、现代的，甚至是未来的形式生存下来。这同时也造就了"米勒丰富的、异彩纷呈而又难以归类的学术生涯"（詹姆逊 1）。作为土生土长的美国主流人文学者，同时又是美国艺术与科学院（American Academy of Arts and Sciences, AAAS）院士，米勒的研究是欧洲文论与美国文学批评实践、美国文学教学实践相结合的典型范例，其学术宝藏值得中外学者从不同的维度加以挖掘。《多维视野下的希利斯·米勒文论研究》（以下简称《多维视野》）是作者张旭近二十年研究米勒的成果，集腋成裘，作者在各章的资料爬梳和观点论证上开阖自如，结构严谨，条理清晰,深入探讨了米勒关注的重要话题。2021年2月,米勒先生因病不幸去世,《多维视野》一书2020年1月由清华大学出版社出版,王宁和单德兴分别为该书撰写序言,其纪念意义非凡。

本书主要议题及反思

目前国内的研究大都聚焦于米勒文学批评的(反)叙事研究、意识批评、解构主义批评、语言行为研究、文学伦理学、全球化时代比较文学与世界文学等,这也恰恰说明米勒宏大的理论驾驭能力。多元的研究体现多维的视野,《多维视野》正是当下国内较为全面介绍米勒文学批评的著作之一。全书共七章,除了绪论和第二章外,其余每章均分为四节。第一章绪论铺陈了米勒的文艺批判思想,说明此研究的目的与主要内容,介绍国内外研究米勒的现状,阐明研究方法与意义,正如作者在第一章最后一部分所写的那样:

> 首先,本书通过尝试社会历史学的批判途径,以米勒为研究个案,结合他的文艺思想之渊源与发展过程进行全面梳理……其次,运用诠释学的方法,结合具体的思想主题,对米勒的文艺思想进行细致入微的阐发……最后,将米勒的文艺思想置于跨学科、跨语言、跨文化、跨国界的语境内进行观照,对他的文艺批评思想进行多维度、多层次的阐析,体察他对现当代文学批评事业做出的贡献。(张旭 24)

本书第二章论述了米勒早期对小说的意识批评(criticism of consciousness)是受到约翰斯·霍普金斯大学同事、日内瓦学派乔治·普莱(Georges Poulet)意识批评的影响,米勒的首部著作《狄更斯的世界》(*Charles Dickens: The World of His Novels*, 1958)是在普莱的批评论著《巴尔扎克》的影响下完成的。同时期的其他重要作品还有《上帝的消隐:五位19世纪作家》(*The Disappearance of God: Five Nineteenth-Century Writers*, 1963)、《现实的诗人:六位20世纪作家》(*Poets of Reality: Six Twentieth-Century Writers*, 1965)、《哈代:距离与欲望》(*Thomas Hardy: Distance and Desire*, 1970)。从狄更斯到康莱德,从浪漫主义到虚无主义,米勒借由梳理19世纪中叶和20世纪初作家的两类不同的意识,对主客观主义的消极性进行了意识批评的反思,并且将意识批评结合英美文学经典作品展开深入挖掘,将意识批评提升到一个新的高度。米勒的研究专长为文学理论与19世纪和20世纪小说及诗歌,他富有创见地运用当代理论阅读文学作品,提出个人新颖、独到的理解。

在第三章中,作者剖析了米勒运用英美哲学家约翰·奥斯汀(John Austin)、约翰·R.塞尔(John R. Searle)和保罗·格赖斯(Paul Grice)的言语行动理论，阐释特定作家如何透过文字来进行研究，以凸显文学的践行效应。米勒关于文学中言语行为的论述，主要有《皮格马利翁诸貌》(*Versions of Pygmalion*, 1990)、《比喻、寓言和述行言语》(*Tropes, Parables, Performatives*, 1991)、《文学中的言语行为》(*Speech Acts in Literature*, 2001)、《文学即作为：亨利·詹姆斯创作中的言语行为》(*Literature as Conduct: Speech Acts in Henry James*, 2005)等。作为当今解构主义批评的代表，米勒和保罗·德曼(Paul de Man)一样，把文学看成一种言语行为，米勒在《论文学》(*On Literature*, 2002)一书中涉及了"文学即言语行为"，并再次强调"正是文学作品的施为作用，召唤着人们阅读文学作品，并乐于接受这一虚拟现实中的一切"(Miller 111—114)。无论是早年的米勒，还是晚年的米勒都一如既往地强调阅读文学作品的必要性和重要性。2019年7月，南京大学出版社出版了米勒生前最后一部中译本著作《共同体的焚毁：奥斯维辛前后的小说》，米勒在结束语中写道：

> 本书的论述基于如下几个前提：1)小说或评论可以有效地见证奥斯维辛、美国奴隶制、美国对伊拉克和阿富汗开战以及美国最近发生的其他灾难性事件等；2)小说在事后看来，可以被视为具有预见性，预告了后来发生的事情，就像我所说的卡夫卡的作品预见了大屠杀一样；3)小说作为有效的见证，其作者越接近小说要间接作证的历史事件，其叙事就会越复杂……然而，最重要的是，我试图解读这八部小说能发挥语言行为的作用，激发其他人自主地阅读这些小说。(2019：327)

因此，我们不难发现，即便是到了最近期，如与中国学者张江的通信中所体现的，米勒仍在结合文学作品的阅读与思考提出一些富有创见性和挑战性的问题。米勒从阅读一部具体的文学作品入手讨论其中的理论问题，这一点和张江相同。"他们的对话便从阅读一部作品开始，经过一番理论的阐释后，又回到了对文学作品的理解和阐释上。这显然是对当前风行的所谓'没有文学的文学理论批评'现象的一种反拨"(王宁 2016：8)。此外，米勒本人非常重视与中国学者张江的通信。他说："我希望，我和张江的部分通信内容能够以英文或中文的形式在中美两个国家出版。对我来说，阅读及回复他的邮件，至关重要。我相信，中国和西方的读者应该也能从中感受到同样的乐趣"(米勒 2016：344)。

身为比较文学学者、欧陆理论的传播者，米勒对翻译问题有过一些独到的论述。毋庸置疑，与雅克·德里达(Jacques Derrida)的相遇，开启了米勒"人生的一个新时期"，使他跻身于解构批评重要代表人物的行列。当代解构批评家都特别注重语言的批评,米勒对翻译问题的讨论正是以语言为突破口,这一点在他的《跨越边界:文学理论的翻译》("Border Crossing: Translating Theory", 1993)一文中表现得尤为明显。本书第六章以爱德华·萨义德(Edward Said)先后撰写《理论旅行》("Travelling Theory", 1983)和《再议理论旅行》("Travelling Theory Reconsidered", 1994)两篇文章为基础,剖析米勒的"解构主义翻译观",重点探讨了可译与不可译的争议以及双重文本的现象,作者认为米勒对翻译的可译和不可译问题的研究是德里达和德曼的讨论之延续和深入,结论则保持开放性。具体说来,本章分为"翻译即跨越边界""翻译:在可译与不可译之间""翻译:双重文本的产生""问题与反思:一个开放性的结语"四个小节来剖析米勒的解构主义翻译观。作者通过总结和反思米勒的翻译观得出这样的结论:

> 现代翻译研究应当容忍向更多'他者'的方向发展。处在当今多元化的话语氛围中,随着各种交叉学科相互打通和研究方法互相渗透,研究者从各自不同的领域来审视翻译问题,从不同的维度来解释种种翻译现象,从而加深了人们对翻译本体的认识;同时,正是这种不同研究视域的引入,也预示着未来翻译研究的生命,并烛照着该学科未来广阔的发展前景。(张旭 155)

张旭年轻时便在罗选民指导下从事典籍翻译,文献功底扎实,理论功底深厚,并善于将理论与实践相结合。

纵观米勒的学术历程就不难发现,解构批评其实是他的鼎盛时期。其思想的发展与转变可简要概括为——"由语言(新批评),而到意识(意识批评),回到语言(解构批评),再转向言语行动和伦理"(单德兴 xviii)。本书的第五章对米勒的阅读伦理和批评伦理观进行了较为详细的阐释。在中西文论界,伦理批评一直居于主流地位。张旭认为运用解构批评方法来探讨文学与伦理的关系问题最出色的,首推米勒,具体表现为米勒的阅读伦理观、叙事伦理观、地志伦理观和伦理阅读之后的反思。正如米勒的批评理论多是结合文学作品的阅读与思考提出的,他关于文学伦理问题的思考同样紧扣文本阅读进行。

米勒与比较文学的渊源可以追溯至他早年在哈佛大学攻读文学博士,之后长期在约翰斯·霍普金斯大学英文系和比较文学系任教的经历。本书第四章"全球时代米勒的比较文学观"中,作者仔细审视米勒的学术生涯,探讨造就其独特的比较文学观的背后原因:

> 1944年,米勒进入欧柏林学院求学,最初立志当一名物理学家,一年后转到英文专业就读,开始从事文学阅读和批评学习。这种特殊的学术背景,

使他后来的文学研究很大程度上带有跨越性特征。也就是说，他善于从别的领域来审视文学问题,这使他的研究带有浓厚的比较文学性质……1953年至1972年,米勒在霍普金斯大学人文中心取得一个与比较文学相关的联合教席。在此期间,他被法国、德国文学及其理论吸引,开展了大量带有比较文学性质的研究工作。(张旭 83)

1972年起,米勒开始在耶鲁大学从事比较文学的教学与研究,并与德曼、哈罗德·布鲁姆(Harold Bloom)、杰弗里·哈特曼(Geoffrey Hartman)、德里达等一道促成"耶鲁学派"的形成。此外,作者在书中还提到萨义德是米勒的挚友,他们之间常有不少有益的交流。萨义德和德曼都在过世前一年写下与回归语文学相关的论文。米勒在《因特网星系中的黑洞:美国文学研究的新动向——兼纪念威廉·李汀斯》一文中提及德曼的《回归语文学》(2016: 52)。对萨义德来说,"语文学能直接引领读者从文本走向高明的作者,深刻而直接地去体验作者所居住其中的历史世界,感同身受,并有幸接触到作者对现实的英勇抵抗,尤其是对民族主义意识形态的反抗"(Said 14)。德曼"力争在解构理论与语文学之间建立某种可能的联系。他不仅把自己的批评实践看作传统的教学法,而且把它看成一种包含其他各种理解并能进行各种理解的第一知识"(哈派姆 56)。正如杰拉尔德·格拉夫(Gerald Graff)所指出的,"语文学影响了最有名望的美国大学的教育实践活动,直到20世纪"(67)。在美国著名学府学习、教学和从事文学批评写作的米勒自然对语文学有着自己的见解。米勒在《理论在美国文学研究和发展中的作用》一文中写道:

> 19世纪晚期,伴随着英语系和欧洲语言文学系的成立,语文学研究也被引入了美国的大学,与此同时,一种全新的、完全不同于过去之绅士培养的文学研究理念和实践开始了。这种应普遍解释之原则而兴起的研究投入,作为新兴研究型大学的一部分,使大量集体性的研究工作都具有了新的意义,例如,编辑、注解、勘校和确立文本、传记、文献目录和渊源研究、字典和索引的编撰、词源学研究、对史实和语言现象的挖掘和考证,以及文学史和思想史的撰写,等等。(2016: 15)

针对文学研究理想无法决定社会或个人对其研究成果的使用一说,米勒进一步指出,"语文学研究的文化应用这种理想,并不像其所声称的那样令人信服,就如同我们前面提到过的那种理念——对希腊语、拉丁语、古英语或者中高地的德语之语法和句法的学习本身就很好,对年轻人来说也是很好的道德培养"(2016：16)。现在在许多领域,从古典文学到印度研究,没有人认为要求学者掌握6种或6种以上的语言是了不起的,但语文学的研究方法在这些领域仍然享有广泛的声誉。真正的问题在于,为什么学欧洲文学的学生不再觉得保留这些技能很重要?人们为什么不再认为对整体的清晰了解是研究欧洲文学史上各个时刻的必要基础?萨义德和德曼认为,缺乏语文学的文学批评,无非是快感原则采取了专业形式而已。只有带着忏悔之意回归语文学,才能恢复学术研究的完整性。在倡导文学批评回归语文学的同时,萨义德也给年轻人加上一条警告:

> 这并不是说我们要回到传统的语文学文学批评和研究方法。没有真正受过教育的人,想以语文学家埃里克·奥尔巴赫和利奥·施皮策为榜样,你最好要熟悉八或九种语言以及用这些语言编写的大部分文献,以及档案、编辑、语义和文体技能。老实说,具备这些技能的人在欧洲至少消失了两代。(Said 14)

萨义德的这一警告也让我们不难理解米勒的忠告,他告诫人们不要一味地依赖翻译,鼓励人们最好去阅读原作,如此才能发现文学作品中原汁原味的东西。针对此观点,王宁在《多维视野》的序言一中写道:

> 米勒建议新的全球化时代比较文学不应以英文为基础,而是应该建立在所需了解的语言基础之上。而且,他认为只要你足够勤奋,千方百计地去学习所需要的语言,这是完全可能的。如果不去这样做,便是极不负责任的态度。可以说,米勒的论述抓住了问题的实质。这一点对于目前中国比较文学界众多学者大量依赖译本开展比较研究的想象很有现实针对意义。(2020：xii)

虽然歌德不是第一个使用"世界文学"这一术语的人,但他是系统表述这个概念之深刻含义的第一人。20年后,马克思和恩格斯在《共产党宣言》中颇有前瞻性地预示了经济和文化的全球化,把世界文学描述成资本主义全球扩张的结果。在第二次世界大战期间,世界文学在伊斯坦布尔得到了进一步的发展,当时,一些著名的德国语文学家如埃里克·奥尔巴赫和利奥·施皮策为躲避纳粹的迫害来到伊斯坦布尔,战后他们移居美国,并带去了他们自己版本的世界文学。20世纪三四十年代伊斯坦布尔的流亡话题是当代批评家,尤其是比较文学和世界文学学者一直关注的,也是我们当下讨论世界文学无法绕过的一个议题。

美国学者萨义德、大卫·达姆罗什(David Damrosch)、杰拉尔·卡迪尔、艾米利·阿普特(Emily Apter)和阿米尔·R.穆夫提(Aamir R. Mufti)自20世纪90年代起直接把注意力集中在20世纪30年代语文学家奥尔巴赫和斯皮策在伊斯坦布尔的流亡经历,认为流亡经历对美国比较文学和世界文学的发展起到了决定性的作用。2003年,斯皮瓦克(Spivak)出版了《一门学科的死亡》(*Death of a Discipline*),宣告比较文学这门学科即将死亡。斯皮瓦克的宣告对比较文学摆脱困境,转向"世界文学"起到了重要的导向性作用。不惧高龄,多次来中国做学术讲座的米勒认为,"对于世界文学来说,它至少面临来自三个方面的挑战,翻译的挑战、再现的挑战、对界定'文学'的含义而带来的挑战"(2016:260—261),这三个挑战是使得世界文学这个话题具有重要理论意义的原因所在。在他看来,全球化削弱了各民族之间的差异,而"世界文学"是个可以容纳不同民族和文化的文学的大篮子。米勒一方面非常关心理论研究,但他也非常重视文学文本的阅读。他的理论基于自身常年的阅读和围绕文学作品的教学而建构,而这些素养是从事世界文学的研究所必备的。正如王宁在《多维视野》序言一中所写的,"米勒作为一位比较文学大师,他的贡献并非在于他参加比较文学学术会议,而更在于他在自己的批评实践中,有意识地将不同语言和不同国度的文学作品放在一起观照和比较,因而他所从事的是一种跨域学科界限并有着理论特色的比较的总体文学研究"(2020:xi—xii)。

作为资深读者和文学批评家的米勒,不仅试图在全球数字时代为文学维系命脉,更致力于开创新的机遇,试图揭示信息科技革新后的文学认知。当今的文学作品可以通过数字化的小说文本和作家档案、影视改编、虚拟体验等途径在世界范围内流通,数字人文领域的具体表现形式延续了文学作品的生命,使其逐步成为世界文学经典。本书第七章涉及米勒面对全球化和数字化时代时对待文学的态度和策略:"此刻,米勒再度站在时代的前列,并一改他以往的批评策略,也就是尽力避开西方文论界近年出现的一味地为理论而理论的做法"(张旭 171)。在新时代,"文学非但不会因技术的日新月异和承载方式的改变而消亡;相反,在阅读的过程中,由于读者和批评者的积极参与,文本的意义也成了一种建构活动,这就更加迫切地呼唤读者和批评家进行多维度、多层次的解读,这样也成就了读者作为这种多重性焦点的中心地位"(173)。面对全球化和数字化的冲击,米勒仍坚信修辞性阅读对于数字和纸质兼而有之的作品是行得通且有效的。

结语

可以说,张旭此书从多维的视野,对米勒的文艺批评思想展开全景式研究,是一部视野开阔、见解独到的"传记式"米勒文论研究专著。

当然,《多维视野》也难免存在一些局限,在此提出供探讨。首先,作者可通过阅读米勒重要专著的英文书评(书评往往是西方出版社考量一本专著优劣的重要指标)来追寻同一时期德曼、布鲁姆、哈特曼、德里达、萨义德等的研究的交集和印记。早在1984年,托马斯·C.莫泽(Thomas C. Moser)为米勒的专著《小说与重复》写的书评就发表在《现代语文学》(*Modern Philology*)刊物上。如前所述,米勒与德曼、布鲁姆、哈特曼、德里达等一道促成"耶鲁学派"的形成。此外,萨义德是米勒的挚友,他们之间的交流潜移默化地影响了米勒的批评思想。萨义德和德曼都在过世前一年写下与回归语文学相关的论文,所以米勒的批评思想有受语文学影响的印记,但国内鲜有学者关注和探讨米勒与他关系密切的美国主流学者之间继承和发展的问题。其次,作者没有直接对米勒进行面对面的访谈或书信交流,尽管作者在后记提到2005年8月在深圳参加第八届中国比较文学学会年会暨国际学术研讨会见到米勒,并聆听他的主旨演讲《论比较文学中理论的地位》。米勒从事文学批评研究60多年,而作者花费近20年撰写关于米勒的专著,没有尝试与其直接对话,实属遗憾。基于郭艳娟为《萌在他乡》一书整理的附录(转引自米勒2016:338—343):1988—2012年,米勒应邀到国内多所高校做学术报告多达18次。直接交流的好处一是会解决写作过程中有质疑的地方,二是会摩擦出思想的火花,让写作更加有效。如张江与米勒在《文艺研究》就进行了两次直接对话。"张江就米勒关于意义不确定性的论断提出质疑,并进一步质疑解构主义的立场与取向是否一致。米勒则在这次对话中试图纠正中国读者对他的误读,还再次重申了解构主义批评方法的一些关键问题,促使中国读者反思中美学界在思考文学批评方法上的差异"(许德金、兰秀娟132)。鉴于张江和米勒往来的六封信发表在国际比较文学协会和美国比较文学学会共同主办的权威刊物《比较文学研究》(*Comparative Literature Studies*)2016年第3期上,这一事件在国际文学理论界和比较文学界产生了广泛的影响。然而,瑕不掩瑜,《多维视野》在某种程度上进一步推动了中西文论的互识、互释、互相促进、共同繁荣和发展,该书较为全面地介绍了米勒文学批评研究,可以为比较文学领域的研究者提供借鉴。

引用文献【Works Cited】

Graff, Gerald. *Professing Literature: An Institutional History*. Chicago: U of Chicago P, 1987.

Miller, J. Hillis. *On Literature*. London and New York: Routledge, 2002.

Said, Edward. "News of the World." *Village Voice Literary Supplement* 68 (1988): 14.

杰弗雷·盖尔特·哈派姆:《人文学科与美国梦》,生安锋等译,北京:社会科学文献出版社,2019年。

弗雷德里克·詹姆逊:《英文版序》,载 J.希利斯·米勒著《萌在他乡:米勒中国演讲集》,国荣译,南京:南京大学出版社,2016 年,第 1 页。

J.希利斯·米勒:《萌在他乡:米勒中国演讲集》,国荣译,南京:南京大学出版社,2016 年。

——:《共同体的焚毁:奥斯维辛前后的小说》,陈旭译,南京:南京大学出版社,2019 年。

单德兴:《序言二》,张旭著,《多维视野下的希利斯·米勒文论研究》,北京:清华大学出版社,2020 年,第 xiii—xxvi 页。

王宁:《中文版序》,载 J.希利斯·米勒著《萌在他乡:米勒中国演讲集》,国荣译,南京:南京大学出版社,2016 年,第 1—9 页。

——:《序言一》,张旭著,《多维视野下的希利斯·米勒文论研究》,北京:清华大学出版社,2020 年,第 ix—xi 页。

许德金、兰秀娟:《J.希利斯·米勒文学批评的中国之旅述评》,《当代外国文学》,2021 年第 4 期,第 130—137 页。

张旭:《多维视野下的希利斯·米勒研究》,北京:清华大学出版社,2020 年。

征 稿 启 事

《叙事研究》是中国中外文艺理论学会叙事学分会会刊,编辑部设在江西师范大学叙事学研究中心。《叙事研究》包括六个板块:海外来稿、西方叙事理论研究、中国叙事理论研究、叙事作品研究、跨学科叙事学研究、书评与会议简报。竭诚欢迎叙事学界的广大同仁向本刊投稿!

本刊实行专家匿名审稿制。来稿请按照本刊稿件格式要求排版,寄至江西师范大学叙事学研究中心《叙事研究》编辑部(江西省南昌市紫阳大道江西师范大学瑶湖校区外国语学院,邮编330022),或通过电子邮箱(xushiyj@163.com)投稿。勿寄个人,以免贻误。来稿不退,请作者自留底稿。审稿周期为4个月。

稿件格式要求

一、来稿文本构成部分

(1)标题;(2)内容提要;(3)关键词;(4)正文;(5)注解(如有);(6)引用文献;(7)基金项目信息(省级或省级以上项目的名称和编号)(如有);(8)作者简介(姓名、单位、学位或职称、研究方向、联系方式),各项按顺序编排。论文的篇幅为10 000字左右,不超过15 000字。

二、编辑体例

标题用三号字;摘要、关键词、引用文献用10号字;正文统一使用Word文档,通栏、宋体、五号字著录;摘要、关键词、正文、引用文献内出现的英文及阿拉伯数字全部使用Times New Roman字体;中文字与字之间、字与标点之间不空格。

三、注释和引文规范

本刊实行基于MLA格式的注释和引文规范,同时参考了国家有关部门制

定的通用规范,现将注释体例说明如下:

(一) 文内夹注

1. 凡在正文中直接引述他人观点和语句,均须使用与论文末尾的引用文献条目相对应的文内夹注。

2. 文内夹注采用圆括号内注释形式,由著者姓名和引用文献来源页码构成,中间空一格,英文文献只出现著者姓氏,基本形式为:(著者 引用页码)。例如:(申丹 115);(Phelan 36)。

3. 如著者为二人,著者姓名间以顿号分开,英文著者姓氏间使用"and";如著者为二人以上,可写出第一著者姓名,在后面加"等"字省略其他著者,英文著者姓氏后加"et al.";这两点也适用于译者。

4. 引用同一著者的多部作品时,则在著者姓名后提供相关作品的年份以及引用页码,同一著者同一年份的不同作品需在年份后使用小写字母进行区分,与"引用文献"中相应文献年份数字后的小写字母对应。例如:(傅修延 2015a:244);(傅修延 2015b:59);(Barthes 1981a:7);(Barthes 1981b:2)。

5. 如果句中已提及著者姓名,则后面的引文只括注页码。涉及同一著者的不同作品时,需在页码前加上年份,以示区分。

6. 如果引文在引用材料中本身就是引用材料,需要在引文后的括号中首先注明"转引自"或者"qtd. in"。

7. 引文超过5行时,则整段引用。需要另起一行,自页边空白整体缩进2字符,不用引号,末尾添加引用来源。

8. 首次提及外国人名及作品名时,除提供汉语译名外,应括注原语名。之后可以省略原语名,以汉语译名代指。

(二) 注解(Notes)

"注解"为内容性注释,目的在于向读者提供必要的解释与评论,而不是列举引文出处。"注解"采用尾注,使用圈码,全文连续编号。

(三) 引用文献(Works Cited)

包括引用中文文献格式和引用外文文献格式。排序为先外文文献,后中文文献;外文文献按姓氏字母排序,中文文献按拼音排序。

1. 引用中文文献

1) 普通图书(包括专著、教材等)、论文集、学位论文、参考工具书等

主要责任者:文献题名,其他责任者(如译者),出版地:出版者,出版年,起

止页码(整体引用可不注)。

示例:

傅修延:《中国叙事学》,北京:北京大学出版社,2015年。

胡兆量等:《中国文化地理概述》,北京:北京大学出版社,2001年。

申丹、王丽亚:《西方叙事学——经典与后经典》,北京:北京大学出版社,2010年。

苏珊·S.兰瑟:《虚构的权威——女性作家与叙述声音》,黄必康译,北京:北京大学出版社,2002年。

唐伟胜主编:《叙事理论与批评的纵深之路——第四届叙事学国际会议暨第六届全国叙事学研讨会论文集》,上海:上海外语教育出版社,2015年。

张寅德编选:《叙事学研究》,北京:中国社会科学出版社,1989年。

2) 期刊文章

主要责任者:文献题名,刊名,年,卷(期),起止页码。

示例:

程锡麟:《试论布思的〈小说修辞学〉》,《外国文学评论》,1997年第4期,第16—24页。

3) 析出文献

析出文献主要责任者:析出文献题名,论文集主要责任者,(会议)论文集题名,出版地:出版者,出版年,析出文献起止页码。

示例:

麦·布鲁特勃莱、詹·麦克法兰:《现代主义的称谓和性质》,载袁可嘉等编选《现代主义文学研究》,北京:中国社会科学出版社,1989年,第211页。

4) 报纸文章

主要责任者:文章题名,报纸名,年—月—日(版次)。

示例:

叶廷芳:《卡夫卡与尼采》,《中华读书报》,2001年2月14日,第017版。

2. 引用外文文献

1) 普通图书(包括专著、教材等)、论文集、学位论文、参考工具书等

主要责任者.文献题名.其他责任者(如译者).出版地:出版者.出版年.起止页码(整体引用可不注)。

示例:

Gilman Sander, et al. *Hysteria Beyond Freud*. Berkeley: U of California P, 1993.

Herman, David. *Narrative Theory and the Cognitive Sciences*. Stanford: CSLI, 2003.

Mills, Sara, and Lynn Pearce. *Feminist Readings/Feminists Reading*. Hemel Hempstead: Harvester Wheatsheaf, 1989.

Propp, Vladimir. *The Morphology of the Folktale*. Trans. Laurence Scott. Rev. Ed. Louis A. Wagner: U of Texas P, 1968.

Roemer, Danielle M., and Cristina Bacchilega, eds. *Angela Carter and the Fairy Tale*. Detroit: Wayne State UP, 1998.

2）期刊文章

主要责任者.文献题名.刊名及卷期(年)：起止页码.

示例：

Chatman, Seymour. "What Can We Learn from Contextualist Narratology?" *Poetics Today* 11.2 (1990): 309–328.

3）析出文献

析出文献主要责任者.析出文献题名.(会议)论文集题名.论文集主要责任者.出版地：出版者,出版年.析出文献起止页码.

示例：

Betts, Christopher. "Introduction." In *The Complete Fairy Tales*. By Charles Perrault Trans. Christopher Betts. Oxford: Oxford UP, 2010. 1–10.

Oats, Joyce Carol. "In Olden Times, When Wishing Was Having: Classic and Contemporary Fairy Tales." In *Mirror, Mirror on the Wall: Women Writers Explore Their Favourite Fairy Tales*. Ed. Kate Bernheimer. New York: Anchor-Doubleday, 1998. 2247–2272.

3. 补充说明

1）引用同一著者的多部作品,著者名字用三根虚线(英文)或破折号(中文)代替。

示例：

Warhol, Robyn R. *Gendered Interventions: Narrative Discourse in the Victorian Novel*. New Brunswick: Rutgers UP, 1989.

---. "Toward a Theory of the Engaging Narrator." *PMLA* 101 (1986): 811–818.

傅修延：《论音景》,《外国文学研究》,2015a 年第 5 期,第 59—69 页。

——：《中国叙事学》,北京：北京大学出版社,2015b 年。

2）引用网上资源时,应在引用文献中标注网上资源的主要责任者(如无作者,则不注明)、资源题名、其他主要责任者(如编者。如无编者,则不注明)、电子版版权信息(日期、版权人或组织)、网址、引用时间。

示例:

  Victorian Women Writers Project. Ed. Perry Willet. June 1998. Indiana U. June 26, 1998 〈http://www. indiana. edu/~letrs/wwwp/〉(accessed Aug. 25, 2020).

3)在引用文献中,大学的出版社 University Press 统一简写成 UP,University 简写成 U。

4)以上投稿格式要求中没有包括在内的情况请按照 MLA 格式统一规范。

《叙事研究》编辑部